기쁨의 집

1

이디스 워튼

기쁨의 집 1

서문 신시아 그리펀 울프

최인자 옮김

펭귄 클래식 코리아

기쁨의 집 1

1판 1쇄 발행 2008년 11월 20일
1판 19쇄 발행 2022년 10월 31일

지은이 | 이디스 워튼 옮긴이 | 최인자
발행인 | 이재진 단행본사업본부장 | 신동해 편집장 | 김경림
마케팅 | 최혜진 이은미 홍보 | 최새롬 반여진 정지연
제작 | 정석훈 국제업무 | 김은정

브랜드 펭귄클래식코리아
주소 경기도 파주시 회동길 20 웅진씽크빅 단행본사업본부 펭귄클래식코리아
문의전화 031-956-7212(편집) 02-3670-1123(마케팅)
홈페이지 www.wjbooks.co.kr
페이스북 www.facebook.com/wjbook
포스트 post.naver.com/wj_booking

발행처 ㈜웅진씽크빅
출판신고 1980년 3월 29일 제406-2007-000046호

Penguin Classics Korea is the Joint Venture with Penguin Random House Ltd.
Penguin and the associated logo are registered and/or unregistered trademarks of
Penguin Random House Limited. Used with permission.
펭귄클래식코리아는 펭귄랜덤하우스와 제휴한 ㈜웅진씽크빅 단행본사업본부의 브랜
드입니다. 펭귄 및 관련 로고는 펭귄랜덤하우스의 등록 상표입니다. 허가를 받아야만
사용할 수 있습니다.

이 책은 저작권법에 따라 보호받는 저작물이므로 무단 전재와 무단 복제를 금지하며,
책 내용의 전부 또는 일부를 이용하려면 저작권자와 ㈜웅진씽크빅의 서면 동의를 받아
야 합니다.

한국어판 ⓒ 웅진씽크빅, 2008
서문 ⓒ 신시아 그리핀 울프, 1985/펭귄랜덤하우스

ISBN 978-89-01-09041-2 04800
ISBN 978-89-01-08204-2 (세트)

• 잘못된 책은 구입하신 곳에서 바꾸어 드립니다.
• 책값은 뒤표지에 있습니다.

차례

서문 · 7

1부 · 41

주 · 355

2권 차례
2부 · 7 / 주 · 265

서문

신시아 그리핀 울프

『기쁨의 집』은 처음 출간되었을 때부터 대중적 인기와 비평가들의 찬사를 모두 얻는 커다란 성공을 거두었다. 1905년에 출간된 이 책은 그해 최고의 베스트셀러가 되었는데, 불과 3주 만에 3만 부가 팔렸고 한 달쯤 되자, 이 책을 출판한 스크라이브너사(社)는 6만 권의 주문을 받았다. 그로부터 열흘 후 주문량은 8만 부에 달했고, 다시 열흘 후에는 10만 부까지 치솟았다. 이 책은 이디스 워튼의 첫 번째 소설이 아니었다.(그것은 1902년에 출간된 로맨스 역사소설 『심판의 골짜기(The Valley of Decision)』였다.) 그리고 아마 워튼의 최고 걸작도 아닐 것이다. 많은 문학 비평가는 『그 지방의 관습(The Custom of the Country)』(1913)을 더 높이 평가했다. 그렇지만 이디스 워튼을 가장 유명하게 만들어준 작품은 바로 『기쁨의 집』이었다. 이 책은 작가가 살아 있는 동안 높은 명성을 누렸을 뿐 아니라 작가가 죽은 지 반세기가 지난 지금도 그녀의 수많은 작품 중에서 가장 널리 읽히고 있다.

이 소설이 거부할 수 없는 호소력을 지녔다는 점은 참으로 주목할 만한 현상이다. 왜냐하면 이 작품은 그 초점이 불분명하기 때문이다. 구약성경 전도서 7장 3절과 4절에서 따온 이 작품의 제목은 이 소설이 작품 속에 반영된 자기 탐닉적인 세계를 통렬히 비판하려 하고 있음을 분명히 암시한다. "슬픔이 웃음보다 나음은 얼굴에 근심함으로 마음이 좋게 됨이니라. 지혜로운 자의 마음은 초상집에 있으되 우매한 자의 마음은 열락하는 집(house of mirth)에 있느니라." 워튼 자신도 이 두 번째 소설에서 풍자적인 요소에 가장 주안점을 둔 것으로 보인다. 자서전인 『회상(A Backward Glance)』에서 그녀는 이렇게 말한다.

너무 천박하고 피상적이어서 아무리 세밀하게 들여다보아도 건질 만한 게 하나도 없는, 그런 주제도 있다. 나는 항상 그렇게 생각했다. 그런데 요즘 나의 고민은 뉴욕 사교계라는 주제, 예컨대 세상의 모든 주제 중에서도 가장 피상적인 범주에 완벽하게 들어맞는 것처럼 보이는 주제를 어떻게 써먹을 것인가 하는 것이다. 그것은 그 모든 얄팍함과 경박함에도 불구하고 내가 사용하기에 가장 적절한 주제로 어서 자신을 다루어달라고 조르며 내 앞에 버티고 서 있다. 왜냐하면 나는 아주 어린 시절부터 그 세계에 몸담아 왔으며, 지금도 굳이 백과사전이나 기록을 통해서 그 세계를 이해할 필요가 없기 때문이다.

문제는 그런 주제로부터 어떻게 전형적인 삶의 의미(이야기꾼이 숱한 다른 이야기들을 내버려 두고 굳이 어느 한 이야기를 하는 이유인)를 끄집어내느냐 하는 것이었다. 도대체 어떤 면에서 무책임하게 쾌락만 추구하는 자들의 사회가 '세상의 오랜 비탄'에 대해서 그 사회를 구성하고 있는 사람들이 짐작하는 것보다 더 깊은 의미를 갖고 있다고 말할 수 있을 것인가?

전도서가 전하는 철학적인 목소리와 마찬가지로, 워튼 자신도 단지 감각적이고 세속적이기만 한 쾌락의 무상함을 비판하려고 애썼다.

이디스 워튼이 글을 쓰던 당시, 뉴욕에서는 서로 다른 여러 사회적 계층이 출현하기 시작했다. 19세기 중반까지 뉴욕을 지배한 상류 계층들인 '구 뉴욕'은 두 부류에서 비롯되었다. 피터 스튜이베산트 총독[1] 시절의 잔재인 옛 너덜란드 가문들과 독립전쟁 동안 반란군의 편에 서서 싸운 영국계 미국인, 즉 양키들이 그들이다. 바로 이 '구 뉴욕' 세계의 반향이 『기쁨의 집』 전반에 흐르고 있다. 워튼은 이때가 훨씬 더 좋은 시대였다고, 소박하고 명예로운 도덕적 가치의 시대이자 가족 간의 유대와 책임감을 신성시하던 시대였다고 생각하는 듯하다. 만약 『기쁨의 집』에 등장하는 허구적 세계 속에 어떤 도덕적 시금석이 있다면, 그것은 바로 이 사라져버린 '구 뉴욕'의 시대일 것이다. 하지만 그 세계는 1905년 무렵 영원히 사라져버렸다. 심지어 남북전쟁 이전부터 쇠락하기 시작한 이 세계는 전쟁이 끝나자 주도권을 내놓아야 했다. 때로는 새로운 세대의 주자가 '구 뉴욕'과 연결되어 있기도 했는데, 예를 들어 애스터 가문은 스케르머혼 가문과 리빙스턴 가문의 후예들이었다. 하지만 '신 뉴욕'은 무엇보다 어마어마한 돈을 갖고 있었다.

그 막대한 재산은 주로 철도와 선박, 모피 거래, 대규모 땅 투기, 주식시장 그리고 금융업을 토대로 형성되었다. 1840년 무렵부터 뉴욕은 이미 팽창하기 시작하여 19세기 말이 되자, 그 속도는 더욱더 빨라졌다. 또한 합법적인 수단을 통해서든 다소 의심스러운 '거래'를 통해서든 당장이라도 투자를 기다리는 자금이 있었다. 릴리 바트가 거스 트레너에게 자신의 돈을 '투자'해 달라고 부탁했을 때, 금전적인 문제에 대해서 전혀 무지했던 것은 단지 여성의 적극적인 경제활동을 금지한 사회적 제약 때문만은 아니었다.(물론 여성은 철저한 제약을 받고 있었다. 예를 들어, 증권거래소를 비롯한 대규모 경제활동이 이루어지는 대부분의 장소에 여성은 발을 들여놓을 수도 없었다.) 대다수 남성 역시 20세기 초반에 법의 테두리 밖에서 교묘히 이루어지던 수상한 사업들의 내막을 속속들이 알지는 못했을 것이다. 19세기 후반부터 뉴포트에는 거대한 여름 별장들이 들어섰다. 동시에 5번가에는 대리석과 벽돌로 지은 웅장한 '저택'들이 줄지어 등장하기 시작했다. 더 이상 가족의 소중함이라든가 지적 추구 같은 것에는 관심도 없고 감동하지도 않는, 오직 가장 천박한 형태의 예술적 감수성 이외에는 다른 모든 것에 대해 무감각한, 이 새로운 뉴욕의 재벌 가문들은 황금으로만 이루어진 환락의 세계를 창조해 냈다. 온갖 기이한 복장의 가장 무도회가 열리고, 거기에 참석한 손님들은 단 한 번의 파격적인 복장을 위해서 수만 달러를 아낌없이 썼다. 남자들이 엄청난 재물을 두고 서로 목숨을 건 싸움을 하는 동안, 여자들은 누가 더 화려한 연회와 보석과 저택에 흥청망청 돈을 쓰는지 치열한 경쟁을 벌였다. 그들은 파리에서 옷을 샀다. 티파니는 단지 보석뿐 아니라 황금 머리빗이라든가 정교한 무늬를 아로새긴 상자 같은 어마어마하게 사치스러운 장식품 일체를 제공했다. 물론 이 시대의 장식품 중에는 진정한 미적 가치를 지닌 것도 있었다. 실제로 티파니는 우아한 선을 창조할 수 있는 섬세하고 정확한 안목을 가진 탁월한 공예가였으니까. 하지만 이 신흥 부자들 대부분은 자신이 구입하는 물건의 미적 가치 따위는 전혀 신경 쓰지 않았다. 그들은 오직 어떻게 하면 자신들에게 무한정 쓰고도 남을 만한 돈이 있다는 사실을 세상에 과시할 수 있을지만 고민했다.

한동안 '구 뉴욕'은 이들과 거리를 두었다. 하지만 결국에는 신흥 부자 계급과 섞이지 않을 수 없었다. 미국의 상류층 부르주아 계급 출신의 유서 깊은 가문의 자손이 벼락출세한 백만장자 집안의 자식과 결혼하기 시작했고, 1905년쯤 되자 '구 뉴욕'은 신흥 부자들의 사회에 거의 완전히 흡수되어 버렸다. 실제로 1905년에는 '벼락 부자'라는 새로운 계층 전체가 뉴욕 사교계의 상류사회 안으로 비집고 들어오기 시작했다. 주로 뉴욕의 백만장자들보다 한두 세대 늦게 엄청난 재산을 이룬 중서부 출신의 부유한 미국인과 성공한 이민자 들, 특히 유대인이었다. 『기쁨의 집』에서 보면, 바로 해치 부인이 중서부 출신의 침입자이며, 심 로즈데일이 야심찬 유대인이다. 물론 그들 사이에는 캐리 피셔와 같은 '중매자'들이 있었다. 이들은 비록 전적으로 '존경받지'는 못했지만, 그런데도 뉴욕의 세도 가문들에 입장이 허용되었다. 이들이 상류사회에서 벌어지는 모든 껄끄러운 일을 순조롭게 처리할 수 있도록 도와주었기 때문이다. 이 세계에서 캐리 피셔 같은 사람들은 사교계 신출내기들에게 배타적인 특권층의 영역 중에서 가장 접근하기 쉬운 곳을 알려 주었으며, 결혼과 이혼이라는 변화무쌍한 무도회에 새로운 파트너들을 데려가 주었다. 한마디로 브로드 거리나 월가에서 성행하는 극에 달한 부정한 돈거래와 같은 불미스러운 사회적 '거래들'을 성사시켜 준 것이다. 그리고 마지막으로 완전히 '무시' 당하기는 했지만 게으른 부자들의 생활을 가능하게 만들어준, 거대한 한 무리가 있었다. 유럽에서부터 밀려들어 온 이 가난한 이민자들은 비천한 가사 노동이나 쥐꼬리만 한 월급을 받는 공장 일도 서슴지 않았고, 극히 기본적인 의료적 보살핌만 받으면서 위생 시설을 전혀 갖추지 않은 불결한 빈민굴에서 살았다. 이들은 종종 절망적인 삶으로 빠져들 수밖에 없는 '추레한' 사람들이었다.『기쁨의 집』에서 그들은 가장 위협적인 유령과 같은 존재로 등장한다. 이들은 거티 패리시가 헌신적으로 돌봐 주는 사람들이기도 하며, 릴리 바트가 그토록 두려워하는 가난의 현실적 표상이기도 하다.

20년 후, 이디스 워튼 소설의 공공연한 찬미자인 F. 스콧 피츠제럴드는 호화로운 동부 사교계의, 때로는 천박하고 때로는 잔인한 세계의 다음 세대를 그려보고 싶어 했다. 그렇지만 미국 중서부의 어딘가에는 좀 더 소박하고 도덕적인 삶이 계속될 수 있는 장소가 아직도 남아 있을 것이라는 희망을 버리지 않았다. 분명 중서부는 계속해서 조악한 도덕성을 지닌 백만장자들을 공급해 왔다. 데이지와 톰 뷰캐넌, 개츠비 그리고 닉 캐러웨이 모두 중서부 출신이며, 제각기 근본적으로 도덕적 결함을 지니고 있다. 하지만 미국 중심부의 목가적인 꿈은 뉴욕 부자의 악몽과 팽팽하게 맞서면서, 피츠제럴드의 소설에 양자택일이란 갈등을 부여한다. 하지만 워튼은 그런 위안이 될 만한 대안을 전혀 제공하지 않는다. 릴리 바트의 세계에서는 구제할 만한 요인이라고는 거의 찾아볼 수 없다. 만약 이 소설을 풍자로 읽는다면, 이렇게 묻지 않을 수 없을 것이다. 과연 워튼이 제시하는 실현 가능한 대안적 삶이란 무엇인가? 좀 더 인간적으로 묻는다면, 도대체 릴리 바트는 뭘 해야 하는가?

릴리 바트라는 생생한 존재가 이런 생각을 불러일으킨다는 사실은 이 소설이 강력한 호소력이 지니는 또 다른 근원이 있음을 암시한다. 만약 『기쁨의 집』이 단지 도덕적이고 감정적인 타락을 신랄하게 비판한 풍자에 그친다면, 이 소설은 당연히 '시대의 구속'을 받을 것이다. 이 소설이 그토록 모질고 깐깐하게 비난하던 그 세계는 이미 사라져버렸으므로, 이 소설의 호소력 역시 한계를 지녀야 마땅하다. 물론 타락은 계속되고 있고 인간의 비열한 본성은 여전히 우리 곁에 남아 있지만, 이 소설이 금세기 초반의 뉴욕 부유층을 통해 그려낸 그 독특한 형식은 그 후로 계속된 사회적·문화적인 변혁으로 완전히 달라져 버렸기 때문이다. 이 시대에 대한 또 다른 뛰어난 사회 풍자 소설, 예를 들어 로버트 그랜트의 『누룩 없는 빵』(1900) 같은 작품은 모두 시대에 뒤떨어진 작품이 되어버렸고, 아직까지도 『기쁨의 집』을 읽고 좋아하는 독자에게 외면당하고 있다. 결국 워튼의 소설은 풍자 이상의 굉장한 무언가를 갖고 있는 것이다. 그리고 그 무언가가 바로 이 소설의 여주인공 릴리 바트의 복잡한 성격과 통렬함이다.

워튼 자신은 릴리 바트가 지닌 힘을 잘 알고 있었다. 그러므로 『기쁨의 집』이 거둔 성공에 대해 깊이 생각하면서 이렇게 썼다.

경박한 사회는 오직 그 경박함에 의해 파괴당하는 대상을 통해서만 그 극적인 의미를 얻을 수 있다. 그 사회의 비극적 함의는 사람들과 이상을 천박하게 만드는 그 힘에 있는 것이다. (헛된 쾌락만 쫓는 사회라는 매개를 통해서 '세상의 오랜 비탄'을 그려낼 수 있을 것인가 하는 의문에 대한) 대답은 바로 나의 여주인공 릴리 바트에게 있었다.

일단 그 사실을 깨닫고 나자, 이야기는 단숨에 절정으로 치달았다.

결국 '신 뉴욕'의 세계가 지닌 사회적 병폐와 타락은 그 사회의 가장 상처받기 쉬운, 그리고 어쩌면 가장 재능 있는 인물 안에서 그 사회가 만들어낸 왜곡된 성격을 보여 줌으로써 그려낼 수 있는 것이다. 이것이 바로 워튼의 문학적 딜레마에 대한 놀라운 해결책이었다. 하지만 이 해결책은 한 가지 문제를 해결하는 동시에 또 다른 문제를 만들어냈다. 그렇다면 워튼 소설의 '주제'는 사회적 타락인가 혹은 릴리 바트의 생애가 보여 주는 친밀하고 개인적인 비극인가 하는 문제다.

이 소설의 최종 제목인 '기쁨의 집'은 좀 더 광범위한 의미를 포괄한다. 하지만 그보다 앞서 이 소설이 원고 상태일 때 붙은 두 가지 가제 '한순간의 장식품'과 '장미의 해'는 여주인공과 그녀의 몰락에 더 초점을 맞추고 있다. 이 작품이 탁월한 풍자소설이란 점에는 의문의 여지가 없다. 하지만 이 소설의 지속적이고 영구적인 인기는 어쩌면 풍자적인 요소보다 이 작품의 또 다른 주제인 릴리 바트 자신에게서 비롯되는 것 같다. 릴리의 이야기는 이디스 워튼이 자신의 인생에서 경험한 많은 문제와 깊은 연관이 있다. 그러므로 끝내 실패할 수밖에 없었던 이 아름다운 아가씨를 자세히 살펴보기에 앞서 그녀를 창조한 이디스 존스 워튼의 생애를 잠깐 돌아보도록 하자.

이디스 워튼은 1862년 1월 24일, 유서 깊은 전통을 지닌 뉴욕의 한 가정에서 태어났다. 그녀의 외조부모는 뉴욕 역사에 이름을 남긴 두 가계의 혈통을 타고난 사람들이었다. 외조모는 독립전쟁 동안 식민지 군의 장교였던 에벤에셀 스티븐스의 딸이고, 외조부인 라인랜더는 그 뿌리가 17세기 뉴욕의 대지주 가문으로까지 거슬러 올라간다. 특히 라인랜더 집안은 대대로 상인이었는데, 검소하고 정직했으며 좀처럼 거만을 떠는 법이 없었다. 이디스 워튼의 아버지인 조지 존스 역시 네덜란드인 (그의 어머니는 스케르머혼 가문 사람이었다.)과 양키라는 서로 다른 인종 간의 결혼이 낳은 산물이었는데, 부인인 루크레치아와 달리 사치스러운 환경 속에서 성장했다. 그의 아버지는 부유한 상인이었고, 죽은 후 아들에게 약간의 유산을 물려주었다. 굳이 힘들게 직업을 갖지 않아도 먹고살기에는 충분했지만, 젊은 시절과 같은 사치스러운 생활을 유지하기에는 부족한 재산이었다. 그와 같은 배경을 지닌 대다수 젊은이(릴리 바트의 태만한 찬미자인 셀던과 같이)가 그렇듯이, 존스 역시 컬럼비아 대학에서 인문과학을 공부했고 소심하고 안정된 생활을 추구했다. 이들 가족은 주로 부동산에 투자하여 거기서 나오는 수입으로 생계를 유지했다.

워튼은 언제나 따뜻한 애정을 가지고 아버지를 회상했다. 그녀는 자기 아버지를 다정다감하고 감수성이 풍부한 사람으로 묘사했다. 하지만 도덕적인 의지나 감정적인 활력을 지닌 사람은 아니었다. 워튼 자신은 결코 그런 말을 하지 않았지만, 그녀의 생애를 연구한 학자들은 조지 존스가 한 가지 결정적인 면에서 그의 딸을 실망시켰다고 자신 있게 추론한다. 그는 가족 내에서 강력한 감정적 구심점이 아니었으며, 혈기 왕성하고 때로는 앙심에 가득 차기도 한 그의 아내 루크레치아와 감히 맞설 상대가 되지 못했다.

워튼은 셋째 아이였다. 그녀의 어머니에게 이 아이는 전혀 계획에 없던, 뜻밖의 자식이었던 것이 분명했다. 셋째를 낳았을 때, 그녀의 나이는 이미 서른여덟 살이었고 훨씬 더 사랑하는 두 명의 아들이 있었다. 1846년에 태어난 프레드릭과 1850년에 태어난 헨리 에드워드였다. 결국 처음부터 워튼은 자신이 다른 형제들과 다르다고 느꼈고, 뭐라고 딱 부러지게 말할 수 없는 면에서 그들보다 엄청나게 열등하다고 느꼈다. 그 후로도 오랫동안 그녀는 자신을 차갑게 거부하는 어머니의 태도를 떠올리곤 했다. 또한 워튼의 어린 시절에 대한 회상 속에는 결핍의 이미지와 함께 평생 동안 그 어떤 것으로도 채워질 수 없는 애정에 대한 갈망이 홍수처럼 넘쳐흐르고 있다. 그녀는 나이가 들어가면서 쉴새없이 쏟아지는 잔소리의 집중포화를 견뎌야 했다. 이 어린 소녀는 매사에 서툴고 촌스러웠다. 이와는 반대로 그녀의 어머니는 사십 대 초반의 나이임에도 놀랄 만큼 매력적인 여성이었고 여전히 우아한 복장에 열광했다. "어머니는 아름다운 몸가짐을 지니고 있었다." 워튼은 이렇게 회상한다. "어머니의 비스듬한 어깨와 가느다란 허리는 패션의 수도에 제일 처음 방문했을 때 사들고 온 경이로운 드레스와 너무나 잘 어울렸다. …… 나는 해마다 '파리에서 온 상자'가 도착할 때면 그 들뜬 흥분의 순간에 동참하곤 했다. 얇은 포장지 사이에서 휘황찬란한 드레스들이 차례차례 나오는 걸 지켜보는 일은 참으로 매혹적이었다." 어린 딸은 어머니의 미모와 우아함을 어떻게든 모방하고 싶었다. 하지만 잘생긴 그녀의 외모조차도 누구든 그녀를 제대로 알고 나면 그녀의 어머니가 그랬던 것처럼 그녀를 거부하게 될 것이라는 뿌리 깊은 생각과 불안감을 극복할 수 있도록 도와주지는 못했다.(훨씬 더 나중에 성숙한 여인이 된 이후, 문학적인 성공과 열정적인 연애와 그녀의 재능을 인정하는 사람들과의 따뜻한 우정을 모두 경험한 이후에도 이디스 워튼은 공식적인 자리에서 여전히 딱딱하고 가까이 하기 어려운 태도를 보였다. 그것은 고통스러운 수줍음을 가슴속 깊이 간직한 여인의 습관처럼 굳어져 버린 보호막이었다.)

자신의 존재 자체만으로 불쾌해지는 어머니와 함께 사는 법을 터득하는 일은 어린 워튼이 짊어진 가혹한 짐 중 하나였다. 하지만 그것 못지않게 힘든 일은 남녀 사이의 성적 관계와 관련한 모든 문제에 대해서 무조건 끔찍할 정도로 도덕적인 장막을 치는 것이었다. 정상적인 호기심을 지닌 다른 어린 소녀들과 마찬가지로, 워튼은 아기가 어디서 태어나는지 물었다. 하지만 그럴 때마다 그녀의 어머니는 딸을 외면하며 혐오감에 가득 찬 어조로 늘 똑같은 대답만 되풀이했다. '착한' 소녀는 그런 문제에 관심을 갖지 않는다는 것이었다. 또한 워튼은 처음에는 어린 소녀로서, 나중에는 사춘기 소녀로서 자신이 느끼는 막연한 열정에 대해서 어머니에게 몇 번이나 물어보곤 했다. 하지만 언제나 거부하는 대답만 돌아올 뿐이었다. '착한' 아가씨는 그런 감정을 가져서는 안 된다고, 그녀의 어머니는 단언하곤 했다. 실제로 이디스 워튼은 나중에 그녀 스스로 고백한 것처럼 결혼을 하고도 몇 주일이 지나도록 아기가 어디서 태어나는지 좀처럼 알아내지 못했다.

과연 어떤 딸이 이디스의 어머니를 기쁘게 해줄 수 있었을지 상상조차 하기 힘들다. 루크레치아 존스는 자신의 딸이 지닌 모든 특성을 하나같이 못마땅하게 여겼던 것 같다. 더구나 이 아이가 굉장한 지성을 타고났다는 사실이 드러나자, 상황은 더욱더 꼬여 갔다. 만약 성에 대한 지식 이외에 '착한' 소녀가 절대 가져서는 안 되는 것이 또 하나 있다면, 그것은 바로 지성이었다. 아이가 아직 터무니없이 어린 나이에 이야기를 지어내기 시작하자, 그녀의 어머니는 기절할 듯이 놀랐다.

"도대체 내가 이야기를 '지어내고' 싶어 하지 않았던 때가 있었는지 기억할 수조차 없다."라고 워튼은 회상했다.

참으로 이상한 일이지만, 나는 내 자신의 이야기를 기록하고 싶은 마음은 전혀 없었다.(심지어 글 쓰는 법을 배운 이후에도 난 편지 한 장 쓰지 못했다.) 반면 처음부터 내 손에는 반드시 뭔가 이야기를 '지어낼' 책이 들려 있어야 했다. 그리고 처음부터 그것은 반드시 특정한 책이어야 했는데, 다소 굵은 검은색 활자로 빽빽하게 글씨가 인쇄되어 있어야 했고 여백은 별로 없어야 했다.

'이야기 지어내기'는 그녀가 불과 서너 살밖에 안 되었을 때부터 시작된 것 같다. 그리고 그런 버릇은 변덕스럽고 적대적인 세상에 질서를 부여하기 위한, 대단히 치밀하게 계산된 행동이었던 것 같다. 이 세상의 가장 깊고 흥미로운 비밀들은 '착하다'라는 어머니의 개념 속에 모두 감춰져 있었다. 실제로 가장 어린 시절에 나타난 자신의 창조력에 대한 워튼의 설명은 '이야기 지어내기'가 완전히 상처를 입을 수 있는 상황에 처한 그녀에게 힘을 주는 행위였음을 분명히 드러내고 있다.

그 행위에는 거의 제의적인 뭔가가 있었다. 그 부름은 규칙적으로 그리고 강압적으로 찾아왔다. …… 나는 사나운 뮤즈에게 복종하지 않을 수 없었다. 한번은 '하루를 보내기 위해' 우리 집에 초대한 '착한' 놀이 친구를 혼자 내버려 둔 채 어머니에게 달려가서 "엄마, 저 대신 엄마가 와서 저 아이랑 좀 놀아

주세요. 전 이야기를 지어야 해요."라고 절박하게 소리를 지른 적도 있었다.

두 오빠는 이미 다 커서 집을 떠나 있었기에, 외롭게 혼자 지내는 나를 안타깝게 여긴 부모님은 언제나 나에게 '착한' 친구들을 맺어주려고 애를 쓰셨다. …… 하지만 나는 그들이 내 조용한 시간을 방해하는 걸 원하지 않았다. '이야기 지어내기'를 방해받느니, 차라리 나는 다른 모든 걸 영원히 포기하고 싶었다.

조지와 루크레치아 존스가 속한 상류층 부르주아 계층에서는 워튼과 같은 아이를 받아들이고 인정해 주는 가정도 더러 있었고, 헨리 제임스 경의 집안처럼 진지한 지적 호기심을 지닌 가정도 있었다. 루이스 오친클로스의 표현에 따르면, 제임스 집안사람들은 '영국의 아널드 가문이나 다윈 가문처럼' 대단히 분석적으로 그들의 지성을 활용했고 단지 잡다한 취미 생활이 아닌, 더 높은 수준으로 예술을 연구했다. 하지만 워튼의 집안은 상류층 부르주아 중에서도 제임스 집안보다는 좀 더 최신 유행을 쫓는 부류에 속했다. 이 집안에서는 이상적 세계가 중요한 요소가 되지 못했다. 한마디로 워튼은 불쌍한 예외적 존재였다.

이러한 상황은 그녀가 여자아이라는 사실 때문에 더욱 복잡해졌다. 존스 집안의 세계에서는 어느 누구도 성에 대해서 자유롭게 말하지 못했다. 하지만 남자아이들은 이런저런 경로로 성에 대해 배우게 되는 것을 당연하게 여겼다. 또 젊은 남자가 '그렇고 그런' 감정을 느끼는 것은 결코 부자연스러운 일이 아니라는 데 대부분 동의했다. 물론 남자아이에게도 열의와 활력을 가지고 사업이라든가 혹은 정신적인 삶에 뛰어들라고 권유하지는 않았지만, 그래도 남자아이들은 멀리 있는 학교에 보냈으며 결국에는 대학까지 보냈다. 반면 여자아이들은 무관심하게 집 안에 남겨진 채 고통을 당해야 했다. 만약 어떤 젊은이가 열정적으로 사업이나 직업 혹은 정치에 뛰어들려고 한다면, 시어도어 루스벨트의 경우처럼 다소 예외적인 행동으로 여겨지기는 하겠지만 전혀 수용할 수 없는 일은 아니었다. 하지만 '여성'이 그런 일 중 어느 하나라도 한다면, 그것은 엄청난 추문이 되었을 것이다. 이디스의 집안은 젊은 남자가 하기에도 예술가라는 직업이 썩 바람직하지 않다고 여겼다.(물론 젊은 남자가 감상적인 시나 그림 따위를 취미 삼아 끼적거리는 것은 괜찮은 일이었다.) 그런데 하물며 '여자'가 직업적인 예술가의 삶을 추구한다는 것은 몸을 팔겠다고 나서는 것과 마찬가지였다.(이런 점에서 학식 높은 제임스 집안조차 이디스와 같은 딸아이에게는 적극적으로 후원하지 않았다. 제임스의 부모는 지적인 아들들은 몹시 자랑스러워했지만, 지적이고 예술적인 야심을 지닌 딸 앨리스에 관해서는 당황하고 낙심했다.)

조지와 루크레치아 존스는 예술적 수용의 한계를 규정하기 위해서 공들여 고안한 일련의 차이를 만들어냈다. 『회상』에서 워튼은 다음과 같이 회고한다.

> 내 부모님과 주변 친구들은 문학을 대단히 존중하고 높이 평가하면서도 문학을 생산하는 사람들에 대해서는 거의 신경질적인 두려움을 갖고 있었다. 워싱턴 어빙[2]과 피츠 그린 할렉[3] 그리고 윌리엄 데이나[4]만이 이 불안한 예술에 의해 오염되지 않았다고 판단하는 유일한 대표 작가들이었다. …… 허먼 멜빌의 경우에는 반 렌셀라[5] 집안의 사촌이며 태생부터 최상류층

사교계의 인물이 될 자격이 있었음에도, 그의 가당치 않은 보헤미안적 기질 탓에 당연히 제외되었다……. 하지만 내 부모님의 눈에 최악은 아마도 『죄인 요정』의 시인 조셉 드레이크[6]처럼 불행한 사람들의 경우였을 것이다. 그들은 딱히 최상류층 출신도 아니었고 그렇다고 딱히 최고로 훌륭한 시를 쓰지도 못한 채 '명성과 오명' 사이에 어중간하게 놓여 있었던 것이다. 나는 우리 어머니가 그런 불운한 사람들이나 혹은 반대로 비처 스토 부인[7]처럼 극히 '평범'하면서도 엄청난 성공을 거둔 사람의 이름을 말할 때 사용했던 그 묘한 어조를 도저히 묘사할 엄두도 내지 못한다.

여성의 모든 미적인 노력은 오직 그들의 외모를 가꾸는 데만 쏟는 것이 당연하게 여겨졌다. 왜냐하면 '육체적 아름다움을 거의 우상처럼 숭배하는 경향이 있었기' 때문이다.

어린 워튼은 견딜 수 없을 만큼 적대적이고 수수께끼처럼 보이는 주변 환경을 통제하고 질서를 부여하기 위해서 언어와 '이야기 지어내기'라는 의식에 몰두했다. 하지만 그녀가 성장할수록 루크레치아는 그런 딸아이의 문학적 성향을 점점 더 참을 수 없어 했다. 워튼은 다른 아이들보다 1년 일찍 '사교계에 입문'했고, 거의 예외 없이 결혼으로 이어지게 마련인 사교 활동을 시작했다. 그리고 1883년 해리 스티븐스와 약혼을 했지만, 루크레치아 존스만큼이나 강철 같은 의지를 가진 여인이었던 남자의 어머니가 강력하게 반대하여 이들의 결혼 계획은 무산되고 말았다. 결국 1885년 워튼은 자신보다 열세 살이나 나이가 많은 보스턴 출신의 친절한 신사 에드워드 (테디) 워튼과 결혼했다. 이 부부는 뉴욕에 정착했다. 테디 워튼은 그녀의 아버지와 마찬가지로, 그렇게 부자는 아니었지만 유산 덕분으로 상당히 풍족하게 살 수 있었다. 어쨌든 겉으로 보기에, 이디스 워튼의 인생은 마침내 안정된 것처럼 보였다.

물론 실상은 그렇지 않았다. 이 결혼의 성적인 면은 처음부터 암울하기 짝이 없었고, 머지않아 이들 부부의 결혼 생활에서 완전히 사라져버렸다. 테디는 다정하고 너그러웠지만 재치 있는 사람은 아니었다. 그의 아내는 점점 더 지적인 동반자를 갈망하며 외로움에 빠졌다. 그렇지만 결혼 후 초기 15년 동안 무엇보다 심각한 문제를 일으킨 요인은 이디스 워튼이 떨쳐 버리지 못한 과거의 감정적 망령들이었다. 그녀의 감정적 기갈은 점잖고 다정한 결혼 생활로는 도저히 해소될 수 없었다. 언제나 오락가락하던 그녀의 자존감은 오직 글쓰기를 통해서만 제대로 충족되었는데, 이제 그마저 중단되고 만 것이다. 게다가 워튼은 근본적으로 자신이 이렇게 감정적으로 친밀한 관계에 전혀 준비가 되어 있지 않다는 사실을 깨달았다. 그녀의 자아는 이토록 소원하고 미적지근한 결혼 생활조차 끊임없는 위협으로 받아들였다. 그녀가 지닌 많은 문제가 쉽게 해결책을 찾을 수 없는 것들이었던 점도 사실이다. 결혼한 지 4년째가 되던 1889년 워튼은 결국 가장 믿을 만한 피난처로 다시 돌아간다. 언어였다. 그녀는 상당히 조심스럽게 글을 쓰기 시작했고, 그해 겨울 두 편의 시가 지면에 발표되었다. 비록 그녀가 편하게 지속적으로 글을 쓸 수 있게 된 것은 그 후로 수많은 해가 더 흐른 뒤였지만, 일단 이 시의 발표는 하나의 출발점이 되었다.

워튼이 자신의 건강을 위해서 글을 썼다고 말하면 그럴듯한 헛소리처럼 들리겠지만, 가장 단순하게 표현하면 그녀는 정말 그랬다. 저명한 정신분석학자 어니스트 크리스는 『예술에서의 정신분석학적 탐구』에서 이렇게 말했다. "미적 창조는 듀이가 그의 저서『경험으로서의 예술』에서 자신 있게 단언한 바와 같이 일종의 문제 해결을 위한 행위로 볼 수 있다. …… 미적 행위로 표현된 감정들은 감추어지는 것이 아니라 오직 깊이 있는 사고에서만 비롯될 수 있는 복잡한 패턴의 구조 속에 통합되는 것이다." 다시 말해서, 실제 삶의 맥락 안에서는 자신의 가장 깊은 두려움과 욕망을 경험할 수 없는 반면, 일단 (소설이나 이야기처럼) 독창적인 구성물의 구조와 결합하면, 똑같이 잠재적으로 위협적인 감정을 '안전하게' 경험할 수 있다는 것이다. 왜냐하면 명확한 틀을 가지고 형식적으로 제한된 구조 안에서는 감정이 통제를 벗어날 수 없기 때문이다. 그러므로 크리스는 심리적 억압이야말로 예술적 창조의 필수 요소라고 보았고, 그것을 '자아를 위한 억압'이라고 불렀다. 그는 또한 예술가들이 자신의 창조물에 '생명'을 불어넣기 위해서는 반드시 억압된 과거에서 감정을 도출해 낼 줄 알아야 한다고 주장한다. 그런 '억압'은 예술 작품을 더욱 강력하고 감동적인 것으로 만들어준다는 점에서 개인이 아닌, 순수 미학적 목적에 이바지하기도 하지만, 동시에 개인 예술가의 독특한 개인적 필요에 이바지할 수도 있다. 왜냐하면 사용되지 않은 또 다른 억압된 것이 의식 위로 떠올라 예술가가 그걸 경험할 수 있기 때문이다.

창조적 과정에 대한 크리스의 견해는 워튼 자신의 설명과 신기할 만큼 비슷하다. 크리스는 이렇게 주장한다.

> 개략적으로 말하자면, 예술적 창조의 과정은 명확하게 구별되는 두 단계로 이루어졌다고 볼 수 있다. …… 영감과 공들인 퇴고의 작업이다. …… 첫째 단계는 여러 가지 면에서 억압 과

정과 공통점을 지닌다. 다른 경우 같으면 감추어졌을 충동과 욕구들이 출현한다. 이때 주체는 생각과 이미지 들의 흐름이 표현되기 위해 솟구쳐 나오는 것을 경험한다. 둘째 단계는 흔히 '일'이라고 하는 것과 여러 가지 공통점을 갖는다. 거기에 완전히 헌신하고 집중하는 것이다.

한편 워튼은 『회상』에서 자신의 창조적 작업에 대해 이렇게 말한다.

> 스토리텔링의 과정을 분석해 보면, 그것은 두 부분으로 나눌 수 있다. 가장 광범위한 의미에서 소설의 기교와 관련된 부분과 좀 더 단순한 용어가 없는 관계로 '영감'이라고 하는 고대 음유시인풍의 이름으로 부를 수밖에 없는 부분이다. …… 나로서는 내 스토리텔링의 근원에 이보다 더 가깝게 접근할 수는 없을 것 같다. 다만 이 과정이 의식의 가장 변두리에 있는 비밀스러운 영역에서 일어나기는 하지만 나의 비평적 관심이라는 밝은 빛이 언제나 환하게 비추고 있다고 말할 수 있을 뿐이다.

『회상』은 1934년에 출간되었고, 이디스 워튼의 불행한 과거의 망령이 완전히 사라졌을 때 집필된 것이다. 그녀가 처음으로 진지하게 글을 쓰기 시작한 1889년에만 해도 후기 작품에서 드러나는 것과 같은 자신만만한 어조는 찾아볼 수 없었다.

처음에 워튼은 자신의 작품에 대해서 대단히 심오한 양가감정을 경험했다. 그녀는 글 쓰는 것을 즐겼지만 밖으로 표현되는 감정을 두려워했다. 설사 이처럼 형식적이고 절제된 매개를 통해서 표현된다 하더라도 말이다. 그녀는 줄곧 글을 써오다가 아주 오랫동안 전혀 글을 쓸 수 없게 되었을 때도 있었다. 그러자 그녀는 몹시 낙담하며 살이 빠졌다. 특히 상태가 아주 심각하던 1898년 후반과 1899년 초반에는 필라델피아로 가서 저명한 신경의학자인 S. 미첼 박사의 동료 중 한 사람에게 집중 치료를 받기도 했다. 그녀는 조금씩 정신력을 길렀다. 이것은 자아를 강화하는 과정이었다. 글쓰기는 점차 과거의 망령을 내쫓을 수 있도록 도와주었고, 자신과 두려움과 욕구를 소재로 다루면서 얻은 지식과 자신감은 그녀가 더욱 확신을 갖고 글을 쓸 수 있게 해주었다. 어쩌면 『기쁨의 집』은 어린 시절부터 그녀를 괴롭혀 온 온갖 문제의 절정을 표현하고 있는지도 모른다. 아름다움을 창조하고 싶은 자신의 욕망을 어른스러운 '여성적' 정체성이라는 일관되고 생명력 있는 개념에 순응시키는 것. 물론 릴리 바트는 어느 면으로나 이디스 워튼의 또 다른 자아가 아니다. 하지만 릴리는 워튼의 심오한 미적 감수성과 아름다움을 창조하고 싶은 커다란 욕망을 공유하고 있다. 또한 릴리 바트는 젊은 시절의 이디스 워튼처럼, 자신의 정체성에 대해서 흔들리기 쉬운 불안감을 갖고 있다. 소설 속에서 워튼은 끊임없이 바람직한 '자아'의 모습을 안정적으로 반영해 줄 수 있는 어떤 '거울'(그것이 실제 거울이든 혹은 반응을 통해서 '릴리 바트'란 인물을 규정해 주고 확인시켜 주는 관객이든 간에)을 찾으려는 릴리의 충동적인 욕구를 통해서 이런 기질을 표현한다. 이 작품에서는 애정에 대한 이디스 워튼의 갈망도 간접적으로나마 엿볼 수 있다. 워튼은 자신의 내면 깊은 곳에 사랑과 친밀감을 갈망하는 욕구가 숨어 있음을 잘 알고 있었다. 한편 릴리의 아우성치는 굶주림은 좀 더 모호하고 유치한 방식으로 표현된다. 그녀는 무조건적인 찬미와 자신이 갖고 싶은 사치품을 죄다 살 수 있는 엄청난 재력을 갈구한다.

　이것은 대단히 유아적이지만 강렬한 감정이어서 독자의 눈길을 끌어당길 만큼 짧고 뜨거운 열정으로 릴리를 생생히 살아 있게 만드는 것이다. 하지만 다른 무엇보다도 단연 두드러지는 것은 릴리 바트와 그녀를 창조한 이디스 워튼이 바로 여성으로서 직면해야 했던 문제다. 과연 여성이 능동적인 역할을 수행하며 아름다움을 창조할 수 있을까? 위대한 예술의 장인이 될 수 있을까? 아니면 언제나 여자는 아름답게 보여야 하고 찬미와 수집과 돌봄의 대상이 되어야 하는, 그럼으로써 인간의 존엄성을 빼앗기고 마는 수동적인 운명을 타고난 존재인가? 딜레마를 둘러싼 자신의 양가감정을 해결할 수 있기 전까지 워튼은 모든 열정을 다해 글쓰기 작업에 뛰어들 수가 없었다.

　『기쁨의 집』에 나타난 이 중심 주제는 워튼의 초기 단편소설에서 이미 엿볼 수 있다. 그 단편소설들은 이 문제의 각 부분을 개별적으로 다루고 있다. 「뮤즈의 비극」은 애너턴 부인의 이야기를 들려주고 있는데, "그녀는 최근에 죽은 시인의 '친구'로, 빈센트 렌들이 쓴 불멸의 소네트 1단에 등장하는 실비아로, 또한 『인생과 문학』에 나오는 A. 부인으로 명성을 날렸다. 그녀의 이름은 19세기의 가장 고귀한 영시 속에 영원히 안치된 것이다." 이 여자는 위대한 예술에 영감을 불어넣는 역할을 했고, 세상 사람들은 그녀가 더할 나위 없이 만족할 거라고 생각한다. 한편 루이스 데니어스는 렌들의 시를 연구하는 데 도움을 얻으려는 목적으로 그녀에게 접근한다. 그러다가 차츰 두 사람은 사랑에 빠진다. 워튼의 이야기 끝에 가면, 애너턴 부인은 스스로 이 관계를 끝낸다. 하지만 젊은이에게 자신이 처한 진짜 상황을 밝히는 편지를 보낸다.

당신은 빈센트 렌들이 나를 사랑했기 때문에 자신에게는 아무런 희망도 없다고 생각했지요. 내가 원하는 것을 모두 얻었다고 말이죠. …… 하지만 빈센트 렌들은 나를 사랑하지 않았으니 당신에게는 아직 희망이 있답니다.

처음부터 자초지종을 자세히 이야기할게요. 내가 처음 빈센트 렌들을 만났을 때, 난 스물다섯 살도 되지 않았지요. …… 그는 점점 더 나와 많은 시간을 보내게 되었답니다. 그는 우리 집을 좋아했어요. 우리가 사는 방식이 그의 마음에 꼭 들었던 거죠……. 헤어진 후에도 그는 계속해서 나에게 편지를 썼어요. 자신이 하고 있는 일이나 생각하는 것을 모두 나와 함께 나누고 싶어 했지요……. 하지만 참으로 안타깝게도 나는 그보다 더 중요한 존재가 되고 싶어 했어요. 그때 나는 아직 젊은 아가씨였고 그와 사랑에 빠진 거예요…….

물론 사람들은 수군거리기 시작했죠. 내가 빈센트 렌들의 애너턴 부인이라고. 『실비아에게 바치는 소네트』가 출간되었을 때, 내가 바로 그 실비아라는 소문이 돌았어요. 하지만 그 소네트들은 과연 무엇이었던가요? 그것은 연애시가 아니라 우스꽝스러운 철학일 뿐이에요. 한 여자가 아닌, 모든 여성에게 바치는!

그가 죽은 후에, 흥미롭게도 나에게는 일종의 사랑의 망상이 찾아왔어요. 그에 관한 모든 책과 논문 그리고 『인생과 문학』에 대한 모든 평론이 실비아에 대한 신중한 언급으로 가득 차 있었죠. 사람들의 눈에 나는 빈센트 렌들이 사랑했던 여자였죠.

나의 가엾은 친구여, 이제 아시겠어요? 나는 다른 사람들이 나를 어떻게 생각하는지 알아야 했어요. 나는 당신에게 마음이 이끌렸죠. 당신이 나를 좋아하게 되길 원했어요. 그것은 단지 심리적인 실험이 아니었어요. 하지만 어느 면에서는 그렇기도 했죠……. 나는 그 질문에 대한 대답을 얻어야만 했어요.

「뮤즈의 비극」은 워튼이 젊은 시절에 가졌던 몇몇 문제를 건드리고 있다. 핵심적인 딜레마는 명백하다. 예술적 영감을 '불러일으키는 존재'가 될 것인가 아니면 '예술가'가 될 것인가. 하지만 『기쁨의 집』에서도 계속해서 너무나 통렬하게 제시하고 있는 또 다른 주제가 있다. 사랑하는 사람들에게 복잡하고 완벽한 한 인간이 아니라 아름다운 대상으로 대접받는 한 여인의 비극적인 외로움이 그것이다.

릴리 바트의 왜곡된 '자아상'의 또 다른 면은 「다른 두 사람」이라는 기이한 이야기에서 찾아볼 수 있다. 이 이야기에 등장하는 주인공은 앨리스 웨이손이다. 처음에 우리는 열렬한 찬미로 가득 찬 그녀의 셋째 남편의 눈을 통해서 그녀를 바라본다. 그는 아내의 다정다감한 성품과 기꺼이 남편에게 순종하는 태도에 홀딱 반해 버렸다. 이야기가 진행됨에 따라서 웨이손은 우연히 아내의 전남편들을 만나게 된다. 그리고 충격적이고 실망스럽게도, 다른 두 남편이 그와 전혀 딴판이었음에도 앨리스와 똑같은 관계를 맺었음을 알게 된다. 제각기 완전히 다른 이 세 명의 남자에게 앨리스 웨이손은 언제나 완벽한 아내였던 것이다. 늘 명랑하고 남편이 원하는 대로 자신의 행동과 욕망을 기꺼이 바꾸는. 이 치명적인 깨달음이 점차 웨이손의 머릿속을 파고들어 갔고, 그는 그토록 좋아하던 아내의 장점이 점차 기괴하고 이상하게 보이기 시작했다. 도대체 저 여자가 누구인지, 과연 저 여자가 진짜 한 개인인지조차 의심스러웠다. 그는 아내의 품성에 경탄을 금치 못한다. "왜냐하면 그것은 다른 모든 예술과 마찬가지로, 양보와 삭제와 장식 그리고 주의 깊게 비춘 조명과 기술적으로 부드럽게 만든 어둠으로 만들어낸 '예술'이기 때문이다." 앨리스 웨이손의 성격은 어쩌면 릴리 바트의 복잡하고 인공적인 성격의 축소판일지도 모른다.

워튼 자신이 예술가였기에 그녀는 예술과 예술가란 관점에서 여성을 대하는 사회의 태도에 수반하는 근본적인 문제를 고민했다. 워튼에게는 이런 것들이 개인적인 진정성을 지닌 문제의 범주들이었다. 하지만 수동적인 '예술적' 위치로서 '여성성'이란 개념을 1905년에 특별히 적절한 주제로 다룬 데는 또 다른 이유가 있다.

첫째로, 19세기가 저물어감에 따라 미국에서는 신흥 부자 계급이 출현했는데 이들은 자신들의 사회적 지위를 확인해 줄 어떤 방식을 찾고 있었다. 유럽과 영국에서는 수 세기에 걸친 군주제가 확실하게 '계급'을 구분해 줄 수 있는 복잡한 귀족 체계를 성립했다. 하지만 미국에는 그런 유산이 없었다. 『기쁨의 집』이 출간되기 6년 전인 1899년, 사회 역사학자인 소스타인 베블런은 미국 생활의 고전적 연구서인 『유한계급론』을 출간했다. 베블런은 단지 자신들이 주체할 수 없을 정도로 넘쳐 나는 돈을 갖고 있다는 사실을 과시하려는 목적 이외에 다른 어떤 쓸모도 없는 값비싼 물건을 닥치는 대로 사들이는 습관을 두고 '과시적 소비'라는 용어를 붙였다. 베블런의 주장에 따르면, 결국 미국에서 '상류층'이란 눈에 띄기는 하지만 전혀 쓸모없는 물건에 엄청난 돈을 물 쓰듯이 쓸 수 있는 재력을 지닌 사람들로 정의된다. 물론 남녀를 불문하고 누구든 그런 물건의 구매자는 될 수 있다. 하지만 베블런이 관찰한 바에 따르면, 가정 내에서 노동 분업을 발견하는 것은 결코 드문 일이 아니라는 것이다. 남편이 가족들이 안락하게 살기 위해 필요한 것보다 훨씬 더 많은 부를 쌓기 위해서 사업에 전력투구하는 동안, 부인은 그 집안의 '구매자'가 되어 호화로운 집과 가구와 보석, 옷 등 부를 과시하고 '상류층'의 위치에 오를 수 있게 해주는 품목을 사들인다. 빅토리아 시대의 물건들로 꽉 찬, 어지러운 거실 풍경이나 여자들의 드레스에 붙인 과다한 천 조각과 장신구 들은 이 복잡한 과정 속에서 모두 각자의 역할을 수행하고 있는 것이다. 물론 이런저런 사치스러운 옷가지나 보석을 '반드시 사야 한다'고 느끼는 릴리의 직관적이고도 무비판적인 생각은 그녀 자신의 유아적인 탐욕을 반영하는 것이다. 하지만 워튼은 이런 성향이 단순한 개인적 결함이 아니라는 사실을 독자가 깨닫기를 원한다. 릴리는 자기 자신과 여성을 마땅히 '사치스러운 물건의 소비자'로 여기도록 가르치는 교육을 받아왔다. 릴리가 자신의 정체성을 이런 물건들의 구매 정도에 따라서 규정하는 경향을 보이는 이유 중 하나는 천박한 가치관을 가진 타락한 사회의 병폐가 그렇게 가르쳤기 때문이기도 하다. 릴리의 한계를 모르는 탐욕은 뉴욕 사회의 상류층 내에서 전혀 이상한 일이 아니었다. 정반대로 만약 릴리가 그렇지 않았더라면, 그리고 자신의 인생 초반부의 가치관을 형성한 환경에서 벗어나는 데 성공했더라면, 그녀는 오히려 특이한 존재가 되었을 것이다. 아이러니하게도, 릴리의 자기 '자신'에 대한 그녀의 평가는 마치 다른 사람의 시선을 통해 바라본 것처럼 상당히 정확했다. 호화롭게 그녀의 아름다움을 돋보이게 해주는 사치스러운 옷이나 보석, 그리고 헤아릴 수 없이 많은 소품으로 호화롭게 치장하지 않으면, 릴리는 이 사람들에게 아무런 가치도 없는 존재였다. 이런 점에서 로렌스 셀던 역시 뉴욕 상류층의 다른 사람들과 별반 다르지 않다는 사실은 주목할 만하다. 그는 주로 릴리의 미모를 찬미한다. 그리고 공들여 꾸민 그녀의 예술적인 외모가 아니었다면, 릴리는 전혀 그의 관심을 끌지 못했을 거란 사실을 끝내 인정하지 않으려고 한다.

여성에 대한 예술의 표현을 꼼꼼하게 살펴봐야 하는 또 다른 중요한 이유가 있다. 19세기 후반에 유행한 다양한 형식의 예술은 수동적인 존재로서 여성이란 개념을 더욱 강화하는 데 일조했다. 이때 여성의 주된 관심사는 자기 자신을 가장 궁극적인 '소비품'으로 제공하는 데 있었다. 워튼이 이 소설의 줄거리 속에 예술을 소개해 넣는 독특한 방식에 대한 설명은 이 책 뒤쪽에 실은 주를 참고하기 바라고, 이 글에서는 워튼이 염두에 두었을 만한 몇몇 주요 예술에 대해서 언급해 보겠다. 우선 날로 인기를 더해 간 인상파가 있었다. 그 명칭에서 알 수 있듯이, 이 화풍은 주로 사물의 표면에서 감지되는 빛과 그림자의 유희를 표현하는 데 주력했다. 또한 대부분은 감상자의 도덕적 감수성을 자극하기보다 시각적 기쁨을 주는 데 목적을 두었다. 궁극적으로 화가들은 대개 여성을 작품의 대상으로 간주했다. 거의 언제나 여성의 초상은 앉아 있든, 의자에 기대어 있든, 생각에 잠긴 듯 서 있든 간에 본질적으로는 정적인 모습으로 그려졌다. 이런 여성의 모습은 여성의 '자연스러운' 역할이 능동적이라기보다 수동적이라는 생각을 확실하게 뒷받침해 주는 일종의 상징적 표지가 되었다. 이 인상파와 밀접하게 연결되어 있는 것이 바로 피상적인 우아함과 실물보다 잘 그린, 하지만 천박하기 짝이 없는 초상을 제공함으로써 초상화의 주인공을 기쁘게 해주는 데 목적을 둔 초상화 유파다. 이와 관련해서 워튼이 특별히 염두에 둔 화가는 존 싱어 사전트였다. 빛과 색깔을 풍부하게 쓴 그의 그림은 종종 공허한 전시품으로 전락하곤 했다. 언젠가 워튼은 사전트야말로 미적 감수성은 없고, 천재의 기교만 갖고 있는 유일한 예술가인 것 같다고 쓴 적도 있다. 아르누보는 장식적 예술의 또 다른 형태였다. 이것은 심지어 사람들의 실재 외양을 사전트의 피상적인 초상화보다도 현실 세계로부터 더 멀리 떨어진 곳으로 옮겨 놓았다. 알폰스 무하의 그 유명한 사라 베르나르의 포스터 그림은 아마도 가장 널리 알려진 아르누보의 예일 것이다. 이 예술 방식은 대상을 세밀하고 비현실적으로 묘사하는 데 목적이 있었는데, 거의 독점적으로 여성만 대상으로 했고 일본 그림에서 차용한 구불구불하고 물 흐르는 듯한 화려한 선으로 표현했다.

여성이 아르누보 예술가들의 관심을 끌게 된 이유는 바로 여성의 장식적인 기능 때문이다. 여성은 종종 노골적으로 꽃으로 묘사되곤 했다. 따라서 대개 백합과 장미, 작약, 국화, 그 밖에 다른 섬약한 꽃들이 그림의 일부로 등장했다. 릴리라는 이름 자체가 1905년 아르누보 그림을 연상시킨다. 그리고 이 이름은 언제든 장식적인 역할을 하라는 무자비한 명령을 받은 듯 느끼는 릴리의 압박감과 더불어 워튼 시대의 독자들로 하여금 그런 예술에 대한 비판적 시각(릴리의 궁극적인 비극이 암시하고 있는)을 갖게 할 수도 있었을 것이다.

유감스럽게도 여성보다 남성이 더 우선권을 갖고 있다는 릴리의 평가는 매우 올바르다. 이 소설의 초반부에서 릴리는 셀던에게 이렇게 말한다.

"남자에게는 선택인 것(초라하고 비참한 삶에서 벗어나기 위한 결혼)이 여자에게는 의무가 되죠."

바트 양은 비판적인 시선으로 그를 살펴보았다.

"당신의 외투는 좀 낡았군요. 하지만 누가 그런 걸 상관이나 하나요? 그 때문에 당신이 저녁 식사에 초대받지 못하거나 하는 일은 결코 없을 거예요. 하지만 제가 초라하게 입었다면, 아무도 저를 초대하지 않았을 거예요. 여자가 초대받는 데는 인간성만큼이나 옷차림이 중요하니까요. 옷은 배경이자 기본 바탕인 셈이죠. 물론 옷차림이 성공을 보장하는 건 아니지만, 상당 부분을 차지하거든요. 누가 추레하게 입은 여자를 좋아하겠어요? 여자들은 최후의 순간까지 언제나 예쁘고 멋지게 차려입으라는 요구를 받지요. 만약 자기 스스로 품위를 유지할 능력이 없으면, 반드시 누군가와 제휴해야 하고요."

셀던은 여성이 겪어야 하는 가혹한 현실에 대한 이 솔직한 언급에 동정심이 아니라 '재미'를 느낀다. 나중에 퍼시 그라이스의 마음을 사로잡으려고 애쓰던 릴리는 자신의 모든 분석력을 동원하여 이 상황을 이렇게 분석한다.

물론 그라이스 씨가 충동이나 감정 따위에는 좀처럼 휩싸이지 않는 지극히 소심한 유형이라는 걸 잘 알고 있었다. 그는 신중함이 오히려 결점이 되고 현명한 충고가 되레 가장 위험한 자양분이 되는, 그런 부류의 인물이었다. 하지만 릴리는 전에도 그런 부류의 사람과 알고 지낸 적이 있었다. 그리고 그렇게 자기 방어가 철저한 사람일수록 반드시 이기심을 분출할 한 가지 커다란 탈출구를 찾게 마련이라는 것도 잘 알고 있었다. 릴리는 지금까지 그라이스 씨에게 아메리카나가 했던 역할을 자신이 대신할 작정이었다. 그가 아낌없이 돈을 쓸 만큼 충분한 자부심을 느낄 수 있는 단 하나의 소유물이 되려는 것이다. 릴리는 이런 식의 관대함이 사실은 천박함의 한 가지 형태라는 것을 잘 알고 있었다. 하지만 그녀는 남편의 허영심과 자기 자신을 완전히 동일시해서, 그녀의 소망을 충족시켜 주는 것이 곧 남편에게는 가장 세련된 방식의 자기 탐닉으로 여겨지게끔 만들 것이라고 굳게 결심했다.

릴리는 이 시장을 잘 알고 있었다. 어쩌면 꼭 결정적인 순간에 그녀가 번번이 이 거래를 유지하지 못하고 결혼에 실패하는 것은 그녀에게 오히려 명예로운 일인지도 모른다.
릴리의 천성은 그보다 나은 무언가를 갈망한다. 하지만 그녀의 도덕적 의지는 너무 허약하고 너무 불완전하게 형성되어 있어서 더 견실하고 의미 있는 존재 양식을 만들어내지 못하는 것이다. '더 나은 방식'을 찾기 위해서 어둠 속을 더듬거리던 릴리는 본능적으로 예술 분야로 향한다. 하지만 워튼은 그녀를 위해 또 다른 예술 형태를 몰래 준비해 두고 있었다. 그것은 바로 신고전주의라는 이상화된 예술이었다. 이 예술은 고대 그리스적인 특성을 지닌 예술 형식으로의 복귀였으며, 인간의 미덕을 시각적 때로는 촉각적으로 재현해 내는 데 목표를 두었다. 자유의 여신상을 보거나 혹은 '자유의 여신'이 새겨진 은화를 본 사람이면 누구든 신고전주의 예술의 한 예를 접한 셈이다. 워튼이 이 소설에서 언급한 다른 예술 형식과 달리, 이 유파는 대상의 표면적이고 장식적인 특징을 주로 다루지 않았다. 오히려 어떤 도덕적인 이상이나 덕목을 표현하려고 시도했다. 하지만 한 가지 면에서는 워튼이 언급한 19세기 후반과 20세기 초반의 다른 예술 형식과 다를 바가 없었다. 거의 언제나 여성을 대상으로 삼았다는 점이다. 여성은 '자유', '정의', '법', '자비' 등으로 묘사되었다. 미국 여성이란 표상을 통해 불러일으킬 수 있는 고귀한 추상적 개념의 범주는 끝이 없었다. 인상주의나 아르누보와 달리 신고전주의 예술은 여러 차례 부흥을 누렸는데, 특히 독립전쟁 동안 미국에서 큰 인기를 끌었고 이보다 앞선 시기에는 영국의 화가 조슈아 레이놀즈에게 강력한 영향을 미쳤다. 그리고 다시 20세기 초반 미국에서 신고전주의는 또 다른 전성기를 누렸는데, 특히 공공 도서관과 교회, 야외 별장 등에서 이상적 미덕의 신세계식 표현물로 벽화를 새기는 것이 유행이었다.

결국 단지 외면적 아름다움의 감상 이상을 넘어서지 못하는 미적 규범을 지닌, '과시적 소비'의 사회가 그녀에게 강요하는 역할을 넘어서려는 릴리의 노력은 그녀의 천성에 고귀한 품성이 잠재되어 있음을 보여 주는 증거이기는 하지만, 심지어 그런 노력을 하는 동안에도 그녀가 자신을 여전히 예술적 대상으로만 생각하고 있다는 것은 치명적인 결함을 드러낸다. 릴리는 '타블로 비방'에서 '더 나은' 자신을 가장 강력하게 표현할 수 있는 역할을 하려고 한다. 하지만 그녀의 생각은 잘못된 것이었다. 그녀는 이전보다 정말로 '더 나은 사람'이 된 것이 아니었다. 그녀는 단지 장식적이기만 한 표현 방식을 넘어서 좀 더 도덕적인 형식을 선택했을 뿐이다. 셀던은 바로 이 순간에 그녀의 '진정한' 자아, 예컨대 '진짜 릴리 바트'가 드러났음을 알아차린다. 하지만 슬프게도 셀던은 릴리 바트보다 더욱 자기 기만적인 인물이었다. 아니, 어쩌면 그날 밤 셀던이 힐끗 보았던 것이 '진짜' 릴리 바트였을지도 모른다. 설사 그렇다 하더라도 진짜 살아 있는 인간으로서 복잡한 감정을 지닌 여성의 면모는 치명적일 만큼 완전히 제거된 상태였다. '릴리 바트'는 찬탄을 불러일으키는 피상적인 외모 이상의 그 어떤 존재도 될 수 없는 것인지도 모른다.

이 문제를 다루는 워튼의 아이러니한 서술에는 마지막 비틀림이 있다. 1905년 당시 레이놀즈의 그림 「로이드 부인」은 개인 소장품으로 로스차일드 가문의 한 사람이 소유하고 있었다. 타블로 비방에서 릴리는 셀던이 그토록 찬미해 마지않는 장식적인 자질과 그의 천성이 요구하는 듯 보이는 미덕의 외형을 결합함으로써 그의 마음을 사로잡을 속셈이었다. 하지만 「로이드 부인」의 진정한 관객은 다름 아닌 심 로즈데일이었다.

이 소설은 의도적으로 수많은 의문을 그대로 남겨 두고 있다. 과연 릴리는 칭찬할 만한 인물인가? 그녀는 시샘할 만한 많은 재능을 갖고 있고 섬세한 미적 창조의 활동도 할 수 있는 능력을 지녔다. 대부분의 독자는 그녀의 존재에 강한 반응을 보이지만 그 반응은 종종 엇갈린다. 한편 셀던은 어떤가? 어느 한편에서 '영혼의 공화국'을 주창하는 그의 모습은 이 사회에 속한 다른 일원들이 결여하고 있는 도덕적 감수성을 지니고 있음을 암시하는 듯하다. 하지만 릴리가 너무나 정확하게 지적했듯이, 그는 '수륙양서적인 생물'이었다. 그는 자신이 공공연히 비난하는 가치관을 지닌 사람들과 너무 많은 시간을 어울려 보낸다. 거스 트레너와 같은 남자는 육체적으로는 혐오스러울 수도 있다.(릴리는 종종 땀에 흠뻑 젖어버리는 그의 시뻘건 얼굴을 보고 몸서리치곤 한다.) 하지만 그들은 셀던이 갖지 못한 활력을 지녔다. 릴리는 자신의 가치관을 판단하기 위한 도덕적 '거울'로 셀던을 선택한다. 과연 그녀의 선택은 옳은 것일까? 좀 더 현명한 선택을 할 수 있었던 건 아닐까?

『기쁨의 집』은 지극히 제한된 세계를 보여 준다. 이런 제한은 어느 면에서 워튼이 의도한 결과이기도 했다. 조금이라도 지각이 있는 독자라면 이 경박한 부자들이 목적 없는 삶을 영위하고 있는 동안, 분명히 수십만 가구의 정직하고 올바른 중산층 가정은 진정한 삶을 이어가고 있다는 생각이 들었을 것이다. 그리고 워튼 역시 기꺼이 그 사실을 인정했을 것이다. 그런 다음 자신의 풍자소설은 부자들을 겨냥한 것임을 고백했을지도 모른다. 이들은 권력과 영향력을 모두 가진 사람들이며, 여러 가지 면에서 이들의 생활 방식은 다른 사람들이 동경하는 삶의 표준이 된다. 하지만 엄청난 돈을 닥치는 대로 써버리는 데서 비롯되는 도덕적 타락이 남녀 모두에게 영향을 미칠 수 있는 반면, 부자들 사이에서 형성된 이런 생활 패턴은 특히 여성에게 왜곡되어 받아들여지기 쉬운, 널리 유행하는 사회적 관습과 기대를 만들어내게 마련이다. 워튼은 이런 관습과 기대를 강조하기 위해서 자신의 허구적 세계의 구성 요소를 신중히 선택했다. 작가는 세상의 모든 여자가 어떤 삶을 살든지 간에 어느 정도는 『기쁨의 집』이 비판하고 있는 관습적 사고방식에 의해 상처받고 있다고 주장하고 싶었던 것이 분명하다.

　이 소설의 허구적 세계가 갖고 있는 또 다른 한계는 1905년 워튼 자신이 지닌 개인적 한계에서 비롯된 것임은 명백하다. 예를 들어, 이 소설에 진짜 성적인 내용이나 성인다운 욕망을 보여 주는 증거는 그 어떤 것도 찾아볼 수 없다. 물론 릴리의 세계에서 친밀한 성적 관계를 맺을 수 있을 만큼 감정적으로 충분히 성숙한 사람들이 거의 없는 것도 사실이다. 1905년 워튼은 이미 어린 시절의 공포와 의심을 극복하고 활발한 글쓰기를 시작할 수 있을 만큼 충분히 힘을 회복한 상태였다. 하지만 그녀의 결혼 생활은 여전히 만족스럽지 않았다. 다행히도 『기쁨의 집』은 워튼에게 가장 위대한 감정적 성숙의 시기를 알리는 시발점이 되었다.

여러 가지 면에서 릴리 바트의 죽음은 워튼의 일부에게 고하는 일종의 작별 인사였다. 릴리는 워튼의 나약한 면을 공유한 인물이었다. 저자는 이 소설을 써 나가는 '문제 해결' 과정에서 이런 나약함이 현실적이지 않다는 것을 깨달았다. 그리고 『기쁨의 집』을 완성한 후, '여성적인' 여자가 되려면 반드시 수동적이어야 한다는 믿음 따위는 워튼의 인생에서 완전히 사라져버렸다. 마침내 예술을 창조하면서도 여전히 여자일 수 있다는 확신을 갖게 된 것이다. 그러므로 그녀는 예술가로서 자신의 위대한 재능을 이용해 좀 더 일관성 있는 자아 정체성을 성립할 수 있었다. 그녀는 자신의 작품에 자부심을 가졌고, 어머니의 잔인한 비판 때문에 잃어버린 자긍심을 조금씩 되찾아 갔다.

1907년 워튼은 헨리 제임스의 친구인 모턴 풀러턴을 만나 깊은 사랑에 빠졌다. 두 사람은 2, 3년 동안 연애를 했는데, 워튼은 생애 처음으로 성적으로나 감정적으로나 온전한 충족감을 경험할 수 있었다. 이후 발표한 소설은 이 소중한 관계가 그녀에게 가르쳐준 영원한 깨달음을 반영하고 있다. 1913년 워튼은 비로소 테디와 이혼할 용기를 낼 수 있게 되었고, 프랑스에 영구히 머무르기로 결심했다. 그곳에서는 장식적이고 이상화된 여성성이라는 미국의 신화가 그녀의 삶을 구속할 수 없었다. 그녀는 두 번 다시 결혼하지 않았지만 세상을 떠나는 그날까지 수많은 친구와 풍요롭고 고귀한 우정을 나누었다. 또한 계속해서 여러 편의 소설과 단편소설을 썼으며, 그 대부분이 걸작이었다. 그리고 마침내 1921년에는 『순수의 시대』로 퓰리처상을 받았다.

　1937년 워튼은 평화롭고 조용히 세상을 떠났다. 그녀는 고통스럽고 외로웠던 어린 시절과 젊은 시절로부터 먼 길을 걸어와야 했다. 이제 그녀의 소설은 그녀의 재능을 기리는 기념물로 남았다. 워튼의 용기 있는 삶은 그 이후로 태어난 모든 미국 여성에게 귀감이 되고 있다.

1부

1

 셀던은 불현듯 놀라 걸음을 멈추었다. 저물어가는 오후의 혼잡스러운 그랜드 센트럴 역[1]에서 릴리 바트 양의 모습을 발견하자, 갑자기 그의 눈앞이 환하게 밝아지는 듯한 느낌이 든 것이다.
 9월 초순의 어느 월요일이었다. 그는 잠시 교외에 나갔다가 서둘러 다시 직장으로 돌아가는 길이었다. 그런데 바트 양은 이 계절에 시내에서 뭘 하고 있는 걸까? 혹시나 기차를 타려고 기다리는 사람처럼 보였다면, 그는 아마 그녀가 누군가의 교외 저택에서 지내다가 또 다른 집으로 가는 중일 거라고 쉽게 짐작해 버리고 말았을 것이다. 뉴포트 시즌[2]이 끝난 후로 여기저기서 서로 바트 양을 초대하려고 난리였다. 하지만 정처 없이 사방을 두리번거리고 있는 듯한 그녀의 모습은 의문을 불러일으킬 뿐이었다. 바트 양은 승강장이나 거리를 향해 그녀의 곁을 분주하게 지나가는 군중 속에서 초연히 홀로 서 있었다. 마치 결정을 내리지 못하는 듯한 표정이었는데, 어쩌면 그것은 셀던이 추측하는 것처럼, 오히려 아주 분명한 목표를 감추기 위한 가면일 수도 있었다. 틀림없이 누굴 기다리는 중일 거라는 생각이 그의 머릿속에 제일 먼저 떠올랐다. 하지만 왜 그런 생각이 떠올랐는지 자신도 알 수가 없었다. 릴리 바트 양에 관해서라면 새로울 것이 전혀 없었는데도, 셀던은 그녀를 볼 때마다 늘 호기심이 발동했다. 왠지 그녀의 가장 단순한 동작 하나까지도 뭔가 깊은 의도에서 비롯된 행동인 듯 보이면서, 항상 상대방의 의혹을 불러일으키는 것이 바로 바트 양의 특성이었다.

마침내 호기심을 이기지 못한 셀던은 건물 안으로 들어가려던 발걸음을 돌려서 그녀를 향해 어슬렁어슬렁 걸어갔다. 만약 바트 양이 그와 마주치는 걸 꺼린다면, 어떻게든 그를 피하려고 할 것이다. 과연 바트 양이 어떤 기지를 발휘할지 시험해 볼 생각을 하니, 셀던은 몹시 즐거웠다.

"어머나, 셀던 씨! 이렇게 다행스러운 일이!"

바트 양은 그의 앞길을 가로막겠다고 작정이라도 한 듯 환한 미소를 지으며 반색을 하며 다가왔다. 그들의 옆을 지나가던 행인 한두 명이 주춤거리며 그녀를 힐끔힐끔 쳐다보았다. 사실 바트 양은 마지막 열차를 잡으려고 미친 듯이 달리던 교외 통근자의 발걸음조차 능히 멈추게 할 만큼 대단한 미모의 소유자였다.

셀던은 지금보다 더 눈부시게 빛나는 바트 양의 모습을 이제껏 한 번도 본 적이 없었다. 생생하게 윤기 넘치는 머리카락은 화려한 무도회장에서보다 칙칙한 군중 틈에서 더욱더 돋보였고 사람들의 눈길을 확 잡아끌었다. 검은 모자와 베일 아래로 보이는 그녀의 얼굴은, 지난 11년 동안 밤 늦도록 지칠 줄 모르고 무도회를 즐긴 끝에 서서히 잃어가고 있던 순수함과 소녀 같은 나긋나긋함을 되찾은 듯 보였다. 정녕 11년이나 지났단 말인가? 셀던은 도무지 믿기지 않았다. 바트 양을 시샘하는 경쟁자들이 주장하듯이, 과연 저 여인이 정말로 스물아홉 번째 생일을 맞이했단 말인가?

"얼마나 다행스러운지 몰라요!"

바트 양이 또다시 말했다.

"친절하게도 저를 구하러 오셨군요."

셀던은 바트 양을 구해 드리는 일이야말로 자신의 소명이라고 유쾌하게 대답하면서, 그런데 도대체 어떤 식으로 구해 드려야 하느냐고 물었다.

"오, 사실은 그저 벤치에 앉아서 저랑 이야기만 나누어주시면 돼요. 사람들은 코티용[3]을 추기 위해서는 밖에 나와 앉아 있으면서, 어째서 기차를 타려고 나와 앉아 있지는 않는 거죠? 여기가 반 오스버그 부인 댁의 온실보다 더운 것도 아닌데 말이죠. 게다가 몇몇 여자는 전혀 미모가 뒤떨어지지도 않는걸요."

바트 양은 말을 멈추더니 깔깔 웃으면서 사실은 턱시도[4]에서 방금 올라왔으며 벨로몬트[5]의 거스 트레너 씨 댁으로 가는 길인데 라인벡[6]행 3시 15분 열차를 그만 놓쳐 버렸다고 사정을 설명했다.

"다섯 시 반까지는 다른 열차가 없어서 꼼짝없이 두 시간을 기다려야 한답니다. 그런데 혼자서 뭘 어떻게 할지 통 알 수가 없네요. 제 하녀는 오늘 아침 저를 위해 장을 보러 갔다가 한 시에 곧장 벨로몬트로 오기로 되어 있고, 고모님 댁은 문이 잠겨 있으니 말이죠. 게다가 이 시내에 제가 아는 사람이라고는 단 한 명도 없는걸요."

바트 양은 애처롭게 역 주변을 둘러보았다.

"솔직히 여긴 반 오스버그 부인 댁의 온실보다 덥네요. 혹시 시간이 있으시면, 잠시 숨을 돌릴 수 있는 곳으로 저를 좀 데려가 주실래요?"

셀던은 서슴없이 자기는 전적으로 바트 양의 뜻에 따르겠노라고 말했다. 이 뜻밖의 모험이 그에게는 즐거운 일탈이었다. 그는 언제나 구경꾼의 입장에서만 릴리 바트를 즐겨왔다. 지금까지 그의 위치는 그녀의 반경으로부터 너무나 멀리 떨어져 있었기 때문에, 바트 양의 제안으로 한순간에 갑자기 가까운 사이가 되는 것이 그저 흐뭇할 따름이었다.

"그럼 세리즈[7]에 가서 차나 한잔할까요?"

그녀는 동의하는 듯 미소를 짓더니 곧 살짝 인상을 찡그렸다.

"월요일이라 시내에 사람이 너무 많군요. 틀림없이 따분한 사람들을 숱하게 만날 거예요. 물론 저야 저 언덕만큼이나 늙었으니 그런들 무슨 상관이겠어요. 하지만 저는 늙었다고 해도 당신은 아니잖아요."

그녀는 쾌활하게 웃으며 싫다는 뜻을 내비쳤다.

"물론 차는 마시고 싶어요. 하지만 좀 더 조용한 장소가 없을까요?"

셀던은 그녀의 미소에 미소로 화답했다. 그녀의 환한 미소는 한동안 생생하게 그의 마음속에 머물렀다. 신중한 그녀의 태도는 경솔한 모습만큼이나 그의 흥미를 불러일으켰다. 셀던은 그 두 가지 태도 모두 치밀하게 계산된 계획의 일부일 것이라고 믿어 의심치 않았다. 바트 양을 판단할 때면, 그는 언제나 '의도된 각본'이라는 잣대를 들이댔다.

"뉴욕에는 기분 전환할 거리가 별로 없습니다."

셀던이 말했다.

"하지만 우선 제가 멋진 장소를 찾을 테니 그다음에 함께 뭔가를 궁리해 보죠."

셀던은 집으로 돌아가는 주말 시장의 장사꾼 무리 속으로 그녀를 인도했다. 터무니없이 추한 모자를 쓴 피곤한 얼굴의 처녀들과 종이 보따리와 야자나무 잎 부채를 손에 든 채 뒤뚱거리며 걸어가는 펑퍼짐한 가슴의 아낙네들이 옆을 지나갔다. 과연 이 여자들이 바트 양과 같은 종족이란 말인가? 평범한 여자들의 무미건조하고 촌스러운 모습을 보니, 셀던은 바트 양이 얼마나 특별한 존재인지 더욱 실감할 수 있었다.

한바탕 소나기가 지나가자, 더위가 한풀 꺾였다. 게다가 구름이 여전히 비에 젖은 거리 위에 머물면서 시원한 그늘을 만들어주고 있었다.

"정말 상쾌하군요! 우리 잠깐 걸을까요?"

기차역을 빠져나오면서 바트 양이 말했다.

두 사람은 매디슨가를 향해 방향을 틀었다. 그리고 북쪽으로 천천히 걸어가기 시작했다. 바트 양은 그의 옆에서 긴 보폭으로 가볍게 걷고 있었다. 셀던은 그녀 옆에 가까이 있는 것 자체가 말할 수 없는 기쁨이라는 사실을 깨달았다. 손으로 빚어놓은 듯이 앙증맞은 귀와 찰랑찰랑 구불대는 곱슬머리(어느 예술가가 이토록 섬세하게 빛나는 머리카락을 그린 적이 있을까?), 그리고 길게 쭉 뻗은 검고 촘촘한 속눈썹. 바트 양의 모든 것이 정교하면서도 활기찼고 섬세하면서도 강인했다. 셀던은 분명 바트 양이 이런 아름다움을 얻기 위해 엄청난 대가를 지불했거나 혹은 이토록 아름다운 그녀를 탄생시키기 위해서 수많은 추하고 아둔한 인간들이 어떤 알 수 없는 방식으로 희생되었을 거라는 터무니없는 생각을 했다. 숱한 여자들 속에서 유독 그녀가 눈에 띄는 이유는 주로 외모 때문이라는 것을 셀던은 잘 알고 있었다. 마치 한낱 보잘것없는 진흙 덩이에 아름다움과 까다로움이란 유약을 덧칠해 놓은 것처럼 말이다. 그러나 이런 비유만으로는 충분하지 않았다. 아무리 그래도 재질 자체가 거칠면 멋진 완성품이 나올 수 없는 법이다. 또한 재료가 좋아도 상황에 따라서는 형편없는 모양이 나오기도 하지 않던가?

셀던의 생각이 여기에 이르렀을 때, 태양이 구름 밖으로 모습을 드러냈다. 순간 바트 양이 양산을 활짝 펼치면서 그의 기쁨을 빼앗아버렸다. 곧이어 바트 양이 한숨을 쉬며 걸음을 멈추었다.

"오, 이런. 너무 덥고 목이 마르네요. 뉴욕은 정말 끔찍한 도시군요!"

바트 양은 절망스러운 시선으로 황량한 거리를 위아래로 둘러보았다.

"다른 도시들은 여름에 가장 아름다운 옷을 입게 마련인데, 여기 뉴욕은 달랑 와이셔츠 바람으로 나와 앉아 있는 것 같아요."

두리번거리던 그녀의 눈길이 저 아래쪽 어느 골목에 머물렀다.

"그래도 저기 저쪽에는 누군가가 나무 몇 그루를 심어놓을 정도의 인간성을 지닌 사람이 있었네요. 우리 저기 그늘로 가요."

"저희 동네 거리가 당신의 마음에 드신다니 정말 기쁩니다."

"당신 동네라고요? 그럼 여기 사시나요?"

그녀는 벽돌과 석회암으로 새로 지은 건물들을 새삼 흥미로운 눈길로 쳐다보았다. 그 건물들은 색다른 것에 열광하는 미국인의 기호에 충실하여 기상천외할 정도로 각양각색이었지만, 건물마다 놓인 차양과 화분들이 신선하고 매력적인 분위기를 자아냈다.

"오, 정말 그렇군요. 건물 이름이 '베네딕'[8]인 걸 보니 틀림없네요. 어쩜 이렇게 멋진 건물이 있죠! 이런 건물은 정말이지 난생처음 보는 것 같아요."

그녀는 대리석 입구와 조지 왕조풍 외관을 지닌 공동주택 건물을 살펴보았다.

"어느 것이 당신의 방 창문인가요? 저기 차양이 내려진 것인가요?"

"제일 꼭대기 층에…… 네, 바로 저깁니다."

"저 작고 예쁜 발코니가 당신 거란 말인가요? 아, 저기에 올라가면 얼마나 시원할까요?"

셀던은 잠시 걸음을 멈추었다.

"잠깐 올라가 보시죠."

그가 제안했다.

"제가 금방 차 한 잔을 만들어드릴 수 있습니다. 게다가 지루한 사람을 만날 염려도 전혀 없고요."

바트 양의 얼굴이 빨갛게 물들었다. 적절한 순간에 적절히 얼굴을 붉히는 기술을 아직도 잊지 않고 있었던 것이다. 하지만 셀던이 가볍게 제안한 만큼, 자신도 가볍게 받아들이기로 마음먹은 것 같았다.

"그럴까요? 너무 유혹적인 제안이군요. 어디 한번 모험을 해보죠."

기쁨의 집 47

바트 양이 명쾌하게 대답했다.

"오, 저는 위험한 사람이 아닙니다."

셀던이 똑같은 어조로 대답했다. 사실 지금처럼 그녀가 좋아 보인 적은 한 번도 없었다. 셀던은 그녀가 별다른 속셈 없이 그의 제안을 받아들였다는 걸 잘 알고 있었다. 그는 아예 그녀가 계산하고 어쩌고 할 상대가 될 수 없었던 것이다. 그러나 자연스럽게 제안을 받아들이는 그녀의 모습에는 어떤 뜻밖의 면이, 거의 신선하다고 할 만한 면이 있었다.

문 앞에서 셀던은 잠시 멈춰 서서 열쇠를 찾았다.

"집에는 아무도 없습니다. 아침마다 하인 한 명이 다녀갈 뿐이죠. 아마 그 친구가 차 마실 준비를 해놓고 케이크도 가져다 놓았을 겁니다."

셀던은 오래된 그림들이 걸려 있는 좁고 긴 현관 복도로 그녀를 안내했다. 그녀는 장갑과 지팡이들이 걸려 있는 사이에 놓인 탁자 위에 편지와 청구서가 수북이 쌓여 있는 것을 보았다. 곧이어 작은 서재가 나타났다. 벽에는 책들이 빽빽이 꽂혀 있었고 보기 좋게 색이 바랜 터키산 깔개가 깔린 작은 서재는 약간 어둡지만 쾌적했다. 책상 위에는 종이들이 어수선하게 흩어져 있었고, 창가에 놓인 야트막한 탁자에는 그가 말한 대로 차 쟁반이 놓여 있었다. 시원한 산들바람이 불어와 얇은 모슬린 커튼이 살랑살랑 나부꼈다. 발코니에 심어놓은 미뇨네트와 피튜니아의 싱그러운 향기가 바람결에 전해졌다.

릴리는 한숨을 내쉬며 낡은 가죽 의자 위에 주저앉았다.

"이런 자기만의 공간을 가질 수 있다면 얼마나 좋을까요? 여자로 태어난다는 건 정말 서글픈 일이에요."

그녀는 사치스러운 투정을 부리며 몸을 뒤로 기대었다.

셀던은 찬장에서 케이크를 찾고 있었다.

"제가 알기론 이런 집을 가지는 특권을 누리는 여자 분들도 있습니다."

"물론 가정교사나 과부 들은 그렇죠. 하지만 젊은 아가씨들은 그럴 수 없어요. 가난하고 결혼을 앞둔 불쌍한 아가씨들은 말이죠!"

"하지만 제가 아는 아가씨 한 명도 바로 이 건물에 살고 있는걸요."

"정말이에요?"

릴리는 깜짝 놀라며 똑바로 일어나 앉았다.

"물론입니다."

셀던이 찬장에서 케이크를 찾아 가지고 나타났다.

"오, 저도 누군지 알겠어요. 거티 패리시를 말씀하시는 거죠?"

그녀의 입가에 약간 싸늘한 미소가 스쳐 지나갔다.

"하지만 저는 분명히 '결혼을 앞둔 아가씨'라고 말씀드렸는데요. 게다가 그녀의 집은 끔찍하게 비좁고 하녀도 없는걸요. 음식은 또 어찌나 이상한지. 그 집에서는 요리사가 빨래까지 하기 때문에 음식에서 온통 비누 냄새가 난다니까요. 전 그런 건 죽어도 싫어요."

"그럼 빨래하는 날에는 그녀와 식사를 하면 안 되겠군요."

셀던이 케이크를 자르며 말했다.

두 사람은 동시에 웃음을 터트렸다. 셀던은 탁자 옆에 무릎을 꿇고 앉아서 물 주전자 밑에 놓인 등잔에 불을 붙였다. 그동안 바트 양은 녹색 유약을 입힌 작은 찻주전자에 적당량의 차를 덜어 넣었다. 셀던은 오래된 상아처럼 매끄럽게 윤이 나는 그녀의 손가락과 옅은 분홍색을 띤 가느다란 손톱, 그리고 손목에서 찰랑거리는 사파이어 팔찌를 지켜보면서, 이런 여자에게 그의 사촌인 거트루드 패리시가 선택한 것과 같은 그런 삶을 살라는 제안이 얼마나 아이러니한 것이었는지 깨달았다. 이 여자는 자신을 만들어낸 그 문명의 희생자임이 너무나 분명했다. 그녀의 손목에 걸린 팔찌는 그녀를 꼼짝 못하게 정해진 운명에 붙들어 매고 있는 수갑과 마찬가지였다.

그녀도 그런 그의 생각을 알아챈 것 같았다.

"제가 거티에 대해서 너무 함부로 말했네요."

바트 양은 너무나 사랑스럽게 자책하는 표정을 지으며 말했다.

"거티가 당신의 사촌이란 사실을 깜박 잊었어요. 하지만 아시다시피 거티와 저는 너무 다른걸요. 거티는 착하게 살길 원하고 저는 행복하고 살고 싶어 하죠. 거티는 자유로운 몸이지만 저는 아니에요. 자유로울 수만 있다면, 저 역시 거티의 좁은 집에서도 얼마든지 행복하게 살 수 있을 것 같아요. 자기 마음대로 집 안의 가구를 배치하고 넌덜머리 나는 물건은 전부 다 청소부에게 줘버릴 수 있다는 건 엄청난 축복일 테니까요. 최소한 고모님 댁의 응접실만이라도 그렇게 할 수 있다면, 전 정말이지 훨씬 행복한 여자가 될 거예요."

"그렇게 심한가요?"

셀던이 안됐다는 듯이 물었다.

바트 양은 물을 다시 채우기 위해 들어 올린 찻주전자 너머로 그를 바라보며 빙그레 웃었다.

"그 말을 들으니 당신이 얼마나 찾아오지 않았는지 알겠군요. 왜 좀 더 자주 오시지 않는 거죠?"

"제가 간다 해도 페니스턴 부인 댁의 가구를 보러 가진 않습니다."

"말도 안 돼요."

바트 양이 말했다.

"한 번도 안 오시면서. 그런데도 우린 만나면 이렇게 맘이 잘 통하는군요."

"아마 그 때문일지도 모르겠네요."

셀던은 이렇게 말하고 재빨리 화제를 돌렸다.

"이런, 죄송하지만 크림이 없네요. 대신 레몬 한 조각을 넣어드려도 될까요?"

"전 레몬이 더 좋아요."

바트 양은 그가 레몬을 얇게 썰어서 찻잔에 한 조각 넣어줄 때까지 기다렸다.

"하지만 그게 이유는 아니죠."

바트 양이 끈질기게 다시 이야기를 꺼냈다.

"무슨 이유 말씀인가요?"

"당신이 절대 찾아오지 않는 이유 말이에요."

바트 양은 매력적인 두 눈에 혼란스러운 기색을 띤 채, 몸을 약간 앞으로 기울였다.

"저는 알고 싶어요. 당신이란 사람을 이해할 수 있으면 좋겠어요. 물론 저도 알아요. 세상에는 저를 좋아하지 않는 남자들도 있어요. 척 보기만 해도 티가 나는걸요. 그런가 하면 저를 무서워하는 남자도 있지요. 제가 자기들과 결혼하고 싶어 한다고 생각하기 때문이에요."

바트 양은 허심탄회한 미소를 지으며 그를 올려다보았다.

"하지만 당신이 저를 싫어하신다고는 생각하지 않아요. 설마 제가 당신과 결혼하길 원할 거라고 생각하실 리는 없고요."

"물론입니다. 그런 일은 없지요."

"그렇다면 어째서……?"

셀던은 자신의 찻잔을 들고 벽난로 쪽으로 걸어갔다. 그리고 벽난로 선반에 몸을 기댄 채, 나른하고 감미로운 기분에 젖어서 그녀를 내려다보았다. 그녀의 눈에 떠오른 도발적인 눈빛이 그의 즐거움을 한층 더 고조시켰다. 셀던은 바트 양이 이런 시시한 게임을 위해 자신의 매력을 낭비할 거라고는 결코 예상하지 못했다. 아니, 어쩌면 그저 마법의 가루를 손안에 쥐고만 있는 것인지도 모른다. 아니면 바트 양 같은 부류의 아가씨들은 이런 개인적인 대화 이외에는 어떤 대화도 나눌 줄 모르는 것일 수도 있었다. 어쨌든 그녀는 황홀할 정도로 아름다웠으므로, 셀던은 그녀에게 차를 마시자고 청할 수밖에 없었고 그의 의무를 다하지 않을 수 없었던 것이다.

"글쎄요, 그렇다면……."

셀던의 입에서 불쑥 말이 튀어나왔다.

"바로 그 때문인지도 모르겠군요."

"뭐 말이죠?"

"당신이 저와 결혼하길 원하지 않는다는 사실 말입니다. 그저 당신의 얼굴이나 한번 보기 위해 거기까지 찾아가는 일이 저에게는 썩 강력한 동기가 되지 못하는 모양입니다."

이토록 대담한 발언을 내뱉는 순간, 셀던은 등줄기가 서늘해지는 기분이었다. 하지만 바트 양이 깔깔 웃음을 터트리자, 마음이 놓였다.

"셀던 씨, 그런 말은 당신답지 않아요. 당신이 저를 사랑하게 된다면 그건 어리석은 짓이고, 어리석은 짓은 당신에게 어울리지 않거든요."

이렇게 말하고 바트 양은 몸을 뒤로 기대더니 차를 몇 모금 마셨다. 판정을 내리듯 딱 잘라 말하는 그녀의 모습이 어찌나 매혹적이던지, 만약 두 사람이 바트 양의 고모님 댁 응접실에 있었다면 셀던은 아마 그녀의 추론을 부정하려고 애썼을 것이다.

"저에게 듣기 좋은 말을 해줄 남자들은 얼마든지 있다는 걸 당신은 모르시나요? 하지만 제가 정말 원하는 건, 필요한 순간에 서슴없이 쓴소리를 해줄 수 있는 진정한 친구라는 걸 모르시겠어요? 가끔 저는 어쩌면 당신이 그런 친구가 되어줄 수 있을지도 모른다는 헛된 상상을 하곤 했죠. 저도 왜 그런지는 모르겠어요. 단지 당신이 비열한 분도, 앞뒤가 꽉 막힌 분도 아니라는 것, 그래서 당신 앞에서는 일부러 비위를 맞추거나 저 자신의 감정을 숨기려고 애쓰지 않아도 된다는 사실 이외에는 말이죠."

바트 양의 목소리가 갑자기 진지하게 바뀌었다. 그녀는 가만히 앉아서 심각하게 고민하는 어린아이와 같은 표정으로 그를 똑바로 올려다보았다.

"저에게 그런 친구가 얼마나 절실히 필요한지 당신은 모르실 거예요."

그녀가 다시 입을 열었다.

"제 고모님은 그야말로 세상의 금언이란 금언은 모두 꿰고 다니시는 분이지만, 전부 1850년대 초반에나 어울릴 만한 것들이지요. 고모님 말씀대로 살려고 했다간 항상 지고 소매[9]가 달린 북 모슬린[10] 옷을 입고 다녀야 할 거란 생각이 든다니까요. 그리고 다른 여자들, 심지어 저랑 제일 가까운 친구들조차 저를 이용해 먹거나 비방하려고만 들지요. 저에게 무슨 일이 일어난다 해도 다들 눈 하나 깜짝하지 않을걸요. 게다가 제가 너무 오랫동안 사교계에 얼굴을 내미니까 사람들도 제가 지겨운 모양이에요. 이제 그만 결혼할 때가 되었다고 사방에서 수군거리기 시작하더군요."

잠깐 동안 침묵이 흘렀다. 그동안 셀던은 이런 상황에 재미를 더해 줄 만한 재치 있는 응수가 없을까 머리를 쥐어짰다. 하지만 결국 가장 단순한 질문 한마디를 던짐으로써 그런 생각을 물리쳤다.

"그런데 왜 안 하시는 거죠?"

바트 양은 얼굴을 붉히며 웃음을 터트렸다.

"역시 당신은 제 친구가 맞으시네요. 그거야말로 제가 가장 듣기 싫은 말 중 하나니까요."

"불쾌하게 하려는 뜻은 없었습니다."

셀던이 다정하게 말했다.

"하지만 결혼이야말로 당신의 소명이 아니던가요? 당신은 바로 그것을 위해 살아온 사람이잖아요?"

바트 양이 한숨을 내쉬었다.

"아마 그렇겠죠. 그 외에 또 뭐가 있겠어요?"

"제 말이 바로 그겁니다. 그런데 왜 당신은 용기를 내서 그 임무를 끝내려고 하지 않는 건가요?"

바트 양이 어깨를 으쓱했다.

"당신은 마치 제가 제일 처음 사귄 남자와 무조건 결혼했어야 하는 것처럼 말씀하시는군요."

"당신의 처지가 그렇게까지 절박하다는 뜻으로 말씀드린 건 아닙니다. 하지만 분명히 누군가 필요한 조건을 갖춘 사람이 있었을 텐데요."

바트 양은 지친 듯이 고개를 저었다.

"물론 처음 사교계에 나왔을 때, 한두 번 좋은 기회를 내던져 버리긴 했지요. 하지만 그런 실수야 모든 아가씨가 다 하는 거 아닌가요? 제가 끔찍하게 가난하다는 걸 당신도 알 거예요. 그러면서 아주 값비싸다는 것도요. 저는 엄청나게 큰돈이 필요하답니다."

셀던은 몸을 돌려서 벽난로 선반 위에 놓인 담배 상자로 손을 뻗었다.

"딜워스는 어떻게 되었나요?"

그가 물었다.

"오, 그 남자의 어머니가 잔뜩 겁을 먹었죠. 제가 그 집안의 가보들을 전부 바꿔놓지 않을까 노심초사했어요. 그래서 저한테서 응접실의 실내장식을 손대지 않겠다는 약속까지 받아내려고 했는걸요."

"당신이 결혼하는 이유가 바로 그것 때문 아닙니까!"

"누가 아니래요. 결국 그 어머니가 서둘러 아들을 인도로 보내버렸죠."

"거참 안됐군요. 하지만 딜워스보다 더 좋은 상대가 나올 겁니다."

셀던이 담배 상자를 내밀자, 바트 양은 담배 서너 개비를 집어 들었다. 그리고 하나를 입에 문 채, 나머지 담배를 긴 진주 줄에 매달린 작은 황금 상자 안에 넣었다.

"시간이 좀 남았나요? 그럼 잠깐 한 대만 피우지요."

바트 양은 몸을 앞으로 숙여서 자신의 담배 끝을 그의 담배 끝에 갖다 댔다. 그동안 셀던은 그녀의 짙고 검은 속눈썹이 부드럽고 하얀 눈꺼풀 아래로 얼마나 곧게 뻗어 있는지, 그리고 그 밑으로 순결하고 하얀 두 뺨이 얼마나 고운 홍조를 띠고 있는지 관찰하며 아무런 사심 없이 순수한 기쁨을 느꼈다.

바트 양은 방 안을 서성거리기 시작했다. 그리고 담배 연기를 내뿜는 사이사이에 서가의 책들을 살펴보았다. 몇몇 책은 오래된 모로코 가죽[11]과 정교한 세공이 조화를 이루어 고색창연한 빛을 발하고 있었다. 그녀의 시선은 무심하게 책 위를 스치고 지나갔다. 전문가적인 관점에서 책의 가치를 평가하는 것이 아니라 그저 책 표지의 아름다운 색깔과 질감을 즐길 뿐이었다. 색깔이나 질감이야말로 그녀가 마음속 깊이 느낄 수 있는 것 중 하나였다. 그런데 무심히 즐기고 있는 듯하던 그녀의 표정이 갑자기 바뀌면서 뭔가 굉장한 생각이 떠오른 듯했다. 바트 양은 휙 돌아서더니 셀던에게 불쑥 질문을 던졌다.

"책을 수집하시니까 초판본이나 뭐 그런 것들에 대해서 잘 아시겠네요?"

"그래봤자 돈 없는 수집가가 할 수 있는 일이 뻔하지요. 이따금 쓰레기 더미에서 쓸 만한 것을 건지기도 하고, 싸게 파는 서점을 찾아다니기도 한답니다."

그녀는 다시 책장을 향해 돌아섰다. 하지만 이제는 그저 책 위로 눈길만 주고 있을 뿐이었다. 셀던은 그녀가 새로운 생각에 빠져 있다는 것을 알아차렸다.

"그럼 아메리카나[12]는요? 아메리카나도 수집하세요?"

셀던은 눈이 휘둥그레지더니 껄껄 웃음을 터트렸다.

"아니요. 그건 제 관심 분야와 거리가 멉답니다. 사실 저는 진짜 수집가도 아닙니다. 그저 제가 관심 있는 책들의 좋은 판본을 모으는 걸 좋아할 뿐이죠."

바트 양은 살짝 얼굴을 찌푸렸다.

"게다가 아메리카나는 끔찍하게 지루하지 않나요?"

"사실 그렇다고 봐야겠죠. 역사가가 아니라면 말이죠. 하지만 진정한 수집가는 책의 희소성을 가지고 그 가치를 평가하는 법입니다. 아메리카나의 수집가가 밤새 앉아서 그걸 읽고 있지는 않겠죠. 제퍼슨 그라이스 노인장도 분명 안 그랬을 겁니다."

그녀는 주의 깊게 그의 말에 귀를 기울였다.

"그런데도 터무니없이 비싼 값에 팔리지 않나요? 평생 읽지도 않을 거면서 인쇄도 제대로 안 된 그런 형편없는 책에 엄청난 돈을 쓰다니 정말 기가 막히는군요! 아메리카나를 수집하는 사람들은 대부분 역사가도 아니잖아요?"

"물론 아니지요. 아메리카나를 구입할 수 있을 만한 여유가 있는 역사학자는 극히 드물 겁니다. 그 사람들은 공공 도서관이나 개인 서가에 보관된 자료를 이용해야 하죠. 아메리카나가 일반 수집가의 마음을 끄는 이유는 단지 그 희귀성 때문인 것 같습니다."

셀던은 바트 양 가까이에 놓인 의자의 팔걸이 위에 걸터앉았다. 그녀는 아메리카나 중에서 제일 희귀한 서적은 무엇이냐, 제퍼슨 그라이스 집안의 소장품[13]이 정말로 세상에서 가장 훌륭하다는 평가를 받고 있느냐, 제일 비싸게 팔린 책은 무엇이냐 하고 그에게 쉴새없이 질문을 퍼부었다.

이 책 저 책 들었다 놓았다 하며 가끔씩 책갈피를 넘기는 그녀의 모습을 가만히 올려다보고 앉아 있는 것은 참으로 즐거운 일이었다. 앞으로 약간 고개를 숙인 그녀의 자태가 빛바랜 옛 건물들을 배경으로 더욱 도드라져 보였다. 셀던은 어째서 바트 양이 갑자기 이런 재미없는 주제에 관심을 보이는지 의아해할 겨를도 없이 그녀의 질문에 대답하기만 바빴다. 하지만 그녀와 계속 함께 있으면서 그녀가 하는 행동의 숨은 의도를 의심하지 않기란 애당초 불가능했다. 바트 양이 라브뤼에르[14] 책의 초판본을 다시 책꽂이에 꽂고 돌아섰을 때, 셀던은 슬슬 그녀가 진짜 노리는 게 뭘까 궁금해지기 시작했다. 하지만 다음 순간 바트 양이 던진 질문은 그의 의문을 전혀 풀어주지 못했다. 그녀는 그의 앞으로 다가와 서더니 한없이 친밀한 듯하면서도 동시에 분명한 선을 긋는, 그런 미소를 지었다.

"당신은 한 번도 속상한 적이 없었나요?"

바트 양이 불쑥 물었다.

"자신이 원하는 책을 모두 살 수 있을 만큼 부자가 아니라는 사실 때문에?"

셀던은 그녀의 시선을 따라서 방 안을 둘러보았다. 낡아빠진 가구와 추레한 벽지 들.

"그런 적이 없느냐고요? 제가 뭐 성인군자나 목석이라도 되는 줄 아시나요?"

"그럼 반드시 일을 해야 하는 건요? 그건 괜찮으세요?"

"오, 일 자체는 그다지 나쁘지 않습니다. 사실 전 법률을 꽤 좋아하는 편이거든요."

"아니, 어딘가 매어 있는 거 말이에요. 날마다 똑같은 일상 말이죠. 어디론가 도망치고 싶지 않나요? 새로운 곳과 새로운 사람들을 보고 싶지 않아요?"

"그러고 싶어 죽을 지경이죠. 특히 친구들이 전부 배를 타러 몰려가는 걸 보면 더욱 그렇죠."

바트 양이 연민에 찬 한숨을 내쉬었다.

"하지만 그렇다고…… 이런 생활에서 벗어나기 위해 결혼을 하실 생각은 없겠죠?"

셸던은 그만 웃음을 터트리고 말았다.
"오, 무슨 그런 터무니없는 말씀을!"
그는 단호하게 말했다.
바트 양은 다시 한숨을 쉬며 자리에서 일어나더니 벽난로 속으로 담배꽁초를 던져 넣었다.
"아, 그게 바로 다른 점이에요. 남자에게는 선택인 것(초라하고 비참한 삶에서 벗어나기 위한 결혼)이 여자에게는 의무가 되죠."
바트 양은 비판적인 시선으로 그를 살펴보았다.
"당신의 외투는 좀 낡았군요. 하지만 누가 그런 걸 상관이나 하나요? 그 때문에 당신이 저녁 식사에 초대받지 못하거나 하는 일은 결코 없을 거예요. 하지만 제가 초라하게 입었다면, 아무도 저를 초대하지 않았을 거예요. 여자가 초대받는 데는 인간성만큼이나 옷차림이 중요하니까요. 옷은 배경이자 기본 바탕인 셈이죠. 물론 옷차림이 성공을 보장하는 건 아니지만, 상당 부분을 차지하거든요. 누가 추레하게 입은 여자를 좋아하겠어요? 여자들은 최후의 순간까지 언제나 예쁘고 멋지게 차려입으라는 요구를 받지요. 만약 자기 스스로 품위를 유지할 능력이 없으면, 반드시 누군가와 제휴해야 하고요."
셸던은 유쾌한 표정으로 바트 양을 바라보았다. 아무리 그녀가 아름다운 두 눈에 처량한 빛을 가득 담고 그를 쳐다보아도, 도저히 그녀의 상황을 불쌍하게 여길 수는 없었기 때문이다.
"그만한 투자처를 찾을 때는 상당한 자본이 필요하게 마련 아닌가요? 어쩌면 바로 오늘 밤에 트레너 댁에서 운명의 상대를 만나게 될지도 모르지요."
바트 양은 뭔가 묻는 듯한 시선으로 그의 눈을 쳐다보았다.

기쁨의 집 59

"전 당신도 오실 거라고 생각했는데요. 오, 물론 그런 의미로는 말고요! 하지만 당신 친구 분이 많이 오시잖아요. 그 웬 반 오스버그, 위더럴 부부, 크레시다 레이스 부인 그리고 조지 도싯 부부……."

바트 양은 마지막 이름을 말하기 전에 잠깐 머뭇거리며, 짙은 속눈썹을 치켜뜨고 탐색하듯이 날카롭게 쏘아보았다. 하지만 셀던은 전혀 동요하는 기색이 없었다.

"그러지 않아도 트레너 부인께서 초대해 주셨죠. 하지만 주말 전까지는 꼼짝할 수가 없군요. 게다가 저는 그런 큰 파티가 지겹답니다."

"아, 그건 저도 마찬가지에요."

바트 양이 한탄했다.

"그런데 왜 가시나요?"

"그것도 사업의 일부인걸요. 그걸 잊으시다니! 게다가 거길 안 가면, 전 리치필드 스프링스[15]에서 고모님과 베지크[16]나 하고 앉아 있어야 하는걸요."

"그건 정말이지 딜워스와 결혼하는 것만큼이나 끔찍한 일이군요."

셀던이 얼른 맞장구를 쳤다. 그 순간 두 사람은 동시에 큰 소리로 웃음을 터트렸다. 그들은 갑자기 서로 가까워진 것에 대해 순수한 기쁨을 느꼈다.

바트 양이 힐끗 시계를 보았다.

"어머나! 그만 가봐야겠어요. 다섯 시가 넘었네요."

바트 양은 벽난로 선반 앞에서 걸음을 멈추더니 거울에 비친 자기 모습을 요리조리 살피며 베일을 다시 썼다. 늘씬하고 호리호리한 옆 선이 한눈에 드러났다. 그녀의 자태는 곧게 뻗은 한 그루의 야생 나무처럼 우아했다. 그녀는 마치 잘못 붙잡혀서 어쩔 수 없이 응접실 예법을 따르고 있는 숲의 요정 같았다. 셀던은 모든 게 인위적으로 보이는 바트 양에게서 저런 분위기가 풍기는 까닭은 천성적으로 자유분방한 기질이 흐르기 때문일 거라고 생각했다.

셀던은 거실을 지나서 현관 복도까지 바트 양을 배웅했다. 하지만 그녀는 문 앞에 서서 악수를 청하며 그만 헤어지자는 뜻을 보였다.

"정말 즐거웠어요. 이제는 당신도 저의 방문에 꼭 답례해 주셔야 해요."

"하지만 제가 역까지 모셔다 드리지 않아도 되겠습니까?"

"아니에요. 여기서 그냥 작별 인사를 하지요."

바트 양은 한동안 그의 손을 잡은 채, 사랑스러운 미소를 한껏 지으며 그를 가만히 올려다보았다.

"그럼 안녕히 가십시오. 부디 벨로몬트에서 행운을 잡으시길!"

셀던이 문을 열어주며 말했다.

층계참으로 나온 그녀는 잠시 서서 주위를 살펴보았다. 여기서 누군가와 마주칠 가능성은 거의 없었다. 하지만 사람 일이란 모르는 법이다. 게다가 그녀는 조신하게 잘 지내다가도 아주 가끔 갑작스러운 반발심에 사로잡혀 경솔한 짓을 저지르곤 했는데, 그때마다 항상 그 대가를 톡톡히 치러야 했다. 다행히 계단을 닦고 있는 청소부 아주머니 이외에는 아무도 보이지 않았다. 뚱뚱한 아주머니가 주위에 청소 도구를 잔뜩 늘어놓고 있는 바람에, 그녀는 치맛자락을 움켜쥐고 벽을 쓸다시피 하며 지나가야 했다. 그러자 아주머니는 일하던 손을 멈추고 옆을 지나가는 그녀를 호기심 어린 눈초리로 유심히 쳐다보았다. 그녀는 빨갛게 부르튼 손으로 막 양동이에서 꺼낸 젖은 걸레를 꼭 움켜쥐고 있었다. 누렇게 뜬, 넙적한 얼굴에는 살짝 곰보 자국이 나 있었고, 빛바랜 밀짚 색깔의 가느다란 머리카락은 숱이 없어서 머릿속이 훤히 드러나 보였다.

"실례합니다."

릴리는 상대방의 무례함을 일깨워 주기 위해서 짐짓 더욱 공손하게 굴었다.

그 여자는 한마디 말도 없이 양동이를 옆으로 밀어놓더니, 바트 양이 사락사락 비단 옷 스치는 소리를 내며 지나가는 동안 계속 빤히 쳐다보았다. 릴리는 그 집요한 시선에 얼굴이 화끈 달아오르는 것을 느꼈다. 도대체 저 여자는 무슨 생각을 하는 걸까? 이렇게 사소하고 아무것도 아닌 행동 하나까지도 사람들의 끔찍한 억측에 시달려야 한단 말인가? 다음 계단을 반쯤 내려온 후에야, 비로소 릴리는 한낱 청소부의 눈길에 그토록 심란해하는 자신이 우습게 여겨졌다. 그 불쌍한 여자는 뜻밖에 유령처럼 나타난 그녀를 보고 얼이 빠진 것이 분명했다. 그런데 과연 셀던이 사는 층에 그런 유령이 출현하는 것이 낯선 일이었을까? 바트 양은 독신자 아파트의 윤리 강령에 대해서는 알지 못했다. 그러므로 그 청소부 여자가 끈질기게 그녀를 바라보면서 과거 이곳을 드나든 여자들에 대한 기억을 더듬고 있었을지 모른다는 생각이 떠오르자, 또다시 얼굴이 화끈 달아올랐다. 그러나 괜한 걱정을 하는 자신을 비웃으며 그런 생각을 옆으로 밀어놓았다. 그리고 5번가에서 마차를 잡을 수 있을지 걱정하며 서둘러 계단을 내려갔다.

조지 왕조풍의 현관[17] 앞에서 릴리는 다시 멈춰 서서 마차를 찾기 위해 거리를 쓱 둘러보았다. 아무도 보이지 않았다. 하지만 보도로 내려섰을 때, 키가 작고 기름기가 반질반질 도는 남자와 마주쳤다. 외투에 치자 꽃을 꽂은 그는 몹시 놀란 듯이 탄성을 지르며 모자를 번쩍 들어 올렸다.

"바트 양이 아니십니까? 하고많은 사람 중에서 바트 양을 만나다니요! 정말 행운이군요!"

그는 큰 소리로 떠들었다. 릴리는 가늘게 뜬 그의 눈에서 즐거운 호기심의 빛이 번뜩이는 것을 놓치지 않았다.

"어머, 로즈데일 씨. 안녕하세요?"

바트 양이 인사를 했다. 로즈데일이 갑자기 친근한 척 미소 짓는 것을 보면, 자신의 얼굴에 미처 감추지 못한 당혹감이 드러나 있음을 알 수 있었다.

로즈데일은 지대한 관심과 호감을 가지고 그녀를 샅샅이 살펴보며 서 있었다. 그는 금발 머리에 몸집이 땅딸하고 얼굴이 불그스레한, 전형적인 유대인이었다. 세련된 런던제 양복은 방석 커버처럼 그의 몸에 꼭 맞았고, 옆으로 찢어진 작은 눈은 마치 상대방이 골동품이라도 되는 양 항상 값을 매기고 있는 듯한 인상을 풍겼다. 그는 베네딕 공동주택의 입구에 서서 의아한 듯 힐끗 위를 올려다보았다.

"잠깐 쇼핑하러 시내에 나오셨나 보군요?"

그가 유난히 친근한 어조로 물었다.

바트 양은 약간 움찔하더니 다급하게 변명을 늘어놓았다.

"네, 그래요. 재단사를 만나러 잠깐 올라갔다 오는 길이에요. 이제 트레너 씨 댁에 가려고 기차를 타러 가는 중이랍니다."

"아, 재단사에게 들르셨군요."

로즈데일이 덤덤하게 말했다.

"여기 베네딕에 재단사가 사는 줄 미처 몰랐습니다."

"베네딕이라고요?"

바트 양은 전혀 몰랐다는 듯한 표정을 지었다.

"그게 이 건물의 이름인가요?"

"네, 그렇습니다. 독신 남자를 뜻하는 옛날 말이라고 하더군요. 공교롭게도 제가 이 건물의 소유주랍니다. 그래서 그 이름도 알고 있는 거죠."

로즈데일은 점점 더 자신감이 생기는 듯, 더욱더 친근한 미소를 지었다.

"그런데 아무래도 제가 역까지 모셔다 드려야 할 것 같군요. 트레너 씨 댁이라면 벨로몬트에 있지요? 5시 50분 열차를 타시려면 시간이 별로 없습니다. 그 재단사가 당신을 너무 오래 기다리게 한 모양이군요."

릴리는 그의 농담에 표정이 굳었다.

"오, 고맙습니다."

릴리는 잠시 망설였다. 그때 매디슨가를 달려가는 이륜마차[18] 한 대가 눈에 들어왔다. 그녀는 필사적으로 손을 흔들어 마차를 불러 세웠다.

"정말 친절하시군요. 하지만 그렇게 폐를 끼칠 수는 없지요."

릴리는 로즈데일에게 손을 내밀었다. 그리고는 그의 만류를 무시한 채 구세주처럼 등장한 마차에 곧바로 올라탔다. 그리고 숨 돌릴 틈도 없이 마부에게 어서 떠나라고 소리쳤다.

2

 이륜마차에 올라탄 릴리는 몸을 뒤로 기대며 긴 한숨을 내쉬었다.
 어째서 젊은 여자는 잠깐이라도 엇길로 나가면 그토록 비싼 대가를 치러야 하는 걸까? 왜 단 한 번이라도 본색을 감추지 않고 자연스럽게 행동할 수는 없는 걸까? 비록 한때의 충동에 못 이겨 로렌스 셀던의 방에 들어가긴 했지만, 그녀가 자신의 충동대로 행동하는 그런 호사를 누리는 경우는 극히 드물었다. 그런데 이 단 한 번의 사치 때문에 감당할 수 없을 만큼의 값비싼 대가를 치르게 될 판이었다. 릴리는 그토록 오랫동안 평판을 잃지 않으려고 노심초사해 왔는데, 불과 5분 사이에 두 번이나 실수를 저질렀다는 사실을 깨닫고 몹시 심란했다. 특히 재단사 어쩌고 하는 멍청한 거짓말은 최악이었다. 차라리 로즈데일에게 셀던과 차를 한잔 마셨다고 솔직히 말하는 편이 훨씬 간단했을 텐데! 사실대로 말했다면 오히려 대수롭지 않은 일처럼 보였을 것이다. 게다가 자기가 한 거짓말에 놀란 나머지 그녀의 비행을 목격한 사람을 냉대한 것은 더더욱 어리석은 짓이었다. 조금이라도 제정신이었다면 그녀를 기차역까지 데려다 주겠다는 로즈데일의 제안을 승낙했을 것이고, 그러면 그는 그녀가 베푼 호의에 대한 대가로 기꺼이 입을 다물어주었을 것이다.
 로즈데일은 유대인답게 모든 것의 가치를 정확히 평가할 줄 알았다. 사람들로 붐비는 훤한 대낮에 릴리 바트 양과 함께 기차역까지 걸어가는 모습을 남들에게 보여 주는 것 자체가, 그의 식대로 표현하자면 그의 호주머니 속에 현금을 넣어주는 것과 같은 일이었다. 물론 그는 벨로몬트에서 커다란 연회가 있다는 사실을 알고 있었고, 릴리와 함께 걸어감으로써 자신이 트레너 부인의 초대 손님 중 하나인 듯한 인상을 풍길 수도 있다는 점도 분명 계산하고 있었을 것이다. 사회적 신분 상승의 단계에서 로즈데일은 아직까지 그런 인상을 심어주는 일이 대단히 중요한 시기에 있었던 것이다.

제일 화가 나는 점은 그녀 자신도 이 모든 사실을 다 알고 있다는 것이었다. 당장 그 자리에서 로즈데일의 입을 막으려고 했다면 얼마나 간단한 일이었는지, 하지만 시간이 지나면 얼마나 어려울지 잘 알고 있었던 것이다.

사이먼 로즈데일은 세상 모든 사람에 대해 모르는 것 없이 다 알아야 직성이 풀리는 사람이었다. 게다가 자신이 사교계에 정통하다는 걸 보여 주고 싶은 마음에, 특히 남들 눈에 가까운 사이처럼 보이고 싶은 사람들에 대해서는 거북할 정도로 그들의 생활 습관을 훤히 알고 있음을 과시하곤 했다. 그러니 릴리는 하루도 못 돼서 로즈데일 씨의 지인들 사이에 소문이 쫙 돌 거라고 확신했다. 가장 끔찍한 사실은 그녀가 항상 로즈데일을 냉대하고 무시했다는 것이다. 처음 사교계에 등장하자마자, 로즈데일은 그녀에게 마음이 끌렸다. 헤프기 짝이 없는 그녀의 사촌 잭 스테프니가 그를 위해서 반 오스버그가 여는 대규모 '크러시'[19] 중 한 곳에 참석할 수 있는 초대장을 얻어주었던 것이다.(그 보답으로 무엇을 받았는지는 쉽게 짐작할 수 있었다.) 로즈데일은 대개의 유대인이 그렇듯이 빈틈없는 사업 수완과 예술적 감수성을 모두 지닌 인물이었다. 릴리는 그의 동기가 무엇인지 충분히 이해할 수 있었다. 그녀 역시 철저한 계산에 따라서 행동하는 사람이었기 때문이다. 오랜 사회적 훈련과 경험은 그녀에게 신참자를 일단 환대하라고 가르쳤다. 당장은 별 볼일 없어도 나중에 어떤 쓸모가 있을지 모르기 때문이다. 그래도 영 쓸모가 없으면 그런 자들을 던져버릴 수 있는 은밀한 우블리에트[20]는 많았다. 하지만 몇 해에 걸친 사회적 훈련에도 불구하고 그녀는 본능적인 혐오감을 누르지 못하고 시험도 해 보지 않은 채 로즈데일을 곧장 우블리에트 속으로 밀어 넣어버렸던 것이다.

결국 단박에 퇴짜를 맞은 로즈데일은 릴리의 친구들 사이에 재미있는 화젯거리만 남긴 채 사라졌다. 얼마 후 그는 좀 더 하류에서 다시 모습을 나타냈지만, 그것은 오랜 잠수 도중에 그저 힐끗 수면을 스치고 지나가는 정도였다.

지금까지 릴리는 그에 대해 아무런 가책도 느끼지 못했다. 그녀가 속한 작은 집단에서 로즈데일 씨는 '구제불능'이라는 선고를 받았고, 잭 스테프니는 저녁 식사 초대로 자신의 빚을 갚으려고 했다고 호되게 야단을 맞았다. 심지어 변화를 좋아하는 취향 때문에 종종 위험한 실험을 서슴지 않는 트레너 부인까지도 로즈데일 씨를 '색다른 인물'로 포장하려는 잭의 시도를 끝까지 무시했다. 그리고 자신이 기억하기로는 사회 위원회에 들어갔다가 무려 12번이나 쫓겨난 땅딸보 유대인이 바로 그 사람이라고 단언했다. 주디 트레너가 이렇듯 완고한 태도를 보이는 한, 로즈데일 씨가 반 오스버그 연회의 장벽을 넘어서 내부로 끼어 들어올 가능성은 극히 희박했다. 결국 잭도 그를 변호해 주기를 포기하고 그저 웃으면서 "앞으로 어디 두고 보세요."란 말만 되풀이했다. 그리고 자기 소신대로 여전히 로즈데일과 함께 제일 잘나가는 레스토랑들을 드나들곤 했다. 그들 옆에는 항상 아름답기는 하지만 사회적 신분이 모호한 아가씨들이 따라다녔다. 이런 목적으로 이용하기에는 그야말로 딱 적당한 아가씨들이었다. 하지만 지금까지는 그런 노력도 허사였다. 저녁 값은 항상 로즈데일의 차지였고, 신세를 진 사람들은 오히려 조롱만 했기 때문이다.

그러므로 여태껏 로즈데일 씨는 전혀 두려워할 인물이 아니었고, 앞으로도 그럴 것 같았다. 그에게 약점만 잡히지 않는다면 말이다. 그런데 그녀가 바로 그런 신세가 된 것이다. 그녀의 서툰 거짓말 때문에, 로즈데일 씨는 그녀가 뭔가 감추고 있음을 금방 알아차렸다. 그리고 결국 그녀를 해치울 수 있는 유리한 위치를 차지하고 말았다. 왠지 그의 미소는 그가 지난 일을 결코 잊지 않고 있다고 말하는 듯했다. 릴리는 몸을 부르르 떨며 이런 생각을 떨쳐 버리려고 애썼다. 하지만 기차역으로 가는 내내 그 생각은 머리를 떠나지 않았다. 그리고 끈덕진 로즈데일 씨처럼 플랫폼까지 그녀를 계속 따라왔다.

그녀가 자리를 찾아서 앉자마자 기차가 출발하기 시작했다. 언제 어디서든 일단 외모부터 신경 쓰는 습성이 본능처럼 몸에 밴 릴리는 한동안 구석에서 화장을 고치고 난 후에, 비로소 혹시나 트레너 집안의 파티에 참석하러 가는 다른 손님을 만날지 모른다는 희망을 안고 주위를 두리번거렸다. 지금은 어떻게든 자신의 처지로부터 멀리 도망치고 싶었고, 대화야말로 그녀가 알고 있는 유일한 탈출 수단이었던 것이다.

과연 그녀의 수색은 헛되지 않아서 금발 머리에 옅은 붉은색 수염을 기른 한 젊은이가 눈에 띄었다. 그는 객차 맞은편 끝에 앉아서 펼쳐 든 신문지 뒤로 애써 얼굴을 감추고 있는 듯이 보였다. 순간 그녀의 눈이 반짝 빛나고 입가에는 살짝 미소가 떠올랐다. 퍼시 그라이스 씨가 벨로몬트에 온다는 사실은 알고 있었지만, 설마 그와 같은 기차를 타는 행운을 누릴 줄은 미처 몰랐던 것이다. 눈 깜짝할 사이에 로즈데일에 대한 불쾌한 생각 따위는 감쪽같이 사라져버렸다. 결국 오늘은 시작보다 끝이 좋을 운세인 모양이었다.

릴리는 책갈피를 천천히 뜯기 시작했다.[21] 그리고 눈썹을 내리깐 채 조용히 자신이 노리는 먹잇감을 관찰하면서 머릿속으로는 분주하게 공격 전략을 짰다. 지나치게 신문에 열중하는 그의 태도로 보아, 그 역시 그녀의 존재를 이미 의식하고 있는 것이 분명했다. 석간신문을 저렇게 열심히 읽는 사람이 어디 있단 말인가! 릴리는 분명 그가 너무 소심해서 다가오지 못하는 거라고 짐작했다. 그렇다면 그녀 쪽에서 너무 덤비는 것처럼 보이지 않으면서도 가까이 접근할 수 있는 방법을 생각해내야 했다. 퍼시 그라이스 씨처럼 엄청난 부자가 저렇게 소심하다는 걸 생각하면 우습기 짝이 없었다. 하지만 릴리는 저런 괴짜들을 너그럽게 대할 수 있는 귀중한 재능을 타고난 사람이었다. 게다가 지나치게 자신만만한 것보다는 소심한 편이 릴리의 목적을 달성하는 데 훨씬 더 유리했다. 소심한 사람에게 자신감을 불어넣는 재주는 있었지만, 자신감 넘치는 사람을 소심하게 만들 수 있는 능력은 없었으니까.

릴리는 기차가 터널을 빠져나갈 때까지 기다렸다. 기차는 북쪽 근교의 들쭉날쭉한 산등성이 사이를 달려가고 있었다. 그리고 용커스[22] 근처에 이르자, 속도를 줄이기 시작했다. 릴리는 때를 놓치지 않고 자리에서 일어나서 천천히 통로를 걸어 내려갔다. 그녀가 그라이스 씨 옆을 지나갈 때, 기차가 덜컹하고 요동을 쳤다. 다음 순간 그라이스는 가냘픈 손이 자신의 좌석 등받이를 꽉 움켜잡는 걸 알아차렸다. 그는 깜짝 놀라 벌떡 일어났다. 순진한 그의 얼굴이 마치 빨간색으로 물들인 것처럼 달아올랐다. 심지어 붉은빛이 살짝 감돌던 그의 수염까지도 더 빨갛게 변한 것 같았다.

기차가 또다시 요동치자, 이번에는 바트 양이 아예 그라이스 씨의 품으로 쓰러질 뻔했다. 그녀는 수줍게 웃으며 몸의 중심을 잡더니 얼른 뒤로 물러섰다. 하지만 이미 그는 그녀의 옷에서 풍기는 향긋한 냄새에 완전히 사로잡힌 후였다. 또한 그의 어깨는 그녀의 손이 살짝 스칠 때 전해진 감미로운 느낌을 생생하게 느낄 수 있었다.

"어머, 그라이스 씨, 당신이셨군요? 죄송해서 어쩌죠? 차를 시키려고 사환을 찾다가 그만……."

기차가 제 속도를 내기 시작하자, 릴리는 그에게 손을 내밀어 악수를 청했다. 그리고 두 사람은 통로에 서서 몇 마디 인사를 주고받았다. 물론 그는 벨로몬트로 가는 중이었다. 그리고 그녀가 파티에 온다는 소식은 이미 들어 알고 있었다. 그 사실을 고백하면서 그라이스 씨는 또다시 얼굴을 붉혔다. 게다가 그곳에서 일주일이나 보낼 예정이라고? 세상에 이렇게 기쁜 일이!

바로 그때 마지막 역에서 뒤늦게 올라온 승객 한두 명이 통로를 지나가려고 했다. 릴리는 어쩔 수 없이 제자리로 돌아갈 수밖에 없었다.

"마침 제 옆자리가 비었는데, 함께 앉으시지요."

릴리는 돌아서며 어깨 너머로 슬쩍 말을 흘렸다. 그라이스 씨는 쩔쩔매면서 겨우 자리를 바꾸는 데 성공했다. 그리고 가방을 들고 그녀의 옆자리로 옮겨 왔다.

"어머, 저기 사환이 있군요. 차를 마실 수 있을 것 같네요."

릴리는 사환을 향해 손짓했다. 그러자 마치 그녀의 모든 소원을 다 들어주기 위해 대기하고 있던 것처럼 순식간에 작은 탁자가 두 좌석 사이에 놓였다. 릴리는 거치적거리는 그라이스 씨의 짐을 탁자 밑으로 집어넣도록 도와주었다.

마침내 차가 나오자, 그라이스 씨는 완전히 넋을 잃고 말없이 그녀의 동작을 지켜보고만 있었다. 쟁반 위에서 날렵하게 움직이는 그녀의 두 손은 경이로울 만큼 가느다랗고 섬세했다. 차 도자기와 커다란 빵 덩어리가 투박하고 둔해 보일 지경이었다. 흔들리는 기차 안에서, 그것도 남들이 지켜보는 가운데 차를 만드는 이 어려운 일을 이토록 자연스럽고 손쉽게 할 수 있다니, 그라이스 씨에게는 릴리의 솜씨가 마치 기적 같았다. 그라면 다른 승객의 이목을 끌까 봐 감히 차를 주문할 엄두조차 내지 못했을 것이다. 하지만 지금은 릴리가 모든 사람의 시선을 끌고 있었으므로, 그녀를 방패 삼아 더할 나위 없는 행복감을 느끼며 거무죽죽한 차를 홀짝거렸다.

하지만 셀던의 방에서 마신 카라반 차[23]의 향이 아직도 입안에 맴돌고 있는 릴리는 열차에서 끓여 낸 구정물로 그 향을 없애고 싶은 생각이 전혀 없었다. 비록 옆자리에 앉은 사람은 그게 마치 신의 음료라도 되는 듯 소중하게 마시고 있지만 말이다. 그러나 릴리는 차의 커다란 매력 중 하나가 바로 누군가 함께 마신다는 데 있다는 현명한 판단을 내리고, 손에 든 잔 너머로 그라이스 씨에게 부드러운 미소를 보냄으로써 그의 행복을 완성해 주었다.

"맛이 괜찮으세요? 너무 진한 건 아닌가요?"

릴리가 걱정하듯이 물었다. 그라이스 씨는 평생 이렇게 훌륭한 차는 마셔본 적이 없다고 단호하게 대답했다.

"제 생각에도 그래요."

릴리가 동의했다. 그라이스 씨가 혹시 머릿속으로는 가장 심오한 방종의 밑바닥까지 전부 탐색해 보았을지는 몰라도, 정작 실제로 아름다운 아가씨와 단둘이 여행을 하기는 분명 이번이 처음일 것이다. 이런 생각이 들자, 그녀의 상상력이 날개를 펴기 시작했다.

어쩌면 자신이 그의 첫 번째 경험을 도와주는 신의 도구로 예정되어 있었다는 생각까지 들었다. 다른 아가씨들이라면 이 남자를 어떻게 다루어야 할지 전혀 몰랐을 것이다. 그들은 기껏해야 이 모험의 새롭고 낯선 면만 강조하면서 그에게서 일탈이 주는 쾌감을 이끌어내려고 애썼을 것이다. 하지만 그녀의 방법은 그보다 더 섬세했다. 릴리는 언젠가 사촌인 잭 스테프니가 그라이스 씨는 자기 엄마에게 장화 없이는 절대 비 오는 날 밖에 나가지 않겠다는 약속까지 하는 위인이라고 말했던 기억을 떠올렸다. 릴리는 좀 더 다정하고 가정적인 분위기를 조성해야겠다고 결심했다. 그라이스 씨에게 지금 뭔가 무모하고 비정상적인 일을 하고 있다는 기분이 들게 하는 대신, 기차 안에서 차를 마실 수 있게 해주는 동반자가 항상 옆에 있다는 것이 얼마나 좋은 일인지에 대해서 절실히 느낄 수 있도록 하려는 속셈이었다.

하지만 그녀의 노력에도 불구하고 차 쟁반을 치우고 나자, 대화가 시들해졌다. 릴리는 그라이스 씨의 뻔한 대화를 어떻게든 새롭게 이끌어보려고 필사적으로 노력했다. 하지만 그에게 부족한 것은 결국 기회가 아니라 상상력이었다. 그는 열차 칸의 싸구려 차와 최상급 차의 맛도 전혀 구별하지 못할 정도의 형편없는 감식안을 지녔다. 하지만 릴리에게는 아직도 써먹을 수 있는 한 가지 화젯거리가 남아 있었다. 그녀가 그걸 살짝 건

드리기만 해도 이 단순하기 짝이 없는 기계는 살아서 움직일 것이다. 그렇지만 그녀는 그 화제를 꺼내는 것을 자꾸 뒤로 미루었다. 그녀에게 남은 마지막 카드였기 때문이다. 대신 다른 감각을 자극해 보려고 갖가지 기술을 다 동원했다. 마침내 감정을 숨기지 못하는 그의 얼굴에 지루한 표정이 노골적으로 떠오르기 시작하자, 릴리는 결국 최후의 수단을 써야 할 때가 왔음을 깨달았다.

"그런데 요즘 당신의 아메리카나 수집은 어떻게 돼가시나요?"

흐리멍덩하던 그라이스 씨의 눈이 약간 또렷해졌다. 겨우 눈동자를 덮고 있던 얇은 막 하나가 걷힌 정도였지만, 릴리는 자신의 솜씨에 자부심을 느꼈다.

"몇 가지 새로운 걸 손에 넣었습니다."

그는 기뻐서 어쩔 줄 몰랐다. 하지만 행여나 다른 승객들이 합세해서 그의 보물을 빼앗을까 봐 걱정되는 듯이 목소리를 잔뜩 낮추었다.

릴리는 몹시 흥미 있는 것처럼 질문을 던졌다. 그라이스 씨는 가장 최근에 사들인 수집품에 대해서 떠들기 시작했다. 이거야말로 그가 자신을 잊고 몰두할 수 있는 혹은 반대로 마음 놓고 자신을 드러낼 수 있는 유일한 주제였던 것이다. 왜냐하면 그는 그 분야에 정통했고 달리 그와 맞설 만한 사람이 없다고 자부했기 때문이다. 사실 그의 주위에는 아메리카나 따위에 관심이 있거나 약간의 지식이라도 있는 사람은 거의 없었다. 이렇듯 사람들이 무지하다는 걸 잘 알기 때문에 그라이스 씨는 안심하고 자신의 지식을 과시할 수 있었다. 그런데 단 한 가지 문제는 그 주제에 관해 이야기를 꺼내거나, 어쩌다 꺼냈다고 해도 대화를 계속하기가 어렵다는 점이었다. 사람들은 대부분 아메리카나에 대해 자신이 무지하단 사실을 전혀 아랑곳하지 않았으므로, 결국 그라이스 씨는 창고에 안 팔리는 물건만 가득 갖고 있는 상인 꼴이었던 것이다.

하지만 바트 양은 어쨌든 겉으로는 진심으로 아메리카나에 대해 알고 싶어 하는 것 같았다. 게다가 그녀는 이미 충분한 사전 정보를 갖고 있었기 때문에 그라이스 씨는 대단히 쉽고 재미있게 가르칠 수 있었다. 릴리는 적절한 질문을 던졌고 그의 설명에 얌전히 귀를 기울였다. 늘 그렇듯이 상대방의 얼굴에 지루한 표정이 떠오를 것이라고 각오하고 있었던 그라이스 씨는 그녀의 진지한 눈빛에 그만 말이 줄줄 쏟아졌다. 바로 이런 우연한 기회가 찾아올 것을 기대하고 미리 셀던에게서 이런저런 '정보'를 얻어들어 놓았던 것이 어찌나 유용하던지, 릴리는 셀던과의 만남이야말로 오늘 있었던 일 중에 가장 큰 행운이었다는 생각까지 들기 시작했다. 기대치 않은 우연한 일에서까지 이득을 챙기는 그녀의 능력이 다시 한 번 발휘된 것이다. 계속해서 다정한 미소를 던지며 상대방의 말에 귀 기울이고 있는 듯 보이는 릴리의 머릿속에서는, 그러니까 더러 충동에 몸을 맡기는 것도 해볼 만한 일이라는 위험한 이론이 싹트고 있었다.

그라이스 씨 역시 다소 불분명하긴 했지만 한껏 유쾌한 기분에 사로잡혀 있었다. 그의 좀 더 아래쪽 신체 기관들이 오랜만에 욕구를 충족시키고자 아우성치며 일어나는 바람에 간질간질한 자극이 온몸에 퍼졌고, 그의 모든 감각이 어렴풋한 행복의 기미를 알아채고는 몸부림쳤던 것이다. 그것들은 바트 양의 존재를 희미하지만 대단히 기분 좋은 뭔가로 인식했다.

물론 그라이스 씨가 자기 스스로 아메리카나에 대해 관심을 갖게 된 것은 결코 아니었다. 뭐든 간에 그가 독자적으로 자기 취미를 개발한다는 건 생각할 수조차 없는 일이었다. 그의 삼촌이 서적 수집가들 사이에서 이미 유명한 수집품을 그에게 물려준 것이다. 이 수집품의 존재야말로 그라이스 집안에 명성을 안겨 주는 유일한 것이었기에 이 조카는 마치 자신이 모은 것이라도 되는 양 그 유산에 대해서 엄청난 자부심을 가졌다. 그리고 차츰 그걸 진짜 자신의 수집품으로 여기게 되었고, 어쩌다 그라이스 집안의 아메리카나에 대해 언급한 글이라도 읽게 되면 커다란 만족감을 느꼈다. 정작 자신은 혹시라도 다른 사람들의 이목을 끌까 봐 노심초사했지만, 자기 집안의 이름이 활자화되는 것에는 말할 수 없이 황홀하고 짜릿한 기쁨을 느꼈던 것이다. 그것은 아무래도 사람들 앞에 직접 나서지 못하는 자신에 대한 보상 심리인 것 같았다.

그라이스 씨는 그런 기쁨을 가능한 자주 맛보고 싶어서 서적 수집에 관한 잡지와 미국 역사 중 특정 시대를 다루는 잡지를 전부 다 구독했다. 그리고 그가 읽는 유일한 인쇄물인 이런 잡지들에는 그의 서가에 대한 언급이 상당히 자주 등장했기 때문에, 그는 자기가 대중적인 저명인사인 줄 알고 있었다. 그러므로 거리에서 만난 사람들이나 여행 중에 옆자리에 앉은 사람들에게 갑자기 자기가 바로 그라이스 집안의 아메리카나를 소장하고 있는 사람이라고 말하면 얼마나 놀랄까 상상하며 내심 좋아하곤 했다.

소심한 사람들이 대부분 그런 감추어진 보상 심리를 갖고 있는 법이다. 게다가 바트 양은 내적인 허영심은 겉으로 보이는 겸손함과 정비례한다는 사실을 잘 알고 있을 만큼 분별력이 있는 여자였다. 이 남자가 좀 더 자신감 있는 사람이었다면, 바트 양은 감히 한 가지 화제를 가지고 그토록 오래 끌거나 그렇게 과장된 관심을 보이지 못했을 것이다. 하지만 그녀는 그라이스 씨의 자아가 잔뜩 목말라 있으며 지속적인 영양분을 받지 못해 허덕이고 있다는 사실을 정확히 꿰뚫어 보았다. 바트 양은 그저 무심하게 피상적인 대화를 나누고 있는 듯 보이면서도 그 내면의 흐름을 감지할 수 있는 재능을 갖고 있었다. 더구나 이번 경우는 자신의 장래와 연관하여 퍼시 그라이스 씨의 미래를 재빨리 탐사해 보기 위한 정신적인 원정인 셈이었다. 그라이스 집안은 알바니 출신이었는데, 이 도시에 등장한 것은 비교적 최근이었다. 늙은 제퍼슨 그라이스 씨가 죽자, 매디슨가에 있는 그의 저택을 물려받은 어머니와 아들이 이곳으로 이사 온 것이다. 그 흉측한 저택의 외벽은 어두운 갈색 돌로 둘러싸이고 집 안은 온통 검은색 호두나무로 지어져 있어서 마치 거대한 무덤처럼 보였는데, 특별히 방화 설비가 된 그라이스 집안의 서재가 별채로 딸려 있었다. 릴리는 이 집안사람들에 대해서 모르는 게 없었다. 젊은 그라이스의 출현은 뉴욕에 사는 모든 어머니의 마음을 들뜨게 했다. 하지만 자신을 위해서 대신 안달복달해 줄 어머니가 없는 아가씨의 경우에는 스스로 정신을 바짝 차리고 있어야 하는 법이다. 릴리는 이 젊은이와 마주치려고 온갖 꾀를 다 썼을 뿐 아니라 그라이스 부인과도 이미 안면을 익혀 두었다. 단상에 선 설교자처럼 목소리가 우렁차고 몸집도 거대한 이 부인은 오직 하인들의 잘못을 캐내는 데만 정신이 팔려 있었다. 그러므로 가끔 페니스턴 부인을 찾아와서는 부엌의 하녀가 식료품을 집 밖으로 몰래 빼돌리지 못하게 하는 방법 따위를 한 수 배워가곤 했다. 그라이스 부인은 일종의 사심 없는 박애 정신을 지니고 있어서 궁핍한 개인에 대해서는 극히 의심스러운 눈길을 던지는 반면, 괄목할 만한 흑자를 냈다고 연례 보고서를 발표하는 단체에 대해서는 기꺼이 큰돈을 기부했다. 그녀가 해야 할 집안일은 그야말로 무궁무진했는데, 하인들의 침실을 몰래 뒤져 보는 일부터 예고 없이 지하 창고에 내려가 보는 일까지 했기 때문이다. 정작 부인 자신은 절대 많은 즐거움을 누리는 법이 없었지만, 언젠가 붉은색으로 인쇄된 사룸 전례서[24] 특별판을 손에 넣자, 교구의 모든 목사에게 선물하기도 했다. 이때 목사들이 보낸 감사 편지는 모두 금박을 입힌 앨범에 보관되어, 지금도 그녀의 거실 테이블 위에서 최고의 장식품 노릇을 하고 있었다.

퍼시는 그토록 훌륭한 여성이라면 반드시 가르쳤을 만한 온갖 원리 원칙 속에서 성장했다. 그리하여 그러지 않아도 소심하고 조심성 많은 천성에 모든 형태의 신중함과 의심까지 깊이 각인되었다. 그 결과 그라이스 부인은 아들에게서 방수용 덧신을 꼭 신겠다는 약속 같은 건 받아낼 필요조차 없을 것 같았다. 애당초 그는 쏟아지는 빗속을 걷거나 하는 모험 따위는 하지 않을 것이기 때문이다. 성년이 되고, 돌아가신 그라이스 씨가 호텔에서 신선한 공기를 방출하는 특허 장치로 벌어들인 엄청난 재산을 물려받은 후에도 이 젊은이는 계속해서 어머니와 함께 알바니에서 살았다. 하지만 제퍼슨 그라이스 씨가 죽고 또 다른 막대한 유산이 아들의 손에 들어오자, 그라이스 부인은 소위 아들의 '이익'을 위해서 뉴욕에 기거할 필요가 있다고 생각했다. 그리하여 매디슨가 저택에 자리 잡게 된 것이다. 한편 의무감에서는 결코 그의 어머니에게 뒤지지 않는 퍼시는 브로드 거리[25]에 있는 멋진 사무실에서 온종일 시간을 보냈다. 그곳에서는 박봉에 시달리는 창백한 얼굴의 남자 직원들이 그라이스 집안의 재산을 관리하느라 날로 파리해져 갔으며, 퍼시 역시 그에 걸맞은 공손한 태도로 재산을 축적하기 위한 모든 기술을 상세히 배워가고 있었다.

릴리가 알아낸 바로는 여태껏 그것이 그라이스 씨의 유일한 일이었다. 그러니 그녀가 이토록 금욕적인 생활을 해온 젊은이의 관심을 끄는 일쯤이야 만만하다고 생각하는 것도 무리는 아니었다. 사실 이 상황을 너무나 완벽하게 조종하고 있다고 자신한 그녀는 로즈데일 씨에 대한 두려움이나 그 두려움에서 비롯된 온갖 걱정거리를 까맣게 잊어버릴 만큼 완전히 안심하고 있었다.

따라서 개리슨 역에 기차가 정차한 것 따위는 그녀의 관심을 끌지도 못했을 것이다. 만약 마주 앉은 상대의 눈에 갑자기 난처해하는 빛이 떠오르는 걸 알아채지 못했더라면 말이다. 그라이스 씨의 좌석은 출입구 쪽을 향하고 있었기 때문에 릴리는 누군가 아는 사람이 다가오는 것을 보고 그가 당황했음을 짐작했다. 그녀 자신이 열차 객실에 들어설 때 대개 그런 반응이 일어나듯이, 지금도 사람들의 고개가 일제히 돌아가고 분위기가 술렁이는 것을 미루어 보아 그녀의 짐작이 틀림없었다.

이런 징후들을 즉각 알아차린 릴리는 예쁜 여자가 높은 목소리로 인사했을 때도 전혀 놀라지 않았다. 그녀는 하녀 한 명과 불테리어 강아지 한 마리, 그리고 커다란 가방들과 옷상자에 짓눌려 비틀거리는 하인 한 명을 거느리고 열차 안으로 들어왔다.

"오, 릴리! 너도 벨로몬트로 가는 중이니? 그럼 네 자리에 앉을 수는 없겠구나? 하지만 난 이 열차 칸에 꼭 앉아야겠어. 그러니 차장, 당장 내 자리를 하나 찾아줘요. 누군가를 어디 다른 자리로 옮길 수는 없나요? 난 여기 내 친구들과 함께 앉고 싶단 말이에요. 오, 그라이스 씨, 안녕하세요? 제발 저 차장에게 제가 꼭 당신과 릴리 옆에 앉아야 한다고 말씀 좀 해주세요."

조지 도싯 부인은 구식 여행 가방을 든 승객 한 명이 최대한 그녀 옆으로 다가가지 않으면서 열차를 나가려고 애쓰고 있는 것에는 전혀 아랑곳하지 않고 복도 한가운데 떡 버티고 서 있었다. 그녀에게서는 흔히 미모의 여성이 여행을 할 때 내곤 하는 짜증스러운 기운이 마구 뿜어져 나오고 있었다.

도싯 부인은 릴리 바트보다 더 아담하고 날씬했으며, 어찌나 몸이 유연하던지 그녀가 애호하는 구불구불한 주름 장식처럼 몸을 구부려서 둥근 고리도 통과할 수 있을 정도였다. 그녀의 작고 하얀 얼굴은 지나치게 커다란 검은 두 눈에 비하면 한낱 배경처럼 여겨질 정도였는데, 몽환적인 그 눈빛은 자신만만한 그녀의 말투나 태도와 묘한 대조를 이루었다. 그녀의 친구 중 한 명이 말한 것처럼, 도싯 부인은 마치 육신을 떠난 채 너무 많은 공간을 차지한 유령 같았다.

마침내 바트 양의 좌석 옆자리가 빈자리라는 사실을 알아낸 도싯 부인은 주위 사람들을 몇 차례 이동시킨 끝에 그 자리를 완전히 차지했다. 그러면서도 자신이 그날 아침에 자동차를 타고 키스코 산을 넘어 왔으며 개리슨에서 한 시간 동안 휴식을 취했는데, 출발하기 전에 그녀의 담뱃갑을 채워놓는 의무를 소홀히 한 남편의 만행 때문에 담배 한 대조차 피우지 못했다는 설명을 주절주절 늘어놓았다.

"설마 이 시간에 담배 한 개비도 안 남기고 다 피운 건 아니겠지, 릴리?"

도싯 부인은 장황한 말끝에 애처로운 목소리로 이렇게 덧붙였다.

바트 양은 퍼시 그라이스 씨가 깜짝 놀라서 힐끗 쳐다보는 것을 알아챘다. 물론 그의 입술은 담배 따위로 더럽혀져 본 적이 한 번도 없을 것이다.

"버사, 그게 무슨 말도 안 되는 소리야!"

이렇게 소리치기는 했지만, 릴리는 로렌스 셀던의 집에서 잔뜩 챙겨 온 담배를 떠올리며 얼굴을 붉혔다.

"왜 그래? 너 담배 안 피우니? 도대체 언제부터 담배를 끊은 거야? 뭐라고? 네가 한 번도 담배를……. 그럼, 그라이스 씨도 담배가 없으신가요? 아, 물론 그러시겠죠. 나 좀 봐. 이렇게 어리석기는……. 잘 알겠어요."

도싯 부인은 의미심장한 미소를 지으며 여행용 쿠션 위로 몸을 기대었다. 그 미소를 보며, 릴리는 자기 옆에 빈자리가 없었더라면 얼마나 좋았을까 하고 생각했다.

3

벨로몬트에서 하는 브리지[26] 게임은 보통 새벽녘까지 계속되었다. 그날 밤 릴리는 도가 지나치게 게임을 즐기다가 손실을 보고 너무 늦게 자리에서 일어났다.

이제 혼자 방에 들어가면 틀림없이 닥쳐올 자책감이 두려운 나머지, 릴리는 넓은 층계참 위에서 머뭇거렸다. 그리고 아래쪽 홀을 내려다보았다. 마지막까지 남은 게임 주자들이 긴 유리잔과 은도금을 한 유리병이 놓인 쟁반 주위에 모여 있었다.

조금 전 집사가 벽난로 근처에 있는 낮은 탁자 위에 놓고 간 것이었다.

아치형의 홀에는 옅은 노란색 대리석 기둥들로 떠받친 발코니가 나 있었다. 각 벽의 모퉁이마다 검은 잎사귀를 배경으로 꽃을 활짝 피운 키 큰 식물들이 무리 지어 서 있었다. 한편 진홍색 양탄자 위에는 사냥개 한 마리와 스패니얼 두세 마리가 벽난로 앞에서 여유롭게 졸고 있었다. 거대한 중앙 등잔에서 흘러나오는 불빛을 받아 여자들의 머리카락은 윤기를 발했고, 몸에 걸고 있는 보석은 움직일 때마다 번쩍거렸다.

그런 광경이 외적으로 세련된 삶을 원하는 그녀의 갈망이나 미적 감각을 충족시켜 주면서 그녀를 기쁘게 하던 순간도 있었다. 또 한편으로는 자신에게 주어진 기회가 얼마나 보잘것없는지 더욱 뼈저리게 느끼게 하는 순간도 있었다. 지금은 바로 그런 상반된 감정이 가장 극에 달하는 순간이었다. 조지 도싯 부인이 뱀처럼 구불구불한 장신구를 번쩍거리며 퍼시 그라이스 씨를 발코니 아래의 은밀한 구석으로 유인하는 광경을 보자, 릴리는 더 이상 참지 못하고 휙 돌아섰다.

그렇다고 그녀가 이제 막 손에 넣은 그라이스 씨의 관심을 빼앗기게 될까 봐 걱정하는 것은 아니었다. 도싯 부인은 그를 놀라게 하거나 어리둥절하게 만들 수는 있지만 그의 마음을 완전히 사로잡을 만한 기술도 인내력도 없었다. 그녀는 소심한 그라이스 씨의 마음속 깊이 접근하기에는 너무 자기중심적이었다. 게다가 도싯 부인이 뭘 바라고 그런 노고를 기울인단 말인가? 기껏해야 하루 저녁, 단순하기 짝이 없는 그라이스 씨를 갖고 놀고 나면 그다음에는 성가신 짐 덩어리일 뿐이었다. 이런 사실을 뻔히 알고 있는 도싯 부인은 괜히 그라이스 씨를 자극할 만큼 순진하지 않았다. 릴리는 다만 저 여자는 그를 꼭 자기 인생 계획에 한 가지 가능성으로 고려할 필요도 없이 마음 내키는 대로 들었다 놓았다 할 수 있다고 생각하니 부러웠던 것이다. 반면 그녀는 퍼시 그라이스 때문에 오후 내내 지루한 시간을 보내야 했다. 그저 머릿속에 떠오르는 생각이라고는, 어떻게든 웅얼거리는 그의 목소리를 들으며 졸지 말아야 한다는 것뿐이었다. 하지만 릴리는 내일도, 모레도 그를 무시할 수 없었다. 그녀는 계속 성공을 쫓아야 했고 더 많은 지루함을 견뎌야 했고 날마다 새롭게 순종적이고 유순한 자세를 갖춰야 했다. 그리고 이 모든 노력이, 어쩌면 그라이스 씨가 언젠가는 그녀에게 평생토록 지루함을 안겨 주는 영광을 베풀어줄지도 모른다는 일말의 기대 때문인 것이다.

이거야말로 너무 끔찍한 운명이었다. 하지만 어떻게 거기서 벗어날 수 있단 말인가? 그녀에게 무슨 선택의 여지가 있는가? 타고난 천성대로 살거나 아니면 거티 패리시처럼 사는 것뿐이다. 릴리가 부드러운 불빛이 가득한 침실로 들어갔을 때, 비단 침대 위에는 레이스로 짠 실내복이 놓여 있었고, 벽난로 앞에는 앙증맞은 자수 슬리퍼가 준비되어 있었다. 꽃병에 꽂힌 싱싱한 카네이션은 향기를 내뿜고, 램프 옆의 탁자 위에는 최신호 잡지와 소설책 들이 뜯지도 않은 채 가지런히 쌓여 있었다. 순간 릴리는 보기 흉한 벽지와 싸구려 가구 들이 들어찬 패리시 양의 비좁은 아파트를 떠올렸다. 안 돼. 그녀는 비참하게 가난과 타협하며 초라하고 누추한 환경에서는 살 수 없는 인간이었다. 그녀의 존재는 오직 화려한 분위기 속에서만 활짝 피어날 수 있었다. 그것이야말로 그녀가 원하는 배경이었으며 그녀가 숨 쉴 수 있는 유일한 공간이었다. 하지만 타인의 호사는 그녀가 원하는 바가 아니었다. 불과 몇 년 전만 해도 릴리는 그것만으로 충분히 만족스러웠다. 릴리는 누가 베푸는 것이든 전혀 상관하지 않고 날마다 주어지는 즐거움을 마음껏 누렸다. 하지만 이제는 거기에 반드시 뒤따르는 갖가지 의무 때문에 마음이 상하기 시작했다. 한때는 자신의 것인 양 여겨지던 화려한 생활이 이제는 감옥처럼 느껴지고 자신은 한낱 거기 갇힌 죄수 같았다. 심지어 이제껏 살아온 방식에 대해 값을 치러야 하는 것이 아닌가 하는 생각이 들 때도 있었다.

한동안 릴리는 애써 브리지를 피해 왔다. 자신의 경제 능력으로는 도저히 판돈을 감당할 수 없다는 것을 잘 알기 때문에, 그런 값비싼 취미를 갖게 되는 것이 두려웠다. 게다가 주위에서 도박의 위험성을 직접 보여 주는 실례를 많이 보아왔다. 예를 들면, 바로 지금 비굴할 정도로 황홀한 표정을 하고서 피셔 부인(그녀의 이혼 사건을 다룬 신문의 머리기사만큼이나 눈에 확 띄는 옷차림과 눈 화장을 한 과격한 이혼녀)의 옆에 바싹 붙어 앉아 있는 젊은 네드 실버턴도 그중 하나였다. 릴리는 젊은 실버턴이 그들의 사교 모임에 처음 끼어들었던 때를 아직도 기억했다. 마치 길을 잃고 잘못 찾아 들어온 아르카디아인[27]처럼 보이던 그는 당시 대학 잡지에 매력적인 소네트 몇 편을 발표한 시인이었다. 그러나 그때 이후로 피셔 부인과 브리지에 재미를 붙이더니, 그만 브리지 때문에 감당할 수 없는 비용을 떠안게 되었다. 그리고 번번이 그 빚에서 벗어나기 위해 하녀 노릇을 하며 힘들게 사는 그의 누이들에게 손을 벌렸다. 그의 소네트를 목숨처럼 소중히 여기는 누이들은 사랑하는 동생이 파산하지 않게 하려고 차에 설탕조차 넣지 못하는 힘든 생활을 해야 했다. 릴리는 네드의 경우를 너무나 잘 알고 있었다. 잔인한 운명의 신이 휘두르는 마법에 따라서, 소네트보다 훨씬 더 시적인 그의 아름다운 두 눈이 놀라움에서 기쁨으로, 그리고 다시 기쁨에서 불안으로 오락가락하는 모습을 쭉 지켜봐 왔기 때문이다. 릴리는 내심 자신에게서 그와 똑같은 증세가 나타날까 봐 두려웠다.

지난해에 릴리는 자기를 초대해 준 안주인들이 그녀 또한 카드 테이블에 앉기를 은근히 바란다는 사실을 깨달았다. 그것은 그들이 오랫동안 베풀어준 환대, 그리고 빈약한 그녀의 옷장을 이따금씩 다시 채워주는 옷가지와 장신구 들에 대해서 그녀가 지불해야 하는 일종의 세금 같은 것이었다. 게다가 규칙적으로 브리지를 하다 보니 그녀 자신도 취미가 생겼다. 한두 번 상당한 금액을 딴 적도 있었는데, 릴리는 다음번 잃을 때를 대비해서 그 돈을 저축해 놓지 않고 옷이나 보석 따위에 다 써버렸다. 이런 경솔한 행동을 만회하기 위해서, 그리고 날로 커지는 게임의 짜릿함 때문에 그녀는 새로운 모험을 할 때마다 점점 더 많은 판돈을 거는 위험을 무릅썼다. 기왕 게임을 할 거면 크게 해야지, 그러지 않으면 쩨쩨하고 인색해 보인다는 핑계로 애써 자신의 행동을 변명하려고 했지만, 릴리도 자신에게 도박꾼 기질이 있음을 알고 있었다. 그리고 그녀가 처한 현재와 같은 상황에서 그런 유혹에 저항하기란 무척 힘들었다.

오늘 밤에는 계속해서 운이 안 좋았다. 결국 릴리가 방으로 돌아왔을 때는 장신구 사이에 매달려 있던 조그만 돈주머니가 거의 바닥을 보였다. 릴리는 옷장을 열고 보석 상자를 꺼냈다. 그리고 저녁 식사를 하러 내려가기 전에 주머니를 다시 채울 돈이 얼마나 있는지, 청구서 다발을 보관한 상자 밑을 살펴보았다. 달랑 20달러가 남아 있었다. 릴리는 어찌나 깜짝 놀랐던지, 잠깐 동안 도둑을 맞았다는 생각까지 했다. 잠시 후 그녀는 펜과 종이를 가지고 책상 앞에 앉아서 그날 하루 동안 쓴 돈을 계산해 보았다. 피곤이 몰려오면서 머리가 욱신욱신했다. 몇 번이나 거듭 계산해 보았지만, 결국 카드놀이에서 무려 3백 달러[28]나 잃은 것이 분명했다. 수표책을 꺼내 놓고 혹시 잔액이 자기가 기억하고 있는 것보다 많지는 않을까 확인했지만 오히려 더 부족하다는 사실만 발견했을 뿐이다. 다시 계산하며 몇 번이나 숫자를 헤아려보아도 사라져버린 3백 달러를 되돌려 놓을 수는 없었다. 그것은 드레스 재단사의 외상 독촉을 일단 막기 위해서 따로 떼어놓은 돈이었다. 먼저 보석 상인을 달래기 위해서 그 돈을 쓰지 않는다면 말이다. 어쨌든 돈을 써야 할 데가 너무 많았기 때문에, 그녀는 돈을 두 배로 불려보겠다는 희망을 갖고서 과감하게 돈을 걸었던 것이다. 그런데 그 돈을 몽땅 잃고 말았다. 단 한 푼도 아쉬워서 절절매는 그녀가 말이다. 반면에 남편이 돈을 소나기처럼 퍼부어 주는 버사 도싯은 적어도 5백 달러는 챙겼다. 그리고 하룻밤에 1천 달러를 잃어도 끄떡없는 주디 트레너는 잘 자라는 인사를 건네는 손님들과 악수도 나눌 수 없을 정도로 두 손에 돈다발을 가득 움켜쥔 채, 테이블을 떠났다.

그런 일들이 일어날 수 있는 이 세상이 릴리 바트에게는 정말 비참한 곳으로 여겨졌다. 하지만 그때는 그토록 쉽게 그녀를 계산에서 제외해 버린 우주의 법칙을 도무지 이해할 수가 없다.

릴리는 종을 울려서 벌써 잠자리에 든 하녀를 깨우지 않고 혼자서 옷을 벗기 시작했다. 너무나 오랫동안 다른 사람의 호의에 의존해서 살다 보니 자신에게 생계를 의존하는 사람들의 처지를 깊이 이해하게 되었다. 이렇게 마음이 우울할 때면, 가끔 그녀 자신이나 자신의 하녀나 다를 바가 없다는 생각이 들었다. 아니, 하녀는 꼬박꼬박 임금이라도 받을 수 있었다.

릴리는 거울 앞에 앉아서 머리를 빗었다. 얼굴이 파리하고 핼쑥해 보였다. 매끈하고 둥근 뺨이 살짝 꺼지고 입가에 희미한 주름살 두어 개가 잡힌 것을 보자 덜컥 겁이 났다.

"오, 이제 걱정 따위는 그만해야겠어!"

릴리가 한탄했다.

"전깃불만 아니라면······."

릴리는 잠시 뭔가 생각하다가 벌떡 일어나서 탁자 위에 놓인 초를 밝혔다.

그리고 벽에 달린 전등을 끄고 촛불에 비친 자기 모습을 열심히 살펴보았다. 하얗고 갸름한 그녀의 얼굴이 어둠을 배경으로 불빛 아래에서 희미하게 흔들렸고 그 주위에는 마치 후광처럼 뿌연 빛이 감싸고 있었다. 그러나 입가에 잡힌 두 개의 주름은 여전히 선명했다.

릴리는 얼른 일어나 서둘러 옷을 벗었다.

"이건 순전히 너무 피곤하기 때문이야. 게다가 괴로운 생각만 해서 그래."

릴리는 계속해서 중얼거렸다. 그깟 사소한 걱정 좀 했다고 해서 그녀의 유일한 무기인 미모에 그런 흔적을 남긴다는 건 너무 부당한 일인 것 같았다.

그렇지만 걱정거리들이 여전히 그녀의 머릿속을 떠나지 않았다. 결국 그녀는 마치 도보 여행자가 잠깐 휴식을 취한 뒤에 다시 무거운 짐을 짊어지듯이, 퍼시 그라이스에 대한 생각으로 되돌아갔다. 릴리는 그를 완전히 '손에 넣었다'고 거의 확신했다. 며칠만 더 공을 들이면, 그녀는 마침내 그 보상을 받게 될 것이다. 그런데 그 보상이란 것이 썩 구미에 당기지 않았다. 승리의 순간을 떠올려보아도 전혀 기쁨을 느낄 수가 없었다. 어쨌든 더 이상 걱정 따위는 하지 않아도 될 것이다. 불과 몇 년 전이라면, 그런 보상이 얼마나 시시하게 여겨졌을까! 실패를 거듭하면서 그녀의 야심은 점차 작아졌다. 그런데 어째서 계속 실패했을까? 그녀의 운명 때문일까? 아니면 그녀 자신의 잘못 때문일까?

릴리는 그녀의 어머니가 모든 재산을 다 잃은 후에, 깊은 원한이 서린 목소리로 종종 그녀에게 이렇게 말하던 것을 기억했다.

"하지만 언젠가 넌 그 모든 걸 되찾게 될 게다. 네가 그 모든 걸 되찾게 될 거야. 네 미모로 말이야……."

일단 한 가지 기억이 떠오르자, 또 다른 기억들이 꼬리를 물고 이어졌다. 그녀는 어둠 속에 누워서 자신이 지나온 과거를 되돌아보기 시작했다.

'손님' 없이는 어느 누구도 집에서 식사하는 법이 없는 저택, 쉴새없이 울려대던 현관 벨 소리, 황급히 뜯어보는 네모난 봉투[29]와 청동 단지 속에 먼지와 함께 처박히는 길쭉한 봉투[30]가 소나기처럼 쏟아지던 현관 테이블, 황급히 옷장과 서랍장을 뒤지는 혼란 속에서 잔소리를 늘어놓던 프랑스와 영국 출신의 하녀들, 그와 마찬가지로 계속 바뀌던 유모와 하인 들, 식료품 저장실과 부엌과 거실에서의 말다툼, 급작스럽게 떠나는 유럽 여행, 쇼핑한 물건을 잔뜩 쑤셔 넣은 트렁크들을 끌고 귀환, 그 후로 며칠 동안 계속되는 짐 풀기, 여름휴가 장소를 결정하기 위한 6개월간의 토론, 암울한 잠시 동안의 절약, 그리고 그에 대한 보상 심리로 요란하기 짝이 없는 쇼핑. 그런 것들이 릴리 바트가 떠올릴 수 있는 최초의 기억 속 배경이었다.

소위 집이라고 불리는 이 소란스러운 곳을 지배하는 사람은 바로 활력 넘치고 결단력 있는 어머니였다. 여전히 무도회 드레스가 너덜너덜해질 때까지 춤을 출 수 있을 만큼 젊은 어머니와 달리, 희미하고 존재감 없는 아버지는 집안에서 집사와 시계태엽을 감는 하인의 중간쯤 되는 위치를 차지하고 있었다. 어린아이의 눈에도 허드슨 바트 부인은 대단히 젊어 보였다. 하지만 릴리의 기억 속에서 아버지는 언제나 희끗희끗한 머리가 벗어지고 약간 구부정한 자세로 지친 발걸음을 옮기고 있었다. 그러므로 나중에 아버지가 어머니보다 겨우 두 살 더 나이가 많다는 사실을 알았을 때, 그녀는 커다란 충격을 받았다.

릴리는 환한 대낮에 아버지를 본 적이 거의 없었다. 아버지는 하루 종일 '시내'에 나가고 없었다. 겨울이면 해가 지고도 한참이 지난 후에야 지친 듯이 계단을 올라오는 아버지의 발소리가 들려왔고 이윽고 공부방 문을 두드리는 소리가 났다. 아버지는 말없이 그녀에게 뽀뽀를 해주고 가정교사나 유모에게 한두 가지 질문을 했다. 그러고 나면 바트 부인의 하녀가 올라와서 저녁 식사가 준비되었음을 알렸고, 아버지는 릴리에게 고개를 한 번 끄덕이고는 서둘러 방을 나가 버렸다. 여름에는 뉴포트나 사우샘프턴[31]에서 가족들과 함께 휴일을 보내곤 했는데, 아버지는 오히려 겨울보다 훨씬 더 말수가 적어지고 모습도 잘 드러내지 않았다. 휴식이 되레 고역인 것 같았다. 그는 몇 시간이고 베란다의 한쪽 구석에 앉아서 멍하니 해안선만 바라보았다. 불과 몇 걸음 떨어진 곳에 시끄럽게 재잘거리고 있는 부인의 존재는 전혀 안중에도 없었다. 하지만 바트 부인과 릴리는 대부분 유럽에서 여름을 보냈다. 그리고 기선이 미처 출발하기도 전에, 바트 씨의 존재는 수평선 아래로 묻혀 버렸다. 가끔씩 릴리는 아버지가 어머니에게 송금하는 걸 소홀히 한다고 비난하는 소리를 듣곤 했다. 하지만 그 외에는 한 번도 아버지가 화제에 오르거나 기억되는 법이 없었다. 여름이 끝나면 어김없이 참을성 많은 아버지는 구부정한 모습으로 뉴욕 항구에 나타났고, 헤아릴 수 없이 많은 어머니의 짐과 세관원 사이에서 중재자 노릇을 했다.

릴리는 이렇듯 분주하고 산만한 생활을 하며 십 대를 보냈다. 그러나 변화무쌍한 즐거움을 쫓아서 정신없이 여기저기를 오락가락하는 생활의 흐름은 영원히 충족되지 않는 필요, 다시 말해서 더 많은 돈의 필요에 의해서 막히곤 했다. 돌이켜보면 돈이 충분했던 적은 한 번도 없었다. 그리고 항상 그 책임은 은근히 아버지에게 돌아갔다. 어쨌든 바트 부인의 잘못이 아니라는 건 확실했다. 그녀는 언제나 주위 친구들에게 '살림의 귀재'라는 칭송을 받았기 때문이다. 바트 부인은 제한된 수단을 가지고 놀라운 결과를 만들어내는 것으로 유명했다. 바트 부인과 그 친구들은 실제 가진 은행 잔고보다 훨씬 더 부자인 것처럼 살 수 있는 재주를 대단히 영웅적인 일로 생각했다.

릴리는 당연히 어머니의 이런 능력을 자랑스럽게 여겼다. 또 비용이 얼마나 들든지 간에 사람이라면 마땅히 좋은 요리사를 두어야 하고 바트 부인이 '제대로 된 옷차림'이라고 부르는 것을 갖추어야 한다고 굳게 믿으며 성장했다. 바트 부인이 남편에게 퍼붓는 최고의 악담은 "그럼 나더러 돼지처럼 살란 말이냐."라고 따져 묻는 것이었다. 그때마다 결코 그렇지 않다는 남편의 답변을 구실 삼아, 부인은 당장 파리로 전보를 쳐서 새로운 드레스를 한두 벌 주문하거나 보석상에 전화를 걸어서 바로 그날 아침에 점찍어 둔 터키석 팔찌를 집으로 보내달라고 요구하곤 했다.

릴리는 소위 '돼지처럼 사는' 사람들을 알고 있었다. 그리고 그들의 옷차림과 환경을 보면, 그런 식의 삶을 질색하는 어머니의 반응이 너무나 당연한 것 같았다. 그들은 주로 사촌들이었는데, 응접실 벽에 콜[32]의 「인생 역정」의 판화 따위가 걸린 추레한 집에서 살고 있었다. 그 집의 단정치 못한 하녀들은 올바른 정신을 가진 사람이라면 대개 집에 있는 그런 시간에 방문한 손님들에게 "가서 계신지 알아보고 오지요."라고 말대꾸를 했다.

가장 혐오스러운 점은 이 사촌들이 부자라는 사실이었다. 결국 릴리는 사람들이 돼지같이 사는 것도 다 자기가 선택한 일이라는 생각이 머릿속에 박혀 버렸다. 그들에게는 올바른 행동 규범이 없었던 것이다. 이런 생각을 하면, 릴리는 커다란 우월감을 느꼈다. 사실 화려함에 대한 릴리의 타고난 취향을 키우는 데는 굳이 촌스러운 구두쇠 일가친척에 대한 바트 부인의 비난까지 필요 없었다.

릴리가 19살 때 이런 그녀의 세계관을 송두리째 뒤바꿔 놓는 일이 벌어졌다.

바로 전해에 그녀는 눈부시게 사교계에 데뷔했는데, 물론 여기에는 어마어마한 청구서가 불길한 먹장구름처럼 뒤따랐다. 데뷔의 화려한 빛이 아직 꺼지기도 전에, 먹구름은 점점 더 몰려왔다. 그러고는 어느 날 갑자기 하늘이 무너졌다. 그 순간이 너무나 갑작스럽게 찾아왔기에 공포도 더 컸다. 릴리는 아직도 재난이 덮쳐 온 그날의 모든 일을 가슴 아플 정도로 생생하게 기억했다. 그녀와 어머니는 어제 저녁 식사에 나왔던 쇼프루아[33]와 연어 요리가 놓인 점심 식탁 앞에 앉아 있었다. 바트 부인이 절약하는 일은 극히 드물었는데, 손님을 대접하고 남은 값비싼 요리를 버리지 않고 남몰래 먹어치우는 것이 그 드문 경우 중 하나였다. 릴리는 새벽까지 춤을 춘 젊은이들이 응당 받게 되는 징벌인 숙취에 시달리고 있었다. 하지만 그녀의 어머니는 입가의 희미한 주름에도 불구하고 관자놀이에 곱슬곱슬한 노란 머리카락을 늘어뜨린 채, 마치 실컷 잠을 자고 일어난 사람처럼 혈기 왕성하고 꼿꼿하며 말짱했다.

테이블 중앙에는, 서서히 녹고 있는 마롱 글라세[34]와 설탕을 입힌 체리 사이에서 피라미드 모양으로 꽃꽂이를 한 아메리칸 뷰티[35]가 싱싱한 가지를 쭉 뻗고 있었다. 그 장미꽃들은 바트 부인만큼이나 꼿꼿이 고개를 치켜들고 있었지만, 붉은색이 살짝 보라색으로 변해 있었다. 언제나 완벽한 것을 좋아하는 릴리는 점심 식탁에 이 꽃이 다시 놓인 걸 보자, 기분이 상했다.

"엄마, 제 생각에는 말이죠. 우리 집이 점심 식탁에 싱싱한 꽃을 놓을 수 있는 여유 정도는 있지 않나요? 그저 수선화나 백합 정도만이라도……."

릴리는 비난하듯이 말했다.

그러자 바트 부인이 빤히 쳐다보았다. 부인의 철저함은 오직 바깥세상을 향한 것이었기에, 식구들만 앉는 점심 식탁이 어떻게 보이든 전혀 관심도 없었다. 하지만 부인은 딸아이의 순진함에 미소를 지었다.

"요즘 같은 계절에는 백합도 열두 송이에 2달러나 한단다."

부인이 부드럽게 말했다. 하지만 릴리는 아무 느낌이 없었다. 돈의 가치에 대해서 전혀 아는 바가 없었기 때문이다.

"열두 송이씩 여섯 다발만 사도 꽃병을 가득 채울 텐데요."
릴리가 대꾸했다.
"뭐가 여섯 다발이라는 거지?"

문가에서 아버지의 목소리가 들려왔다. 두 여자는 깜짝 놀라서 고개를 들었다. 비록 토요일이기는 했지만, 점심시간에 바트 씨가 나타나는 것은 전혀 뜻밖의 일이었다. 하지만 그의 부인도, 딸도 어쩐 일이냐고 물을 만큼의 관심도 없었다.

바트 씨는 의자에 털썩 주저앉더니 집사가 그의 앞에 갖다 놓은 연어 요리를 멍하니 응시했다.

"전 단지 점심 식탁에 시든 꽃을 놓는 게 싫다고 말하던 중이었어요. 그리고 어머니는 꽃병 한가득 백합을 채우는 데 십이 달러밖에 안 든다고 말씀하셨고요. 그러니까 제가 꽃장수에게 며칠마다 꽃을 보내라고 말하면 안 될까요?"

릴리는 확신에 차서 아버지를 향해 몸을 기울였다. 아버지는 딸의 요청이면 뭐든지 거절하는 법이 없었다. 게다가 바트 부인은 아버지가 요청을 들어주지 않으면 끝까지 조르라고 딸에게 가르쳤다.

바트 씨는 미동도 하지 않고 앉아 있었다. 그의 시선은 여전히 연어에 머물러 있었고, 그의 아래턱은 축 늘어져 있었다. 얼굴은 평소보다 더 창백해 보였고, 얼마 안 남은 머리카락이 앞이마 위로 지저분하게 흩어져 있었다. 갑자기 그는 딸을 보더니 발작적으로 웃음을 터트렸다. 그 웃음소리가 어찌나 이상하던지 릴리는 얼굴이 새빨갛게 달아올랐다. 그녀는 조롱당하는 걸 몹시 싫어했는데, 아버지가 자신의 요청을 비웃는 것처럼 보였기 때문이다. 어쩌면 딸아이가 그렇게 사소한 일로 자신을 괴롭히는 걸 어리석다고 생각했는지도 모른다.

"십이 달러라고? 꽃을 사기 위해 하루에 십이 달러를 쓴단 말이냐? 오, 그래, 얘야. 얼른 백이십 달러어치 주문을 하려무나."

바트 씨는 계속해서 허허 웃었다. 바트 부인이 그를 힐끗 쳐다보았다.

"폴워스, 자네는 더 이상 시중들 필요 없네. 필요한 게 있으면 종을 울릴 테니 나가 보게."

부인이 집사에게 명령했다. 그러자 집사는 내키지 않은 기색을 보이며, 선반 위에 남은 음식을 내려놓고 말없이 물러났다.

"무슨 일이죠, 허드슨? 어디 아파요?"

바트 부인이 날카로운 어조로 물었다. 부인은 자기가 일으키지 않은 소동에 대해서는 전혀 참을성이 없었다. 게다가 자기 남편이 하인들 앞에서 그런 모습을 보인다는 건 도저히 용납할 수 없는 일이었다.

"어디 아파요?"

부인이 다시 물었다.

"아프냐고? 아니, 난 망했어."

바트 씨가 대답했다.

릴리는 깜짝 놀라 헉 소리를 냈고 바트 부인은 자리에서 벌떡 일어났다.

"망했다고요?"

부인은 꽥 소리를 지르려다 곧 이성을 되찾고 침착한 얼굴로 릴리를 돌아보았다.

"가서 부엌문을 닫아라."

부인이 지시했다. 릴리는 얼른 명령에 따랐다. 다시 방으로 돌아왔을 때, 그녀의 아버지는 식탁 위에 양 팔꿈치를 괸 채 앉아 있었다. 연어 접시는 그의 두 팔 사이에 놓여 있었고, 그는 머리를 두 손에 묻고 있었다.

바트 부인은 하얗게 질린 얼굴로 우뚝 서서 그를 내려다보고 있었는데, 그 때문에 머리카락이 더욱 노랗게 보였다. 부인은 가까이 다가오는 딸을 바라보았다. 그녀의 표정은 무시무시했지만 목소리는 소름 끼칠 만큼 쾌활함을 가장하고 있었다.

"네 아버지가 몸이 안 좋으신 모양이다. 그래서 자신이 무슨 말을 하는지도 몰라. 아무 일도 아니니까, 넌 그만 위층으로 올라가는 게 좋겠다. 하인들에게는 아무 말도 하지 마라."

릴리는 그 말에 순종했다. 어머니가 그런 어조로 말할 때는 언제나 순종했다. 물론 바트 부인의 말에 속은 것은 아니었다. 그녀는 즉시 그들이 망했다는 걸 알아차렸다. 그 후 암담한 시간이 흘렀고, 설상가상으로 그녀의 아버지까지 천천히 그리고 고통스럽게 죽어갔다. 사실 그의 아내에게 그는 더 이상 없는 것과 마찬가지였다. 그의 목적을 더 이상 충족할 수 없게 되자, 그는 소멸해 버린 것이다. 아내는 마치 지연된 기차가 어서 출발하기만을 기다리는 여행자와 같은 태도로 남편의 곁에 앉아 있었다. 반면 릴리의 감정은 좀 더 애틋했다. 그녀는 무기력하고 겁에 질린 채로 아버지를 동정했다. 하지만 아버지는 대부분 의식이 없었고 그녀가 몰래 방에 들어가도 잠깐 쳐다보기만 하고는 곧 시선을 돌렸기 때문에, 해가 지기 전에는 결코 집에 들어오지 않았던 어린 시절의 아버지보다 더 낯설게 느껴졌다. 결국 그녀는 언제나 흐릿한 눈으로 아버지를 보아온 셈이었다. 처음에는 졸음 때문에, 그다음에는 거리감과 무관심 때문에, 그리고 이제는 그 흐릿함이 너무 심해져서 그의 모습조차 거의 알아볼 수 없을 정도였다. 만약 아버지를 위해서 어떤 사소한 일이라도 해줄 수 있었더라면, 혹은 숱하게 읽은 소설책 덕분에 그녀가 이런 상황과 관련지어 떠올릴 만한 다정한 말이라도 한마디 주고받을 수 있었더라면, 릴리의 마음속에도 자식으로서의 본능이 싹텄을지 모른다. 하지만 그녀의 동정심은 적극적인 표현 방법을 찾지 못한 채, 그저 수수방관하는 상태에 머물러 있었다. 게다가 어머니의 사그라질 줄 모르는 냉혹한 분노가 앞을 가로막았다. 바트 부인의 표정과 행동 하나하나가 이렇게 말하고 있는 것 같았다.

"넌 지금 아버지를 가엾게 생각하지만, 그 남자가 우리에게 무슨 짓을 했는지 알고 나면 네 마음도 달라질 게다."

결국 아버지가 돌아가셨을 때, 릴리는 안도했다.

그 후로 긴 겨울이 시작되었다. 약간의 돈이 남긴 했지만, 바트 부인의 생각에는 차라리 한 푼도 없느니만 못했다. 그것은 자신이 처한 상황에 대한 한낱 조롱일 뿐이었다. 사람이 돼지처럼 살아야 한다면, 도대체 사는 게 무슨 소용이 있단 말인가? 부인은 일종의 분노에 찬 무관심 속으로, 운명에 대해 무기력하게 분노하는 상태로 빠져들었다. '살림을 운영'하는 그녀의 능력도 사라졌다. 아니, 그런 능력을 발휘하는 것에 대해서 더 이상 충분한 자부심을 느낄 수 없게 되었다. '운영'을 통해서 자신의 마차를 계속 유지할 수 있다면, 그것은 충분히 할 만한 일이다. 그러나 아무리 기를 써도 두 발로 걸어 다녀야 한다는 사실을 감출 수 없다면, 그런 노력은 더 이상 할 필요가 없는 것이다.

릴리와 그녀의 어머니는 이곳저곳을 떠돌았다. 때로는 바트 부인이 살림살이를 비난해 마지않던 바로 그 친척들 집을 오랜 기간 방문하기도 했는데, 그들은 릴리의 어머니가 아무런 전망도 없는 딸이 여전히 침대에서 아침을 받아먹도록 내버려 둔다고 한탄했다. 또 때로는 값싼 유럽 대륙의 피난처[36]에서 생활하기도 했는데, 바트 부인은 자신처럼 불운한 처지가 된 사람들이 모여 앉은 초라한 티 테이블은 절대 근처도 가지 않았다. 그리고 특히 옛날 친구들이나 자신이 예전에 커다란 성공을 거두었던 장소는 항상 조심스럽게 피해 다녔다. 가난하다는 사실이 부인에게는 실패를 고백하는 것과 같아서 엄청나게 수치스러운 일이었던 것이다. 게다가 아무리 우정 어린 제안을 받아도, 반드시 생색내는 기미를 귀신처럼 간파하곤 했다.

딱 한 가지 부인에게 남은 위안거리는 릴리의 미모를 살피는 것이었다. 부인은 지대한 열정을 가지고, 마치 자신이 천천히 공들여 만들어 온 복수의 무기라도 되는 양 릴리의 미모를 요모조모 뜯어보았다. 그것은 그들에게 남은 마지막 자산이었고, 그들의 삶을 다시 재건할 수 있는 토대였다. 바트 부인은 그 미모가 원래 자신의 소유물이고 릴리는 단지 보관자에 불과한 것처럼 질투 어린 눈길로 딸을 지켜보았다. 그리고 그런 미모를 지녔을 때 반드시 가져야 할 책임감을 딸에게 심어주기 위해서 애썼다. 부인은 다른 미녀들의 일생[37]을 상상 속에서 그려보며, 딸에게 그런 미모를 통해서 무엇을 성취할 수 있는지 알려 주었다. 또한 미모를 타고났음에도 자신이 원하는 것을 손에 넣지 못한 여자들에 대한 무서운 경고를 길게 늘어놓았다. 바트 부인의 생각에, 자신이 예로 든 여자들의 한탄스러운 결말은 오직 어리석음에서 비롯된 것이었다. 그리고 자신의 불운은 그녀의 잘못이라기보다 달려드는 운명의 모순을 극복하지 못했기 때문이다. 하지만 부인이 어찌나 맹렬하게 연애결혼을 비난했던지, 만약 자신은 누군가의 '설득에 넘어가서' 결혼했노라고 거듭 강조하지 않았더라면, 릴리는 혹시 어머니의 결혼이 그랬던 건 아닐까 의심했을지도 모른다. 하지만 누구에게 설득을 당했는지는 끝내 밝히지 않았다.

어쨌든 릴리는 자신에게 주어진 엄청난 기회들을 충분히 인식했다. 현재 생활의 초라함은 자신이 마땅히 누려야 한다고 생각하는 생활 방식에 대한 황홀한 위안으로 바뀌었다. 별로 똑똑하지 못한 여자라면, 바트 부인의 충고가 아주 위험한 것일 수도 있었다. 하지만 릴리는 미모란 단지 무언가를 정복하기 위한 기본적인 수단에 불과하다는 사실, 그리고 그것을 성공으로 바꾸기 위해서는 또 다른 기술이 필요하다는 사실을 분명히 이해했다. 또한 조금이라도 우월감을 드러내는 것은 그녀의 어머니가 그토록 비난하는 어리석음의 좀 더 세련된 형태일 뿐이라는 사실을 잘 알고 있었다. 결국 릴리가 미인은 평범한 외모를 지닌 여자들보다 오히려 더 많은 기술을 필요로 한다는 사실을 깨닫기까지 그다지 오랜 시간이 걸리지 않았다.

하지만 릴리의 야심은 바트 부인처럼 그렇게 저속하기만 한 것은 아니었다. 부인이 늘 한탄하는 일 중 하나는 그녀의 남편이 아주 젊은 시절에, 그러니까 아직 기력이 남아 있을 때, 부인의 표현에 따르면 '시 나부랭이'를 읽으며 저녁 시간을 헛되이 보냈다는 것이었다. 바트 씨가 사망한 이후에 경매소로 보내진 물품 중에는 스무 권 정도의 낡은 시집이 있었는데, 오랫동안 그의 옷장 선반 위에 놓여 있던 약병과 신발 들 틈에서 끈질기게 살아남은 것들이었다. 릴리의 낭만적인 기질은 아마 거기서 기인했는지도 모른다. 그것은 사실상 무미건조하기 짝이 없는 그녀의 목표에 살짝 이상화된 색채를 덧입혀 주었다. 릴리는 자신의 미모가 선을 위한 무기라고 생각하길 좋아했다. 그 무기는 그녀가 세련됨과 고상한 취향의 아련한 발산을 통해서 사람들에게 영향을 끼칠 수 있을 만한 위치를 차지할 수 있는 기회를 제공해 줄 것이다. 그녀는 그림과 꽃과 감상적인 소설을 무척 좋아했다. 그러므로 그런 취향이 세속적 이익을 추구하는 그녀의 욕망까지 고상하게 만들어줄 것이라는 생각을 하지 않을 수 없었다. 사실 그녀는 단지 돈만 많은 남자와 결혼하고 싶지는 않았다. 내심 어머니의 돈에 대한 노골적인 갈망을 수치스럽게 생각했다. 릴리는 오히려 정치적인 야심과 광대한 영지를 가진 영국 귀족[38]이라든가, 그것이 불가능하다면 아펜니노 산맥에 성이 있고 바티칸에 집안 대대로 물려받은 집무실이 있는 이탈리아 왕자와 결혼하고 싶었다. 잃어버린 대의는 낭만적 색채로 그녀의 마음을 사로잡았다. 그녀는 퀴리날리스[39]의 세속적인 압박으로부터 초연히 벗어나서 유구한 전통의 의무를 지키기 위해 개인의 즐거움을 희생하는 자신의 모습을 상상하는 걸 좋아했다.

지금은 그 모든 일이 얼마나 까마득히 멀게 느껴지는지! 그런 야망들은 진짜 머리카락이 달린 프랑스제 인형을 갖고 싶어 안달했던 어린 시절의 소망만큼이나 허망하고 유치했다. 하지만 그녀가 영국 귀족과 이탈리아 왕자 사이를 오락가락하며 공상에 잠기던 것이 불과 10년 전의 일이 아니었던가? 그녀의 머릿속으로 그 험난했던 10년 세월이 무자비하게 밀려들었다.

춥고 궁핍한 2년간의 떠돌이 생활 끝에 바트 부인은 세상을 떠났다. 결국 깊은 혐오감을 못 이기고 죽은 것이다. 그녀는 무엇보다 추레한 것을 혐오했지만, 그녀의 운명은 추레한 처지가 되는 것이었다. 1년 만에 릴리의 화려한 결혼에 대한 부인의 환상도 빛이 바래고 말았다.

"사람들이 널 보지 못하는데, 어떻게 너랑 결혼할 수 있겠니? 네가 이런 구석에 처박혀 있는데, 어떻게 그들이 널 발견할 수 있겠어?"

바트 부인은 항상 이렇게 통탄했다. 그녀가 딸에게 남긴 마지막 유언은 어떻게든 이 추레한 생활에서 벗어나라는 것이었다.

"절대 이 추레함에 물들어서 너까지 함께 바닥으로 떨어지지 마라. 어떻게든 여기서 벗어나기 위해 필사적으로 싸워야 해. 넌 아직 젊으니까 반드시 할 수 있어."

바트 부인은 간곡히 부탁했다.

바트 부인은 그들이 잠깐 뉴욕을 방문하는 동안 숨을 거두었다. 릴리는 당장 가족회의의 대상이 되었는데, 그 자리에 참석한 부유한 친척들은 릴리가 여태껏 돼지처럼 산다는 이유로 경멸하도록 배워온 바로 그 사람들이었다. 어쩌면 그들도 릴리가 어떤 소리를 들으며 자라왔는지 어렴풋이 알아채고 있었을지도 모른다. 왜냐하면 그들 중 어느 누구도 선뜻 릴리를 맡겠다고 나서지 않았기 때문이다. 결국 그 문제가 해결되지 않은 채 끝날 지경에 이르렀을 때, 페니스턴 부인이 크게 한숨을 내쉬며 선언했다.

"내가 시험 삼아 일 년만 데리고 있어보지."

이 말에 모든 사람이 깜짝 놀랐지만, 하나같이 놀란 기색을 겉으로 드러내지는 않았다. 혹시라도 페니스턴 부인이 그런 반응에 놀라서 자신의 결정을 재고하기라도 하면 곤란했기 때문이다. 페니스턴 부인은 바트 씨의 과부 누이였는데, 그 집안에서 제일가는 부자는 아니었지만, 그럼에도 다른 친척들은 이런저런 이유를 들어서 그녀가 릴리를 맡는 것이야말로 신이 정한 운명이라고 주장했다. 첫째 페니스턴 부인은 혼자였다. 그러므로 젊은 말벗을 곁에 두는 게 부인을 위해서도 좋을 것이다. 둘째로 부인은 가끔씩 여행을 다니곤 했는데, 외국 풍습(사실 보수적인 그녀의 다른 친척들은 재앙이라며 통탄해 마지않는)에 익숙한 릴리는 최소한 일종의 여행 안내인 역할이라도 해줄 수 있을 것이다. 하지만 사실 페니스턴 부인은 이런 이유들 때문에 마음이 움직였던 건 아니었다. 그녀는 단지 어느 누구도 릴리를 맡으려고 하지 않았기 때문에 할 수 없이 맡기로 한 것이었다. 또한 비록 개인적인 방종은 얼마든지 용납하지만, 이기적인 모습을 공공연히 드러내는 일은 싫어하는 일종의 모베즈 옹트[40]를 갖고 있었기 때문이다. 페니스턴 부인이 보는 이 하나 없는 무인도에서 영웅 노릇을 하는 것은 절대 있을 수 없는 일이었지만, 자신이 속한 그 작은 세계의 이목이 자신에게 쏠릴 때는 뭔가 행동으로 보여 주길 좋아했다.

결국 페니스턴 부인은 그런 사심 없는 행동에 합당한 보상을 받았다. 그녀의 조카딸이 알고 보니 제법 유쾌한 동반자였던 것이다. 사실 부인은 릴리가 고집불통에다 까다롭고 '이국 취향'일 거라고 지레 짐작했었다. 페니스턴 부인도 이따금 외국 여행을 하긴 하지만 이국적인 것을 두려워하는 그 집안의 기질에는 변함이 없었던 것이다. 하지만 이 소녀는 대단히 고분고분했다. 어쩌면 페니스턴 부인보다 좀 더 통찰력 있는 사람의 눈에는 젊은이들의 노골적인 이기심보다 그런 릴리의 태도가 더 수상적게 보였을지도 모른다. 불행은 릴리를 억세게 만든 것이 아니라 더 나긋나긋하게 만들었다. 사실 딱딱한 막대기보다 유연한 버들가지가 더 부러뜨리기 어려운 법이다.

하지만 페니스턴 부인은 조카딸의 사근사근한 태도 때문에 고통받거나 하지 않았다. 릴리는 고모님의 너그러운 성품을 이용하려는 의도는 전혀 없었다. 자신에게 피난처를 제공해 준 것에 진심으로 감사할 뿐이었다. 게다가 페니스턴 부인의 화려한 집안은 최소한 겉으로 보기에는 추레하지 않았다. 하지만 추레함이란 온갖 방식으로 위장이 가능했다. 릴리는 유럽 대륙의 값싼 숙소를 전전하는 떠돌이 생활만큼이나 고모의 사치스러운 일상생활 속에도 추레함이 숨어 있음을 곧 깨달았다.

페니스턴 부인은 인생에 불필요하게 끼어든 삽입구처럼 부차적인 인물이었다. 그녀가 단 한 번이라도 어떤 활동의 중심이 된 적이 있었을 거라고는 도저히 믿을 수가 없었다. 그녀에게 가장 눈에 띄는 점이라면 그녀의 할머니가 반 알스타인 가문 사람이었다는 것 정도였다. 초창기 뉴욕의 이 부유하고 부지런한 가문과의 연관성은 냉기가 느껴질 만큼 말끔한 페니스턴 부인의 거실과 초호화판 주방에서 찾아볼 수 있었다. 그녀는 언제나 잘 먹고 값비싼 옷을 입고 다니면서 딱히 하는 일은 거의 없는, 옛날 뉴욕의 상류 계층에 속한 사람이었다. 그리고 대대로 전해 내려온 그 계층의 의무에 충실했다. 부인은 항상 인생의 방관자였다. 그녀의 정신세계는 마치 그녀의 네덜란드 출신 조상들이 이 층 창문 꼭대기에 붙여 놓았던 작은 거울과 같았다. 그들은 남들이 결코 침범할 수 없는 내실에 깊숙이 들어앉은 채, 그 거울을 통해서 거리에서 벌어지는 일들을 지켜보곤 했던 것이다.

페니스턴 부인은 뉴저지에 시골집을 한 채 갖고 있었지만, 남편이 죽은 이후로 단 한 번도 그곳에 머무르지 않았다. 남편의 죽음은 너무 오래전 일이라서, 부인의 주된 화젯거리인 자신의 추억담을 늘어놓을 때 일종의 분기점으로나 더러 기억될 뿐이었다. 그녀는 특히 날짜를 철저하게 기억하는 사람이어서, 페니스턴 씨가 마지막으로 앓아눕기 전에 거실 커튼을 갈았는지, 그 이후에 갈았는지까지 당장 말할 수 있었다.

  페니스턴 부인 생각에 숲이 많은 시골 마을은 너무 쓸쓸하고 축축했다. 게다가 황소를 만날지도 모른다는 막연한 두려움까지 있었다. 그런 우연한 사고를 피하기 위해 부인은 좀 더 사람들로 붐비는 온천 휴양지를 즐겨 찾았다. 그리고 임대한 숙소에 조용히 틀어박혀서 베란다에 드리워진 가리개 너머로 바깥 세상을 구경하곤 했다. 그런 보호자 밑에 있다 보니, 머지않아 릴리는 자신이 누릴 수 있는 것이라곤 오직 좋은 음식과 값비싼 옷과 같은 물질적인 풍요뿐이라는 사실을 분명히 깨달았다. 물론 그런 것들을 하찮게 여기는 건 결코 아니었지만, 그래도 릴리는 어머니가 항상 인생의 기회라고 자신에게 가르친 것들과 그런 생활을 바꿀 수만 있다면 기꺼이 바꿨을 것이다. 릴리는 자기 어머니의 맹렬한 에너지와 페니스턴 부인의 재력이 합쳐졌다면 얼마나 엄청난 결과를 낳았을까 생각하며 한숨짓곤 했다. 릴리 역시 넘치는 에너지를 지니고 있었지만, 고모의 생활 방식에 어쩔 수 없이 자신을 맞춰야 했기 때문에 제대로 그것을 발휘할 수가 없었다. 바트 부인이 표현한 대로, 최소한 자기 두 발로 설 수 있을 때까지는 무슨 일이 있어도 페니스턴 부인의 비위를 거슬러서는 안 된다는 것을 그녀는 잘 알고 있었다. 가난한 친척이 되어 떠돌이 생활을 할 마음은 조금도 없었다. 그리고 페니스턴 부인에게 자신을 맞추려면, 어느 정도는 부인의 수동적인 생활 태도를 그녀 역시 받아들여야 했다. 처음에는 자신의 생기발랄한 행동에 고모님도 쉽사리 이끌리게 될 것이라는 헛된 희망을 품기도 했지만, 페니스턴 부인의 정적인 힘은 조카딸의 노력을 번번이 무산시켜 버렸다. 부인이 인생에 활동적으로 참여하도록 하려는 시도는 마치 마루에 단단히 고정되어 있는 가구를 들어 올리려는 것과 다름없었다. 그렇다고 페니스턴 부인이 릴리까지 움직이지 않고 가만히 있기를 바라는 건 결코 아니었다. 모든 미국의 후견인이 그렇듯이, 부인 역시 젊은이들의 경박함을 너그럽게 받아들였다. 또한 조카딸의 다른 여러 가지 습관에 대해서도 상당히 관대해서 릴리가 비싼 옷을 사는 데 가진 돈을 몽땅 써버리는 것을 부인은 당연하게 여겼다. 이따금 똑같은 목적을 위해 쓰라면서 '멋진 선물'로 릴리의 보잘것없는 수입을 보충해 주기도 했다. 지극히 실리적인 릴리로서는 고정적으로 용돈을 받는 편이 훨씬 더 좋았겠지만, 페니스턴 부인은 예기치 않은 때에 수표를 건네줌으로써 이따금씩 감사의 마음을 다시 일깨워 주는 걸 좋아했다. 어쩌면 치밀하기 짝이 없는 노인네가 그런 식으로 베풀어야만 조카딸이 의타심이라는 건전한 감정을 잃지 않을 것이라는 사실을 꿰뚫어 보고 있기 때문인지도 몰랐다.

페니스턴 부인은 이것 이외에는 조카딸을 위해 달리 무엇을 해줘야 한다는 의무감을 전혀 느끼지 못했다. 그저 한옆으로 비켜서서 조카딸이 혼자 전투를 치르도록 내버려 둘 뿐이었다. 처음에 릴리는 당당한 주인 의식을 가지고 자신만만하게 전투에 임했다. 하지만 점차 그녀를 찾는 수요가 줄어들더니, 한때 원하기만 하면 모두 자기 것이 될 것처럼 보였던 그 드넓은 사교계에서 지금은 발붙이고 서 있을 곳 하나 마련하기 위해서 기를 쓰고 버둥거려야 했다. 어떻게 이런 일이 일어났는지, 그녀는 아직도 알 수 없었다. 가끔씩 그녀는 이게 모두 페니스턴 부인이 너무 수동적이기 때문이 아닐까 생각하곤 했다. 그러다가 다시 어쩌면 자신이 너무 능동적이기 때문이 아닐까 하는 두려움에 사로잡히곤 했다. 승리하겠다는 열의를 지나치게 드러낸 것은 아닐까? 좀 더 인내심을 갖고 나긋나긋하게 굴면서 더 철저하게 시치미를 떼야 했던 것은 아닐까? 이런저런 잘못을 꼽으며 아무리 자신을 비난한들 혹은 자신의 잘못이 아니라고 극구 변명한들, 결국 실패라는 총체적 결과에는 변함이 없었다. 훨씬 더 어리고 수수하게 생긴 아가씨들이 수없이 결혼에 성공하는 동안, 그녀는 스물아홉 살이나 되었는데도 여전히 바트 양이었다.

그녀는 이런 운명에 대해서 분노에 찬 반항심을 느끼기 시작했고, 그럴 때면 이런 무리로부터 떨어져 나와서 혼자 독립적인 인생을 살아가고 싶은 마음이 굴뚝같았다. 하지만 도대체 그 인생이라는 것이 어떤 식의 생활이 되겠는가? 지금 당장 그녀에게는 재단사의 외상과 노름빚을 갚을 돈조차 없었다. 그녀가 소위 취미 생활이란 이름으로 고상하게 부르고 있는, 갖가지 관심사 중에서 그녀의 생계 수단이 될 거라고 내세울 만한 것은 하나도 없었다. 아니, 그보다 그녀는 자기 자신을 속이기에는 너무나 영리했다. 그녀의 어머니가 치를 떨었던 것만큼이나 자신 또한 추레함을 견디지 못한다는 걸 분명히 알고 있었다. 그러므로 마지막 숨을 거둘 때까지 그녀는 추레한 삶과 맞서 싸울 작정이었다. 마침내 성공의 빛나는 정점을 붙잡을 때까지 몇 번이고 세찬 물살 위로 다시 떠오를 것이다. 비록 지금은 너무 미끄러워서 도저히 손에 잡힐 것 같아 보이지 않지만.

4

다음 날 아침, 바트 양은 아침 식사 쟁반 위에 놓인 여주인의 쪽지를 발견했다.

"친애하는 릴리, 열 시까지 아래층으로 내려오는 게 너무 힘들지 않다면, 부디 내 거실로 와서 몇 가지 성가신 일을 좀 도와주지 않겠니?"

릴리는 쪽지를 옆으로 휙 던지고는 한숨을 쉬며 베개 위로 몸을 기댔다. 아침 열 시까지 아래층으로 내려가는 것은 분명 힘든 일이었다. 벨로몬트에서 열 시는 거의 새벽녘이나 마찬가지였다. 게다가 문제의 그 성가신 일이란 것이 무엇인지, 릴리는 너무나 잘 알고 있었다. 비서인 프래그 양이 멀리 볼일을 보러 가고 없으니, 저녁 식사 초대장 쓰기나 잃어버린 주소 찾기 등 사교적으로 해야 할 잡무들이 있을 게 뻔했다. 이런 비상 상황에는 바트 양이 그 빈자리를 메워 주는 것이 당연한 일로 여겨졌고, 그녀 또한 아무런 군말 없이 이 의무를 받아들이곤 했다.

하지만 오늘은 이런 요구가, 어젯밤 그녀의 수표책을 확인했을 때 깨달았던 노예와 같은 자신의 처지를 또다시 일깨워 주는 것만 같았다. 그녀의 주변에 있는 모든 것은 안락함과 유쾌한 기분을 선사하기 위해 애쓰고 있었다. 창문은 햇살이 반짝이는 9월의 싱그러운 아침 하늘을 향하여 활짝 열려 있었고, 노란 나뭇가지 사이로 정원의 정형화된 조경을 자유로운 흐름으로 조금씩 변화시키고 있는 산울타리와 화단들이 한눈에 보였다. 벽난로에는 하녀가 피워 놓은 작은 모닥불이, 이끼 색의 카펫 위를 비스듬히 지나서 상감세공이 된 고가구 책상의 둥근 모서리를 부드럽게 애무하고 있는 햇살과 즐겁게 온기를 다투고 있었다. 침대 옆 작은 탁자 위에는 도자기와 은 식기, 호리호리한 유리병에 꽂힌 한 다발의 바이올렛 꽃이 멋진 조화를 이루고 있는 아침 식사 쟁반이 놓여 있었고, 그녀 앞으로 온 우편물 다발 밑에 조간 신문이 끼워져 있었다. 수준 높은 사치스러움을 보여 주는 이런 증거물들은 릴리에게 전혀 새로운 것이 아니었다. 이런 것들은 항상 그녀의 주변에 널려 있었음에도, 릴리는 그것들이 갖는 매력에 대한 감수성을 결코 잃지 않았다. 단순한 부의 과시는 상류 계층과의 차별감만 안겨 주지만, 그래도 릴리는 모든 세련된 방식의 부의 표현에 커다란 애착을 느꼈다.

하지만 트레너 부인의 호출은 남의 호의에 의존해서 살아가는 그녀의 처지를 불현듯 일깨워 주었다. 그녀는 침대에서 일어나 짜증스러운 마음으로 옷을 갈아입었다. 평소 같으면 신중하게 그런 기분을 곧 털어버리려고 애썼을 것이다. 그런 감정은 그녀의 성격뿐 아니라 얼굴에도 주름을 남긴다는 걸 잘 알고 있었기 때문이다. 게다가 어젯밤 꼼꼼한 조사 끝에 발견한 가느다란 주름들은 그녀에게 심각한 경고가 되었다.

지극히 당연하다는 듯이 그녀를 맞이하는 트레너 부인의 어조에 릴리는 더욱 심사가 뒤틀렸다. 만약 누군가 이토록 이른 시간에 억지로 침대에서 나와서 쾌활하고 명랑한 얼굴로 초대장 쓰기처럼 지루하기 짝이 없는 일을 하러 내려와 준다면, 그런 엄청난 희생에 대해서는 특별히 감사를 표시해야 마땅할 것이다. 그러나 트레너 부인은 그런 사실은 전혀 안중에도 없는 말투였다.

"오, 릴리. 고마워."

트레너 부인은 이 말만 하고는 자신의 책상을 바라보며 한숨을 내쉬었다. 거기에는 온갖 편지와 계산서와 여러 가지 집안 서류가 어지럽게 널려 있었는데, 그 때문에 그녀의 책상은 우아하고 섬세한 생김새와 어울리지 않게 장사꾼 냄새를 풍겼다.

"오늘 아침에는 이렇게 처리해야 할 지겨운 일이 많다니까."

트레너 부인은 이 혼란스러운 서류 더미의 한가운데를 치우며 한마디 덧붙였다. 그리고 바트 양에게 자기 자리를 물려주기 위해서 일어섰다.

트레너 부인은 키가 크고 살결이 하얀 금발의 여인이었는데, 큰 키 덕분에 살짝 뚱뚱해 보이는 것을 면할 수 있었다. 붉은 빛이 감도는 그녀의 금발 머리는 윤기가 사라졌다는 점만 제외하면 40년간의 쓸데없는 활동 속에서도 크게 손상된 흔적을 찾을 수 없었다. 트레너 부인을 설명할 때, 오직 안주인 노릇을 하기 위해서 존재하는 사람처럼 보인다는 말을 빼놓기는 어려웠다. 그것은 지나치게 강한 접대 본능 때문이라기보다는 그녀 자신이 사람들 속에 있지 않으면 삶을 유지하기가 불가능했기 때문이다. 무리를 이루기 좋아하는 성격 덕분에 그녀는 다른 여성들과의 일반적인 경쟁으로부터 제외되었다. 자신보다 더 성대한 만찬을 베푼다든가 혹은 더 흥겨운 파티를 연다는 평판을 얻은 여성에 대한 격렬한 증오심 이외에 다른 어떤 사적인 감정도 알지 못했기 때문이다. 트레너 씨의 든든한 재정적 후원하에 그녀의 사교적인 재능은 그런 식의 경쟁에서 거의 언제나 최종 승리를 거두었으며, 계속된 성공 덕분에 그녀는 다른 여성에 대해서 더할 나위 없이 관대한 태도를 갖게 되었다. 따라서 바트 양이 실리적인 기준으로 친구를 분류할 때, 트레너 부인은 그녀를 가장 배신하지 않을 여자 친구로 우선순위에 올랐다.

"하필 이런 때 프래그 양이 가버리다니. 정말 비인간적인 처사야."

친구가 책상 앞에 앉자 트레너 부인이 한탄했다.

"자기 언니가 애를 낳을 거라고 하지 뭐야. 마치 그게 우리 집안 파티와 무슨 상관이라도 있는 것처럼 말이지! 결국 모든 일이 뒤죽박죽으로 꼬이고 끔찍한 소동이 벌어지게 될 줄 내 진작 알았다니까. 일전에 내가 턱시도에 갔을 때, 다음 주에 오라고 많은 사람을 초대했는데, 그만 그 초대자 명단을 잃어버리고 말았잖아. 그래서 누가 오기로 했는지 기억도 할 수 없어. 이번 주 모임 역시 완전히 실패하게 될 거야. 그웬 반 오스버그는 집으로 돌아가서 자기 엄마에게 손님들이 얼마나 지루했는지 신나게 떠들어대겠지. 사실 난 위더럴 집안사람들을 초대할 생각이 전혀 없었는데. 다 거스의 실수였어. 너도 알겠지만, 그 사람들은 캐리 피셔를 비난하잖아. 마치 캐리 피셔를 피할 수 있기라도 한 것처럼 말이야! 하긴 두 번째 이혼을 한 건 그녀가 어리석었어. 캐리는 항상 도가 지나치긴 하지. 하지만 그녀의 말에 따르면, 피셔 집안에서 단 한 푼이라도 얻어내려면 남편과 정식으로 이혼하고 수당을 받아내는 게 유일한 방법이었대. 가엾은 캐리는 단돈 1달러도 함부로 쓰지 못해. 사실 이 사회가 변해 가는 꼴을 생각하면, 앨리스 위더럴이 캐리를 만나는 것에 대해서 그렇게 야단법석을 떠는 게 되레 웃긴 일이지. 앞으로는 집집마다 맹장염 환자가 한 명, 이혼이 한 건씩 있을 거라고 하던데 말이야. 게다가 캐리는 온 집안에 재미없는 사람들밖에 없을 때, 거스의 비위를 맞출 수 있는 유일한 인물이라고. 너 혹시 그거 눈치챘니? 세상 남편들이 죄다 캐리를 좋아한다는 사실 말이야. 딱 한 사람, 바로 그녀의 남편만 빼놓고 말이지. 어쨌든 캐리가 지루한 사람들을 떠맡는 것을 자신의 전문 분야로 삼은 건 아주 영리한 짓이었어. 그야말로 가능성이 무한한 분야잖아. 그리고 실질적으로 자신에게 도움도 되고 말이야. 분명히 그에 상응하는 대가를 얻어냈을 거야. 난 캐리가 거스에게 돈을 빌린 사실을 알고 있거든. 하지만 그 여자가 계속 거스의 기분을 유쾌하게 해줄 수만 있다면 난 기꺼이 돈을 지불했을 거야. 그러니까 뭐라고 불평할 수는 없지."

트레너 부인은 잠시 말을 멈추고, 바트 양이 마구 뒤섞인 편지들을 정리하려고 애쓰는 모습을 흐뭇하게 쳐다보았다.

"하지만 단지 위더럴 집안사람들과 캐리뿐만이 아니야."

트레너 부인은 다시 한탄하는 어조로 말을 이었다.

"솔직히 말해서 크레시다 레이스 백작부인한테 몹시 실망했어."

"실망했다고? 그럼 전에는 전혀 몰랐던 거니?"

"오, 물론이야. 나도 어제 처음 만났는걸. 사실은 스키도 백작부인이 추천서와 함께 그 여자를 반 오스버그 부부에게 보냈어. 그리고 마리아 반 오스버그가 그녀를 만나기 위해서 이번 주에 성대한 파티를 개최할 거라는 소문을 들었지. 그래서 크레시다 백작부인을 빼내 오면 아주 재미있겠다고 생각한 거야. 인도에 있을 때부터 그 여자와 잘 알고 지내던 잭 스테프니가 날 위해서 그 일을 주선해 주었지. 물론 마리아는 노발대발했어. 하지만 뻔뻔스럽게도 결국 그웬을 통해서 자신을 이곳으로 초대하도록 만들었지. 자신들이 이 일에서 완전히 소외되지 않도록 말이야. 오, 만약 내가 크레시다 백작부인이 어떤 여자인지 진작 알았더라면, 오스버그 부부가 얼마든지 그 여자를 차지할 수 있었을 텐데! 하지만 나는 스키도 집안사람의 친구라면 누구든 분명 아주 유쾌할 거라고 생각했어. 스키도 백작부인이 얼마나 재미있는 사람이었는지 너도 기억나지? 어린 아가씨들을 몇 번이나 방에서 내보내야 하는 상황이 벌어졌다니까. 게다가 크레시다 백작부인은 벨트서 공작부인의 여동생이잖아. 그러니 난 당연히 크레시다 백작부인도 같은 부류인 줄 알았지 뭐야. 하지만 영국 가문에 대해서는 절대 그런 말을 할 수가 없더라고. 영국 가문은 자손이 너무 많아서 온갖 부류의 인간이 다 있다니까. 결국 알고 보니 크레시다 백작부인은 고리타분한 도덕주의자더군. 심지어 목사랑 결혼해서 동양에서 선교 활동까지 하고 있다니까. 인디언 보석과 잎사귀 장신구를 걸고 다니는 그 목사 부인 때문에 내가 얼마나 골치를 썩고 있는지 생각하면! 어제도 거스를 끌고 온실 안을 전부 돌아다니면서 저 식물 이름이 뭐냐고 일일이 묻는 바람에 거스가 지겨워서 죽을 뻔했다지 뭐야. 거스가 무슨 정원사라도 되는 것처럼 굴었다니까!"

트레너 부인은 분이 차올라서 점점 더 언성이 높아졌다.

"오, 그래. 하지만 크레시다 백작부인이 위더럴 집안과 캐리 피셔를 화해시킬지도 모르잖아."

바트 양이 부드럽게 말했다.

"나도 정말 그랬으면 좋겠어! 하지만 그 여자는 모든 남자를 참을 수 없을 정도로 지루하게 만들거든. 들리는 소문처럼 그 여자가 소책자라도 쓰면 정말 우울할 거야. 그런데 제일 끔찍한 점은 그런 여자가 때만 제대로 만나면 너무나 유용하다는 거지. 너도 알다시피 우리는 일 년에 한 번씩 주교님을 모셔야 하는데, 그런 일에는 그 여자가 가장 잘 어울릴 거란 말이지. 난 항상 주교님의 방문 때마다 어찌나 운이 없는지 몰라."

트레너 부인이 덧붙여 말했다. 그녀가 겪고 있는 현재의 불행은 물밀듯이 점점 솟구쳐 오르는 과거의 기억 속에 파묻혀 버리고 말았다.

"작년에 주교님이 오셨을 때는 거스가 그만 그분이 여기 오신다는 걸 까맣게 잊어버리고 네드 윈턴 가족과 페얼리 가족을 데려왔지 뭐야. 이혼을 다섯 번씩 하고 자식을 열두 명이나 낳은 사람들을 말이야!"

"크레시다 백작부인은 언제 떠나는데?"

바트 양이 물었다. 그러자 트레너 부인은 절망스러운 눈빛을 던졌다.

"오, 릴리. 내가 그걸 알면 얼마나 좋겠어! 그 여자를 마리아에게서 빼앗아오는 데 급급한 나머지 날짜를 말하는 걸 깜박 잊었지 뭐야. 거스 말에 따르면, 그 여자가 겨울 내내 이곳에 머물 예정이라고 말했대."

"여기 머문다고? 이 집에?"

"무슨 터무니없는 소리. 여기 미국에 말이야. 하지만 아무도 그녀를 초청하는 사람이 없으면……. 너도 알잖아, 그 사람들은 절대 호텔에 안 가는 걸."

"어쩌면 거스가 단지 너에게 겁을 주려고 한 소리인지도 몰라."

"아니야. 크레시다 백작부인이 버사 도싯에게 하는 말을 나도 들었는데, 남편이 엥가딘[41]에서 치료를 받는 6개월 동안 머물 거라고 했어. 그 말을 듣고 황당해하는 버사의 표정을 너도 보았어야 하는데. 이건 절대 농담이 아니야. 만약 그 여자가 가을 내내 이곳에 머문다면, 모든 걸 엉망으로 망쳐놓고 말 거야. 그러면 마리아 반 오스버그는 좋아서 죽으려고 하겠지."

그 비참한 광경을 눈앞에 그려보며, 트레너 부인은 자기 연민에 가득 차서 떨리는 목소리로 한탄했다. 바트 양은 눈치 빠르게 그녀의 말에 반대하고 나섰다.

"오, 주디. 여태껏 벨로몬트에서 심심하고 지루해한 사람은 아무도 없었어! 너도 잘 알잖아. 만약 반 오스버그 부인이 멋진 손님들은 모두 골라서 데려가고 너에게는 형편없는 손님들만 남겨 둔다고 해도 넌 잘 해나갈 거야. 물론 오스버그 부인은 그러지 못하겠지만 말이야."

이 정도 칭찬해 주면, 대개는 트레너 부인도 만족하며 기뻐하곤 했다. 하지만 이번에는 부인의 이마에 짙게 낀 구름을 쫓아내지 못했다.

"단지 크레시다 백작부인 때문만은 아니야."

트레너 부인이 한숨을 쉬었다.

"이번 주에는 모든 일이 엉망으로 꼬이고 있어. 버사 도싯도 나한테 단단히 화가 나 있는걸."

"너에게 화가 나 있다고? 왜?"

"내가 그녀에게 로렌스 셀던이 올 거라고 미리 말했거든. 그런데 결국 로렌스가 안 왔잖아. 버사는 워낙 비이성적이어서 그게 모두 내 탓이라고 생각하고도 남을 거야."

바트 양은 펜을 내려놓고 방금 적기 시작한 쪽지를 멍하니 내려다보고 앉아 있었다.

"난 두 사람 사이가 완전히 끝났다고 생각했는데."

바트 양이 중얼거렸다.

"그건 그래. 적어도 남자 쪽에서는. 물론 버사도 그 이후로 계속 할 일 없이 지냈던 건 아니야. 하지만 지금 당장은 손을 놓고 있는 게 분명해. 게다가 누군가 나에게 귀띔해 주더라고, 로렌스를 초대하는 게 좋을 거라고 말이야. 그래서 그를 초대한 거야. 그런데 여기까지 오도록 할 수는 없었어. 그리고 내 생각에, 버사는 다른 모든 사람에게 심술을 부림으로써 그 일에 대해서 나에게 단단히 복수를 하려는 것 같아."

"어머, 차라리 완벽하게 매력적인 모습을 보여야 로렌스에게 복수할 수 있는 거 아니야? 다른 누군가의 마음을 사로잡도록 말이지."

트레너 부인이 서글픈 듯 고개를 저었다.

"그래봐야 로렌스가 신경도 쓰지 않을 거라는 걸 버사는 잘 알아. 게다가 여기 다른 남자가 또 누가 있어? 앨리스 위더럴은 루서스를 절대 자기 시야에서 벗어나도록 내버려 두지 않을 테고, 네드 실버턴은 캐리 피셔에게서 눈도 한 번 못 떼는걸? 가엾은 것 같으니라고! 게다가 거스는 버사라면 넌더리를 내고 잭 스테프니도 그녀를 너무 잘 알지. 아, 그래! 퍼시 그라이스가 있구나!"

트레너 부인은 이 생각을 하자, 미소를 지으며 허리를 쭉 폈다.

하지만 바트 양의 얼굴에는 전혀 미소가 떠오르지 않았다.

"오, 버사와 그라이스 씨는 전혀 어울릴 것 같지 않아."

"네 말은 버사는 그 남자를 놀라게 하고, 그 남자는 버사를 질리게 한다는 거니? 그렇다고 해도 그게 뭐 그렇게 나쁜 출발은 아니잖아? 하지만 부디 버사가 그 남자의 환심을 사야겠다는 생각을 하지 않았으면 좋겠어. 사실 난 너를 염두에 두고 그 남자를 이곳에 초대했거든."

릴리가 깔깔 웃었다.

"메르시 뒤 콩플리망![42] 그럼 난 절대 버사의 심기를 거슬리면 안 되겠네."

"내 말이 좀 무례하게 들렸니? 너도 알다시피 전혀 그런 뜻이 아니야. 네가 버사보다 천배는 더 아름답고 똑똑하다는 사실은 온 세상 사람들이 다 알고 있는걸. 다만 넌 모질지 못하잖니. 언제나 자신이 원하는 걸 끝끝내 손에 넣는 사람은 바로 모진 여자들이거든."

바트 양은 애정 어린 눈빛으로 마치 힐난하듯이 쳐다보았다.

"난 네가 버사를 무척 좋아하는 줄 알았는데."

"오, 물론 좋아해. 위험한 사람들은 좋아해 주는 게 더 안전하거든. 하지만 버사는 위험한 인물이야. 게다가 버사가 잔뜩 심술이 난 모습을 언제 보았느냐면, 바로 요즘이야. 가엾은 조지의 태도를 보면 알 수 있지. 그 사람이야말로 완벽한 척도라니까. 그 남자는 항상 정확히 알고 있거든. 자기 아내 버사가 언제……."

"타락할지를?"

바트 양이 한마디 던졌다.

"그런 충격적인 소리는 하지 마! 그 남자가 자기 아내를 여전히 철석같이 믿는다는 걸 너도 알잖니. 물론 나도 버사가 진짜로 해로운 인물이란 뜻으로 말한 건 아니야. 다만 그녀는 주위 사람들을 불행하게 만드는 걸 좋아할 뿐이지. 특히 가엾은 조지를 말이야."

"그 사람은 그런 부분에 대해서는 아예 포기한 것 같던데. 버사가 좀 더 유쾌한 상대를 좋아하는 것도 당연해."

"오, 조지는 네가 생각하는 것만큼 그렇게 우울한 사람은 아니야. 만약 버사가 그를 괴롭히지만 않았다면, 그도 지금과는 꽤 달랐을 거야. 아니면 적어도 남편이 자기 하고 싶은 대로 살도록 내버려 두기라도 했었다면 말이지. 하지만 버사는 돈 때문에라도 절대 남편을 자기 손아귀에서 놓아주려고 하지 않아.

그래서 남편이 질투를 하지 않으면 자기가 질투하는 척하는 거야."

바트 양은 말없이 초대장을 써 내려갔다. 한편 여주인은 잔뜩 인상을 쓰며 뭔가 골똘히 생각에 잠겨 있었다.

"릴리."

오랜 침묵 끝에 트레너 부인이 큰 소리로 외쳤다.

"로렌스에게 전화를 걸어야겠어. 그래서 그에게 그냥 꼭 와야 한다고 말하면 어떨까?"

"오, 제발 그러지 마."

릴리가 얼굴을 붉히며 말했다. 이 갑작스러운 홍조에 여주인만큼이나 릴리 자신도 깜짝 놀랐다. 표정의 변화에 대해서 썩 눈치가 빠른 편은 아닌 여주인은 어리둥절한 눈으로 그녀를 멀뚱멀뚱 쳐다보았다.

"어머나, 세상에. 릴리, 넌 정말 예쁘기도 하지! 그런데 왜 그래? 그 사람이 그렇게 싫으니?"

"전혀 그렇지 않아. 사실 난 그를 좋아하는걸. 하지만 버사에게서 나를 보호하겠다는 친절한 의도에서 그러는 거라면, 그런 보호는 필요 없어."

트레너 부인이 탄성을 지르며 몸을 꼿꼿이 세웠다.

"릴리! 퍼시랑? 그럼 네가 정말 해냈단 말이니?"

바트 양이 미소를 지었다.

"난 단지 그라이스 씨와 내가 아주 좋은 친구 사이가 되었다는 뜻으로 말한 거였어."

"흠……, 알았어."

트레너 부인이 황홀한 눈으로 그녀를 빤히 쳐다보았다.

"너도 알겠지만, 그 남자는 일 년 수입이 팔십만 파운드나

된대. 그런데 너저분한 옛날 책들을 사는 것 이외에는 단 한 푼도 돈을 안 쓰지. 게다가 그의 어머니는 심장병을 앓고 있으니, 조만간 더 많은 재산을 남겨 줄 테고 말이야. 오, 릴리. 제발 서두르지 마."

친구는 간곡히 충고했다.

바트 양은 짜증스러운 기색 없이 계속 미소만 짓고 있었다.

"그러지 않을게. 가령 그 사람에게 '당신은 너저분한 옛날 책을 너무 많이 갖고 있군요.' 같은 말 따위는 결코 성급하게 하지 않을 거야."

"그럼, 물론이지. 네가 사람들의 화제를 끌어내는 데 탁월한 재주를 갖고 있다는 걸 나도 알아. 하지만 그 남자는 끔찍하게 수줍음이 많고 쉽게 충격을 받거든. 그러니까……, 그러니까 말이지……."

"왜 그냥 솔직하게 말하지 그러니, 주디? 내가 돈 많은 신랑감을 쫓고 있다는 평판이라도 퍼졌나 보지?"

"오, 내 말은 그런 뜻이 아니야. 그 사람도 절대 네가 그렇다고 믿지 않을 거야. 처음에는 말이지."

트레너 부인은 약삭빠른 기색을 숨김 없이 드러내며 말했다.

"하지만 너도 알다시피, 여기서는 가끔 일이 잘못될 수도 있어. 아무래도 내가 잭과 거스에게 살짝 귀띔을 해줘야겠다. 혹시라도 그라이스 씨가 너를 자기 어머니가 보고 헤프다고 할 만한 그런 여자로 생각하면……. 오, 넌 내 말이 무슨 뜻인지 알 거야. 그러니까 저녁 식사 때 그 빨간 크레프드신[43]은 입지 마. 그리고 가능하면 담배도 피우지 말고. 알았지, 릴리?"

릴리는 씁쓸한 미소를 지으며 방금 끝낸 일거리를 한쪽 옆으로 밀쳤다.

"정말 친절하기도 하지, 주디. 이제 담뱃갑은 서랍 속에 넣어 잠가버리고, 옷은 오늘 아침에 네가 보내준 작년 그 드레스를 입도록 할게. 그런데 네가 정말로 친구의 장래를 염려한다면, 오늘 저녁에는 내게 브리지 게임을 하자는 말을 하지 말아 줄래?"

"브리지 게임? 그 남자가 브리지 게임까지 싫어한단 말이니? 오, 릴리. 도대체 앞으로 얼마나 끔찍한 생활을 하게 될지! 하지만 당연히 널 부르지 않을게. 어젯밤에라도 내게 귀띔을 해주지 그랬니? 오, 가엾은 내 친구. 네가 행복해질 수만 있다면 내가 뭘 못 하겠어."

트레너 부인은 진실한 사랑의 앞길을 순탄하게 해주고 싶어 하는, 여성 특유의 열성에 사로잡혀서 릴리를 오랫동안 다정하게 끌어안았다.

"그럼 내가 로렌스 셀던에게 전화를 걸어도 정말 괜찮은 거지?"

마침내 포옹을 풀면서 트레너 부인이 걱정스럽게 물었다.

"물론이야."

릴리가 대답했다.

그 후로 3일 동안, 바트 양은 어떤 외부의 도움 없이도 자신의 일을 얼마나 능숙하게 처리할 수 있는지 유감없이 보여 주었다.

토요일 오후에 그녀는 벨로몬트의 테라스에 앉아서, 자신이 너무 조급하게 굴까 봐 걱정하던 트레너 부인을 생각하며 빙그레 미소를 지었다. 그런 경고가 필요했을는지는 몰라도, 세월은 그녀에게 유용한 교훈을 가르쳐주었다. 릴리는 이제 목표물의 속도에 맞춰 자신의 보조를 조절하는 방법을 터득했노라고 자부했다. 그라이스 씨의 경우에는 교묘하게 그녀 자신의 모습을 감추고, 깊은 심연에서 무의식적인 친밀함의 심연으로 그를 유인하면서 비위를 맞추는 게 좋다는 사실을 알아냈다. 주변 분위기도 이번 구애 작전에 매우 우호적이었다. 트레너 부인은 약속을 충실히 지켜서, 릴리가 브리지 게임을 하는 테이블에 앉기를 바라는 내색조차 하지 않았다. 게다가 함께 카드놀이를 하는 다른 사람들에게도 미리 언질을 주었기 때문에 릴리가 평소와 달리 게임에 끼지 않아도 다들 전혀 놀라지 않았다. 부인의 언질 한마디로 릴리는 흔히 짝짓기의 계절에 젊은 여성에게 쏠리곤 하는 여자들의 배려와 관심을 한 몸에 받고 있는 자신을 발견했다. 손님들로 북적거리는 벨로몬트에서 릴리만큼은 홀로 있는 것이 암암리에 허용되었다. 설사 그녀의 구애가 온갖 낭만적인 색채를 띤 것이었다 하더라도, 그녀의 친구들이 이보다 더 적극적인 자기희생을 보여 줄 수는 없었을 것이다. 릴리의 사회에서 이런 행동은 사람들이 그녀의 결혼 동기를 충분히 이해하고 공감한다는 뜻이었다. 그라이스 씨가 사람들에게서 이렇게 대접받는 모습을 보자, 릴리는 그를 더 높이 평가하게 되었다.

벨로몬트의 테라스는 9월이면 감상적인 생각에 잠기기에 딱 적당한 곳이었다. 바트 양은 움푹 내려앉은 정원 위로 튀어나온 난간에 몸을 기댄 채 홀로 서 있었다. 조금 떨어진 티 테이블 주변에 와자지껄하게 앉아 있는 사람들의 눈에는 그녀가 마치 말할 수 없는 행복의 미로에 빠져 헤어 나오지 못하고 있는 것처럼 보일 수도 있었다. 사실 그녀는 자신에게 다가오고 있는 행복한 미래를 고요히 그려보면서 머릿속으로 적당한 말을 찾고 있었다. 그녀가 서 있는 그 자리에서는 그라이스 씨라는 형태로 구현된 그 모든 행운을 한눈에 볼 수 있었다. 지금 그는 가벼운 오버코트에 목도리를 두른 채 의자 끄트머리에 불안하게 걸터앉아 있었다. 한편 캐리 피셔는 자연과 인위적 기술이 그녀에게 선사해 준 눈빛과 몸짓을 모두 동원해서 도시 개혁 운동에 참여하라고 그라이스 씨를 압박하고 있었다.

피셔 부인은 요즘 도시 개혁 운동에 푹 빠져 있었다. 그전에는 사회주의 운동에 대한 열정이 가득 차 있었고, 그다음에는 크리스천 사이언스 운동[44]에 대한 열렬한 옹호가 그 자리를 대신했다. 몸집이 자그마한 피셔 부인은 맹렬하고 적극적인 여자였다. 그녀의 손과 눈은 그녀가 우연히 신봉하게 된 대의가 무엇이든지 간에 그것을 위한 훌륭한 도구가 되어주었다. 하지만 대부분의 광신자들이 그러하듯이, 그녀 역시 상대방이 아무리 심드렁한 반응을 보여도 전혀 개의치 않는 단점을 갖고 있었다. 릴리는 그라이스 씨의 몸짓 하나하나에서 노골적으로 드러나는 불만스러운 기색을 전혀 눈치채지 못하고 있는 캐리 피셔를 보며 재미있어했다. 지금 그라이스 씨는 이런 시간에 집 밖에 너무 오래 나와 있다가 혹시 감기에 걸릴지도 모른다는 걱정과, 그렇다고 집 안으로 들어갔다가는 피셔 부인이 가입 신청서를 들고 따라와서 서명하라고 조를지도 모른다는 두려움 사이에서 갈팡질팡하고 있다는 것을 릴리는 너무나 잘 알고 있었다. 그라이스 씨는 소위 뭔가에 '참여'하는 것을 체질적으로 싫어했으며 자신의 건강을 염려하는 만큼이나 마음이 약했기 때문에, 피셔 부인의 투쟁에서 벗어날 수 있는 기회가 올 때까지 차라리 펜과 종이 근처에 가지 않는 편이 더 안전하다고 결론을 내린 것이 분명했다. 그동안에도 그는 계속해서 바트 양을 향해 고뇌에 찬 눈길을 던지곤 했지만 그녀는 더욱더 우아한 자태로 생각에 잠기는 모습만 보일 뿐이었다. 그녀는 자신의 매력을 더욱 돋보이게 해줄 이런 대조적인 모습의 가치를 익히 터득하고 있었다. 그러므로 피셔 부인의 유창한 수다가 자신의 고요한 침묵을 얼마나 매력적으로 보이게 할지 확실히 알았다.

그때 사촌 잭 스테프니가 가까이 다가오는 소리에, 릴리는 이런 생각에서 깨어났다. 그는 그웬 반 오스버그와 함께 정원을 가로질러 테니스 코트에서 돌아오는 중이었다.

이 문제의 한 쌍은 릴리가 계획하고 있는 것과 똑같은 종류의 연애에 빠져 있었다. 그러므로 릴리는 마치 자신의 상황을 풍자하는 것 같은 이들을 가만히 바라볼 때마다 짜증이 치밀곤 했다. 반 오스버그 양은 특징이라고는 하나도 없는 밋밋한 외모에 덩치가 큰 아가씨였다. 언젠가 잭 스테프니는 그녀를 두고 구운 양고기처럼 듬직하다는 말을 한 적이 있다. 정작 그의 입맛은 좀 더 부드럽고, 좀 더 섬세하게 양념이 된 음식을 선호했지만, 굶주리면 어떤 음식이든 맛있게 여겨지는 법이다. 스테프니는 빵 조각으로 연명하는 지경에까지 떨어졌던 때가 있었다.

릴리는 두 사람의 얼굴 표정을 주의 깊게 살펴보았다. 여자는 마치 가득 채워지기를 기다리는 빈 접시처럼 상대방을 열심히 바라보고 있는 반면, 그녀의 옆에서 빈둥거리고 있는 남자는 벌써 서서히 밀려드는 권태를 감추지 못하여 당장이라도 얄팍한 그의 미소에 금을 내며 새어 나올 것만 같았다.

'남자들이란 얼마나 참을성이 없는지!'

릴리는 생각했다.

'잭이 자기가 원하는 모든 걸 얻기 위해서 해야 할 일이라고는 그저 가만히 있으면서 여자가 자기를 즐겁게 해주도록 내버려 두는 것뿐이야. 하지만 난 무슨 굉장한 춤이라도 배우는 사람처럼, 계산하고 따져보고 앞으로 갔다 뒤로 갔다 온갖 난리를 다 쳐야 해. 그러다가 단 한 번만 스텝을 잘못 밟아도 당장 구제불능 소리를 듣게 되겠지.'

두 사람이 좀 더 가까이 다가왔을 때, 릴리는 문득 반 오스버그 양과 퍼시 그라이스 사이에서 동족 간의 유사성을 발견하곤 충격을 받았다. 외모가 유사한 건 전혀 아니었다. 그라이스는 거의 교과서적인 미남이었다. 마치 영리한 학생이 석고상을 보고 그린 데생 같았다. 반면 그웬의 외모는 장난감 풍선 위에 그려놓은 얼굴과 전혀 다를 바가 없었다. 하지만 그들에겐 좀 더 깊은, 명백한 동질성이 있었다. 그 두 사람은 똑같은 편견과 이상을 갖고 있었으며, 다른 모든 기준을 무시함으로써 마치 아예 있지도 않은 것처럼 만드는 능력까지 똑같았다. 사실 릴리가 속한 이 모임의 대부분이 그런 속성을 갖고 있었다. 그들은 자신들이 인식하는 범주 바깥에 있는 것은 모두 말살해 버리는 부정(否定)의 힘을 갖고 있었다. 한마디로 그라이스 씨와 반 오스버그 양은 모든 윤리적이고 육체적인 상응의 법칙에 의해서 서로를 위해 만들어진 사람들인 것이다.

'하지만 그들은 서로를 한번 쳐다보려고도 하지 않아.'

릴리는 생각했다.

'절대 그렇지 않지. 그 두 사람은 제각기 자기와는 전혀 다른 부류의 인간을 원하고 있어. 나와 잭 같은 부류의 인간을 말이야. 자신들은 감히 그런 게 있다고 상상조차 못 하는, 모든 종류의 직관과 감각과 인식 능력을 갖추고 있는 사람을.'

릴리는 한동안 그들 두 사람과 나란히 서서 이야기를 나누었다. 하지만 반 오스버그 양의 얼굴에 어두운 구름이 살짝 드리워지는 것을 보고, 심지어 사촌 간의 애정조차도 의혹의 대상이 될 수 있다는 사실을 문득 깨닫고는 이 행복한 한 쌍이 티 테이블을 향해 걸어갈 수 있도록 옆으로 물러서 주었다. 그녀의 인생에서 이토록 중요한 순간에 괜한 적의를 불러일으켜서는 안 된다는 것을 명심하고 있었기 때문이다.

테라스의 제일 위쪽 계단에 자리를 잡고 앉은 릴리는 난간을 휘감고 있는 인동덩굴에 머리를 기대었다. 갓 피어난 꽃들의 향기가 마치 전원의 우아한 아름다움을 한껏 보여 주고 있는 저 고요한 풍경 자체에서 풍겨 나오고 있는 것 같았다. 바로 앞에서는 따뜻한 색조로 물든 정원이 빛을 발하고 있었고, 잔디밭 너머로는 융단 같은 고사리가 깔려 있고 삼각형 모양의 옅은 황금색 단풍나무가 서 있는 비탈진 언덕 위에 까만 점 같은 소들이 보였다. 릴리는 티 테이블을 둘러싸고 앉아 있는 사람들 틈에 끼고 싶지 않았다. 그들은 그녀가 선택한 미래를 표상하고 있었고, 그녀도 그 선택에 만족했지만 성급하게 그 즐거움을 앞당겨 맛보고 싶은 생각은 조금도 없었다. 자신이 원할 때면 언제든 퍼시 그라이스와 결혼할 수 있다는 확신은 그녀의 마음을 줄곧 짓누르던 무거운 짐을 가볍게 해주었다. 돈 문제 역시 조만간 해결될 것이 확실했기 때문에 벌써 해방된 느낌이었다. 좀 더 분별력이 없는 사람이라면 그것만으로도 몹시 행복해했을 것이다. 어쨌든 세속적인 걱정 따위는 이제 끝이었다. 그녀는 자신이 원하는 대로 인생을 설계해 나갈 수 있을 것이다. 빚쟁이들 따위는 결코 들어올 수 없는, 안전한 최고천[45]으로 날아 올라갈 것이다. 그녀는 주디 트레너보다 더 멋진 가운을 입고 버사 도싯보다도 훨씬, 훨씬 더 많은 보석을 갖게 될 것이다. 이리저리 떠도는 것도, 임시방편적인 생활도, 상대적으로 가난한 자들이 겪는 굴욕과도 영원히 작별이었다. 남들의 비위를 맞춰주는 대신 아부를 듣게 될 것이며, 감사하는 대신 감사의 인사를 듣게 될 것이다. 그녀가 되돌려 주어야 할 오랜 은혜만큼이나 갚아야 할 오랜 원한도 있었다. 자신의 능력에 대해서는 전혀 의심하지 않았다. 물론 그라이스 씨가 충동이나 감정 따위에는 좀처럼 휩싸이지 않는 지극히 소심한 유형이라는 걸 잘 알고 있었다. 그는 신중함이 오히려 결점이 되고 현명한 충고가 되레 가장 위험한 자양분이 되는, 그런 부류의 인물이었다. 하지만 릴리는 전에도 그런 부류의 사람들과 알고 지낸 적이 있었다. 그리고 그렇게 자기 방어가 철저한 사람일수록 반드시 이기심을 분출할 한 가지 커다란 탈출구를 찾게 마련이라는 것도 잘 알고 있었다. 릴리는 지금까지 그라이스 씨에게 아메리카나가 했던 역할을 자신이 대신할 작정이었다. 그가 아낌없이 돈을 쓸 만큼 충분한 자부심을 느낄 수 있는 단 하나의 소유물이 되려는 것이다. 릴리는 이런 식의 관대함이 사실은 천박함의 한 가지 형태라는 것을 잘 알고 있었다. 하지만 그녀는 남편의 허영심과 자기 자신을 완전히 동일시해서, 그녀의 소망을 충족시켜 주는 것이 곧 남편에게는 가장 세련된 방식의 자기 탐닉으로 여겨지게끔 만들 것이라고 굳게 결심했다. 그러기 위해서 처음에는 그녀가 그토록 벗어나고자 하는 임기응변이라든가 임시변통 같은 술수들이 어쩔 수 없이 필요할지도 모른다. 하지만 조만간 자신의 방식대로 이 게임을 주도할 수 있을 것이라고 릴리는 믿어 의심치 않았다. 어떻게 그녀가 자신의 능력을 믿지 않을 수 있겠는가? 그녀의 아름다움은 내일이면 사라지는 덧없는 소유물이 아니었다. 혹시 경험이 미숙한 여자의 손에 들어갔다면 그랬을지도 모르지만 아름다움을 한층 고양시키는 그녀의 기술과 거기에 쏟는 그녀의 애정, 그리고 그것을 사용하는 그녀의 능력은 그 아름다움에 영원한 생명을 부여할 것이다. 릴리는 미모야말로 결국 그녀의 목적을 이룰 수 있게 해주는 믿을 만한 수단이라고 생각했다.

그리고 그 목적은 전체적으로 보았을 때 충분히 가치 있는 것이었다. 인생은 그녀가 3일 전에 생각했듯이 그렇게 냉소적인 것만은 아니었다. 이기적이고 비좁기만 한 이 쾌락의 세계에도 그녀를 위한 자리가 있었다. 불과 얼마 전만 해도 가난한 처지 때문에 자신은 완전히 배제된 존재처럼 여겨졌지만 말이다. 그녀가 내심 우습게 여기면서도 동시에 부러워했던 이 사람들이 그녀의 모든 욕망이 맴돌고 있는 이 마법의 원 안에 기꺼이 그녀를 넣어주려고 하고 있었다. 그들은 그녀가 한때 상상했던 것처럼 그렇게 매몰차지도 이기적이지도 않았다. 아니, 더 이상 그들의 비위를 맞추거나 즐겁게 해줄 필요가 없게 된 이후로는 오히려 그들의 그런 면이 점점 더 눈에 잘 들어오지 않게 되었다. 사교계란 빙글빙글 회전하는 몸체 같아서 보는 사람의 위치에 따라서 각기 다르게 판단되는 법이다. 그리고 지금은 릴리에게 환하게 빛나는 얼굴을 보여 주고 있었다.

그것이 발산하는 장밋빛 광채 속에서 그녀의 동료들은 사랑스러운 자질로 넘쳐 나는 것처럼 보였다. 릴리는 그들의 우아함과 경쾌함과 무미건조함을 좋아했다. 심지어 때로는 너무 아둔해 보이던 자신만만한 태도조차도 지금은 상류 계층의 자연스러운 특징처럼 여겨졌다. 그들은 그녀가 원하는 유일한 세계의 주인들이었다. 그런데 그녀가 그들과 같은 계층이 되어 그들과 더불어 주인 노릇을 하는 걸 허락해 주려는 것이다. 릴리는 벌써부터 그들의 기준에 대해서 은밀한 충성심이 생겨나는 걸 느꼈다. 그들의 한계를 받아들이고, 그들이 믿지 않는 것은 믿지 않으며, 그들이 사는 것처럼 살 수 없는 사람들에 대해서 경멸에 찬 동정심이 솟구쳤다.

초저녁의 햇살이 정원을 가로질러 비스듬히 비춰 들었다. 릴리는 정원 너머로 길게 뻗은 도로의 가로수 사이로 마차 바퀴가 번쩍 빛나는 것을 보았다. 그리고 또 다른 손님이 오고 있구나 짐작했다. 그녀의 등 뒤에서는 술렁거리는 움직임과 더불어 부산한 발소리와 목소리가 들려왔다. 티 테이블에 모여 있던 사람들이 그만 자리에서 일어난 것이 분명했다. 곧이어 등 뒤에서 테라스로 걸어 들어오는 발소리가 들렸다. 릴리는 그라이스 씨가 마침내 곤경에서 벗어날 방법을 찾은 모양이라고 생각했다. 그리고 당장 따뜻한 벽난로 앞으로 달려가는 대신, 그녀를 찾아온 그라이스 씨의 행동이 갖는 의미를 헤아리며 미소를 지었다.

릴리는 그런 용감한 행동에 합당한 환대를 베풀어주기 위해서 얼른 돌아섰다. 하지만 반가운 미소는 곧 사라지고 당황스러운 표정이 떠올랐다. 그녀를 향해 다가온 사람은 다름 아닌 로렌스 셀던이었던 것이다.

"결국 제가 왔습니다."

셀던이 말했다. 하지만 릴리가 미처 대답을 하기도 전에 남편과의 맥 빠진 대화에서 간신히 도망쳐 나온 도싯 부인이 당연한 권리를 주장하듯 두 사람 사이로 불쑥 끼어들었다.

5

벨로몬트에서 주일이 지켜지고 있음을 알리는 주된 표시는, 집안 식구들을 성문에 있는 작은 교회로 실어 나르기 위해 정해진 시간에 나타나는 멋진 승합마차였다. 누군가 그 마차에 타느냐 마느냐는 부차적인 문제였다. 그 마차가 그 자리에 서 있는 것만으로 이 집안의 종교적 열의를 보여 주는 증거가 될 뿐 아니라, 마침내 그 마차가 떠나가는 소리를 들을 때면 트레너 부인은 왠지 대리인을 보낸 것 같은 위안을 느꼈다.

실제로 그 집의 딸들은 일요일마다 교회에 간다는 게 트레너 부인의 주장이었지만, 딸들의 프랑스인 가정교사는 다른 종교를 믿는 데다 일주일 동안 쌓인 피로 탓에 어머니란 사람은 점심 때까지 침실에서 나오지도 않았으므로 그 주장을 입증해 줄 수 있는 사람은 아무도 없었다. 가끔씩 갑작스럽게 신앙심이 발동할 때면, 특히 밤새도록 집 안이 너무 떠들썩했을 때 거스 트레너는 그 포동포동한 몸에 꽉 끼는 코트를 억지로 차려입고 큰 소리로 딸들을 잠에서 깨우곤 했다. 하지만 릴리가 그라이스 씨에게 설명한 바와 같이, 대개는 교회 종소리가 장원을 가로질러 들려올 때까지 부모로서의 이런 의무는 까맣게 잊혀지곤 했다. 그리고 승합마차는 텅 빈 채로 떠나는 것이다.

릴리는 그라이스 씨에게 이렇게 종교적 의무를 소홀히 하는 것은 그녀의 오랜 습관과 크게 어긋나는 행동임을 은근히 내비쳤다. 그리고 자신이 벨로몬트를 방문하는 동안에는 항상 뮤리엘과 힐다를 데리고 교회에 나갔음을 분명히 암시했다. 이것은 그녀가 지금까지 단 한 번도 브리지 게임을 해본 적이 없다는 주장—이것 역시 넌지시 알려주었다.—과 완벽하게 부합했다.

다만 이곳에 처음 도착한 날 밤에 '억지로 끌려 들어갔다'가 카드놀이와 도박 규칙에 대한 무지로 인하여 어마어마한 돈을 잃었다고 살짝 귀띔해 두었던 것이다. 그라이스 씨는 분명히 벨로몬트의 생활을 즐기고 있었다. 그는 안락하고 화려한 생활을 좋아했으며, 이 부유하고 특별한 사람들과 같은 집단에 낄 수 있는 영광을 얻은 것을 기뻐했다. 하지만 동시에 이 집단이 너무 물질적이라고 생각했다. 게다가 가끔씩 남자들의 말투나 여자들의 모습에 깜짝 놀랄 때도 있었다. 그러므로 바트 양이 이런 모호한 분위기 속에서 항상 의연하고 침착하게 행동하면서도 완전히 거기에 빠진 것은 아니라는 사실을 알고 무척 기뻤다. 릴리가 평소처럼 일요일 아침에 트레너 집안의 딸들을 데리고 교회에 나갈 것이란 말을 들었을 때, 특히나 좋아했던 것도 그 때문이다. 그리하여 이제 그라이스 씨는 한쪽 팔에는 가벼운 오버코트를 두르고 조심스럽게 장갑을 낀 다른 한 손에는 기도서를 든 채 현관 앞 자갈길을 서성거리면서, 이토록 종교적인 신념에 유해한 환경 속에서도 유년 시절의 가르침을 굳건히 지키는 릴리 양의 강건한 성품을 흐뭇하게 되새겨 보고 있었다.

상당히 오랫동안 그라이스 씨와 승합마차는 자갈이 깔린 보도 위에 단둘이 서 있었다. 그라이스 씨는 다른 손님들의 이런 통탄할 만한 무관심에 낙심하기는커녕 오히려 바트 양이 혼자 나타날지도 모른다는 기대감에 잔뜩 부풀었다. 하지만 귀중한 시간이 자꾸만 흘러가고 있었다. 커다란 밤색 말은 초조하게 앞발을 굴렀고 말의 옆구리는 땀으로 얼룩졌다. 마부는 마차 위에서, 그리고 마구종은 돌계단 위에서 서서히 돌처럼 굳어져 버린 것 같았다. 여전히 아가씨는 나타나지 않았다. 그때 갑자기

문가에서 치맛자락이 끌리는 소리와 더불어 목소리가 들렸다.

그라이스 씨는 얼른 호주머니 속으로 시계를 넣고 초조하게 몸을 돌렸다. 하지만 결국 그의 손을 잡고 마차에 오른 사람은 다름 아닌 위더럴 부인이었다.

위더럴 부부는 항상 교회에 나갔다. 그들은 평생토록 주변의 꼭두각시들이 하는 행동은 단 한 가지도 빼놓지 않고 따라하며 살아온, 수많은 기계적 인간 중 하나였다. 물론 벨로몬트의 꼭두각시들은 교회를 가지 않았지만, 그들만큼이나 중요한 다른 꼭두각시들은 교회를 다녔다. 그리고 위더럴 부부의 인맥은 하느님 역시 그들의 방문자 명단에 들어 있을 정도로 광범위했다. 따라서 그들은 어쩔 수 없이 지겨운 '손님 접대 시간'[46]을 준수하러 가는 사람들처럼 체념한 표정을 지으며 정확한 시간에 나타났다. 그들 뒤로는 힐다와 뮤리엘이 연방 하품을 하며 헝클어진 옷차림새로 걸어 나오고 있었다. 그들은 아직도 베일과 리본을 서로 바로잡아 주느라 분주했다. 두 자매는 릴리에게 함께 교회에 가겠다고 약속했던 것이다. 릴리가 무슨 까닭으로 갑자기 그런 생각을 하게 되었는지 도통 영문을 알 수 없었지만, 그리고 릴리의 부탁만 아니었더라도 그들 입장에서는 잭과 그웬과 테니스나 치면서 노는 편이 훨씬 더 좋았겠지만, 어쨌든 그들은 릴리를 무척 좋아했기 때문에 그녀를 위해서 그 정도 부탁쯤은 들어줄 수 있었다. 트레너 집안의 두 딸에 이어 구릿빛 얼굴에 리버티 실크[47] 옷을 입고 토속적인 장신구를 걸친 크레시다 레이스 백작부인이 나타났다. 그녀는 승합마차를 보자, 사람들이 이 정도 거리조차 걸어가지 않으려고 한다는 사실에 놀라움을 금치 못했다. 하지만 교회까지 족히 1마일은 된다며 투덜거리는 위더럴 부인의 거센 불평에, 이 귀부인께서는 다른 여자들의 뾰족한 구두 굽을 힐끗 한 번 쳐다보더니 마차를 타야 할 필요성을 받아들이고 말았다. 결국 가엾은 그라이스 씨는 그들의 영혼이 안녕하든 말든, 눈곱만큼도 관심이 없는 네 명의 여자 틈에 끼어서 덜컹거리는 마차에 실려 갈 수밖에 없었다.

만약 바트 양이 진심으로 교회에 갈 작정이었다는 사실을 그라이스 씨가 알았다면, 조금이라도 위안이 되었을까? 그녀는 자신의 목적을 실행하기 위해서 평소보다 일찍 일어나기까지 했다. 그리고 정숙한 회색 드레스를 입고, 그 유명한 짙은 속눈썹을 기도서 위로 내리깔고 있는 자신의 모습을 눈앞에 그려보기도 했다. 그 모습이야말로 그라이스 씨의 완전한 항복을 얻어내기 위한 마지막 일격이 될 것이다. 그리고 점심 식사 후 두 사람이 함께하게 될 산책 중에 반드시 일어나도록 만들겠다고 그녀가 굳게 마음먹은 어떤 사건을 필연적인 것으로 만들어줄 것이다. 한마디로 그녀의 의지는 그보다 더 확실할 수가 없었다. 하지만 가엾은 릴리는 유리처럼 단단해 보이는 겉모습에도 불구하고, 속은 밀랍처럼 말랑말랑하기 짝이 없었다. 다른 사람들의 감정에 맞춰 자기 자신을 순응시킬 수 있는 그녀의 능력은 이따금 작은 일에서는 그녀를 위해 봉사하기도 했으나, 인생의 가장 결정적인 순간에는 번번이 그녀를 훼방 놓곤 했던 것이다. 그녀는 마치 흐르는 물살 위에 떠 있는 해초와 같았고, 오늘은 모든 감정의 흐름이 그녀를 로렌스 셀던 쪽으로 몰아가고 있었다. 어째서 그가 왔을까? 그녀를 보러 왔을까? 아니면 버사 도싯을 보러 왔을까? 그것이 바로 이 순간에 온통 그녀를 사로잡고 있는 궁극적 질문이었다. 단순히 도싯 부인의 심술로부터 그녀를 막아줄 방패막이로 그를 데려오지 못해 안달이 난 여주인의 간절한 부름에 못 이겨서 그가 왔을 거라고 생각하고, 그냥 거기서 만족했다면 훨씬 더 좋았을 것이다. 하지만 릴리는 트레너 부인에게서 셀던이 스스로 찾아왔다는 말을 듣기 전까지, 좀처럼 마음을 가라앉힐 수가 없었다.

"심지어 나에게 전보도 보내지 않았어. 그냥 우연히 역에서 이륜마차를 발견하고 왔다는 거야. 결국 버사와 완전히 끝난 게 아닌 모양이야."

트레너 부인은 신중하게 결론지었다. 그러더니 저녁 식탁의 좌석 표를 제대로 배치하기 위해 가버렸다.

'어쩌면 그럴지도 모르지.'

릴리는 생각했다. 하지만 곧 끝날 것이다. 그녀의 솜씨가 녹슬지 않았다면 말이다. 설사 셀던이 도싯 부인의 부름을 받고 왔을지라도, 이곳에 머무는 이유는 그녀 때문이 될 것이다. 어젯밤의 일은 그녀에게 너무나 많은 것을 이야기해 주었다. 저녁 식사 때 트레너 부인은 결혼한 친구를 기쁘게 해준다는 단순한 원칙에 따라서 도싯 부인과 셀던을 나란히 앉게 했다. 반면 릴리와 그라이스 씨는 중매쟁이의 유서 깊은 전통을 좇아서 따로 앉게 했다. 그 결과 릴리는 조지 도싯과, 그라이스 씨는 그웬 반 오스버그와 짝을 지어 앉게 되었다.

조지 도싯은 옆자리에 앉은 사람에게 괜히 말을 걸어 생각을 방해하거나 하지 않았다. 그는 모든 음식에서 해로운 성분을 찾아내려고 기를 쓰는, 가엾은 소화불량 환자였다. 오직 아내의 목소리가 들려올 때만 그런 걱정을 잠시 떨쳐 버릴 수 있었다. 하지만 이번에 도싯 부인은 다른 사람들의 대화에 전혀 끼지 않았다. 남편을 무시하듯이 맨살을 드러낸 어깨를 완전히 돌린 채 셀던과 소곤소곤 이야기를 나누느라 정신이 없었기 때문이다. 한편 남편은 자신이 배제된 것에 분개하기는커녕 책임을 벗어버린 자유인의 기쁨을 만끽하며 풍성한 메뉴에 푹 빠져 있었다. 그렇지만 도싯 씨에게는 아내의 거동이 너무나 중대한 관심사였기 때문에, 생선 요리의 소스를 긁어내지 않거나 둥근 빵의 촉촉한 속을 파내지 않을 때면 빈약한 목을 길게 빼고 촛불 사이로 아내를 힐끔힐끔 쳐다보았다.

트레너 부인이 공교롭게도 이 부부를 식탁 맞은편에 마주 앉도록 자리를 배치했기 때문에, 릴리 역시 도싯 부인의 행동을 관찰할 수 있었다. 또한 이리저리 눈길만 살짝 돌려도 로렌스 셀던과 그라이스 씨를 재빨리 비교할 수 있었다. 그리고 바로 이 비교가 그녀를 파멸로 이끌었던 것이다. 그렇지 않다면 그녀가 갑자기 셀던에 대해 관심을 갖게 될 이유가 또 뭐가 있겠는가? 두 사람은 8년 이상을 알고 지냈다. 그녀가 미국에 돌아온 이후로 셀던은 항상 그녀 주변에 있었다. 그녀는 언제나 저녁 식탁에서 그의 바로 옆자리에 앉는 것을 좋아했고, 여느 남자들보다 훨씬 매력적인 사람이라고 생각했다. 그리고 그가 그녀의 관심을 완전히 사로잡을 수 있을 만한 또 다른 조건까지 갖추고 있다면 얼마나 좋을까 하고 막연히 안타까워하기도 했다. 하지만 지금까지 릴리는 자기 일에 너무 바빠서 그를 단지 인생의 유쾌한 장식품 중 하나로밖에 여기지 않았던 것이다. 그녀는 자신의 마음을 날카롭게 읽어낼 줄 알았다. 그러므로 자신이 갑작스럽게 셀던에게 몰두하게 된 까닭은 그의 출현이 주변 분위기에 새로운 빛을 던져주기 때문이라는 걸 알았다. 그가 눈에 띄게 잘났거나 훌륭해서가 아니었다. 직업적으로도 그는 수많은 지겨운 저녁 만찬에서 릴리를 지루하게 만들던 숱한 남자들보다 훨씬 못했다. 하지만 그것은 그가 어떤 사회적

거리감을 유지하기 때문이었다. 눈앞에서 벌어지고 있는 쇼를 객관적으로 지켜보고 있는 것 같은 쾌활한 태도, 하층민들이 입을 딱 벌리고 구경하는 가운데 그들 모두가 떼 지어 들어가 있는 커다란 금빛 새장의 바깥에 접촉점을 갖고 있는 듯한 자세 때문이었다. 그 새장의 문이 덜컥 닫히는 소리를 들었을 때, 릴리에게 새장 바깥의 세상이 얼마나 매혹적으로 느껴졌는지! 하지만 실제로 새장의 문은 결코 닫혀 있지 않다는 걸 릴리도 알고 있었다. 그것은 항상 활짝 열려 있었다. 그럼에도 새장에 갇힌 사람들은 대부분 병 속에 든 파리처럼 일단 그 안으로 들어가면 두 번 다시 자유를 되찾지 못했다. 반면 그 출구를 절대 잊지 않는다는 것이 셀던의 특별한 점이었다.

그가 그녀의 시각을 바꿔놓을 수 있었던 비결도 바로 그것이었다. 셀던에게서 눈길을 돌린 릴리는 문득 자신이 그의 눈으로 이 작은 세상을 살펴보고 있음을 깨달았다. 그것은 마치 핑크빛 램프가 꺼지고 뽀얀 먼지가 떠도는 한낮의 빛이 비쳐드는 것 같았다. 그녀는 자리에 앉아 있는 사람들을 하나하나 관찰하며 긴 식탁을 훑어보았다. 육식동물 같은 육중한 머리통을 두 어깨 사이에 푹 파묻은 채, 젤리처럼 만든 물떼새 요리를 열심히 먹고 있는 거스 트레너부터 난초꽃이 길게 놓여 있는 식탁 제일 맞은편 끝에 앉아 있는 그의 부인에 이르기까지. 그녀의 반짝이는 미모는 전구를 환하게 밝힌 보석상의 창문을 연상시켰다. 그 두 사람 사이에는 얼마나 긴 공허가 펼쳐져 있는지! 이 사람들은 얼마나 하찮고 또 얼마나 끔찍한지! 릴리는 경멸에 찬 짜증스러운 시선으로 그들을 새삼스럽게 바라보았다. 캐리 피셔, 그녀의 어깨와 눈, 이혼 경력, '신랄한 문장'을 온몸으로 구현하고 있는 듯한 분위기를 지닌 여자. 젊은 실버턴, 한

때 원고 교정으로 생계를 유지하며 서사시를 쓸 작정이었지만 지금은 친구들에게 빌붙어 살면서 송로 버섯 요리의 전문가가 되어버린 친구. 앨리스 위더럴, 초대의 글과 식탁 위에 놓인 이름표에서 가장 열렬한 신념을 발견하는, 살아 있는 방문록. 위더럴, 남들이 하는 말을 제대로 알아듣기도 전에 맞장구부터 칠 자세를 하고, 끊임없이 초조하게 고개를 끄덕이는 남자. 잭 스테프니, 부유한 상속녀와 주지사 사이에 앉아서 자신만만한 미소를 짓고 있지만 걱정이 가득한 눈빛을 지닌 젊은이. 그웬 반 오스버그, 평생 자기 아버지가 세상에서 제일 큰 부자라는 말을 듣고 자라온, 자신감으로 똘똘 뭉친 아가씨.

릴리는 친구들을 이런 식으로 분류하고 있는 자신에 대해 미소를 지었다. 불과 몇 시간 전만 해도 그녀의 눈에 비친 그들의 모습은 얼마나 달랐던가! 그때 그들은 그녀가 손에 넣으려고 하는 모든 것을 상징했다. 그런데 지금은 그녀가 버리려고 하는 모든 것을 표상하고 있지 않은가. 바로 그날 오후만 해도, 그들은 빛나는 자질로 가득 찬 사람들처럼 보였다. 그러나 지금 릴리는 그들이 단지 아둔하고 천박한 사람들임을 깨달았다. 그들이 누리는 굉장한 행운에 비해서 그들이 실제로 한 일은 거의 없음을 간파했다. 그렇다고 그들이 좀 더 사욕이 없는 사람들이 되길 바라는 것은 아니었다. 다만 릴리는 그들이 좀 더 생기발랄하고 멋진 사람들이기를 바랐다. 그리고 몇 시간 전만 해도 저런 사람들의 삶의 방식에 강력히 이끌렸던 자신을 수치스럽게 떠올렸다. 그녀가 잠시 눈을 감자마자, 자신이 선택한 공허하고 무미건조한 삶이 내리막길도 모퉁이도 없이 곧장 뻗어 있는 하얀 길처럼 그녀 앞에 길게 펼쳐졌다. 분명 그녀는 그 길을 터벅터벅 걸어가지 않고, 마차를 탄 채 편안히 굴러갈 것이다. 하지만 때때로 보행자들은 마차를 타고 가는 사람은 절대 보지 못할, 뜻밖의 지름길을 발견하는 기쁨을 누리는 법이다.

릴리는 갑자기 킬킬거리는 소리에 퍼뜩 정신을 차렸다. 도싯 씨가 그 가느다란 목구멍 깊숙이에서 뭔가를 내뱉듯이 웃고 있었다.

"저기, 제 아내 좀 봐요."

도싯 씨는 감탄하듯이 말했다. 그리고 애처로울 만치 즐거운 표정을 지으며 바트 양을 돌아보았다.

"미안합니다. 하지만 제 아내가 저기 저 불쌍한 악마 놈을 바보로 만들고 있는 광경을 좀 보라고요! 사람들은 분명히 그녀가 저놈에게 홀딱 반했다고 생각할 겁니다. 하지만 실제 상황은 정반대란 말이지요."

그의 간청에 따라, 릴리는 눈을 돌려서 도싯 씨에게 그토록 합법적인 즐거움을 제공하고 있는 장면을 바라보았다. 과연 도싯 씨가 말한 대로, 도싯 부인이 분명 그 장면에서 더 주도적인 역할을 하고 있는 것처럼 보였고, 부인의 옆자리에 앉은 남자는 저녁 식사에 방해받지 않을 정도의 선에서 미적지근하게 부인의 접근을 받아들이는 것 같았다. 이 광경을 보자 릴리는 갑자기 기분이 좋아졌다. 그리고 도싯 씨가 자신의 결혼 생활에 대한 두려움을 이런 유별난 방식으로 위장하려 한다는 사실을 잘 알고 있기에 짐짓 명랑한 어조로 물었다.

"그런데 부인께 심한 질투심을 느끼지는 않으시나요?"

도싯 씨는 이 야유를 유쾌하게 받아들였다.

"오, 이루 말할 수 없을 정도죠. 릴리 양이 정확히 보셨습니다. 밤새 통 잠을 못 잔다니까요. 의사들 말이, 제 위장이 망가진 것도 바로 그 때문이라고 하더군요. 아내에 대한 지독한 질투심 때문이라고요. 이거 보십시오. 요리를 한 입도 못 먹고 있지 않습니까."

도싯 씨는 갑자기 먹구름이 잔뜩 낀 얼굴로 접시를 휙 밀치면서 말했다. 그러자 사근사근하기 이를 데 없는 릴리는 녹인 버터의 중독성에 대한 신랄한 비판과 더불어 다른 사람들의 요리에 대해 끝없이 불평을 늘어놓는 도싯 씨의 말에 성심껏 귀 기울여 주었다.

도싯 씨로서는 이렇게 기꺼이 자기 말을 들어주는 상대를 만나는 게 흔한 일은 아니었다. 게다가 아무리 소화불량 환자라고 해도 그 역시 남자이기에, 자신이 불평을 쏟아붓고 있는 상대가 장밋빛 홍조를 띤 미인이란 사실에 무감각할 수는 없었을 것이다. 어쨌든 도싯 씨가 어찌나 오래 릴리를 붙잡고 있었던지, 문득 건너편에서 오가는 어떤 말이 그녀의 귀에 와 닿았을 때는 벌써 달콤한 후식이 돌고 있는 중이었다. 식탁 건너편에서는 손님 중에서 유독 우스갯소리를 잘 하는 코비 양이 곧 있을 약혼식을 두고 잭 스테프니를 놀려대고 있었다. 코비 양은 주로 광대 노릇을 했는데, 항상 재주넘기를 하며 대화에 끼어들곤 했다.

"그리고 신랑 들러리는 당연히 심 로즈데일로 해야겠지!"

코비 양의 예언이 최절정에 달했을 때, 문득 그녀가 내뱉은 이 말이 릴리의 귀에 꽂혔다. 스테프니는 새삼 깨달았다는 듯이 감탄하며 대답했다.

"그래, 그것 참 훌륭한 생각이야. 그럼 그 작자가 나에게 얼마나 엄청난 선물을 해주겠어."

심 로즈데일! 애칭 때문에 더욱 불길하게 들리는 그 이름이 능글맞은 추파처럼 릴리의 머릿속으로 파고들었다. 그 이름은 그녀의 인생 주변을 기웃거리는, 수많은 끔찍한 가능성 중 하나를 상징했다. 만약 그녀가 퍼시 그라이스와 결혼하지 않는다면 어쩌면 로즈데일과 같은 그런 남자에게조차 공손하게 굴어야 하는, 그런 날이 오게 될지도 모른다. 만약 그녀가 그와 결혼하지 않는다면? 하지만 그녀는 반드시 그와 결혼할 것이다. 그만큼 그에 대해서 그리고 자기 자신에 대해서 자신이 있었다. 릴리는 부르르 몸서리를 치면서, 한동안 머릿속으로 즐겁게 헤매고 다녔던 샛길에서 얼른 빠져나왔다. 그리고 다시 한번 길고 하얀 길 위의 한가운데로 발을 내디뎠다……. 그날 밤 위층으로 올라간 그녀는 최근에 다녀간 우편배달부가 한 뭉치 놓고 간 새 청구서들을 발견했다. 매사에 빈틈이 없는 페니스턴 부인이 그것들을 모두 벨로몬트로 보낸 것이다.

따라서 다음 날 아침 바트 양은 당연히 교회에 가야 한다는 확고한 신념을 가지고 눈을 떴다. 쟁반에 담긴 아침 식사를 먹으며 침대에서 빈둥거리는 즐거움을 단호히 떨치고 일어난 그녀는 종을 울려서 회색 옷을 준비하도록 했다. 그리고 황급히 하녀를 보내 트레너 부인에게서 기도서를 빌려왔다.

하지만 이 모든 과정이 너무나 순수하게 이성에 의한 것이었기에, 결국 반란의 싹이 트지 않을 수 없었다. 모든 준비를 끝마치자마자, 릴리는 질식할 듯한 저항감이 치밀어 오르는 것을 느꼈다. 아주 작은 불꽃만으로도 릴리의 상상력에 불을 붙이기에는 충분했다. 침대 위에 놓인 회색 옷과 빌린 기도서는 앞으로 이어질 기나긴 나날을 반영하는 듯했다. 그녀는 일요일마다 퍼시 그라이스와 함께 교회에 나가야 할 것이다. 그리고 뉴욕에서 가장 호화로운 교회의 제일 앞좌석에 앉을 것이다. 그의 이름은 교구 기부자 명단에 멋지게 새겨질 것이다. 몇 년 후면 그는 더 뚱뚱해질 것이고 교회 운영 위원회의 일원이 될 것이다. 겨울이면 한 차례씩 교구 목사가 저녁 만찬에 참석할 것이고, 그녀의 남편은 초대 손님 목록을 미리 보여 달라고 요구할 것이다. 그리고 혹시 이혼녀가 없는지 확인하겠지. 다만 대단한 부호와 재혼함으로써 참회의 증표를 보여 준 여자들은 제외하고 말이다. 이런 종교적인 의무의 반복이 딱히 어려울 것은 전혀 없었다. 하지만 그것은 그녀의 앞길에 짙게 드리워진 지루함이라는 거대한 덩어리의 일부분일 뿐이었다. 게다가 이런 아침에 어느 누가 지루한 시간을 보내고 싶어 하겠는가? 릴리는 충분히 숙면을 취하고 목욕까지 해서 온몸에 활기찬 기운이 가득했다. 그러므로 투명하고 둥근 그녀의 두 뺨은 생기발랄함을 한껏 발산하고 있었다. 오늘 아침에는 가느다란 주름살조차 전혀 보이지 않았다. 아니면 거울의 각도가 좀 더 유리하게 비쳐줬는지도 모른다.

더구나 날씨까지도 그녀의 기분과 맞아떨어졌다. 왠지 나태해지고 충동적이 되기에 딱 적당한 날이었다. 가벼운 공기는 반짝이는 금가루로 가득한 것 같았고, 이슬을 머금은 꽃들이 가득한 잔디밭 아래쪽에서는 울창한 숲이 붉게 타오르고 있었다. 강을 가로지르는 언덕들은 청명한 푸른 웅덩이에서 헤엄치는 듯했다. 혈관을 타고 흐르는 마지막 피 한 방울까지 그녀를 행복으로 손짓하고 있었다.

덜컹거리는 마차 소리가 이런 나른한 상념에 잠겨 있던 릴리를 깨웠다. 창문 가리개 뒤에 몸을 기댄 채, 그녀는 승합마차에 손님들이 올라타고 있는 모습을 보았다. 너무 늦은 것이다. 하지만 릴리는 그 사실에 별로 놀라지 않았다. 잔뜩 풀 죽은 그라이스 씨의 얼굴을 보자, 심지어 내려가지 않기를 잘했다는 생각까지 들었다. 그라이스 씨가 저렇게 노골적으로 실망감을 드러낸다면 오늘 오후의 산책에 대한 욕구가 더욱 커질 게 분명하기 때문이다. 그 산책마저 놓칠 생각은 꿈에도 없었다. 책상 위에 잔뜩 쌓인 청구서를 힐끗 쳐다보는 것만으로도 그 산책의 필요성은 충분히 깨닫고도 남았다. 하지만 아침 시간만큼은 온전히 그녀의 것이었고, 그 시간에 무엇을 할지 즐겁게 궁리할 수 있었다. 그녀는 벨로몬트의 일과를 훤히 꿰뚫고 있었기 때문에 점심시간까지는 이곳을 자유롭게 독차지할 수 있다는 걸 잘 알고 있었다. 위더럴 부부와 트레너 집안의 두 딸들, 그리고 크레시다 백작부인이 안전하게 승합마차에 실려 가는 것을 두 눈으로 직접 확인했고, 주디 트레너는 머리를 감고 있을 것이 분명했다. 캐리 피셔는 틀림없이 드라이브나 하자며 집주인을 데리고 나갔을 것이고, 네드 실버턴은 젊은이다운 절망에 빠져 침실에서 담배를 피우고 있을 것이다. 또한 케이트 코비는 십중팔구 잭 스테프니와 반 오스버그 양과 함께 테니스를 치고 있을 것이다. 이제 부인들 중 남은 사람은 오직 도싯 부인뿐인데, 그녀는 결코 점심 식사 전에 내려오는 법이 없었다. 그녀의 주장에 따르면, 주치의가 차가운 아침 공기를 절대 쐬지 말라고 단단히 주의를 주었다는 것이다.

그 밖에 나머지 손님들에 대해서는 아무런 관심도 없었다. 그들이 어디에 있건 간에 그녀의 계획을 방해할 리는 만무했기 때문이다. 그리고 그 계획은 순식간에 처음 골라놓은 회색 옷 대신 좀 더 여름 냄새가 물씬 풍기는 전원풍의 드레스를 입고 한 손에는 햇빛 가리개를 든 채 살랑거리며 아래층으로 내려가는 것으로 구체화되었다. 누가 봐도 운동을 나가려는 한가한 아가씨의 모습이었다. 커다란 홀은 텅 비어 있었고 개들만 벽난로 앞에 웅크리고 있었는데, 외출복 차림을 한 바트 양을 보자마자, 당장 달려와서 기꺼이 친구가 되어주겠다는 의사를 적극적으로 표시했다. 릴리는 펄쩍펄쩍 뛰며 앞발을 내미는 개들을 옆으로 밀쳤다. 그리고 기뻐서 날뛰는 이 지원자들에게 조만간 꼭 데리고 나가겠다고 약속한 다음, 역시 아무도 없는 거실을 지나서 이 저택의 제일 끝에 있는 서재로 향했다. 서재는 벨로몬트의 옛 저택의 모습이 그대로 남아 있는 유일한 곳이다. 길고 넓은 이 방은 고전적인 문양이 새겨진 문짝과 네덜란드 타일로 만든 굴뚝, 그리고 번쩍이는 놋쇠 단지가 매달려 있는 정교한 벽난로의 쇠살대 등 영국의 전통적인 모습을 간직하고 있었다. 보기 좋게 손때 묻은 책들이 꽂힌 책장 사이에는 얼굴이 홀쭉하고 가발을 쓴 신사들과 커다란 머리채를 하고 몸집이 자그마한 부인들의 초상화가 몇 점 걸려 있었다. 이곳에 있는 책들은 대부분 이 조상들의 시대에 수집한 것이었고, 그 후로 이어진 트레너 집안의 후손들은 눈에 띌 만큼 책을 더한 적이 없었다. 사실 벨로몬트의 서재는 책을 읽는 목적으로는 결코 사용되지 않았다. 흡연실이나 은밀한 애정 행각을 벌이기 위한 장소로는 크게 인기를 끌었지만 말이다. 하지만 이번에는 적어도 손님 중 딱 한 사람만큼은 이 서재를 원래의 목적대로 사용하기 위해 종종 찾아올 것이라는 생각이 릴리에게 떠올랐다. 그녀는 안락의자들이 여기저기 놓여 있는 낡고 촘촘한 카펫 위를 소리 없이 걸어갔다. 그리고 서재 한가운데에 도달하기도 전에 과연 자신의 짐작이 틀리지 않았음을 알았다. 로렌스 셸던이 저편 끝에 앉아 있었던 것이다. 그런데 그의 무릎 위에 책이 한 권 놓여 있긴 했지만, 그의 시선은 책이 아니라 레이스 옷을 입은 한 여자를 향하고 있었다. 그 여자는 나란히 붙은 의자에 비스듬히 몸을 기대고 있었는데, 의자의 낡아빠진 가죽 때문에 여자의 호리호리한 몸매가 더욱 돋보이는 것 같았다.

두 사람을 발견한 릴리는 걸음을 멈추었다. 그리고 잠깐 동안 그대로 물러날 듯싶었으나, 생각을 고쳐먹고 치맛자락을 살짝 흔들어 소리를 냄으로써 자신의 접근을 알렸다. 두 사람은 즉시 고개를 들었다. 도싯 부인은 불쾌한 기색을 숨김없이 드러냈다. 그리고 셀던은 늘 그렇듯이 조용히 미소를 지었다. 평온하기 짝이 없는 그의 얼굴을 보자, 릴리는 마음이 심란해졌다. 하지만 그녀는 마음이 심란할수록 더욱 냉정을 잃지 않으려는 초인적인 노력을 발하곤 했다.

"어머, 제가 늦었나 봐요?"

셀던이 손을 내밀며 다가오자, 릴리는 그와 악수를 나누며 물었다.

"뭐에 늦었다는 거지?"

도싯 부인이 날카롭게 쏘아붙였다.

"점심 식사에 늦은 건 물론 아닐 테고……. 이른 아침부터 약속이라도 있었나 봐?"

"맞아. 약속이 있었어."

릴리가 순순히 대답했다.

"그래? 그렇다면 내가 방해가 된 모양이군. 하지만 셀던 씨는 전적으로 자기 거니까 마음대로 해."

도싯 부인은 분을 못 이기고 얼굴이 새파래졌다. 하지만 그녀의 경쟁자는 상대의 불행을 좀 더 길게 끌면서 쾌감을 느꼈다.

"오, 이런. 그런 게 아니야. 그냥 있어."

릴리는 상냥하게 말했다.

"너를 쫓아낼 생각은 눈곱만큼도 없어."

"정말 착하기도 하지. 하지만 난 결코 셀던 씨의 약속을 방해하고 싶지 않아."

하지만 그녀의 말투에는 절대 자신의 목표물을 놓치지 않겠다는 독점욕이 그대로 드러났다. 한편 그녀의 목표물은 방금 전에 릴리를 보고 바닥에 떨어뜨린 책을 다시 줍는 척하면서, 곤혹스러움으로 붉어진 얼굴을 감추었다. 릴리는 사랑스럽게 두 눈을 크게 뜨며 가벼운 웃음을 터트렸다.

"하지만 난 정말 셀던 씨와 약속한 게 아닌걸! 내 약속은 교회에 가겠다는 거였어. 그런데 안타깝게도 마차가 날 내버려두고 그냥 떠나 버린 모양이야. 마차가 벌써 떠난 거죠, 그렇죠?"

릴리는 셀던을 바라보았다. 그러자 그는 얼마 전에 마차가 떠나는 소리를 들었다고 대답했다.

"오, 그렇다면 난 걸어가야겠네. 힐다와 뮤리엘에게 같이 교회에 나가겠다고 약속했거든. 거기까지 걸어가면 너무 늦겠지? 그래도 최소한 노력은 했다는 걸 보여 줄 수 있을 거야. 게다가 예배도 일부 빼먹을 수 있을 테고 말이야. 오히려 내겐 잘된 일이네!"

릴리는 자신이 훼방 놓은 두 사람을 향해서 경쾌하게 인사를 한 다음, 서재의 유리문을 밀고 나왔다. 그러고는 우아한 자태로 사락사락 소리를 내며 길게 뻗은 정원 산책로로 내려갔다.

그녀는 일단 교회 쪽으로 걸어가기 시작했다. 하지만 서두르는 기색은 전혀 없었다. 그녀를 지켜보고 있던 사람 중 한 사람은 이 사실을 놓치지 않았다. 그는 문가에 서서 약간 어리둥절하면서도 즐거운 기분으로 그녀의 뒷모습을 바라보았다. 릴리가 커다란 실망감으로 인해서 상당한 충격을 받은 것은 사실이었다. 오늘 일정에 대한 모든 계획은 전적으로 셀던이 그녀를 보기 위해 벨로몬트로 왔다는 전제하에 세워진 것이었다. 그러므로 아까 위층에서 내려올 때는 자신을 찾고 있는 셀던을 발견하리라는 기대감까지 갖고 있었다. 그런데 정작 발견한 것은 그가 다른 여자를 보기 위해서 찾아왔음을 충분히 암시하는 상황이었던 것이다. 결국 그는 버사 도싯 때문에 왔단 말인가? 버사 도싯은 보통 사람들을 위해서라면 절대 모습을 보여 주지 않았을 그런 시간에 나타날 정도로, 그 전제를 확실히 믿고 행동했다. 그리고 그 순간에 릴리는 버사를 탓할 수가 없었다. 버사로서는 셀던이 단지 시골에서 주말을 보내고 싶은 마음에 여기까지 왔을 거란 생각은 절대 떠오르지 않았을 것이다. 여자들이란 남자를 판단할 때 감성적인 동기를 결코 배제하지 못하는 법이니까. 하지만 릴리는 쉽게 흔들리지 않았다. 경쟁심이 오히려 그녀를 분발시켰다. 만약 셀던의 출현이 그가 아직도 도싯 부인의 손아귀에 있음을 보여 주는 것이 아니라면, 그것은 정반대로 그가 도싯 부인의 근처에 오는 것도 아랑곳하지 않을 정도로 완전히 자유롭다는 것을 의미했다.

이런저런 생각에 몰두한 나머지 릴리의 걸음이 더욱더 느려졌다. 그런 걸음으로는 설교 전까지 도저히 교회에 도착할 것 같지 않았다. 정원을 지나서 나무들이 서 있는 오솔길로 접어든 릴리는 마침내 애초의 의도를 까맣게 잊어버리고 길모퉁이에 있는 녹슨 의자에 털썩 주저앉았다. 너무나 매력적인 장소였다. 릴리는 아름다운 것에 결코 둔감하지 않았기에 주변이 너무나 아름답다는 사실을 알아차렸지만, 곁에 아무도 없이 혼자 고독을 즐기는 데는 별로 익숙하지 않았다. 그러므로 이토록 낭만적인 배경 속에 어여쁜 아가씨가 혼자 있는 멋진 순간을 그냥 낭비해 버리는 게 너무 아깝다는 생각이 들었다. 하지만 이 드문 기회를 누리기 위해 나타나는 사람은 아무도 없었다. 결국 삼십 분 정도 헛되이 기다린 끝에, 릴리는 의자에서 일어나서 주변을 이리저리 거닐었다. 갑작스럽게 피로가 밀려왔다. 환하게 타오르던 불꽃이 꺼져 버리고 인생의 쓴맛만이 입안에 남았다. 릴리는 자신이 여태껏 무엇을 찾고 있었는지, 그리고 그것을 찾지 못했다고 해서 왜 이토록 자신의 마음이 어두워지는지도 알 수 없었다. 그저 막연한 실망감이, 그녀를 둘러싼 외로움보다 더 깊은 소외감만이 느껴질 뿐이었다.

두 다리에 힘이 쭉 빠졌다. 릴리는 우뚝 멈춰 서서 멍하니 앞을 바라보았다. 그리고 손에 들고 있던 햇빛 가리개로 고사리가 빽빽이 자라고 있는 길 가장자리를 파헤쳤다.

바로 그때 등 뒤에서 발소리가 들려왔다. 그리고 어느새 셀던이 그녀의 옆에 서 있었다.

"걸음이 참 빠르시군요!"

셀던이 말했다.

"당신을 절대 따라잡지 못할 줄 알았습니다."

그러자 릴리가 명랑하게 대답했다.

"그럼 숨이라도 헉헉거려야 하는 거 아닌가요? 전 한 시간 동안이나 저 나무 밑에 앉아 있었는걸요."

"혹시 저를 기다리셨나요?"

그가 물었다.

릴리는 살짝 웃으며 대꾸했다.

"글쎄요……. 과연 당신이 오실지 안 오실지 보려고 기다렸죠."

"그게 다르다는 건 분명히 알겠습니다. 하지만 전 개의치 않습니다. 한 가지 행동은 반드시 또 다른 행동과 연관되게 마련이니까요. 그렇지만 제가 꼭 올 거라고 확신하셨나요?"

"제가 아주 오래 기다릴 수만 있다면, 그럴 거라고 생각했죠. 하지만 당신도 알다시피 그런 실험을 하기에는 제게 주어진 시간이 너무 짧아서요."

"어째서 그렇죠? 점심 식사 때문인가요?"

"아니요. 또 다른 약속 때문이죠."

"뮤리엘과 힐다와 함께 교회에 가겠다는 약속 말씀입니까?"

"아니에요. 또 다른 사람과 교회에서 집으로 같이 돌아오겠다는 약속을 했지요."

"아, 알겠습니다. 당신에게는 항상 여러 가지 대안이 준비되어 있다는 사실을 진작 알았어야 했는데요. 그런데 그 또 다른 사람이 이 길로 돌아올 모양이죠?"

릴리가 다시 웃음을 터트렸다.

"저도 그걸 잘 모르겠어요. 그걸 알아내기 위해서 예배가 끝나기 전에 교회로 가는 게 제가 할 일이랍니다."

"그렇군요. 그리고 당신이 그 일을 못 하도록 방해하는 것이 바로 제가 할 일입니다. 그렇게 되면, 문제의 그 남자는 당신의 결석에 잔뜩 몸이 달아서 당장 마차를 타고 되돌아가겠다고 결심할 테니까요."

릴리는 이 말이 참으로 신선하게 느껴졌다. 그의 농담은 마치 그녀의 마음속에서 거품을 일으키는 것 같았다.

"당신이 그토록 긴급하게 하려던 일이 그거였단 말인가요?"

릴리가 물었다. 셀던은 진지한 얼굴로 그녀를 쳐다보았다.

"저는 당신에게 증명해 보이려고 여기까지 온 겁니다."
그리고 갑자기 큰 소리로 외쳤다.
"긴급한 상황에서 제가 어떤 일을 할 수 있는지 말입니다!"
"한 시간 동안 1마일을 걷는 일 말인가요? 그보다는 마차가 더 빠르다는 걸 당신도 아시잖아요!"
"하지만 그 남자가 과연 당신을 찾게 될까요? 그것만이 성공을 가늠하는 유일한 기준인데요."
두 사람은 지난번 셀던의 집 서재의 탁자 옆에 앉아 농담을 주고받았을 때 느꼈던 것과 똑같은 황홀한 기쁨에 사로잡혀 서로를 바라보았다. 하지만 갑자기 릴리의 안색이 달라지더니 이렇게 말했다.
"이런, 그 남자가 결국 성공했군요."
그녀의 시선을 쫓아간 셀던은 저쪽 모퉁이에서 한 무리의 사람이 그들을 향해 다가오고 있는 것을 보았다. 크레시다 백작부인이 끝내 집까지 걸어가자고 고집을 피운 게 분명했다. 예배에 참석한 다른 사람들은 그녀와 함께 가는 것이 의무라고 생각했을 것이다. 릴리의 옆에 있던 셀던은 그 무리 중에서 두 남자를 재빨리 살펴보았다. 위더럴은 불안하게 슬쩍슬쩍 곁눈질을 하면서 크레시다 백작부인을 정중하게 수행하고 있었다. 퍼시 그라이스는 위더럴 부인과 트레너 집안의 두 딸 뒤를 따라오고 있었다.
"오, 당신이 왜 아메리카나에 관심을 가졌는지 이제 알겠군요!"
셀던은 감탄하는 기색을 노골적으로 드러내며 탄성을 질렀다. 하지만 이 농담에 얼굴이 새빨갛게 달아오른 릴리를 보자, 더 이상 빈정거릴 수가 없었다.

릴리 바트가 자신의 구혼자들에 대해서 혹은 구혼자들을 유혹하는 자신의 방법에 대해서 조롱당할 수도 있는 존재라는 사실이 그에게는 너무나 새로웠기 때문에, 셀던은 순간적으로 깜짝 놀랐다. 그리고 동시에 수많은 가능성이 반짝거리기 시작했다. 하지만 그녀의 목표물이 가까이 다가오자, 릴리는 잠시 당황했던 자기 자신과 용감하게 맞서면서 이렇게 말했다.

"바로 이것 때문에 제가 당신을 기다렸던 거예요. 제가 많은 점수를 딸 수 있게 도와줘서 고마워요!"

"아, 그런 일을 이토록 짧은 인사만으로 끝낼 수는 없지요!"

셀던이 말했다. 그때 트레너 집안의 두 딸이 바트 양을 발견했다. 그들이 야단법석을 떨며 손을 흔들자, 릴리도 손을 들어 응답했다. 셀던이 다시 재빨리 덧붙였다.

"그 일을 처리하기 위해 당신의 오후 시간을 모두 바칠 의향은 없으신가요? 당신도 알다시피 저는 내일 아침에 떠나야 합니다. 함께 산책을 하는 건 어때요. 그러면 당신도 좀 더 시간을 가지고 저에게 충분한 감사 인사를 할 수 있을 겁니다."

6

그날 오후는 참으로 완벽했다. 점점 더 깊어가는 고요가 대기를 가득 채웠고, 아른아른 피어오르는 아지랑이는 미국의 눈부신 가을 햇살을 더 부드럽게 만들 뿐 그 광채를 사라지게 하지는 않았다.

드넓은 영지의 나무가 우거진 골짜기에는 벌써 한기가 감돌았다. 하지만 지대가 높아질수록 공기도 더 가벼워졌다. 도로 너머에 있는 긴 언덕 위로 올라간 릴리와 셀던은 아직 여름이 머뭇거리고 있는 곳에 도달했다. 여기저기 나무들이 서 있는 초원을 가로질러 구불구불한 길이 뻗어 있었다. 그 길은 검붉은 산딸기가 흩뿌려져 있고 과꽃이 만발한 오솔길로 이어졌다. 파르르 떨리는 잿빛 나뭇잎 사이로, 전원의 아름다운 풍경이 드넓게 펼쳐져 있었다.

좀 더 높이 올라가자 빽빽한 고사리 덤불과 그늘진 언덕을 따라 자란 매끈매끈한 초록색 이끼가 나타났다. 그 위로 나무들이 가지를 드리우기 시작했고, 나무 그늘 때문에 얼룩덜룩한 밤나무 덤불이 더욱더 어둡게 보였다. 나무들은 아래쪽에만 살짝 깃털 같은 덤불이 자라고 있을 뿐 뚝뚝 떨어져서 서 있었다. 오솔길은 나무들을 휘감으며 구불구불 뻗어 있었고, 이따금 태양이 빛나는 들판이나 빨간 열매가 구슬처럼 박혀 있는 과수원이 눈에 들어오곤 했다.

릴리는 자연에 대한 진정한 친밀감 같은 것은 없었지만 적절하게 어울리는 것에 대한 열정은 있었다. 게다가 자신의 기분에 딱 맞는 배경이 될 만한 풍경은 대단히 예민하게 알아차렸다. 그녀의 발밑으로 펼쳐져 있는 풍경은 마치 그녀가 지금 느끼고 있는 기분을 크게 확대해 놓은 것 같았다. 그녀는 길게 뻗어 나간 이 고요하고 광대한 풍경 속에서 자기 자신의 어떤 면을 발견했다. 가까운 언덕 위에서는 단풍나무가 빛나는 막대기처럼 흔들리고 있었고, 좀 더 낮은 곳에는 회색 과수원이 모여 있었다. 그리고 아직도 초록빛이 약간 남아 있는 떡갈나무가 군데군데 서 있었다. 사과나무 아래로는 빨간 지붕의 농가 두세 채가 보였고, 언덕 기슭 너머로는 마을 교회의 하얀 첨탑이 고개를 내밀고 있었다. 한편 저 멀리 아래쪽으로는 아른거리는 먼지 속에 경작지 사이로 난 도로가 보였다.

"여기 잠깐 앉을까요?"

탁 트인 바위 절벽 가장자리에 이르자, 셀던이 말했다. 바위 위에는 이끼 낀 암석들 사이로 밤나무가 가파르게 서 있었다.

긴 언덕을 올라오느라 얼굴이 빨갛게 달아오른 릴리는 바위 아래를 내려다보았다. 그러고는 조용히 자리에 앉았다. 그녀의 입술은 힘든 등반의 여파로 살짝 벌어져 있었고, 두 눈은 끝없이 펼쳐진 풍경을 평화롭게 둘러보고 있었다. 셀던은 그녀의 발밑에 길게 누웠다. 그리고 햇빛을 가리기 위해 살짝 모자를 기울인 다음, 깍지 낀 손을 머리 뒤로 한 채, 바위에 몸을 기댔다. 그녀에게 말을 걸고 싶은 마음은 없었다. 숨만 쌔근거리고 있는 그녀의 침묵이 이 고요하고 조화로운 자연의 일부분처럼 여겨졌기 때문이다. 그의 마음속에는 마치 9월의 아지랑이가 발아래 풍경을 부드럽게 감싸고 있듯이, 날카롭게 곤두선 감각들을 감싸고 있는 나른한 쾌감만이 가득했다. 반면 릴리는 겉으로는 셀던만큼이나 평온한 듯 보였지만 속으로는 온갖 상념이 밀려들면서 가슴이 마구 두근거렸다. 이 순간 그녀의 내면에는 두 가지 자아가 있었다. 하나는 이 자유와 환희를 마음껏 들이마시고 있었고, 다른 하나는 여전히 두려움이라는 어둡고 좁은 감옥에 갇힌 채 숨을 헐떡이고 있었다. 하지만 차츰 감옥에 갇힌 자아의 숨소리가 잦아들면서 또 다른 자아는 더 이상 상관하지 않게 되었다. 순간 지평선이 넓어지고 바람은 더욱 강해졌으며 자유로운 영혼은 비행을 꿈꾸며 부르르 몸을 떨었다.

릴리는 몸이 날아갈 것 같은 이 황홀한 감정을 뭐라고 설명할 수가 없었다. 마치 태양으로 충만한 세상 위를 둥둥 떠다니는 것만 같았다. 이것이 사랑일까? 릴리는 의아했다. 아니면 단지 행복한 느낌과 생각들이 낳은 거짓된 감정일까? 완벽하게 아름다운 오후의 마법과 낙엽 지는 가을 숲의 냄새, 그리고 지루한 일상에서 벗어났다는 생각이 이 감정에 얼마나 지대한 영향을 미친 것일까? 릴리는 지금 자신이 느끼고 있는 감정의 잣대가 되어줄 만한 경험을 한 적이 없었다. 재산이나 번듯한 직업과 사랑에 빠진 적은 여러 번 있었지만 남자와는 딱 한 번뿐이었다. 그것은 수년 전 릴리가 처음 사교계에 나왔을 때였다. 푸른 눈에 살짝 곱슬곱슬한 머리카락을 지닌 허버트 멜슨이라는 젊은 신사에게 낭만적인 열정을 느꼈던 것이다. 하지만 외모 외에 달리 내세울 만한 자산이라고는 전혀 없는 멜슨 씨는 잽싸게 반 오스버그 집안의 맏딸을 낚아채 버렸다. 그 이후로 그는 숨을 씨근덕거리는 뚱뚱한 중년 남자가 되었고, 툭하면 자기 자식들 이야기를 늘어놓았다. 설사 릴리가 이 옛날 감정을 다시 떠올린다 해도, 지금 그녀를 사로잡고 있는 느낌과는 비교할 수가 없었다. 단 한 가지 비슷한 점이라면, 날아갈 것 같은 홀가분함과 해방감 정도였다. 그것은 눈앞이 팽팽 돌 정도로 신나게 왈츠를 추거나 혹은 어린 시절의 짧은 연애 기간 동안 온실 안에 단둘이 있을 때나 느낄 수 있는 감정이었다. 그 후로는 지금까지 그런 홀가분함이나 열렬한 해방감을 두 번 다시 맛보지 못했던 것이다. 하지만 이 느낌은 혈기 왕성한 젊은 이의 맹목적인 탐색 이상의 어떤 것이었다. 그녀가 셀던에게 느끼는 독특한 매력이 무엇인지 그녀는 충분히 이해할 수 있었다. 두 사람을 하나로 묶어주고 있는 사슬의 고리 하나하나를 손으로 짚을 수 있을 정도였다. 비록 셀던의 인기는 친구들 사이에서 활발히 드러나는 것이 아니라 조용히 감지되는 그런 종류의 것이었지만, 릴리는 그가 잘 눈에 띄지 않는다고 해서 별 볼일 없는 인물이라고 생각해 본 적이 한 번도 없었다. 너무 지적이라는 그의 평판은 대개의 경우 쉽게 친해지는 데 방해물로 여겨지곤 했지만, 문학에 대해 폭넓은 관심을 갖고 있다고 자부하며 가방 속에 항상 오마르 카얌[48]을 갖고 다니는 릴리로서는 오히려 그런 점이 마음에 끌렸다. 그리고 예전 사회였다면 무척 돋보이는 장점이 되었을 것이라고 생각했다. 게다가 왠지 남다른 사람처럼 보이는 것도 그가 지닌 재능 중 하나였다. 사람들 속에 있으면 머리 하나가 더 올라올 정도로 훤칠한 키에 날카롭고 뚜렷한 이목구비 그리고 검은 머리카락과 검은 눈썹을 지닌 그의 외모는 밋밋하기 짝이 없는 사람들의 세계에서 좀 더 특별한 종족에 속한 것 같은, 뭔가 대단한 과거를 지녔을 것 같은 분위기를 풍겼다. 활동적인 사람들은 그를 약간 무미건조하다고 여겼고, 아주 젊은 아가씨들은 그를 너무 냉소적이라고 생각했다. 하지만 개인적 이익이라고는 조금도 쫓을 마음이 없는 사람처럼, 다정하면서도 초연한 그의 분위기야말로 릴리의 관심을 가장 강렬하게 자극하는 면이었다. 결국 그에 관한 모든 것이 그녀의 까다로운 취향에 딱 들어맞았다. 심지어 그녀의 생각에는 가장 신성하다고 여겨지는 것들을 가볍게 조롱하듯 바라보는 그의 태도조차 마음에 들었다. 하지만 릴리가 그를 좋아하는 가장 큰 이유는 여태껏 만났던 그 어떤 부자들보다도 분명하게, 자신이 뛰어난 사람이라는 인상을 심어줄 수 있다는 점이었다.

그녀가 갑자기 깔깔 웃으며 불쑥 질문을 내뱉은 것은 바로 이런 생각들의 무의식적인 연장선이었다.

"저는 오늘 당신 때문에 약속을 두 번이나 깨뜨렸어요. 그런데 당신은 저를 위해 몇 번의 약속을 깨뜨렸죠?"
 "한 번도 깨지 않았습니다."
 셀던이 평온하게 대답했다.
 "벨로몬트에서 제 약속은 오직 당신과 약속뿐이었으니까요."
 그녀는 살짝 미소를 지으며 그를 내려다보았다.
 "정말 저를 보려고 벨로몬트에 오셨단 말인가요?"
 "물론이지요."
 그녀는 생각에 잠긴 듯 점점 더 심각한 표정이 되었다.
 "어째서죠?"
 릴리는 교태가 전혀 섞이지 않은 어조로 나지막이 물었다.
 "왜냐하면 당신은 너무나 멋진 구경거리이기 때문입니다. 전 항상 당신의 행동을 지켜보는 것이 즐겁답니다."
 "당신이 여기 계시지 않았다면, 제가 무슨 행동을 하는지 어떻게 아시겠어요?"
 셀던이 미소를 지었다.
 "저의 출현이 당신의 행동에 실오라기만큼이라도 영향을 미칠 거라고 생각할 정도로, 제가 주제넘은 인간은 아닙니다."
 "그건 말도 안 되는 소리예요. 당신이 여기 안 계셨다면, 전 분명히 당신과 산책하지 못했을 테니까요."
 "물론 그렇지요. 하지만 당신이 저와 산책을 하는 건 단지 주변에 있는 재료를 적절히 이용하는, 당신의 또 다른 방법일 뿐입니다. 그러니까 당신은 예술가이고, 저는 우연히 당신이 오늘 사용하는 색깔 중 하나인 셈이죠. 즉흥적인 상황에서 미리 의도하지도 않았던 결과를 만들어낼 수 있는 점이 당신이 지닌 뛰어난 재능의 일부니까요."

릴리는 빙그레 미소를 지었다. 그의 말이 어찌나 날카롭고 정확하던지, 웃음이 나온 것이다. 셀던의 우연한 출현을 이용해서 좀 더 결정적인 결과를 가져올 작정이었던 건 사실이었다. 아니, 적어도 그라이스 씨와 산책하겠다는 약속을 깨뜨리기 위한 비밀스러운 구실이 되어준 것은 확실했다. 릴리는 가끔 너무 앞서간다는 비난을 듣곤 했다. 심지어 주디 트레너까지도 그녀에게 제발 서두르지 말라고 경고했다. 그래, 이번만큼은 절대 서두르지 않을 것이다. 그녀의 청혼자에게 좀 더 오랜 기다림을 맛보게 해줄 작정이었다. 의무감과 취향이 함께 튀어 올랐을 때, 그 둘을 따로 붙잡는 것은 릴리의 천성이 아니었다. 릴리는 두통을 구실로 오후 산책을 거절했다. 바로 오늘 아침에 어떻게든 교회에 가려고 애썼던 그녀를 방해한, 그 끔찍한 두통이었다. 점심에 나타난 그녀의 모습은 그 구실을 충분히 정당화해 주었다. 릴리는 달콤한 고통에 가득 차서 축 늘어져 보였고, 한 손에는 향수병을 들고 있었다. 그라이스 씨는 이런 식의 감정 표현에 생소했기 때문에, 오히려 이 여자가 너무 예민한 건 아닌가 하는 걱정에 사로잡혔다. 그리고 장차 자식을 낳을 수 있을까 하는 성급한 두려움까지 느꼈다. 하지만 그날은 결국 연민이 승리했다. 그라이스 씨는 절대 질병에 몸을 노출하지 말라고 그녀에게 간청했다. 그에게 바깥 공기를 쐬는 일은 언제나 질병에 노출하는 것과 같은 의미였다.

릴리는 께느른한 태도로 그의 관심에 감사했다. 그리고 자신은 좋은 친구가 되어줄 수 없으니, 점심 식사 후에 자동차[49]를 타고 피크스킬에 있는 반 오스버그 댁을 방문할 예정인 다른 사람들과 어울리라고 그라이스 씨를 독촉했다. 그라이스 씨는 그녀의 착한 마음씨에 깊은 감명을 받았다. 그리고 아무 할 일

없는 끔찍한 오후 시간을 피하기 위해서 그녀의 충고를 받아들였다. 결국 먼지 가리개와 고글까지 쓴 그라이스 씨는 슬퍼하며 떠나갔다. 자동차가 도로를 달려 내려갈 때, 릴리는 그의 모습이 꼭 당황해서 허둥거리는 딱정벌레 같다는 생각을 하며 미소를 지었다.

한편 셀던은 그녀의 책략을 느긋하고 즐거운 마음으로 지켜보았다. 그녀는 오늘 오후를 함께 보내자는 그의 제안에 아무런 대답도 하지 않았다. 하지만 그녀의 계획이 펼쳐지는 것을 보며 셀던은 그 안에 자신이 포함되어 있음을 확신할 수 있었다. 마침내 집 안이 텅 비자, 그녀가 계단을 내려오는 소리가 들렸다. 셀던은 당구실에서 어슬렁어슬렁 걸어 나와 그녀와 합류했다. 그녀는 모자와 산책용 드레스를 입고 있었고 그녀의 발밑에서는 개들이 경중경중 뛰고 있었다.

"결국 신선한 공기를 좀 쐬면 좋을 거란 생각이 들었어요."

릴리가 설명했다. 그러자 셀던은 재빨리 그런 단순한 치료법이라면 한번 시도해 볼 만한 가치가 있노라고 맞장구쳤다.

자동차 원정을 나간 사람들은 최소한 4시간 후에나 돌아올 것이다. 릴리와 셀던 앞에는 오후 시간 전체가 기다리고 있었다. 안도감과 한가함이 그녀의 기분을 완전히 날아갈 듯 가볍게 해주었다. 이야기를 나눌 수 있는 시간도 충분했고 꼭 이야기해야 할 분명한 목적도 없었기 때문에 릴리는 그저 생각이 흐르는 대로 떠도는, 드문 즐거움을 맛볼 수 있었다.

지금은 속셈을 감추거나 할 필요가 없다고 느낀 릴리는 셀던의 비난에 대해 살짝 분개하는 기색을 보였다.

"전 정말이지 잘 모르겠어요."

릴리가 말했다.

"어째서 당신은 항상 제가 계획적으로 행동한다고 비난하는 거죠?"

"당신 입으로 직접 고백하지 않으셨나요? 일전에 저에게 당신은 반드시 어떤 정해진 선을 따라가야 한다고 말씀하셨잖아요. 그리고 만약 무슨 일을 하려거든 철저히 하는 게 미덕이라고 말했죠."

"만약 당신 말씀이, 어느 누구도 돌봐 줄 사람이 없는 아가씨는 스스로 자신을 돌봐야 한다는 뜻이라면 저도 기꺼이 당신의 비난을 받아들이겠어요. 하지만 제가 절대 충동 따위에 몸을 맡기지 않는 사람이라고 생각하는 거라면, 당신은 저를 아주 암담한 부류의 인간으로 여기는 게 분명하군요."

"오, 전 그렇게 생각하지 않습니다. 당신의 천부적인 재능은 바로 충동을 계획적인 의도로 바꾸는 데 있다고 말씀드리지 않았던가요?"

"제 천부적인 재능이라고요?"

릴리는 갑자기 지친 기색을 드러내며 그의 말을 되풀이했다.

"재능을 가늠하는 마지막 척도는 결국 성공이 아니던가요? 하지만 전 결코 성공한 적이 없는걸요."

셀던은 모자를 뒤로 젖히고 그녀를 곁눈질했다.

"성공이라……. 도대체 뭐가 성공이죠? 성공에 대한 당신의 정의가 궁금하군요."

"성공 말인가요?"

릴리가 잠시 망설였다.

"글쎄요. 인생에서 얻어낼 수 있는 것을 최대한 많이 얻어내는 게 아닐까요? 물론 상대적인 것이겠지만. 당신이 생각하는 성공은 그게 아닌가요?"

"제가 생각하는 성공 말인가요? 이런, 세상에!"

갑자기 셀던은 활기를 띠며 벌떡 일어나 앉았다. 그리고 무릎 위에 팔꿈치를 괸 채, 곡식이 무르익은 들판을 멀리 내려다보았다.

"제가 생각하는 성공이란 개인의 자유입니다."

셀던이 대답했다.

"자유라고요? 모든 걱정에서 자유로워지는 것 말씀인가요?"

"모든 것으로부터의 자유 말입니다. 돈으로부터, 가난으로부터, 그리고 나태함이나 불안으로부터, 모든 물질적인 우연으로부터 자유로워지는 것이죠. 일종의 영혼의 공화국[50]을 이루는 것, 그것이 제가 생각하는 성공입니다."

릴리는 진지하게 동감하는 빛을 보이며 몸을 앞으로 숙였다.

"저도 알겠어요. 그래요. 이상한 일이지만 오늘 제가 줄곧 느끼는 기분이 바로 그런 거예요."

셀던은 애정이 감추어진 눈빛으로 그녀의 두 눈을 마주 보았다.

"그것이 당신에게는 그토록 드문 감정인가요?"

그의 강렬한 시선에 릴리는 약간 얼굴이 붉어졌다.

"당신은 제가 끔찍할 정도로 딱딱한 사람이라고 생각하는군요, 안 그런가요? 하지만 그건 저에게 한 번도 다른 선택의 여지가 없었기 때문인지도 몰라요. 그러니까 제 말은, 아무도 저에게 영혼의 공화국 같은 말을 해준 적이 없다는 거죠."

"한 번도 없었겠죠. 그곳은 자기 스스로 길을 찾아야 하는 나라니까요."

"하지만 저는 당신이 그런 말을 해주지 않았더라면 결코 나의 길을 찾지 못했을 거예요."

"오, 물론 표지판이 있답니다. 아무도 그걸 읽을 줄 몰라서 그렇지."

"아니, 저는 알고 있었어요. 저는 알고 있다고요!"

릴리는 열정을 담아 소리쳤다.

"당신을 볼 때마다 저는 그 표지판의 글자를 읽고 있는 나 자신을 발견하곤 했죠. 바로 어제만 해도, 그러니까 어제 저녁에 식사를 할 때도 저는 불현듯 당신의 공화국으로 들어가는 좁은 길을 보았는걸요."

셀던은 여전히 그녀를 바라보고 있었지만 지금까지와 다른 완전히 새로운 눈으로 보았다. 여태껏 그는 릴리의 외모나 말에서 미적인 즐거움만 발견해 왔다. 그것은 내성적인 남자가 아름다운 여자와 충동적인 관계를 맺을 때 흔히 추구하는 것이기도 했다. 그의 자세는 그저 아름다운 것을 즐기는 구경꾼의 태도였던 것이다. 그러므로 만약 릴리가 자신의 목표를 달성하는 데 방해가 될 만한 감정적인 나약함을 조금이라도 드러냈다면, 셀던은 몹시 유감스러워했을 것이다. 하지만 지금은 이런 나약한 구석이 되레 그녀의 가장 커다란 매력으로 여겨졌다. 그날 아침 셀던은 그녀가 방심하고 있는 순간에 등장했다. 그녀의 얼굴은 창백하고 나이 들어 보였다. 그리고 그렇게 덜 아름다운 모습이 오히려 치명적인 매력으로 다가왔다. '이것이 바로 그녀가 혼자 있을 때의 모습이구나!' 그때 셀던의 머릿속에 제일 먼저 떠오른 생각은 그것이었다. 그리고 두 번째 생각은 자신의 출현이 그녀에게 이런 변화를 일으켰다는 것이었다. 두 사람의 관계에서 가장 위험한 점은 그녀의 호감이 자연 발생적인 것임을 결코 의심할 수 없다는 사실이었다. 아무리 요모조모 살펴보아도, 두 사람 사이에 막 생겨나고 있는 친밀감은 절대 그녀의 인생 계획에 들어 있지 않았다. 그토록 철저하게 계획된 인생에서 예기치 못한 존재가 되는 것은 아무리 감상적인 모험을 거부하는 남자라 해도 짜릿한 일이 아닐 수 없었다.

"그래, 그러고 나니 더 자세히 보고 싶은 마음이 들던가요? 혹시 우리 중 하나가 되고 싶은가요?"

셀던은 이렇게 말하며 담뱃갑을 꺼냈다. 그러자 릴리가 재빨리 담뱃갑으로 손을 뻗었다.

"한 개비만 주세요. 며칠째 담배를 못 피웠거든요!"

"왜 그런 부자연스러운 금욕을 하는 건가요? 벨로몬트에서는 누구나 담배를 피우는데 말이죠."

"물론 그렇죠. 하지만 '결혼 적령기의 아가씨'에게는 부적절한 습관으로 여겨진답니다. 그리고 지금 저는 '결혼 적령기의 아가씨'이고요."

"오, 그렇다면, 미안하지만 당신은 우리 공화국에 들어올 수 없겠군요."

"왜 안 된다는 거죠? 거긴 독신자 집단인가요?"

"그건 아닙니다. 물론 결혼한 사람들이 많지 않은 건 사실이지만 말이죠. 하지만 당신은 곧 어떤 대단한 부자와 결혼할 테고, 부자가 천국에 들어가기란 어려운 일이니까요."[51]

"그건 부당해요. 제가 알기로는, 돈에 대해 연연하지 않는 것이 그 공화국 시민의 첫째 조건이 아니던가요? 돈에 대해서 생각하지 않을 수 있는 유일한 길은 충분한 돈을 가지는 것뿐이잖아요."

"지금 당신은 공기에 대해서 생각하지 않을 수 있는 유일한 길은 잔뜩 공기를 들이마시는 것이라고 말하는 것과 마찬가지입니다. 어떤 의미에서는 그것도 맞는 말이지요. 하지만 설사 당신의 머리는 잊어버리더라도, 당신의 폐는 계속해서 공기를 생각하고 있을 겁니다. 당신네 부자들도 똑같습니다. 돈에 대해서 생각은 안 할지 몰라도 그들은 매 순간 돈을 숨 쉬며 살고 있습니다. 만약 그들을 다른 대기 속에 갖다 놓으면 당장 숨을 헐떡이며 몸부림치겠지요!"

릴리는 자신의 담배 연기가 푸른 원을 그리며 사라지는 것을 멍하니 바라보고 앉아 있었다.

"제가 보기에는……."

마침내 릴리가 입을 열었다.

"당신이야말로 당신이 비난하는 그 대기 속에서 상당히 많은 시간을 보내고 있는 것 같은데요."

셀던은 이런 공격을 받고도 눈 하나 깜짝하지 않았다.

"그렇습니다. 저는 수륙양육의 인간이 되려고 노력하는 중이죠. 진정한 연금술이란 오히려 금을 다른 어떤 물질로 다시 되돌려 놓을 수 있는 능력에 있는 것이니까요. 그리고 그것이 바로 당신 친구 분들이 잊고 있는 비밀이기도 하지요."

릴리는 잠시 생각에 잠겼다.

"혹시 그런 생각은 안 드시나요?"

잠시 후 릴리가 다시 말을 꺼냈다.

"사교계의 문제점을 발견하는 사람들은 그것이 마치 수단이 아니라 목적인 양 여기는 경향이 너무 강하다고요. 마치 돈을 경멸하는 사람들이 돈의 유일한 용도는 가방에 넣고 그저 바라보기만 하는 것인 양 말하는 것처럼 말이죠. 하지만 그 두 가지 모두 일종의 기회로 봐야 더 정당한 것 아닐까요? 사용자의 능력에 따라서 어리석게 쓰일 수도, 현명하게 쓰일 수도 있는 기회라고."

"그건 분명히 합리적인 견해입니다. 하지만 사교계에서 한 가지 재미있는 점은 그 울타리 위에서 지켜보는 비판자들이 아니라 바로 그 안에 속해 있는 사람들이 오히려 사교계를 목적으로 생각한다는 것입니다. 대부분의 쇼에서는 그와 정반대의 현상이 일어나지요. 관객들은 환상에 사로잡혀 있는 반면, 배우들은 오히려 이 무대 반대편에 진정한 삶이 있다는 걸 알고 있으니까요. 사교계를 일에서 벗어날 수 있는 잠깐의 도피처로 여기는 사람은 그걸 제대로 사용하고 있는 셈입니다. 하지만 그것이 바로 섬겨야 할 대상이 될 때, 인생의 모든 관계가 왜곡되는 것이지요."

셀던이 허리를 쭉 폈다.

"이런 세상에!"

그가 말을 이었다.

"그렇다고 제가 인생의 아름다움을 더해 주는 것들을 폄훼하는 것은 아닙니다. 제 생각에 눈부시고 화려한 것의 의미는 그 자체로서 정당화될 수 있다고 봅니다. 제일 심각한 병폐는 그 과정에서 너무나 많은 인간의 본성이 소모된다는 것이죠. 만약 우리가 삼라만상의 현상을 일으키는 날재료들이라면, 누구든 붉은 망토를 물들이는 생선이 되기보다 칼을 담금질하는 불꽃이 되고 싶지 않겠습니까? 그런데 우리 사교계라는 것은 붉은색 천 쪼가리 하나를 얻기 위해서 너무나 많은 좋은 재료를 낭비해 버린단 말입니다! 네드 실버턴을 보세요. 그 친구는 사교계의 촌뜨기들을 세련되게 바꿔주는 일이나 하고 있기에는 너무 아까운 인재란 말입니다! 바깥세상으로 나가서 온 우주를 발견해야 할 친구가 고작 피셔 부인의 거실에서 그 세계를 찾다가 끝나고 만다면 참으로 안타까운 일이 아니겠습니까?"

"네드는 아주 사랑스러운 청년이죠. 저 역시 그가 자신의 환상을 끝까지 간직해서 언젠가 멋진 시를 쓸 수 있게 되길 빌어요. 하지만 설사 그가 환상을 잃어버린다 해도 그것이 단지 이 사교계 때문이라고 생각하시나요?"

셀던은 어깨를 으쓱했다.

"어째서 우리는 천박한 생각은 진실이라고 부르면서, 모든 풍요로운 이상은 환상이라고 부르는 거죠? 언젠가부터 그런 용어를 받아들이고 있는 자신을 발견하는 것만으로도 사교계를 비난할 만한 충분한 이유가 되지 않나요? 저 역시 실버턴의 나이였을 때 그런 명칭을 거의 받아들일 뻔했죠. 그리고 그런 명칭이 믿음의 색깔을 얼마나 바꾸어놓는지 잘 알고 있습니다."

릴리는 이렇게 확신에 차서 열정적으로 이야기하는 셀던을 한 번도 본 적이 없었다. 평소 그는 절충주의자들의 특징이 그렇듯이 이리저리 비교하며 살짝 말을 바꾸곤 했다. 릴리는 그의 신념이 탄생한 실험실 안을 갑작스럽게 엿보게 되자, 몹시 감동했다.

"아, 당신도 여느 파벌주의자와 다를 바가 없군요."

릴리가 한탄했다.

"어째서 당신의 공화국을 공화국이라고 부르는 거죠? 사실은 철저하게 닫혀 있는 단체인데요. 그리고 당신은 어떻게든 사람들을 쫓아내기 위해 임의로 온갖 구실을 만들어내고 있고요."

"그것은 '나의' 공화국이 아닙니다. 만약 그랬다면 저는 쿠데타를 일으켜서 당신을 왕좌에 앉혔겠죠."

"하지만 실제로는 제가 그 문턱에 발도 들여놓지 못할 거라고 생각하시잖아요? 아, 당신의 말뜻을 잘 알아들었어요. 당신은 제 야망을 경멸하는 거예요. 그런 건 저에게 어울리지 않는다고 생각하는 거죠!"

셀던이 빙그레 미소를 지었다. 하지만 조롱하는 빛은 전혀 없었다.

"그렇다면 그건 오히려 당신에게 칭찬이 아닌가요? 저는 그런 것들에 의존해서 사는 사람들 대부분에게나 그것이 어울린다고 생각하니까요."

릴리는 고개를 돌리더니 진지한 눈빛으로 그를 응시했다.

"하지만 만약 그 사람들이 가진 그런 많은 기회를 제가 갖게 된다면, 훨씬 더 잘 사용하게 될지도 모르는 일 아닌가요? 돈은 참으로 많은 것을 의미해요. 돈으로 꼭 자동차나 다이아몬드만 살 수 있는 건 아니잖아요."

"물론 그렇죠. 아마 당신은 사치를 즐기는 것에 대한 속죄의 뜻으로 병원에 돈을 기부할 수도 있을 겁니다."

"만약 제가 그런 것들을 정말로 즐길 거라고 생각하신다면, 적어도 저 자신에게는 제 야심이 아주 좋은 것이라고 인정해서야 하는 것 아닌가요?"

그녀의 호소에 셀던은 그만 웃음을 터트렸다.

"아, 친애하는 바트 양, 저는 하느님의 대변인이 아닙니다. 당신이 지금 손에 넣으려고 애쓰는 것들을 과연 진심으로 즐길 수 있을지 장담할 수는 없습니다."

"그렇다면 당신이 저를 위해 할 수 있는 최선의 말은 제가 그토록 애써서 손에 넣은 것들을 어쩌면 좋아하지 않을 수도 있단 건가요?"

릴리는 깊은 한숨을 내쉬었다.

"당신이 예견하는 제 미래란 정말 비참하기 짝이 없군요!"

"글쎄요……. 그럼 당신은 한 번도 그런 생각을 해보지 않았다는 건가요?"

순간 릴리의 뺨이 서서히 빨갛게 물들어 갔다. 일시적인 흥분과 설렘 때문이 아니라 마치 그녀의 영혼이 애써 끌어올리기라도 하는 듯 감정의 깊고 깊은 우물에서 피어 오른 홍조였다.

"너무나 자주 생각하고 또 하지요. 하지만 당신의 입을 통해 들으니 더욱 암담하게 느껴지는군요!"

셀던은 이 한탄에 아무런 대꾸도 하지 않았다. 두 사람은 한참을 말없이 앉아 있었다. 그동안 두 사람 사이에 놓인 고요하고 넓은 대기 중에서는 뭔가가 팔딱팔딱 고동치고 있었다. 갑자기 릴리가 분개하듯 그를 돌아보며 소리쳤다.

"저에게 왜 이런 짓을 하는 거죠? 어째서 저로 하여금 자신이 선택한 것들을 혐오하게 만드는 건가요? 그 대신 당신이 저에게 뭔가를 줄 것도 아니면서?"

이 말에 셀던은 여태껏 빠져 있던 꿈꾸는 듯한 기분에서 문득 깨어났다. 셀던 자신도 어째서 두 사람의 대화를 이런 방향으로 끌고 갔는지 그 이유를 알 수 없었다. 사실 바트 양과 단둘이서 오붓한 오후를 보내는 자신을 상상하는 것조차 힘들었다. 하지만 지금 이 순간만큼은 두 사람 모두 의도적으로 생각해서 말을 하고 있는 것 같지 않았다. 각자의 영혼 속에 깃든 어떤 목소리가 헤아릴 수 없이 깊은 감정의 바다를 가로질러 서로를 부르고 있을 뿐이었다.

"그렇습니다. 저에겐 당신에게 줄 수 있는 게 아무것도 없습니다."

셀던은 몸을 일으켜 앉더니 릴리를 똑바로 마주 보았다.

"하지만 제게 뭔가가 있다면 그건 모두 당신 것입니다."

릴리는 방금 전보다 더 낯선 태도로 이 갑작스러운 선언을 받아들였다. 그녀는 두 손으로 얼굴을 감싸 안았다. 짧은 순간 셀던은 눈물을 흘리는 그녀의 얼굴을 볼 수 있었다.

하지만 그것은 단지 그때뿐이었다. 왜냐하면 그가 좀 더 가까이 다가가서 열정적이라기보다는 진지한 태도로 그녀의 손을 붙잡았을 때, 릴리는 더 부드러워지긴 했지만 감정으로 훼손된 흔적이 전혀 없는 말짱한 얼굴로 그를 바라보았기 때문이다. 결국 셀던은 다소 잔인하게 혼자 중얼거렸다. 이 여자에게는 눈물조차 기교로군.

이런 생각이 들자, 그는 동정과 냉소가 뒤섞인, 한결 침착해진 목소리로 물었다.

"제가 당신에게 줄 수 없는 모든 것을 헐뜯고 싶어 하는 건 지극히 당연한 일 아닌가요?"

이 말에 릴리의 얼굴이 밝아졌다. 하지만 그녀는 자신의 손을 살며시 잡아 뺐다. 교태를 부리려는 수작이 아니라 자신이 결코 주장할 수 없는 뭔가를 부인하려는 동작 같았다.

"하지만 당신은 저를 헐뜯고 있잖아요, 안 그런가요?"

릴리가 부드럽게 되물었다.

"제가 원하는 건 오직 그것밖에 없다고 너무나 굳게 믿으면서 말이죠."

셀던은 내심 깜짝 놀랐다. 하지만 그것은 그의 이기심의 마지막 몸부림일 뿐이었다. 그 즉시 그는 단순하게 대답했다.

"하지만 당신은 그걸 원하잖아요, 안 그런가요? 제가 무엇을 바라든 그 사실을 바꿀 수는 없지요."

이제 셸던은 자신의 말이 어떤 결과를 가져올지 생각하기를 완전히 포기해 버린 나머지 자신의 실망감을 숨기지 않고 드러냈다. 그러자 릴리는 냉소가 번뜩이는 얼굴로 그를 노려보았다.
　"당신은 수많은 멋진 말을 내뱉고 있지만 분명 저만큼이나 대단한 겁쟁이예요. 제가 무슨 대답을 할지 뻔히 알고 있다고 확신하지 않았다면, 당신은 결코 그런 말을 단 한마디도 하지 않았을 테니까요."
　이렇게 쏘아붙이는 릴리의 말에 충격을 받은 셸던은 흔들리는 마음을 훤하게 드러내 보이고 말았다.
　"저는 당신의 대답에 대해서 아무런 확신도 갖고 있지 않았습니다."
　셸던이 조용히 말했다.
　"그리고 당신 역시 그렇지 않았을 거라고 생각합니다."
　이번에는 릴리가 깜짝 놀란 표정으로 그를 바라볼 차례였다. 그리고 잠시 후 물었다.
　"저랑 결혼하고 싶으세요?"
　셸던은 큰 소리로 웃음을 터트렸다.
　"아니요, 그건 아닙니다. 하지만 만약 당신이 원하신다면, 꼭 그래야 할 것 같군요!"
　"제 말이 바로 그거예요. 당신은 제 대답을 너무나 확신한 나머지 부담 없이 온갖 실험을 하며 즐길 수 있다고 생각하는 거죠."
　그녀는 셸던이 다시 붙잡고 있던 손을 잡아 뺐다. 그리고 서글픈 눈길로 그를 내려다보며 앉아 있었다.
　"전 실험을 하고 있는 게 아닙니다."
　셸던이 대답했다.

"설사 그렇다고 하더라도, 그건 당신에 대한 게 아니라 저 자신에 대한 실험이겠지요. 그리고 그런 실험들이 저에게 어떤 영향을 미치게 될지도 모르겠습니다. 하지만 당신과 결혼하는 일이 그 실험 중 하나라면, 전 기꺼이 그 모험을 감수할 것입니다."

그녀가 희미하게 미소를 지었다.

"그건 분명 아주 위험한 모험이 될 거예요. 그게 얼마나 위험한 일인지 당신에게 감출 생각은 전혀 없어요."

"이런, 겁쟁이는 바로 당신이군요!"

셀던이 소리쳤다. 릴리는 몸을 일으켰다. 셀던도 그녀의 눈을 똑바로 마주 보고 섰다. 저물어 가는 황혼녘의 고즈넉함이 두 사람을 감쌌다. 그들은 마치 점점 더 허공으로 떠오르고 있는 듯했다. 그 시간이 갖는 모든 오묘한 영향력이 그들의 혈관 속에서 진동했다. 그들은 마치 낙엽이 곧장 땅으로 이끌리듯이 서로에게 이끌렸다.

"겁쟁이는 바로 당신이오."

셀던은 그녀의 두 손을 잡으며 다시 한 번 말했다.

그녀는 살며시 그에게 몸을 기대었다. 피곤에 지친 날개를 살짝 접는 새처럼. 셀던은 팔딱거리는 그녀의 심장을 느낄 수 있었는데, 그것은 새로운 여행에 대한 기대감 때문이라기보다 긴 비행으로 인한 피로감 때문인 것 같았다. 이윽고 그녀는 경고하는 듯한 미소를 살포시 지으며 뒤로 물러났다.

"초라한 옷을 입고 있는 제 모습이 아주 끔찍할 거예요. 하지만 제 모자만큼은 제가 손질할 수 있어요."

한동안 그들은 서로를 향해 미소를 지으며 아무 말 없이 마주 보고 서 있었다. 그들은 마치 가서는 안 되는 높은 곳까지 몰래 기어 올라간 끝에 새로운 세계를 발견한, 모험심 강한 두 어린아이 같았다. 그들의 발밑에 펼쳐진 현실 세계는 어슴푸레한 황혼 속에 모습을 감추고 있었고, 계곡 너머로는 맑은 달이 점점 짙어져 가는 감청색 하늘 위로 떠오르고 있었다.

갑자기 멀리서 거대한 벌레가 붕붕거리는 것 같은 소리가 들리더니 큰길을 따라서 다가왔다. 하얗게 도드라져 보이는 큰길은 주변에 내려앉은 어둠 속으로 구불구불 뻗어 있었고, 까만 물체가 그들 눈앞을 빠르게 지나갔다.

그러자 온통 정신을 빼앗긴 듯 보이던 릴리가 화들짝 놀랐다. 그리고 미소가 싹 사라진 얼굴로 오솔길을 향해 황급히 걸어가기 시작했다.

"이렇게 늦은 줄 몰랐어요! 어두워지기 전에 어서 돌아가야 하는데!"

릴리는 거의 짜증스러운 어조로 소리쳤다.

셸던은 놀라서 그녀를 멍하니 바라보고 있었다. 다시 평소와 같은 시선으로 그녀를 바라보기까지 잠깐 시간이 걸렸다. 이윽고 셸던은 무미건조하기 짝이 없는 말투로 말했다.

"저건 우리 일행이 아닙니다. 아까 그 자동차는 다른 방향으로 갔습니다."

"저도 알아요, 안다고요."

릴리가 걸음을 멈추었다. 셸던은 어슴푸레한 어둠 속에서 붉어진 그녀의 얼굴을 보았다.

"하지만 사람들에게 몸이 별로 안 좋다고 말했거든요. 그러니 밖으로 산책을 나가서는 안 되는 거였어요. 어서 내려가요!"

릴리가 중얼거렸다. 계속해서 그녀를 빤히 쳐다보고 있던 셸던은 호주머니에서 담뱃갑을 꺼내더니 천천히 담배에 불을 붙였다. 적어도 이 순간에는 이런 종류의 습관적인 행동을 함으로써 자신이 다시 현실을 붙잡고 있음을 선언할 필요가 있는 것 같았다. 그리하여 다소 유치하지만 상대방에게 그들의 비행이 끝났음을, 그가 다시 땅 위로 내려왔음을 똑똑히 보여 주고 싶었던 것이다.

릴리는 둥글게 오므린 그의 손바닥 밑에서 불꽃이 깜박거리는 것을 바라보며 기다렸다. 셀던은 그녀에게도 담배를 권했다. 릴리는 떨리는 손으로 담배 한 개비를 꺼내더니 입에 물었다. 그리고 그의 담배에서 불을 옮겨 오려고 몸을 앞으로 숙였다. 형체도 알아보기 힘든 어둠 속에서 작은 불꽃이 빨갛게 피어오르더니 그녀의 얼굴 아랫부분을 비추었다. 그 순간 셀던은 그녀의 입술이 파르르 떨리며 미소 짓는 것을 보았다.

"진심이었나요?"

그녀가 기쁨으로 전율하는 듯한 묘한 어조로 물었다. 어쩌면 마음이 급한 나머지 적당한 어조를 고를 틈도 없이 아무 말투나 닥치는 대로 골라잡은 것인지도 몰랐다.

이제 셀던의 목소리는 훨씬 더 냉정해졌다.

"왜 아니겠습니까?"

셀던이 반문했다.

"제가 절대 그런 모험을 감행하지 않는다는 걸 당신도 아는데."

그의 날카로운 대꾸에 릴리는 얼굴이 창백해져서 가만히 서 있었다. 셀던은 재빨리 한마디 덧붙였다.

"어서 내려갑시다."

7

 바트 양을 마구 책망하는 트레너 부인의 목소리는 자기 집에서 연 파티를 망치고 한탄할 때만큼이나 몹시 낙심한 기색이 역력했는데, 그것은 그만큼 릴리에 대한 우정이 깊다는 증거였다.
 "릴리, 도무지 널 이해할 수 없어! 내가 할 수 있는 말은 그것뿐이야."
 레이스가 달리지 않은 모슬린 천의 모닝 드레스를 입은 트레너 부인은 크게 한숨을 내쉬며 몸을 뒤로 기대었다. 그리고 온갖 편지가 가득 쌓여 있는 책상을 무관심하게 한 번 힐끗 돌아보고 나서, 마치 치료를 포기한 의사와 같은 눈빛으로 한동안 자기 앞에 뻣뻣이 앉아 있는 환자의 얼굴을 빤히 쳐다보았다.
 "그러면 애초에 네가 그 사람을 심각하게 생각하고 있다는 말도 내게 하지 말았어야지. 하지만 넌 처음부터 네 의사를 분명히 보여 주었잖니! 그게 아니라면 도대체 뭐 때문에 너를 브리지 게임에서 빼달라는 둥, 캐리와 케이트 코비의 접근을 막아달라는 둥 하는 부탁을 내게 했던 거야? 설마 그 사람이랑 같이 있는 게 재미있어서 그런 부탁을 하진 않았겠지? 그와 결혼할 생각도 없으면서 네가 단 일 분이라도 그런 남자를 상대해 줄 거라고 생각하는 사람은 우리 중에 아무도 없어. 그리고 내 생각에는 다들 훌륭하게 처신했어. 모든 사람이 이 일을 옆에서 도와주고 싶어 했단 말이야! 심지어 버사까지 손을 떼고 얌전히 물러나 있었어. 적어도 로렌스가 이곳으로 내려오고 네가 버사에게서 그 사람을 데려가 버리기 전까지는 말이지. 그 일로 인해서 버사는 너에게 복수할 정당한 구실을 갖게 된 거야.

도대체 넌 무슨 생각으로 버사 일에 끼어든 거니? 로렌스 셀던과는 이미 몇 년 전부터 알고 지내던 사이잖아. 그런데 뭐 때문에 마치 그 남자를 이제 처음 발견하기라도 한 것처럼 군 거야? 설사 버사에게 원한이 있다고 해도, 하필 이럴 때 그런 감정을 드러내다니 정말 멍청한 짓이었어. 결혼한 후에 얼마든지 버사에게 멋지게 갚아 줄 수 있었잖아! 버사가 위험한 여자라고 내가 진작 말했지? 여기 왔을 때부터 그 여자는 벌써 심통이 잔뜩 나 있었어. 하지만 로렌스가 나타나자, 버사의 기분이 금세 좋아졌단 말이야. 로렌스가 자기 때문에 여기까지 왔다고 생각하는 그 여자의 착각을 네가 깨뜨리지만 않았다면, 그 여자는 너에게 이런 술수를 쓰겠다는 생각 따위는 하지 않았을 거야. 오, 릴리, 앞으로는 진지한 마음이 아니라면 결코 어떤 행동도 하지 말아줘!"

바트 양은 사심이라고는 눈곱만큼도 없이 순수하기만 한 친구의 간곡한 충고를 순순히 받아들였다. 뭐 때문에 그녀가 화를 내겠는가? 이것이야말로 바로 자기 자신의 양심이 트레너 부인의 힐난 어린 목소리를 통해서 그녀에게 외치는 소리가 아닌가. 하지만 설사 자기 양심에라도, 몇 마디 변명 비슷한 것쯤은 대지 않을 수 없었다.

"사실 딱 하루 한눈을 팔았을 뿐이야. 난 그 사람이 일주일 내내 여기에 머물 거라고 생각했어. 그리고 셀던 씨는 오늘 아침에 떠날 예정인 걸 알고 있었고 말이야."

트레너 부인은 손짓 한 번으로 이 어설픈 변명을 단박에 날려 버렸다.

"그 사람은 분명히 계속 머무를 작정이었어. 그래서 더욱더 치명적이라니까. 그 바람에 그 사람이 널 피해서 도망쳤다는 사실이 뻔히 드러났잖아. 버사가 그 사람에게 독을 먹이는 데 완전히 성공한 거야."

릴리가 가볍게 웃으며 말했다.

"그 사람이 달아난 거라면 내가 다시 따라잡으면 되겠네!"

그러자 친구는 그녀를 붙잡으려는 듯 한 손을 불쑥 내밀었다.

"릴리, 무슨 행동이든 절대 아무 짓도 하지 마!"

바트 양은 이 경고에 빙그레 미소를 지었다.

"그렇다고 내가 말 그대로 당장 다음번 기차를 타겠다는 뜻은 아니야. 그저 여러 가지 방법이 있다는 거지."

하지만 바트 양은 그 방법이 무엇인지 구체적으로 밝히지 않았다. 트레너 부인은 날카롭게 시제를 고쳐주었다.

"물론 방법이야 많았지. 어마어마하게 많았어! 그걸 네가 굳이 지적할 필요도 없었지. 하지만 너 자신을 속이지 마. 그 사람은 완전히 겁에 질려버렸어. 곧장 자기 엄마를 찾아서 집으로 달려갔을 거야. 그 엄마는 아들을 철저히 보호할 테고 말이야!"

"그래, 죽을 때까지 그러겠지."

그 광경을 눈앞에 떠올린 릴리는 살짝 미소를 지으며 맞장구쳤다.

"어떻게 넌 이 마당에 웃음이 나오니!"

친구가 그녀를 힐난했다. 그녀는 재빨리 이 상황을 좀 더 심각하게 받아들이는 표정을 지으며 물었다.

"도대체 버사가 그에게 뭐라고 말한 거니?"

"나한테 묻지도 마. 너무 끔찍하니까! 모든 추문을 샅샅이 다 들춰낸 것 같아! 오, 넌 내 말뜻이 뭔지 알겠지? 물론 실제로는 아무것도 아닌 일들이지. 하지만 바릴리아노 왕자나 휴버트

경 이야기를 한 것 같아. 게다가 네가 네드 반 알스타인 노인의 돈을 빌렸다는 말도 나왔어. 네가 정말 그런 적이 있니?"

"그 사람은 우리 아버지의 사촌이야."

바트 양이 말했다.

"그 여자는 당연히 그런 사실은 쏙 빼놓고 말하지 않았어. 아마 네드가 캐리 피셔에게 말하고, 캐리 피셔가 다시 버사에게 말했을 거야. 뻔한 일이잖아. 너도 알다시피 다들 비슷한 인간들이니까. 그 사람들이 몇 년 동안 입을 다물고 있으니 너는 네가 안전하다고 생각했겠지. 하지만 그 사람들은 적당한 기회가 오는 순간, 당장 모든 걸 전부 기억해 낸다니까."

릴리는 얼굴이 창백해졌고 목소리도 사나워졌다.

"반 오스버그 댁에서 브리지 게임을 하다가 돈을 좀 잃은 거였어. 물론 그 돈은 다시 갚았고 말이야."

"아, 그래. 그 사람들은 그런 사실은 기억하고 싶어 하지 않는다니까. 어쨌든 퍼시를 제일 두렵게 한 건 바로 도박 빚이 있을 거란 생각이었어. 오, 버사는 그 남자를 어찌나 훤히 꿰뚫고 있었는지, 그에게 뭐라고 말해야 할지 정확히 알고 있었던 거야!"

트레너 부인은 이런 식으로 거의 한 시간 동안이나 계속해서 친구를 훈계했다. 바트 양은 찬탄할 만큼 침착한 태도로 그 모든 잔소리를 참고 들었다. 워낙 타고난 품성이 순한 데다가, 지난 몇 년 동안 어쩔 수 없이 순종해야 하는 상황에 길들었기 때문이다. 자신의 목적을 이루기 위해서는 거의 언제나 다른 사람들의 목적을 이용하는 우회적인 방법을 써야 했으므로. 그리고 불쾌한 일이 생길 때마다 즉시 그 사실과 대면해 버리는 성향이 자연스럽게 길러졌다. 그러므로 릴리는 자신의 어리석은 행동이 어떤 값비싼 대가를 치를 것인지에 대해서 온갖 부당한 말을 들어도 별로 속상하지 않았다. 그녀의 생각이 여전히 그 반대의 견해를 고집하고 있을 때는 더욱 그러했다. 하지만 트레너 부인의 열정적인 비난을 듣고 보니, 그 손해가 너무 엄청나 보였다. 릴리는 친구의 말을 들을수록 지금 상황에 대한 친구의 판단에 점차 동의하게 되었다. 게다가 몇 가지 걱정거리 때문에 트레너 부인의 말이 더욱 뼈아프게 느껴졌는데, 정작 말하는 사람 자신은 상상도 못할 걱정거리였다. 부자들은 대단히 예민한 상상력을 갖고 있지 않는 한, 가난의 실제 고통에 대해서 지극히 모호한 개념만이 있을 뿐이다. 주디는 가엾은 릴리가 페티코트에 진짜 레이스를 달 수 없거나 혹은 자동차와 요트를 주문할 수 없다는 사실이 분명 아주 '끔찍한' 일이란 건 알았지만, 갚지 못한 청구서에 날마다 시달리거나 돈을 쓰고 싶은 유혹과 날마다 싸우는 일 같은 것은 상상도 하지 못했다. 그런 시련은 잡역부의 고단한 삶만큼이나 그녀의 경험을 완전히 벗어난 일이기 때문이다. 따라서 현 상황에 대한 트레너 부인의 강조는 무의식중에 릴리의 마음을 더욱더 괴롭히는 결과를 낳았다. 결국 다른 경쟁자들의 코를 납작 눌러줄 기회를 놓쳐 버렸다고 친구가 그녀를 비난하는 동안, 릴리는 머릿속으로 무섭게 밀려드는 빚의 압박과 또다시 싸우고 있었다. 불과 얼마 전만 해도 그 위협에서 거의 빠져나갈 뻔하지 않았던가. 도대체 어떤 어리석은 바람이 그녀를 또다시 이 어둡고 험한 바다로 내몬 것일까?

릴리의 자책감을 완벽히 마무리 짓기 위해 필요한 것이 또 있다면, 그것은 옛날과 똑같은 판에 박힌 생활이 다시 그녀를 맞이하기 위해 길을 활짝 열고 기다리고 있다는 깨달음일 것이다. 어제만 해도 그녀의 공상은 자유로이 날개를 퍼덕거리며 수많은 선택의 가능성 위를 날아다녔다. 그러나 이제는 낯익은 일상생활의 바닥으로 추락해야 했다. 자유롭고 찬란했던 한순간이 긴 예속의 시간으로 변해 버린 것이다.

릴리는 친구의 말문을 막으려는 듯, 그녀의 손 위에 손을 올려놓았다.

"주디! 그렇게 한심하게 굴어서 미안해. 넌 정말 좋은 친구야. 하지만 아직도 내가 대신 답장을 써주어야 할 편지들이 남아 있을 거야. 그러니 최소한 너에게 도움이 될 수 있도록 해줘."

릴리는 책상 앞에 자리를 잡고 앉았다. 트레너 부인은 어쩔 수 없다는 듯이 길게 한숨을 내쉬며 릴리가 아침에 하던 일을 다시 시작하도록 내버려 두었다. 그 한숨에는 결국 릴리가 더 중요한 일에는 쓸모가 없음이 판명되었다는 뜻이 담겨 있었다.

점심 식사 때가 되자 빈자리가 확연히 드러났다. 잭 스테프니와 도싯을 제외한 모든 남자가 도시로 돌아갔다.(셀던과 퍼시 그라이스가 같은 열차를 타고 떠났다는 사실이 릴리에게는 더욱더 아이러니하게 여겨졌다.) 그리고 크레시다 백작부인과 그녀를 수행하는 위더럴 부부는 멀리 떨어진 시골 저택에서 점심을 먹기 위해 자동차를 타고 떠났다. 도싯 부인은 이렇게 모임이 시시해질 때면, 항상 오후까지 자기 방에 처박혀서 꼼짝도 하지 않았다. 하지만 이번에는 점심 식사가 반쯤 끝날 무렵 홀연히 나타났다. 눈이 퀭하고 졸린 듯 보였지만, 무관심한 그녀의 표정 밑으로 날카로운 악의가 번뜩였다.

그녀는 식탁을 한 번 둘러보더니 눈썹을 치켜떴다.

"어머나, 이제 우리만 남았네! 난 조용한 게 너무 좋더라. 안 그래, 릴리? 정말이지 남자들은 항상 어디로 가버렸으면 좋겠어. 남자들이 없는 편이 훨씬 더 낫다니까. 오, 물론 당신은 말고요, 조지. 아내가 자기 남편에게 그런 말을 하면 안 되죠. 하지만 그라이스 씨는 주말까지 머물러 있겠다고 하지 않았던가?"

도싯 부인은 꼬치꼬치 캐묻듯이 말했다.

"그럴 작정이 아니었어, 주디? 그 사람은 참 착한 청년이던데. 도대체 뭐 때문에 그렇게 황급히 가버렸을까? 그 사람이 좀 숙맥이긴 하더라. 어쩌면 우릴 보고 충격을 받았을지도 몰라. 아주 옛날 방식대로 교육을 받고 자랐더라고. 릴리, 그거 알아? 그라이스 씨가 그러는데, 그 사람은 젊은 아가씨가 돈을 걸고 카드놀이를 하는 걸 한 번도 본 적이 없다는 거야. 네가 얼마 전 저녁에 하는 걸 보기 전까지는 말이야. 그 남자는 수입의 이자로 충분히 먹고살면서 항상 투자할 돈이 남아돈다더군!"

그러자 피셔 부인이 몸을 앞으로 기울이며 진지하게 말했다.

"내 생각에는 누군가가 그 젊은이를 교육 좀 해야 할 것 같아. 시민으로서 자신의 의무가 무언지도 전혀 깨닫지 못하고 있더군. 정말 충격이었어. 부자들은 누구나 의무적으로 자기 나라의 법을 공부하도록 정해야 한다니까."

도싯 부인이 조용히 그녀를 바라보았다.

"적어도 이혼에 관한 법률[52]만큼은 공부한 모양이던데. 이혼에 반대하는 탄원서에 서명하겠노라고 주교님과 약속했다고 내게 말했거든."

뽀얗게 분칠한 피셔 부인의 얼굴이 새빨개졌다. 그러자 스테프니가 바트 양을 힐끗 쳐다보더니 낄낄 웃으며 말했다.

"제가 보기에 그 작자는 결혼할 생각을 하는 것 같던데요.

멀리 나가기 전에 그 낡은 배에 땜질이라도 하고 싶은 모양입니다."

그의 약혼녀는 이 노골적인 비유에 충격을 받은 표정이었다. 그러자 조지 도싯이 더욱 빈정거리는 어조로 외쳤다.

"한심한 놈! 그 녀석에게 배라니 어울리지 않아. 선원이라면 또 모를까!"

"아니면 밀항자나요."

코비 양이 신이 나서 말했다.

"만약 내가 그 남자랑 여행을 떠날 작정이라면 먼저 화물칸에 있는 친구와 한번 시작해 봐야 할 거예요."

반 오스버그 양은 자신이 느끼는 막연한 불쾌감을 적당한 말로 표현하기 위해 애썼다.

"왜 다들 그를 비웃는지 모르겠군요. 제가 보기에는 아주 좋은 사람이던데요."

반 오스버그 양은 큰 소리로 말했다.

"게다가 어찌 됐든 그 사람과 결혼하는 아가씨는 평생 동안 안락하게 살 수 있잖아요."

그녀의 반박에 사람들이 박수를 치며 더욱더 요란하게 웃어대자, 반 오스버그 양은 어리둥절했다. 하지만 그녀의 말이 거기 있는 사람 중 한 명의 마음속에 깊숙이 박혔다는 걸 알았다면 약간 위안이 되었을 것이다.

안락함이라니! 그 순간 릴리 바트의 귀에는 그 단어가 이 세상 그 어떤 말보다 호소력 있게 들렸다. 그러므로 그토록 어마어마한 재산을 단지 가난에 대한 피난처로밖에 생각하지 못하는 부유한 상속녀의 순진함을 비웃거나 할 여유도 없었다. 그녀의 머릿속은 그 재산이 그녀에게 어떤 피난처가 되어주었을 것인가 하는 생각으로 꽉 차 있었다. 도싯 부인의 빈정거림은 별로 아프지 않았다. 왜냐하면 자기 스스로 낸 상처가 더욱 깊었기 때문이다. 어느 누구도 그녀 자신만큼 그녀를 아프게 할 수는 없었다. 어느 누구도, 심지어 주디 트레너조차 그녀가 얼마나 엄청나게 어리석은 짓을 했는지 알지 못했다.

릴리는 여주인이 옆에서 속삭이는 소리에 이 괴로운 생각에서 겨우 깨어났다. 손님들이 점심 식탁에서 일어났을 때, 트레너 부인은 그녀를 한쪽 옆으로 끌고 갔다.

"릴리, 혹시 특별히 할 일이 없다면 말이야. 내가 캐리 피셔에게 네가 거스를 데리러 역으로 나갈 거라고 말해도 되겠니? 거스가 네 시에 돌아올 예정인데, 캐리 피셔가 그이를 마중 나갈 작정을 하고 있잖아. 물론 그래서 그이가 좋아한다면 나도 기쁘겠지만, 캐리 피셔가 그동안 우리 집에 있으면서 그이에게서 꽤 많은 돈을 뜯어냈단 사실을 우연히 알게 되었지 뭐니. 지금도 저 여자가 그이를 마중 나가고 싶어서 저렇게 안달이 난 걸 보면, 오늘 아침에 더 많은 돈을 뜯어낸 게 틀림없어."

트레너 부인은 분개한 듯이 말을 덧붙였다.

"정말이지 저 여자가 받는 이혼 수당의 대부분은 다른 여자들의 남편에게서 나오는 것 같다니까!"

바트 양은 역까지 마차를 몰고 가는 동안 시간을 가지고 친구의 말을 곰곰이 되새기며 자신의 경우에 적용시켜 볼 수 있었다. 어째서 그녀는 딱 한 번, 그것도 불과 몇 시간 동안 나이 많은 사촌에게 돈을 빌렸다고 해서 그토록 심한 비난을 받아야 하는 걸까? 캐리 피셔 같은 여자는 마음씨 좋은 남자 친구들과 너그러운 그들의 부인으로부터 아무런 비난도 받지 않고 살아가고 있는데? 결국 이 모든 것이 또다시 그 지긋지긋한, 결혼한 여자는 할 수 있고 결혼하지 않은 여자는 할 수 없다는 차별로 되돌아갔다. 물론 결혼한 여자가 돈을 빌리는 것도 충격적인 일이었다. 릴리는 거기에 함축된 의미를 충분히 알고 있었다. 그렇지만 그것은 단지 금단의 열매[53]였다. 세상이 비난하기는 하지만 묵과해 줄 수 있는 것이고, 비록 개인적인 앙갚음은 당할지라도 사회의 집단적인 비난은 불러일으키지 않는 죄였다. 한마디로 바트 양에게는 전혀 불가능한 일이었다. 물론 릴리도 여기저기에 족히 백 명은 넘는 여자 친구들에게 빌릴 수는 있었다. 하지만 그들은 옷가지나 장신구 따위나 기꺼이 빌려줄 뿐 릴리가 돈을 빌려달라는 뜻을 비치면 당장 뜨악한 표정이 되었다. 여자들은 결코 선선히 돈을 빌려주지 않았다. 그리고 그녀와 고락을 같이한 여자들은 대부분 그녀와 똑같은 처지이거나 혹은 이런 궁핍한 사정을 이해하기에는 너무 상황이 달랐다. 오랜 궁리 끝에 릴리는 리치필드에 있는 고모에게 돌아가야겠다는 결론을 내렸다. 벨로몬트에 계속 머물면서 브리지 게임을 하지 않거나 더 이상 돈을 쓰지 않을 수는 없었다. 그녀가 늘 해오던 가을 방문을 계속한다면 똑같은 어려움만 이어질 것이다. 마침내 단호하게 허리띠를 졸라매야 할 지경까지 온 것이다. 그리고 돈이 들지 않는 유일한 생활은 지루하게 사는 것뿐이었다. 릴리는 내일 아침 당장 리치필드로 떠날 작정을 했다.

역에 도착하자, 거스 트레너는 그녀를 보고 꽤 놀라는 것 같았다. 하지만 실망한 기색은 아니었다. 릴리는 자신이 몰고 온 소형 마차의 고삐를 넘겨주었다. 거스가 육중한 몸으로 간신히 마차에 오르자, 그녀는 좌석 한쪽의 비좁은 구석으로 내몰려야 했다. 거스가 말했다.

"이런! 당신이 저에게 이런 영광을 베풀어주시는 건 극히 드문 일인데요. 뭔가 할 일이 없으셨던 모양이죠."

그날 오후는 꽤 더웠다. 게다가 이렇게 가까이 앉아보니, 릴리는 그가 얼마나 뚱뚱하고 시뻘건지 새삼 깨닫게 되었다. 넓적한 뺨과 그녀를 향하고 있는 목덜미에는 구슬 같은 땀방울과 기차의 먼지가 달라붙어서 불쾌하게 얼룩져 있었다. 하지만 동시에 그의 작고 흐릿한 두 눈에 떠오른 눈빛을 보건대, 생기발랄하고 날씬한 그녀와 접촉하는 것이 이 남자에게는 마치 청량음료를 마시는 것만큼이나 즐거운 일임을 충분히 알아차릴 수 있었다.

이 사실에 힘을 얻은 릴리는 명랑하게 응수했다.

"그건 제가 그런 기회를 종종 얻지 못했기 때문이죠. 이런 행운을 차지하려고 나서는 아가씨가 너무 많아서요."

"저를 집까지 데려다 주는 행운 말입니까? 글쎄요. 어쨌든 당신이 그 경쟁에서 이겼다니 정말 기쁘군요. 하지만 실제로 어떻게 된 사정인지 잘 알고 있습니다. 우리 마누라가 당신을 보낸 거죠, 안 그렇습니까?"

거스는 우둔한 사람치고는 뜻밖에 눈치가 빨랐다. 그가 이렇게 정곡을 찌르자, 릴리도 깔깔 웃지 않을 수 없었다.

"잘 아시잖아요. 주디는 당신과 함께 있어도 제일 안전할 만한 사람이 저라고 생각했나 봐요. 제대로 생각한 거죠."

릴리가 맞장구를 쳤다.

"오, 제 아내가 맞았나요? 그렇다면 그건 당신이 저 같은 늙은 뚱보에게 절대 시간을 낭비할 리가 없기 때문이겠죠. 우리 결혼한 남자들은 그저 손에 쥐어지는 것에나 만족하며 살아야 하지요. 모든 제일 좋은 것은 절대 여자에게 발목을 잡히지 않는 영리한 놈들이 다 차지하고 말이죠. 그런데 잠깐 담배 좀 피워도 될까요? 정말 고된 하루를 보냈거든요."

거스는 마을 거리의 그늘진 곳에 마차를 세웠다. 그리고 릴리에게 고삐를 넘긴 다음, 성냥으로 담배에 불을 붙였다. 그의 손바닥 밑에서 타오르는 작은 불꽃이 담배를 빨아들이느라 빵빵하게 부푼 그의 얼굴을 더욱더 새빨갛게 물들였다. 릴리는 순간적인 혐오감을 이기지 못하고 그만 시선을 돌렸다. 그런데도 어떤 여자들은 이 남자를 잘생겼다고 생각하겠지!

이윽고 다시 고삐를 돌려준 릴리는 동정 어린 목소리로 물었다.

"처리해야 할 힘든 일이 아주 많으셨나 봐요?"

"솔직히 그렇습니다!"

친구들이나 아내나, 그의 말을 귀담아들어 주는 사람이 거의 없는 거스로서는 툭 터놓고 자기 이야기를 할 수 있다는 사실에 좀처럼 맛보지 못한 희열을 느꼈다.

"이런 것들을 제대로 운영하려면 얼마나 분주히 움직여야 하는지 당신은 모를 겁니다."

거스는 채찍으로 벨로몬트의 광활한 영지를 가리켰다. 그곳에서는 풍성한 곡식이 넘실거리는 들판이 드넓게 펼쳐져 있었다.

"주디는 자신이 얼마나 돈을 쓰는지 아무 생각도 없습니다. 그런 생활을 유지할 만큼 충분한 돈이 없다는 것도 전혀 모르지요. 하지만 남자란 항상 눈을 크게 뜨고 어떻게든 비밀 정보 하나라도 더 잡아야 하는 법이죠. 저희 아버지와 어머니께서는 수입만 가지고 싸움닭처럼 열심히 사셨습니다. 그리고 그중 상당 부분을 저축하셨죠. 저로서는 참 다행스러운 일이지만 말입니다. 그러나 요즘 우리는 정말 호화판으로 살고 있지 않습니까? 솔직히 이따금씩 무모한 투기라도 하지 않았다면, 도대체 그 돈을 전부 어디서 구했을지 저도 모르겠습니다. 그런데도 여자들은, 그러니까 제 말은 주디는 제가 그저 한 달에 한 번 도시에 나가서 채권을 현금으로 바꿔 오는 일밖에 아무것도 하지 않는다고 생각한단 말입니다. 실상은 이 기계를 계속 굴러가게 하기 위해서 허리가 부러져라 일을 하고 있는데 말입니다. 하지만 오늘만큼은 저도 뭐라고 불평하면 안 될 것 같군요."

거스는 잠시 말을 끊고 뜸을 들였다가 다시 시작했다.

"왜냐하면 아주 큰 건을 하나 했거든요. 이게 모두 다 스테프니의 친구인 로즈데일 덕분이죠. 그러니 릴리 양, 부디 우리 마누라 좀 설득해 주십시오. 그 사람에게 친절하게 굴라고 말이죠. 그 사람은 조만간 우리를 몽땅 사버릴 수 있을 만큼 엄청난 부자가 될 겁니다. 그러니 주디가 가끔 그 사람을 저녁 식사에 초대만 해준다면 원하는 건 뭐든지 해줄 텐데 말이죠. 그자는 지금 사교계 사람들과 사귀고 싶어서 환장했답니다. 그런데 정작 사교계 사람들은 아무도 그와 사귀고 싶어 하지 않는다는 게 문제죠. 남자가 그 정도 재력이 있으면, 제일 먼저 자신의 마음을 사로잡는 여자를 위해서 세상에 못 할 게 없을 겁니다."

릴리는 잠시 망설였다. 옆에 앉은 남자가 무심코 한 첫마디가 그녀의 관심을 끈 것이다. 하지만 또다시 로즈데일이란 이름이 튀어나와서 무례하게 그녀의 생각을 방해했다. 릴리는 살짝 항의하는 투로 말했다.

"하지만 잭이 이미 그 사람을 데리고 다녀보려고 노력했던 걸 아시잖아요. 그 사람은 구제불능이었어요."

"빌어먹을! 그게 다 그 작자가 너무 뚱뚱하고 뺀질뺀질한 탓이죠. 장사꾼 티가 몸에 배어 있으니! 어쨌든 제가 한 가지 장담할 수 있는 건, 지금 그 사람에게 공손하게 굴 만큼 영리한 사람들은 조만간 엄청난 보답을 받을 거란 사실입니다. 우리가 그 사람을 원하든 원치 않든 간에 그는 몇 년 이내에 사교계에 들어오게 될 겁니다. 그리고 그때가 되면, 단 한 번의 저녁 식사를 위해서 오십만 달러짜리 비밀 정보를 흘려주지는 않을 거란 말이죠."

이 말에 릴리의 관심은 느닷없이 끼어든 로즈데일이란 인물에서 다시 트레너의 첫마디 말이 불러일으킨 생각으로 되돌아갔다. '비밀 정보'니 '거래'니 하는 월가의 그 광대하고 신비로운 세계에서 어쩌면 자신도 이 끔찍한 곤경에서 벗어날 수 있는 방도를 찾을 수 있지 않을까? 친구들에게서 이런 방법으로 돈을 번 여자들이 있단 이야기를 릴리도 가끔 들은 적이 있었다. 물론 이 거래의 정확한 성격에 대해서는 그녀 역시 여느 여자들만큼이나 아는 바가 없었다. 하지만 그런 모호함 때문에 이 거래는 왠지 좀 덜 상스럽게 여겨졌다. 릴리로서는 '비밀 정보'를 얻기 위해 로즈데일 씨에게 굽실거리는 일은 상상조차 할 수 없었다. 하지만 바로 옆에 앉아 있는 이 남자는 그런 귀중한 유용성을 갖추고 있을 뿐 아니라 가장 절친한 친구의 남편이었으니 그녀에게는 거의 혈육이나 다름없는 관계라고 볼 수도 있었다.

물론 마음속 깊은 곳에서는 가족의 정 따위로 거스 트레너의 마음을 움직일 수 없다는 걸 릴리도 잘 알고 있었다. 하지만 지금 상황을 그런 식으로 설명하는 것은 잔혹한 현실을 가리는 데 도움이 되었다. 릴리는 항상 자기 자신에게도 체면을 지키려고 노심초사했다. 그녀에게 이런 결벽증은 도덕성과 다름없었다. 하지만 그녀가 자신의 마음속을 꼼꼼히 살펴볼 때, 분명

열어보지 않고 지나가는 문들이 있었다.

마침내 마차가 벨로몬트의 대문 앞에 이르렀을 때, 릴리는 살짝 미소를 지으며 트레너를 바라보았다.

"오늘 오후는 정말 완벽한 날씨예요. 혹시 저랑 좀 더 드라이브하실 의향은 없나요? 사실 온종일 기운이 없고 힘들었거든요. 그런데 사람들에게서 벗어나 제가 약간 지루하게 굴어도 너그럽게 용납해 주실 수 있는 분과 함께 있으니 비로소 한숨 돌릴 것 같아요."

이렇게 제안하는 릴리의 표정이 어찌나 애처롭고 사랑스럽던지, 또 그의 동정심과 이해를 어찌나 전적으로 신뢰하는 듯이 보이던지 트레너는 심지어 자기 아내가 이 광경을 볼 수 있다면 좋았을 거라는 생각까지 들었다. 다른 여자, 그것도 피셔 부인처럼 닳고 닳은 모사꾼이 아니라 다정한 눈길을 한 번 받기 위해서라면 모든 남자가 자기 신발이라도 기꺼이 벗어 줄 만한 아가씨가 그를 얼마나 극진히 대하고 있는지 보여 주고 싶었던 것이다.

"기운이 없다고요? 당신 같은 분이 도대체 뭐 때문에 기운이 없단 말입니까? 지난번에 산 두세 드레스[54]가 실패작이었습니까? 아니면 지난밤 브리지 게임에서 주디가 당신 돈을 몽땅 털기라도 했나요?"

릴리는 한숨을 쉬며 고개를 살랑살랑 저었다.

"전 이제 두세 드레스 같은 건 포기해야 해요. 브리지 게임도 그렇고요. 사실은 주변에 있는 제 친구들이 하는 일들을 더 이상 감당할 능력이 없어요. 제가 카드놀이도 하지 않고 다른 여자들처럼 멋지게 옷을 차려입지도 못하면, 주디가 저를 시시하게 생각할까 봐 그게 걱정이에요. 제가 당신에게 이런 걱정거리 따위나 늘어놓고 있으면, 당신 역시 절 지겨워하시겠죠? 하지만 제가 굳이 이런 사정을 털어놓는 건 단지 당신에게 한 가지 부탁드리고 싶은 게 있어서예요. 너무너무 중요한 부탁이거든요."

릴리는 다시 한 번 트레너의 표정을 살폈다. 그리고 그의 얼굴에 걱정스러운 빛이 떠오른 것을 보고 속으로 미소를 지었다.

"글쎄요……. 아, 물론 제가 어떻게든 해드릴 수 있는 일이라면……."

트레너는 말꼬리를 흐렸다. 릴리는 그가 피서 부인의 수법을 생각하고 즐거웠던 기분이 싹 달아났다는 것을 눈치챘다.

"너무너무 중요한 부탁이란 건 말이죠."

릴리가 나긋나긋한 어조로 말을 이었다.

"사실은 주디가 저에게 잔뜩 화가 났거든요. 그래서 당신이 화해 좀 시켜주셨으면 해요."

"당신에게 화가 났다고요? 오, 그건 말도 안 됩니다."

비로소 마음을 놓은 트레너는 큰 소리로 웃음을 터트렸다.

"주디가 당신에게 얼마나 헌신적인지 잘 아시잖아요."

"물론 주디는 저의 가장 친한 친구예요. 주디가 화가 난 것도 바로 그 때문인걸요. 당신도 아실 거예요. 주디가 저에게 한 가지 바라던 일이 있었거든요. 그러니까 아, 가엾은 친구……. 제가…… 제가 엄청난 재력가와 결혼했으면 하는 바람을 가졌던 거죠."

릴리는 약간 당혹스러운 빛을 보이며 말을 멈추었다. 그러자 트레너가 갑자기 몸을 휙 돌리더니, 이제 모든 사정을 알겠다는 표정으로 그녀를 빤히 쳐다보았다.

"엄청난 재력가라고요? 세상에, 설마 그라이스는 아니겠죠?

그렇다고요? 오, 물론 저는 아무 말도 하지 않겠습니다. 절대 입을 열지 않을 테니 믿으셔도 됩니다. 하지만 그라이스라니! 하느님 맙소사, 그라이스! 주디가 정말로 당신이 그런 거만한 쥐새끼와 결혼할 수 있을 거라고 생각했단 말입니까? 하지만 절대 당신은 그럴 수 없었겠죠, 안 그렇습니까? 그래서 당신이 그자를 퇴짜놓았군요. 그자가 오늘 아침 첫차로 그렇게 황급히 떠난 것도 바로 그 때문이로군요."

트레너는 자신의 탁월한 분별력에 만족한 듯 다리를 쫙 벌리며 몸을 좌석 뒤로 기댔다.

"도대체 주디는 어쩌다가 당신이 그런 일을 할 거란 생각을 하게 되었단 말입니까? 저라면 주디에게 당신이 그런 소심한 놈을 절대 견디지 못할 거라고 말해 주었을 텐데요!"

릴리는 더 크게 한숨을 쉬었다.

"가끔씩 그런 생각이 들어요."

릴리가 중얼거렸다.

"같은 여자보다 남자가 여자의 마음을 훨씬 잘 헤아린다고요."

"어떤 남자들은 분명히 그렇지요! 어쨌든 저라면 주디에게 그렇게 말해 주었을 겁니다."

트레너는 아내보다 자신의 판단력이 더 뛰어나다는 사실에 한껏 의기양양하면서 거듭 되풀이했다.

"저도 당신은 이해해 주실 거라고 생각했어요. 그래서 당신과 꼭 이야기를 나누고 싶었던 거예요."

바트 양이 맞장구를 쳤다.

"그런 식의 결혼은 도저히 못 하겠어요. 그건 불가능해요. 그렇지만 제 주변에 있는 다른 여자들처럼 그렇게 살 수도 없어요. 저는 저희 고모님께 거의 전적으로 의존해서 살고 있거든요. 비록 고모님은 저에게 아주 친절하시지만, 정규적으로 용돈을 주시지는 않아요. 게다가 최근에 카드놀이를 하다가 약간의 돈을 잃었는데, 감히 고모님께는 말씀도 못 드리겠어요. 물론 카드빚은 모두 갚았지요. 하지만 다른 데 쓸 돈이 하나도 남지 않았어요. 그러니 만약 지금과 같은 생활을 계속한다면 전 아주 끔찍한 곤경에 처하게 될 거예요. 제 몫으로 약간의 수입이 있기는 하지만 사실은 투자를 잘못한 것 같아서 걱정이에요. 해마다 수입이 줄어드는 것 같거든요. 전 돈 문제에 대해서는 너무 무지한 사람이라 지금 제 돈을 관리하고 있는 고모님의 관리인이 제대로 조언하고 있는지도 모르겠어요."

릴리는 잠시 말을 멈추었다가 좀 더 가벼운 어조로 말을 덧붙였다.

"이런 이야기로 당신을 괴롭혀 드릴 생각은 전혀 없었어요. 전 다만 주디를 이해시키는 데 당신이 좀 도와주셨으면 했던 거예요. 현재로서는 제가 더 이상 여러분과 어울릴 만한 생활을 해나갈 수 없다는 걸요. 저는 내일 아침 리치필드에 계신 저의 고모님께 갈 거예요. 그리고 가을 동안 그곳에 머무를 작정이에요. 하녀도 해고하고 제 옷은 제 손으로 수선하는 법도 배우고요."

시련에 처한 사랑스러운 아가씨의 모습에, 그리고 그녀와의 가벼운 접촉에 의해서 한껏 감상적인 기분에 사로잡힌 트레너는 격앙된 위로의 말을 쏟아내고 말았다. 24시간 전만 해도 만약 그의 아내가 바트 양의 장래에 대한 문제를 그와 의논했더라면, 그렇게 사치스러운 취향만 있을 뿐 돈은 한 푼도 없는 아가씨는 당장 아무 부자나 붙잡아서 결혼하는 게 좋을 거라고 말했을 것이다. 하지만 그의 옆에 나란히 앉아서 그에게 이해를 구하고 있는 릴리의 모습을 보자, 트레너는 자신이 그녀의 가장 가까운 친구들보다 훨씬 더 그녀를 잘 이해하는 것 같은 느낌이 들었다. 그리고 그런 확신은 아슬아슬하게 가까이 앉아 있는 릴리의 존재로 인해서 더욱 강해졌다. 마침내 트레너는 그런 결혼은 신성모독이며, 명예를 아는 남자로서 릴리의 금전적인 무지함에서 비롯된 모든 결과로부터 그녀를 지켜주기 위해서 자신이 할 수 있는 일은 무엇이든 다 하겠노라고 맹세하기에 이르렀다. 만약 그녀가 그라이스와 결혼했다면 온갖 아부와 칭찬에 둘러싸였을 텐데, 반대로 그런 편리한 수단에 자신을 희생하기를 거부함으로써 그에 대한 모든 값을 혼자서 치르고 있다는 생각이 들자, 트레너의 동점심은 더욱더 거세게 타올랐다. 캐리 피셔같이 식객 노릇만 하는 여자를 위해서도 그런 어려움에서 벗어날 길을 모색해 주는데, 하물며 그의 가장 고귀한 동정심을 자극하는 아름다운 아가씨에게 그보다 더한 일인들 못 해줄 것인가! 사실 캐리 피셔와 관계는 고작해야 담배나 칵테일에서 얻는 육체적인 쾌감과 비슷한 정신적 습관 같은 것이었다. 하지만 릴리는 어린아이와 같은 순수한 믿음을 가지고 그의 앞에 자신의 고민거리를 내려놓지 않았는가.

    트레너와 바트 양은 해가 저문 후에도 오랫동안 드라이브를 계속했다. 그리고 드라이브가 끝나기 전에 트레너는 약간의 성공을 과시하면서, 만약 그녀가 자신을 믿어주기만 한다면 그녀가 갖고 있는 소액의 자산을 위험에 빠뜨리지 않고 상당한 금액의 돈을 벌어줄 수 있다는 사실을 입증하려고 노력했다. 릴리는 증권시장의 시세 조작 같은 일에 너무나도 무지했으므로 그의 기술적인 설명을 하나도 알아듣지 못했다. 그리고 아마도 그 설명 중 어떤 부분은 은근슬쩍 넘어갔다는 사실도 알아채지 못했을 것이다. 그런 거래를 둘러싼 모호함이 그녀에게는 오히려 당혹감을 감춰줄 수 있는 베일처럼 여겨졌다. 그런 막연함을 통해서 그녀의 희망은 마치 안개 속의 등잔불처럼 넓게 퍼져 나갔다. 릴리는 오직 얼마 안 되는 그녀의 투자금이 어떤 신비한 방법으로 자신에게는 아무런 위험도 끼치지 않고 날로 불어날 것이라는 말만 알아들었다. 그리고 이런 기적이 단 시일 내에 일어날 것이라는, 어떤 지연이나 반동에 의한 지겨운 기다림 같은 것은 없으리라는 확신은 그녀에게 약간 남아 있던 양심의 가책마저 쫓아버렸다.

또다시 릴리는 인생길이 환하게 밝아진 것을 느꼈다. 그와 더불어 억눌렸던 활력들이 되살아났다. 당장 긴박한 걱정들이 사라지자, 두 번 다시 그런 곤경에 처하지 않겠노라고 결심하기란 쉬웠다. 코앞까지 닥쳐왔던 절약과 금욕의 필요성이 저 멀리로 물러나자, 릴리는 인생이 강요하는 그 어떤 요구도 기꺼이 충족시킬 마음의 준비가 되었다. 심지어 지금 당장만 해도, 집으로 돌아가는 길에 트레너가 바싹 몸을 기대며 아무렇지도 않게 그녀의 손을 붙잡는데도 릴리는 그저 잠깐 소름이 끼쳤을 뿐이었다. 이 모든 것이 트레너로 하여금 그녀의 부탁이 계산에 의한 것이 아니라 예기치 못한 충동적 행동이었으며 순전히 그를 좋아해서 비롯된 일이라고 믿게 만들기 위한 게임의 일부였다. 어쨌든 다시 남자들을 자기 손에 넣고 조종할 수 있다는 느낌은 그녀의 상처받은 허영심을 치유해 주었을 뿐 아니라 트레너의 행동이 암시하는 무언의 요구를 무심코 넘길 수 있게 해주었다. 그는 아둔하고 상스러운 남자였다. 겉으로는 모든 걸 지배하는 것처럼 보이지만 사실상 그가 돈을 들여 벌이고 있는 이 호화판 쇼에서 그는 단지 지나가는 단역배우에 지나지 않았다. 영리한 아가씨라면 그의 허영심을 이용해 그를 지배하고 자기 의무에 충실하도록 만들기란 식은 죽 먹기였다.

8

급하게 휘갈겨 써서 잉크가 얼룩진 한 장의 쪽지와 함께 릴리가 거스 트레너에게서 처음으로 받은 천 달러짜리 수표는 그녀의 빚을 탕감해 주었고, 그와 동시에 그녀의 자신감도 되살아났다.

이 결과에 의해서 이번 거래는 충분히 정당화된 셈이었다. 이제 릴리는 이토록 쉽게 채무자들의 요구를 채워줄 수 있는 방법이 있는데, 케케묵은 윤리관 때문에 그걸 거부한다는 것이 얼마나 터무니없는 일인지 깨달았다. 그리고 남은 돈을 몽땅 그녀와 거래하는 상점 주인들의 마음을 달래는 데 써버리면서도 전혀 켕기는 구석이 없었다. 외상값을 지불할 때마다 반드시 새로운 주문이 뒤따랐다는 사실조차 그녀의 떳떳한 마음을 조금도 손상시키지 않았다. 자신과 같은 처지에 있는 얼마나 많은 여자들이 외상으로 물건을 주문하곤 하는가!

게다가 릴리는 다행스럽게도 트레너의 비위를 맞춰주기가 아주 쉽다는 걸 알았다. 그가 하는 이야기에 귀를 기울여 주고 그의 속내를 받아주고 그의 농담에 웃어주기만 하면 그만이었다. 지금 당장으로서는 그가 그녀에게 원하는 건 그게 전부인 것 같았다. 한편 여주인은 이런 관심을 자신에 대한 봉사로 받아들였기 때문에 두 사람은 전혀 이상한 오해를 받을 염려가 없었다. 트레너 부인은 릴리가 자신의 남편과 점점 더 친해지는 것을 단순히 자신이 베푼 호의에 대한 간접적인 보답이라고 철석같이 믿고 있었다.

"너와 거스가 이렇게 잘 지내는 걸 보니, 정말 기뻐."

트레너 부인은 흐뭇한 목소리로 말했다.

"네가 그이한테 상냥하게 굴고 그의 지겨운 이야기를 참고 들어주어서 얼마나 고마운지 몰라. 나야 남편과 약혼했을 때부터 그 이야기를 귀가 따갑게 들어왔으니, 그게 어떤지 잘 알지. 분명히 아직도 똑같은 이야기를 떠들고 있을 거야. 어쨌든 이제는 더 이상 캐리 피셔에게 부디 여기 머물면서 그이를 좀 즐겁게 해달라고 부탁하지 않아도 되겠어. 너도 알겠지만, 그 여자는 정말이지 굶주린 늑대 같다니까. 게다가 양심이라고는 눈곱만큼도 없어. 그 여자는 항상 거스를 꼬여서 자기를 위해 투기를 하도록 하고 있지만 그러다가 돈을 날리게 되면 단 한 푼도 갚지 않을 게 뻔해."

바트 양은 그런 끔찍한 상황을 떠올리며 부르르 몸서리를 치면서도 자신의 경우가 될지도 모른다는 당혹감 따위는 전혀 느끼지 않았다. 그녀의 상황은 분명히 달랐다. 그녀가 돈을 날리고 돈을 갚지 않는 문제 같은 건 절대 있을 수 없었다. 왜냐하면 그녀는 절대 돈을 날리지 않을 거라고 트레너가 장담했기 때문이다. 그리고 그녀에게 수표를 보내주면서, 로즈데일의 조언 덕에 그녀의 돈으로 5천 달러를 벌었으며, 또다시 '크게 상승' 할 전망이기 때문에 그중 4천 달러는 다시 똑같은 투기사업에 넣었다고 설명했다. 그래서 바트 양은 트레너가 지금 자신의 돈을 가지고 투기를 하고 있다는 사실을 깨달았던 것이다. 그리고 그 정도의 사소한 도움이라면 감사 인사나 하면 그만이고 트레너에게 큰 빚을 진 것은 아니라는 사실도 알았다. 심지

기쁨의 집 189

어 초기 투자액을 늘리기 위해서 트레너가 그녀의 신용을 담보로 돈을 빌린 게 아닌가 하는 생각도 언뜻 들었지만 그런 일은 그녀의 호기심을 오래 끌지 못했다. 지금 당장은 다음번 '상승'이 언제쯤일까에 모든 관심이 쏠려 있었다.

  그 소식은 몇 주 후 전해졌다. 우연히도 잭 스테프니가 반 오스버그 양과 결혼식을 올린 날이었다. 신랑의 사촌으로서 바트 양은 신부 들러리를 서달라는 요청을 받았다. 하지만 다른 신부 들러리들보다 그녀의 키가 너무 커서 전체적인 균형이 깨질 것 같다는 이유로 릴리는 그 청을 완곡히 거절했다. 물론 진짜 이유는 지금까지 너무 많은 신부의 들러리를 서왔기 때문이었다. 그리고 다음번에 또다시 그 제단 앞에 선다면 들러리가 아니라 결혼식의 주인공으로 서고 싶었다. 게다가 젊은 아가씨들이 사람들 앞에 너무 오랫동안 서 있으면 온갖 농담과 억측의 대상이 된다는 사실을 잘 알고 있었다. 그러므로 릴리는 자신이 실제 나이보다 훨씬 더 늙었다는 오해를 불러일으킬지도 모르는, 그런 나이에 대한 구설만큼은 절대 피하겠다고 굳게 다짐했다.

  반 오스버그 집안의 결혼식은 허드슨 강변에 있는 부모님의 사유지 근처 마을 교회에서 거행되었다. 이 '소박한 시골풍의 결혼식'을 위해서 손님들을 실어 나르는 특별 열차가 운행되었으며, 경찰들이 동원되어 초대받지 못한 군중들을 담 주변에서 몰아냈다. 이 목가적인 의식이 거행되는 동안, 교회 안은 사교계 인사들로 넘쳐 났고 향기로운 난이 사방을 장식했다. 각 언론사의 기자들은 한 손에 수첩을 들고 산더미처럼 쌓인 결혼 선물 속을 이리저리 누비고 다녔다. 그리고 영화사 조합의 직원들은 교회 문 앞에 촬영기를 설치하고 있었다. 이것이야말로 릴리가 종종 자신이 주인공이 되는 모습을 눈앞에 그려보던 그런 종류의 결혼식이었다. 하지만 이번에도 역시 신비스럽게 베일을 쓰고 모든 사람의 주목을 한 몸에 받는 그런 입장이 아니라 평범한 구경꾼의 자격으로 참석하고 있다는 사실에 자극을 받은 릴리는 반드시 올해가 끝나기 전에 주인공의 자리에 서고야 말겠다는 결의를 더욱더 다졌다. 당장 눈앞의 걱정거리가 사라졌다고 해서 또다시 그런 일이 일어나지 않을 거란 보장이 없다는 걸 릴리는 잘 알고 있었다. 그것은 단지 의심과 불안에 빠져 익사할 뻔한 그녀를 다시 수면 위로 떠오르게 해주었을 뿐이다. 그리고 자신의 미모와 능력과 눈부시게 멋진 운명을 맞기에 적합한 자질에 대한 믿음을 되살려 주었을 뿐이다. 남을 지배하고 즐겁게 해주는 데 그토록 놀라운 재능을 가진 사람이 영원한 실패자가 되는 운명에 처할 수는 없는 일이었다. 이렇게 자신감을 회복하고 나자, 자신이 저지른 실수쯤은 쉽사리 만회할 수 있을 것 같았다.

그때 바로 근처 좌석에서 말끔하게 수염을 다듬은 퍼시 그라이스 씨의 근엄한 옆모습을 발견하자, 이런 계획들이 더욱더 현실에 가까워진 것 같았다. 그는 마치 신랑이라도 된 듯한 분위기를 풍기고 있었다. 그의 손에 들고 있는 커다랗고 하얀 치자 꽃다발이 릴리에게는 왠지 좋은 징조처럼 여겨졌다. 결국 그와 비슷한 족속들이 모인 가운데 놓고 보니, 이 남자도 그리 우스꽝스러운 외모는 아니었다. 우호적인 비평가는 그의 육중한 몸을 건장하다고 표현할 수도 있을 것이다. 그리고 기껏해야 그는 불안정한 사람들의 특성이 잘 드러나는, 멍하고 수동적인 태도를 보일 뿐이었다. 릴리는 그라이스 씨가 분명 이 관습적인 결혼식 장면에 자극을 받아서 감상적인 기분에 사로잡히는, 그런 종류의 남자일 것이라고 상상했다. 그리고 반 오스버그 저택의 호젓한 온실 안에서 자신의 손길을 애타게 기다리는 이 예민한 남자를 능수능란하게 다루는 광경을 눈앞에 그렸다. 사실 주변에 있는 다른 여자들을 살펴보고, 조금 전 거울 속에서 본 자신의 외모를 떠올려보았을 때, 이 남자를 다시 한번 자신의 발밑에 꿇어앉히고 실수를 만회하는 데는 굳이 특별한 기술까지 발휘할 필요가 없을 것 같았다.

하지만 그녀와 마주하고 있는 한 좌석에서 셀던의 검은 머리를 발견하는 순간, 그녀의 마음이 흔들리며 균형이 깨지는 것을 느꼈다. 이윽고 두 사람의 눈길이 마주치자 그녀의 피가 솟구치는 듯했지만 곧 역작용이 일어나서 저항감과 경계심이 밀려왔다. 릴리는 다시는 셀던을 보고 싶지 않았다. 그의 영향력이 두려웠기 때문이 아니라 그의 존재가 언제나 그녀의 야망을 초라하게 만들고 그녀의 세계를 통째로 뒤흔들어 놓기 때문이다. 게다가 그는 그녀의 인생 경력에서 최악의 실패를 상기시켜 주는 살아 있는 증거였다. 그가 그 실패의 원인이었다는 사실 또한 그에 대한 그녀의 감정을 악화시켰다. 물론 릴리는 그 꿈같은 존재의 순간을 아직도 떠올릴 수 있었다. 다른 모든 존재는 부수적인 것으로 전락하고, 오직 셀던과의 소통만이 호사로움의 극치인 것처럼 느껴지던 순간이었다. 하지만 지금과 같은 이런 세상에서 그런 특권은 실제 가치에 비해서 너무 많은 대가를 요구하는 것 같았다.

"오, 릴리. 오늘따라 네 모습이 정말 유난히 아름답구나! 뭔가 아주 좋은 일이라도 생긴 사람 같아!"

눈부시게 아름다운 친구에 대해서 이런 찬사를 퍼붓고 있는 이 젊은 아가씨는 정작 그런 행복한 일이 일어날 가능성을 전혀 갖고 있지 않았다. 거트루드 패리시 양은 사실 평범하고 재주 없는 아가씨의 전형이었다. 시원하고 솔직해 보이는 눈매와 신선한 미소가 보잘것없는 외모를 약간 보완해 주기는 했지만 그것도 일상적인 노동에 지친 회색 눈동자와 뇌쇄적인 곡선이라고는 전혀 없는 밋밋한 입술을 알아채기 전에 대단히 이해심 깊은 관찰자나 발견할 수 있는 장점이었다. 릴리는 그녀의 갑갑한 처지에 딱한 마음을 느끼는 동시에 그런 상황을 기꺼이 받아들이는 그녀가 짜증스럽기도 했다. 바트 양이 생각하기에 추레한 삶에 순응하는 것은 그 사람이 어리석다는 명백한 증거였다. 그녀의 어머니가 그렇게 여겼듯이. 그러므로 지금 상황에서 무엇이 필요한지 간파하고 정확히 거기에 딱 맞는 사람이 될 수 있는 자신의 능력을 생각할 때마다 릴리는 다른 아가씨들이 뭔가를 선택하는 데 너무 평범하고 열등하다는 생각까지 들었다. 사실 거티 패리시의 '실용적인' 색깔의 복장과 지극히 수수한 모자가 노골적으로 보여 주는 것처럼, 그토록 주어진 운명에 철저히 순응하고 있음을 드러나게 보여 주고 다닐 필요는 없는 것이다. 옷을 통해서 자기가 예쁘다는 걸 스스로 잘 알고 있음을 공공연히 자랑하는 것만큼이나 자신이 못생겼다는 걸 스스로 잘 알고 있다고 고백하는 것 또한 어리석은 일이다.

물론 치명적일 만큼 가난하고 멍청한 거티로서는 자애와 화합을 추구하는 것이 현명한 일이었다. 하지만 인생에서 더 높은 수준의 쾌락이란 없으며, 반 오스버그 가문의 호화로운 저택에서든 비좁은 셋집에서든 인생에서 얻을 수 있는 재미와 흥미는 똑같다는 그녀의 인생관은 왠지 비위에 거슬렸다. 하지만 오늘만큼은 괜히 흥분해서 수선을 피우는 패리시가 별로 짜증스럽게 여겨지지 않았다. 그런 것들이 오히려 자신의 특출함을 더욱 돋보이게 해주는 것 같았고, 그녀의 인생 계획을 더욱 웅대하게 만들어주는 것 같았다.

"다른 사람들이 모두 식당에서 나오기 전에 우린 어서 가서 결혼 선물이나 살펴보자."

패리시 양이 다정하게 팔짱을 끼며 제안했다. 결혼식의 모든 절차에 대해서 아무런 사심 없이 감상적인 흥미를 보이는 것 또한 그녀의 특징이었다. 한마디로 패리시 양은 결혼식 내내 눈물 젖은 손수건을 꼭 쥐고 있다가 식이 끝난 후에는 웨딩 케이크가 담긴 상자를 꼭 쥐고 떠나는, 그런 유의 여자였다.

"모두 다 정말 아름답지 않니?"

반 오스버그 양의 결혼 선물을 전시하기 위해 특별히 배정한, 멀리 떨어진 거실로 들어갔을 때, 패리시 양이 감탄하며 말했다.

"내 사촌 그레이스보다 이런 일을 잘할 수 있는 사람은 아무도 없다고 내가 입버릇처럼 말했잖아. 샴페인 소스를 끼얹은 그 바닷가재 무스[55]보다 맛있는 걸 먹어본 적 있니? 난 벌써 몇 주 전부터 이 결혼식을 절대 놓치지 않겠다고 결심했지. 이 모든 일이 얼마나 즐거울까 상상하면서 말이야. 그런데 로렌스 셀던이 내가 여기 올 거라는 말을 듣더니, 굳이 차를 몰고 나를 역까지 마중 나와 주겠다고 고집을 피우지 뭐니. 그리고 오늘 저녁에 집으로 돌아갈 때는 셀던과 함께 세리즈 식당에서 저녁을 먹기로 했어. 마치 내가 결혼이라도 하는 것처럼 너무 흥분되고 떨려서 죽을 지경이야!"

릴리는 빙그레 웃었다. 셀던이 이 재미없는 사촌에게 언제나 친절하게 군다는 사실을 잘 알고 있기 때문이다. 하지만 도대체 뭐 때문에 셀던 같은 남자가 이런 수지가 안 맞는 친절에 그토록 많은 시간을 낭비하는 걸까 의아할 때가 종종 있었다. 하지만 지금은 그 말을 듣자 왠지 기분이 좋아졌다.

"그 사람을 종종 만나니?"

릴리가 물었다.

"응. 어찌나 친절한지 일요일마다 우리 집에 들르곤 하거든. 가끔 운동도 같이해. 하지만 최근에는 별로 자주 보지 못했어. 무슨 일인지 무척 안 좋아 보이더라. 불안정하고 초조해 보였어. 가엾은 사람! 부디 멋진 아가씨와 결혼해야 할 텐데! 내가 오늘 그에게 그런 말을 했더니, 자기는 사실 예쁜 아가씨들을 별로 좋아하지 않는다고 하더라. 반면 다른 부류의 아가씨들은 또 자길 좋아하지 않는다나? 하지만 그건 물론 괜한 농담일 거야. 그 사람이 예쁘지 않은 아가씨와 절대 결혼할 리가 없어. 오, 릴리. 너 저렇게 아름다운 진주를 본 적 있니?"

두 사람은 신부의 보석이 전시되어 있는 테이블 앞에서 걸음을 멈추었다. 번쩍거리는 보석들의 휘황찬란한 빛을 보자, 릴리의 가슴은 질투심으로 불타올랐다. 완벽한 조화를 이룬 진주의 우윳빛 광택, 까만 벨벳을 배경으로 더욱 돋보이는 붉은 루비의 광채, 조명을 받아 더욱 강렬하게 빛나는 푸른 사파이어와 그 주변에 촘촘히 박힌 다이아몬드의 섬광. 이 모든 값비싼 보석은 다양하고 예술적인 세공으로 한층 더 우아하고 깊이 있게 보였다. 보석들의 광채는 와인처럼 릴리의 피를 뜨겁게 달구었다. 이 보석들은 부를 나타내는 그 어떤 것보다도 그녀가 간절히 추구하는 삶을 완벽하게 상징하고 있었다. 그것은 모든 세세한 부분까지도 보석의 마무리 손질처럼 완벽하고 모든 것이 그녀가 끼고 있는 희귀한 보석에 어울릴 만한 배경을 이루고 있는, 그런 까다로우면서도 세련되고 고고한 삶이었다.

"오, 릴리, 이 다이아몬드 펜던트 좀 봐. 접시만큼이나 큰걸! 도대체 누가 이런 선물을 했을까?"

근시인 패리시 양은 허리를 숙여서 선물 옆에 놓인 카드를 읽어보았다.

"사이먼 로즈데일. 이런, 그 소름 끼치는 남자 말이야? 오, 그래. 그 사람은 잭의 친구였지. 그러니 그레이스 사촌이 그 남자를 오늘 이 자리에 초대하지 않을 수 없었겠군. 하지만 그웬이 그 남자에게서 저런 선물을 받아야 하는 게 그레이스 사촌도 분명 혐오스러웠을 거야."

릴리는 미소를 지었다. 그리고 과연 반 오스버그 부인이 저런 선물을 마다했을까 생각했다. 하지만 그녀의 감정 따위에는 전혀 아랑곳할 것 같지 않은 사람들에게까지 세세하게 마음을 쓰는 것이 패리시 양의 버릇임을 잘 알고 있었다.

"글쎄, 만약 그웬이 저걸 달고 다니고 싶지 않다면 언제든 다른 물건으로 바꿀 수 있겠지."

릴리가 말했다.

"이런, 여기 훨씬 더 예쁜 게 있네!"

패리시 양이 계속해서 감탄했다.

"이 섬세하고 하얀 사파이어 좀 봐. 이런 선물을 고른 사람은 아마 특별히 공을 들여야 했을 거야. 선물 준 사람이 누구지? 퍼시 그라이스? 오, 그렇다면 별로 놀라운 일도 아니네!"

패리시 양은 카드를 다시 내려놓으며 의미심장하게 미소를 지었다.

"그 사람이 에비 반 오스버그에게 완전히 빠졌다는 소문을 너도 들었지? 그레이스 사촌이 그 때문에 얼마나 좋아하는지 몰라. 정말 낭만적이지 않니! 두 사람은 불과 6주 전에 조지 도싯 씨 댁에서 처음 만났대. 사랑스러운 에비에게는 정말 이보다 좋은 기회가 없을 거야. 오, 내 말은 재산 때문에 그렇다는 게 아니야. 재산이라면 에비도 충분히 갖고 있는걸. 하지만 워낙 조용하게 집에서만 지내길 좋아하는 아가씨잖아. 그라이스 씨도 그 점에서는 취향이 똑같은 것 같더라. 그래서 서로 너무 잘 어울린대."

한동안 릴리는 얼이 빠진 채 벨벳 깔개 위에 놓인 하얀 사파이어를 쳐다보며 서 있었다. 에비 반 오스버그와 퍼시 그라이스라고? 그 이름들이 어지럽게 그녀의 머릿속을 맴돌았다. 에비 반 오스버그? 못생기고 멍청하기로 소문난 딸 넷 중에서도 가장 어리고, 멍청하고, 못생긴 그녀 말인가? 그런데 반 오스버그 부인은 어느 누구도 따라잡을 수 없는 기민함으로 그런 딸들을 차례차례 모든 사람이 가장 부러워하는 최고의 자리에 올려놓고 있었다. 아, 어머니의 사랑 속에 보호를 받으며 자라는 아가씨들은 얼마나 행운이란 말인가! 어머니란 호의를 드러내지 않으면서도 숱한 기회를 만들어낼 줄 알고, 익숙함 때문에 관심이 시들해지지 않도록 하면서도 가까이 있을 수 있는 기회를 십분 활용할 줄 아는 법이다! 반면 세상에서 가장 똑똑한 아가씨라도 자신의 이익이 달려 있을 때는 잘못된 판단을 내리고, 어느 순간에는 너무 지나치게 앞서가다가 또 다른 순간에는 너무 멀리 물러나기도 한다. 그러므로 딸들을 부유하고 합당한 신랑감의 품에 안전하게 안겨 주기 위해서는 어머니의 결코 방심하지 않는 경계심과 통찰력이 필요한 것이다.

잠시 동안 한껏 들떴던 릴리의 마음은 새로운 패배감에 그만 바닥으로 가라앉고 말았다. 인생이란 어찌나 한심하고 엉터리인지! 어째서 퍼시 그라이스 같은 백만장자가 또 다른 백만장자와 결합해야 한단 말인가? 어째서 이토록 멍청한 아가씨 손에, 정작 본인은 어떻게 써야 할지도 모르는 엄청난 권력이 주어져야 한단 말인가?

이때 릴리는 익숙한 손길이 자신의 팔을 건드리는 것을 느끼고 퍼뜩 이 상념에서 깨어났다. 고개를 돌리니, 거스 트레너가 바로 옆에 서 있었다. 릴리는 짜증이 치밀었다. 이 남자는 무슨 권리로 그녀를 함부로 건드린단 말인가? 다행히 거티 패리시는 다음 테이블로 건너가고 그 자리에는 두 사람밖에 없었다.

결혼 축하주를 마셔서 보기 흉하게 얼굴이 뻘게진 트레너는 터질 듯이 꼭 끼는 연미복 때문에 유난히 더 뚱뚱해 보였다. 그리고 탄복하는 눈길로 그녀를 응시하고 있었다.

"이런 세상에, 릴리. 오늘은 자태가 더욱더 눈부시구려!"

트레너는 언제부터인가 은근슬쩍 그녀를 허물없이 이름으로 부르기 시작했다. 하지만 릴리는 그의 말투를 바로잡아 줄 적당한 시기를 놓치고 말았다. 게다가 그녀의 주위 사람들은 남자 여자 할 것 없이 서로 친근하게 이름을 부르고 지냈다. 결국 이런 낯익은 호칭이 유독 불쾌하게 느껴지는 것은 다름 아닌 트레너의 입에서 흘러나오기 때문이었다.

트레너는 그녀의 짜증스러운 기색은 전혀 알아채지 못한 채 여전히 신이 나서 떠들었다.

"어디, 내일 티파니[56]에 가서 이 시시한 장신구 중 어느 것을 똑같이 따라 만들지 마음의 결정은 하셨나? 내 호주머니 속에 당신에게 줄 수표 한 장이 들어 있거든!"

릴리는 그에게 깜짝 놀란 표정을 지어 보였다. 그의 목소리가 평소보다 훨씬 큰 데다가 그 방에 슬슬 사람들이 들어차고 있었기 때문이다. 하지만 황급히 주위를 둘러보고 아무도 그 말을 들은 사람이 없음을 확인하자, 릴리의 두려움은 금세 기쁨으로 바뀌었다.

"또 다른 배당금인가요?"

릴리는 생끗 미소를 지으며 물었다. 그리고 다른 사람의 귀에 들릴세라 그의 옆으로 바싹 다가갔다.

"뭐, 딱히 그런 건 아니오. 주식이 올랐기에 얼른 팔았지. 그래서 당신 몫으로 사천을 챙겼소. 그만하면 초보자치고는 썩 나쁜 건 아니지, 안 그렇소? 이제 당신은 자신이 꽤 눈치 빠른 투기꾼이란 생각이 들 거요. 어쩌면 이 늙고 불쌍한 거스가 다른 사람들이 생각하듯이 그렇게 끔찍한 멍청이가 아니라는 생각이 들지도 모르지."

"전 당신을 세상에서 가장 다정한 친구라고 생각해요. 하지만 지금은 당신에게 어떻게 감사해야 할지 모르겠군요."

이렇게 말하면서 릴리는 만약 단둘이 있었다면 거스가 신이 나서 박수라도 쳤을 만한 표정을 지으며 초롱초롱 빛나는 눈으로 그를 빤히 마주 보았다. 하지만 마음속으로는 그 방에 그들 두 사람만 있지 않은 것이 얼마나 다행스러웠던지! 어쨌든 릴리는 이 소식 덕분에 갑자기 육체적인 고통이 싹 사라지고 활기로 가득 찼다. 세상은 결국 그렇게 멍청하고 한심하기만 한 것은 아니었다. 가장 불운한 사람에게도 이따금 행운이 찾아오는 법이다. 이런 생각이 들자, 그녀의 영혼이 다시 살아나기 시작했다. 어쩌다 사소한 행운이라도 하나 찾아오면 모든 희망이 날개를 달고 퍼덕이는 것이 그녀의 특성이었다. 아직은 퍼시 그라이스를 완전히 놓친 게 아니라는 생각이 그 순간 떠올랐다. 릴리는 그를 에비 반 오스버그의 손에서 다시 빼앗아올 생각에 들떠서 미소를 지었다. 그녀가 자신의 능력을 한껏 발휘하기로 마음먹은 이상, 도대체 무슨 수로 그런 멍청이가 그녀를 막을 수 있겠는가? 릴리는 그라이스를 볼지도 모른다는 희망에 주위를 두리번거렸지만 정작 그녀의 눈에 들어온 사람은 뚱뚱한 로즈데일 씨였다. 그는 반쯤은 비굴하고, 반쯤은 눈에 거슬리는 태도로 사람들 속을 헤집고 다니고 있었다. 그의 존재를 인식하는 순간, 갑자기 그의 뚱뚱한 몸이 이 방만큼이나 커지는 것 같았다.

릴리는 이렇게 로즈데일의 존재가 커지는 결과를 만들고 싶은 마음이 눈곱만큼도 없었으므로 재빨리 트레너 쪽으로 시선을 돌렸다. 트레너는 그녀가 아직 원하는 만큼 충분히 감사 표현을 하지 못했다고 여기는 듯했다.

"나에 대한 감사 따위는 접어두도록 해요. 감사 인사를 받고 싶었던 건 아니니까. 그저 이따금 당신과 한두 마디 이야기를 나눌 기회만 있어도 좋겠소."

트레너가 투덜댔다.

"난 당신이 가을 내내 우리와 함께 지낼 거라고 생각했는데, 지난달에는 당신 그림자도 볼 수 없었으니 말이오. 그러지 말고 오늘 저녁에 벨로몬트로 돌아가는 게 어떻겠소? 지금은 우리 부부뿐이라오. 그래서 주디는 잔뜩 까탈을 부리고 있지. 어서 와서 당신 친구 좀 즐겁게 해주시오. 당신만 좋다면 내가 자동차로 당신을 모시고 가겠소. 그리고 당신 하녀에게 전화를 걸어서 다음번 열차로 짐을 가지고 내려오라고 하면 되지 않겠소."

릴리는 안타까워하는 듯한 표정을 지으며 사랑스럽게 고개를 살랑살랑 저었다.

"그럴 수 있다면 얼마나 좋겠어요. 하지만 불가능한 일이에요. 저희 고모님이 뉴욕으로 돌아오셨거든요. 앞으로 며칠 동안은 고모님과 함께 지내야 해요."

"이런, 우리가 이렇게 가까운 친구 사이가 된 이후로 당신이 주디의 친구였을 때보다 훨씬 더 당신 보기가 힘들군."

무의식중에 그녀의 본심을 파악한 트레너가 계속해서 투덜거렸다.

"제가 주디의 친구였을 때라고요? 그럼 지금은 주디의 친구가 아니란 말인가요? 세상에, 정말 이상한 말씀도 다 하시네요! 만약 제가 계속 벨로몬트에서 지냈다면, 당신은 어쩜 주디보다도 먼저 저에게 질려버리셨을걸요. 어쨌든 다음번 오후에 시내에 나오시면, 저희 고모님 댁을 방문해 주세요. 그때는 조용히 즐거운 대화를 나눌 수 있을 거예요. 저에게 더 나은 투자 방법도 가르쳐주시고요."

지난 3, 4주 동안 다른 집에 초대받았다는 핑계로 릴리가 벨로몬트에 가지 않은 것은 사실이었다. 그리고 이제 그토록 피하려고 애써온 계산서가 그 기간만큼 이자가 붙어서 되돌아온 듯한 느낌이 들기 시작했다.

하지만 조용하고 즐거운 대화의 약속은 그녀가 기대한 것만큼 트레너를 만족시키지 못한 듯했다. 그는 계속 이맛살을 찌푸리며 말했다.

"내가 과연 날마다 당신에게 새로운 정보를 줄 수 있을지 잘 모르겠소. 하지만 당신이 나를 위해서 해줄 수 있는 일이 한 가지 있지. 로즈데일에게 그저 약간만 친절을 베풀어주면 되오. 우리가 시내로 나왔을 때, 드디어 주디가 그 사람을 저녁 식사에 초대하겠다는 약속을 했다오. 하지만 벨로몬트로 그를 초대하겠다는 승낙까지는 받아내지 못했소. 하지만 지금 내가 가서 그 사람을 데려오도록 당신이 허락해 준다면, 아주 많은 게 달라질 것이오. 내 생각에 오늘 오후 내내 로즈데일에게 말을 건 여자는 단 두 명도 안 될 거요. 그러나 분명히 장담하지만, 그 친구에게 잘하면 그만큼 충분한 보답을 받게 될 거란 말이오."

바트 양은 짜증스럽게 몸을 움직였다. 하지만 그 동작에 응당 따라 나올 것 같은 말만은 꾹 참고 억눌렀다. 어쨌든 뜻하지 않게 트레너에 대한 마음의 빚을 갚을 수 있는 좋은 기회였다. 게다가 로즈데일을 정중하게 맞아주기를 바라는 데는 그녀 자신을 위한 이유도 있지 않은가?

"오, 그분을 꼭 데려오세요."

바트 양이 생긋 미소를 지으며 한마디 덧붙였다.

"어쩌면 제 힘으로 그분에게서 좋은 정보를 얻어낼 수 있을지도 몰라요."

이 말에 트레너가 갑자기 걸음을 멈추었다. 그러고는 릴리의 얼굴이 새빨개질 정도로 뚫어져라 그녀를 바라보며 경고하듯 말했다.

"당신도 잘 알고 있겠지만 그 작자가 천박하기 짝이 없는 졸부라는 걸 절대 잊지 말아요."

릴리는 살짝 웃음을 터트리며 그들이 서 있던 자리에서 제일 가까운 창문을 향해 돌아섰다.

방 안은 점점 더 많은 사람으로 북적거렸다. 릴리는 탁 트인 곳으로 나가서 신선한 공기를 쐬고 싶었다. 테라스에서라면 그 두 가지 욕구를 모두 충족시킬 수 있었다. 그곳에서는 몇몇 사람만이 담배와 술을 손에 든 채 서 있었다. 한편 가을빛으로 물든 꽃밭의 가장자리까지 펼쳐진 잔디밭 위에서는 사람들이 쌍쌍이 거닐고 있었다.

릴리가 테라스로 나왔을 때, 담배를 피우고 있던 무리 중 한 사람이 그녀를 향해 걸어왔다. 순간 릴리는 셀던과 얼굴을 마주하고 섰다. 그가 가까이 있을 때마다 늘 두근거리던 심장 박동이 약간의 긴장감까지 더해져 더욱 격렬하게 뛰었다. 벨로몬트에서의 일요일 오후 산책 이후로 두 사람은 한 번도 만난 적이 없었다. 그때 그 기억이 릴리에게는 아직도 너무나 생생하게 남아 있었기 때문에 셀던 역시 그 일을 의식하지 않으리라고는 도저히 믿을 수 없었다. 하지만 인사를 건네는 셀던의 얼굴에는 대개의 남자들이 예쁜 여자를 볼 때면 언제나 드러내게 마련인 자연스러운 만족감밖에는 떠오르지 않았다. 이 사실을 깨닫자, 릴리는 비록 자존심에 상처를 입기는 했지만 어쨌든 긴장이 풀렸다. 트레너에게서 벗어났다는 안도감과 잠시 후에는 로즈데일을 만나야 한다는 막연한 불안감 사이에 시달리던 릴리는 언제나 모든 걸 완벽히 이해해 줄 것 같은 로렌스 셀던의 모습을 보자 잠시 휴식을 취하는 기분이 들었다.

"이것 참 운이 좋군요."

셀던이 미소를 지으며 말했다.

"안 그래도 서로 일이 생겨 헤어지기 전에 당신과 한마디라도 나눌 수 있으면 좋겠다고 생각하던 참이었습니다. 전 거티 패리시와 함께 왔습니다. 그리고 절대 열차를 놓치는 일이 없도록 역까지 데려다 주겠다고 약속했지요. 분명히 그녀는 아직까지도 결혼 선물을 둘러보며 감상적인 정취에 푹 빠져 있을 겁니다. 결혼 선물의 수와 값어치가 곧 이 결혼식에 참석한 손님들의 순수한 애정에 대한 증거라고 굳게 믿는 것 같더군요."

창틀에 살짝 몸을 기댄 채 그녀의 아름다움을 노골적으로 즐기는 시선으로 바라보고 있는 셀던의 목소리에는 당황하는 기색이라고는 손톱만큼도 없었다. 릴리는 그들이 마지막으로 대화를 나누었던 그때 이전의 관계로 아무렇지도 않게 되돌아가 버린 셀던을 보자, 잠시 몸이 싸늘해지는 것 같았다. 아무런 고뇌의 흔적도 보이지 않는 그의 미소에 릴리의 자존심은 날카로운 상처를 입었다. 릴리는 그에게 단지 지각 능력이 있는 예쁜 인형이 아닌, 그 이상의 것이 되기를 간절하게 바랐기 때문이다. 잠시 그의 눈과 머리를 즐겁게 해주고 지나가는 여흥 거리가 되고 싶지는 않았다. 그녀의 대답에서는 이런 마음이 어쩔 수 없이 드러났다.

"오, 우리의 추악하고 무미건조한 모든 행위를 아름다운 낭만으로 감쌀 수 있는 거티의 그런 능력이 정말 부러울 따름이네요! 제 야심이 얼마나 하찮고 무의미한 것인지 당신이 저에게 일깨워 주신 이후로 손상된 제 자존심은 아직도 회복될 기미를 전혀 보이지 않고 있거든요."

이 말을 채 끝마치기도 전에 릴리는 이미 자신의 말이 얼마나 부적절한 것인지 깨닫고 있었다. 셀던에게는 가장 최악의 모습만 보여 주게 되는 것이 어쩔 수 없는 그녀의 운명인 것 같았다.

"제 생각은 그와 정반대입니다."

셀던이 경쾌한 어조로 대답했다.

"저야말로 그 야심이 당신에게는 이 세상 그 무엇보다도 중요하단 사실을 입증해 주는 도구가 되었던 것 같은데요."

순간 마치 격렬하게 흘러가던 그녀의 존재가 갑작스러운 방해물에 부딪혀서 뒤로 나동그라지는 것 같았다. 릴리는 상처 입은 사람처럼 혹은 겁에 질린 아이처럼 무력하게 셀던을 바라보았다. 셀던은 릴리의 감추어진 진짜 자아를 밖으로 끌어낼 수 있는 능력을 갖고 있었다. 그리고 이 진짜 자아는 혼자서 밖으로 나오는 데 전혀 익숙하지 않았다.

무기력하게 호소하는 듯한 릴리의 모습은 언제나 그렇듯이 셀던의 마음속 깊은 곳에 숨은 연민을 자극했다. 설사 자신이 가까이 있을 때마다 릴리가 더욱 눈부시게 빛난다는 사실을 알았다 해도 셀던에게는 아무런 의미도 없었을 것이다. 하지만 이 세상에서 오직 그만이 불러낼 수 있는, 이 무방비 상태의 릴리의 모습을 보자, 셀던은 또다시 이 세상에서 두 사람만이 한편인 것 같은 기분이 들었다.

"적어도 당신이 지금 말하는 것보다 나를 더 나쁘게 생각하진 않겠군요! 그보다 더 나쁠 수는 없으니까요."

릴리가 파르르 떨리는 웃음소리를 내며 소리쳤다. 하지만 셀던이 대답하기도 전에 거스 트레너가 갑자기 다시 나타났다. 그와 더불어 두 사람 사이에 한창 흐르고 있던 감정의 교류가 막히고 말았다. 트레너의 뒤에는 로즈데일 씨가 서 있었다.

"잠깐만, 릴리. 당신이 날 속이고 그만 도망쳐 버린 줄 알았지 뭐요. 로즈데일과 나는 당신을 찾으려고 온 사방을 헤매고 돌아다녔다오!"

트레너는 마치 남편이라도 되는 양 허물없는 말투였다. 순간 릴리는 그 사실을 재빨리 알아차린 듯 로즈데일의 눈이 반짝 빛나는 걸 본 것 같았다. 이 생각은 로즈데일에 대한 미움을 증오심으로 바꾸어놓았다.

릴리는 공손히 절을 하는 로즈데일을 향해 몸을 돌리고 까딱 인사를 했다. 하지만 릴리가 로즈데일 같은 사람을 알고 지낸다는 사실에 셀던이 깜짝 놀라는 것을 느끼자, 이자에 대한 미움이 더욱 커졌다. 이제 트레너는 돌아서서 가버렸고, 그의 동료만이 계속해서 바트 양 앞에 서 있었다. 기대에 가득 차서 바싹 긴장하고 있는 그의 입술은 그녀가 무슨 말을 하든지 당장 웃어줄 태세로 반쯤 벌어져 있었다. 그리고 그의 뒷모습은 감히 자신이 사람들의 눈앞에서 바트 양과 함께 서 있는 영광을 누리고 있음을 분명히 의식하고 있었다.

지금이야말로 이 곤경을 잽싸게 뛰어넘기 위해 기지를 발휘해야 할 때였다. 하지만 셀던이 아직도 창틀에 몸을 기댄 채 이 광경을 초연하게 지켜보고 있었다. 그리고 그의 시선이 던지는 마력에 걸린 릴리는 평소처럼 기지를 발휘하지 못하고 무기력해졌다. 더구나 로즈데일과 같은 그런 남자에게 비위를 맞춰줄 만큼 그녀가 어떤 절박한 처지에 있는 게 아닐까 하고 셀던이 의심할지도 모른다는 두려움 때문에 아주 평범한 인사말조차 건넬 수 없었다. 로즈데일은 여전히 기대에 찬 얼굴로 그녀 앞에 서 있었다. 릴리는 계속해서 아무 말 없이 그를 바라보고 서 있었다. 그녀의 시선은 정확히 그의 반질거리는 정수리 위에 머물렀다. 그리고 그녀의 표정은 그녀의 침묵이 의미하는 바를 마지막으로 확인시켜 주고 있었다.

서서히 로즈데일의 얼굴이 빨갛게 물들었다. 그는 양쪽 발을 번갈아 들었다 놓았다 하면서 넥타이에 박힌 통통한 검은 진주를 만지작거렸다. 그러고는 초조하게 콧수염을 비비 꼬았다. 마침내 그의 시선이 릴리의 어깨 너머로 향하는가 싶더니 갑자기 뒤로 물러섰다. 그리고 셀던을 힐끔거리며 큰 소리로 말했다.

"제 목숨을 걸고 맹세하지만, 이렇게 눈알이 튀어나올 만큼 멋진 옷은 생전 처음 보는군요. 이 옷이 바로 얼마 전 당신이 베네딕으로 찾아갔다던 바로 그 재단사의 작품입니까? 만약 그렇다면, 어째서 다른 여인네들은 거길 찾아가지 않는지 참 희한한 일입니다."

 이 말은 릴리의 차가운 침묵에 부딪혀 더욱 날카롭게 울려 퍼졌다. 릴리는 자신의 그런 행동이 오히려 그 말을 강조하는 꼴이 되었다는 사실을 순간적으로 깨달았다. 일상적인 대화였다면, 그런 말은 누구든 별로 귀담아듣지 않고 스쳐 지나갔을 것이다. 하지만 지나치게 긴 그녀의 침묵 뒤에 이어진 로즈데일의 발언은 뭔가 특별한 의미를 지닌 것처럼 느껴졌다. 릴리는 굳이 돌아보지 않아도 셀던이 즉각 그 말의 의미를 알아차렸으며, 따라서 분명히 그녀가 그의 집을 방문한 일과 이 은근한 암시를 연결시키리라는 것을 짐작할 수 있었다. 이런 자의식은 로즈데일에 대한 그녀의 화를 더욱 부채질했다. 하지만 셀던의 눈앞에서 그런 짓을 하기가 죽기보다 싫다고 하더라도 지금은 로즈데일의 비위를 맞춰야 할 순간이었다.

 "다른 여자들이 제 재단사를 찾아가는지 안 가는지 당신이 어떻게 아세요?"

 릴리가 반문했다.

 "저는 제 친구들에게 저의 단골 재단사의 주소를 알려 주는 걸 전혀 두려워하지 않는걸요!"

 릴리가 로즈데일을 이 특별한 집단 속에 포함시키고 있다는 사실이 그녀의 눈빛과 말투에 너무나 명백히 드러났으므로 로즈데일의 조그만 두 눈가에는 만족스러운 주름이 잡히고 콧수염이 자란 입가에는 의미심장한 미소가 떠올랐다.

 "지당하신 말씀입니다. 당신이 그걸 두려워할 필요가 없고말고요! 몸에 걸친 것을 홀딱 다 벗어 준다고 해도 당신의 아름다움을 따라올 사람은 없을 테니까요!"

 "아, 당신은 정말 친절하시군요. 그런데 저를 좀 조용한 곳으로 데려가 주신다면 더 고맙겠어요. 다들 열차 때문에 서둘러 떠나야 할 시간이 되기 전에 레모네이드나 알코올이 들어 있지 않은 다른 음료를 마시고 싶군요."

릴리는 이렇게 말하며 자연스럽게 몸을 돌렸다. 그리고 그녀 옆에서 의기양양하게 거드름을 피우며 걸어가는 로즈데일과 함께 테라스에 모여 있는 사람들 틈을 헤치고 나갔다. 하지만 그동안에도 그녀의 모든 신경은 오직 셀던이 이 광경을 보면서 무슨 생각을 할까 하는 걱정에만 쏠려 있었다.

마음속으로는 이렇듯 자꾸만 일이 꼬여 가는 것에 짜증을 느끼면서 겉으로는 태연하게 로즈데일과 가벼운 대화를 나누는 동안에도 또 다른 생각이 릴리의 머리를 떠나질 않았다. 그녀는 퍼시 그라이스에 대한 진실을 알아내기 전까지는 절대 이곳을 떠나지 않을 작정이었다. 우연인지, 아니면 그라이스의 의도 때문인지, 어쨌든 그가 벨로몬트를 황급히 떠난 이후 두 사람은 줄곧 엇갈리기만 했다. 하지만 바트 양은 가장 예상치 못한 상황에서 최상의 결과를 만들어내는 데 전문가였다. 게다가 지난 몇 분 동안 하필이면 그녀가 셀던에게는 결코 보여 주고 싶지 않던 자신의 일면을 정확히 그에게 노출시키고 마는 지긋지긋한 사건들을 연달아 겪고 보니, 피난처를 구하고 싶은 갈망이 더욱 커졌다. 이렇게 운에 따라 들쑥날쑥 요동치는 상황보다는 그것이 어떤 상황이든 간에 확실하게 정해진 것이 훨씬 더 견딜 만할 것 같았다. 불안정한 상황 속에서는 항상 인생에서 일어날 수 있는 모든 가능성에 대해서 조심하며 바싹 긴장하는 자세를 유지할 수밖에 없었다.

집 안에서는 오늘의 주인공들이 무대를 떠나고 모여 있던 청중도 출발을 서두르면서 이미 파장 분위기가 가득했다. 릴리는 그라이스도, 반 오스버그 집안의 막내딸도 찾을 수 없었다. 두 사람 모두 놓쳐 버렸다는 생각이 불길하게 그녀를 엄습했다. 릴리는 로즈데일 씨에게 이 저택의 제일 끝에 있는 온실로 가자고 제안했다. 길게 이어지는 방 안에는 아직도 두 사람의 행보가 눈길을 끌기에 충분할 만큼의 손님이 남아 있었다. 릴리는 흥미와 호기심으로 가득 찬 시선들이 계속 따라오고 있다는 것을 잘 알았지만 그런 시선은 자기 만족감에 빠져 있는 그녀의 동반자에게나, 무관심한 그녀 자신에게나 아무런 상처도 입히지 못했다. 지금 이 순간만큼은 로즈데일과 함께 있는 모습을 남들이 보든 말든 별로 개의치 않았다. 모든 생각이 그녀가 찾고 있는 목표물에 쏠려 있었기 때문이다. 하지만 그 목표물은 온실에도 없었다. 결국 실패했다는 갑작스러운 깨달음에 낙심한 릴리는 이제 불필요해진 동반자를 떨쳐 버리기 위한 방법을 찾고 있었다. 바로 그때 두 사람 앞에 반 오스버그 부인이 나타났다. 얼굴이 빨갛게 달아오른 부인은 몹시 지친 기색이었지만, 마침내 의무를 완수했다는 기쁨에 활짝 웃고 있었다.

처음에 부인은 상냥하긴 하지만 기진맥진한 안주인의 몽롱한 시선으로 그들을 힐끗 쳐다보았다. 지금 부인의 눈에는 모든 손님이 단지 만화경 속에서 소용돌이치는 점에 불과할 뿐이었다. 하지만 다음 순간 부인의 시선이 한곳에 고정되더니 바트 양을 반갑게 껴안았다.

"오, 릴리. 제대로 말 한마디 나눌 틈도 없었는데, 벌써 떠날 모양인가 봐? 그런데 혹시 에비는 만나봤어요? 온 사방으로 릴리를 찾아다니던데. 릴리에게 자기 비밀을 털어놓고 싶어서 안달이 났거든. 하지만 릴리도 벌써 짐작했을 거야. 다음 주쯤에나 약혼을 공표할 예정이긴 하지만, 어쨌든 릴리는 그라이스 씨의 절친한 친구잖아. 두 사람 모두 당신에게 제일 먼저 이 행복한 소식을 알리고 싶어 하더라니까."

9

페니스턴 부인이 젊었을 당시에는 10월이면 사교계 사람들이 도시로 돌아왔다. 따라서 굳게 닫혀 있던 페니스턴 부인의 5번가 저택 창문도 10월 10일이 되면 블라인드가 걷혔다. 그리고 거실 창가를 점령하고 있던 청동 조각상인 「죽어가는 검투사」[57]는 다시 인적이 드문 도로를 내다볼 수 있었다.

페니스턴 부인에게 집으로 돌아온 후 처음 2주일은 가사일에 있어서 종교적 피정 기간과 같았다. 그녀는 자신의 죄를 뉘우치며 양심을 속속들이 살피는 심정으로 집 안의 모든 이불과 커튼을 '철두철미하게' 점검했다. 그리하여 회개한 영혼이 자신의 숨은 죄를 찾듯이 좀먹은 곳을 찾아냈다. 또한 집 안에 있는 옷장이란 옷장의 꼭대기는 죄다 그동안 감춰놓은 비밀을 털어놓아야 했고, 지하실과 석탄 통 역시 그들의 가장 어두운 밑바닥까지 드러내야 했다. 그리고 이 신성한 의식의 가장 마지막 절차로 집 안 전체가 속죄의 하얀 베옷을 뒤집어쓴 다음, 정화시켜 주는 비누 거품의 범람을 당해야 했다.

바트 양이 반 오스버그 집안의 결혼식에서 집으로 돌아온 그날 오후에도 바로 이 의식의 마지막 단계가 진행되고 있었다. 도심으로 다시 돌아오는 여행은 그녀의 날카로운 신경을 안정시켜 주지 못했다. 비록 에비 반 오스버그의 약혼이 아직까지는 공식적인 비밀이었지만 그 집안과 가까이 지내는 친구들 대부분은 이미 다 알고 있었다. 그러므로 돌아오는 열차 안을 가득 메운 손님들 사이에서는 온갖 추측과 소문이 난무했다. 릴리는 이 풍자극에 자신이 어떤 역할을 하는지 매우 정확히 알고 있었다. 그리고 그런 상황에서 비롯되는 즐거움이 어떤 성질의 것인지 정확히 파악하고 있었다. 그녀의 친구들이 즐기는 유치한 쾌락 중에는 이런 뒤엉킨 관계들을 씹어대는 천박한 재미도 포함되어 있었다. 말하자면 짓궂은 장난을 벌일 때, 그 장난의 희생자가 되어 놀라 자빠질 사람에 대한 비상한 관심 같은 것이었다. 릴리는 이런 어려운 상황에 어떻게 대처해야 하는지도 잘 알고 있었다. 승리자도 패배자도 아닌, 정확히 그 중간쯤 되는 모호한 태도를 유지해야 했다. 결국 태연하고 밝기만 한 그녀의 태도 앞에서 모든 빈정거리는 말들은 힘을 잃고 빗겨 갔다. 하지만 릴리는 계속 그런 태도를 유지하는 게 피곤해지기 시작했고, 그로 인한 반작용은 훨씬 빨리 일어났다. 그리하여 그녀는 점점 더 깊은 자기혐오감 속으로 빠져들었다.

릴리의 경우에는 언제나 그렇듯이, 이런 도덕적인 혐오감은 주변 환경에 대해서 왈칵 불쾌감이 치솟는 식으로 표출되었다. 그러므로 검은 호두나무로 지은 페니스턴 부인의 추하고 거만한 저택에 대해서, 매끄럽게 반짝거리는 현관 타일에 대해서, 그리고 문을 열자마자 코를 찌르는, 세제와 가구 광택제가 뒤섞인 냄새에 대해서 강한 반발을 느꼈다.

계단에는 아직도 카펫이 깔려 있지 않았다. 자신의 방을 향해 올라가던 릴리는 한 층계참에서 서서히 침입해 들어오는 비누 거품의 물결에 포위당하고 말았다. 그녀는 얼른 치맛자락을 들어 올리고 짜증스럽게 옆으로 비켜났다. 그 순간 왠지 배경은 다르지만 이와 똑같은 상황에 처했던 것 같은 묘한 느낌이

들었다. 마치 다시 셀던의 방에서 나와 그 계단을 내려가고 있는 것 같았다. 그리고 마루를 온통 비누 거품 천지로 만들어놓은 당사자를 야단치기 위해서 밑을 내려다보았을 때, 릴리는 이와 비슷한 상황에서 예전에 한 번 마주친 적이 있었던 눈동자가 그녀를 응시하고 있음을 발견했다. 그녀는 바로 베네딕 건물의 청소부 여인이었다. 그녀는 빨갛게 튼 팔꿈치를 괸 채 그때와 똑같이 당돌한 호기심을 드러내며 그녀를 이리저리 뜯어보고 있었다. 그러자 그때와 똑같은 불쾌감이 릴리를 엄습했다. 하지만 이번에는 그녀의 영역 안에 있었다.

"내가 지나가려는 게 안 보여? 어서 양동이를 치워."

릴리가 날카롭게 소리쳤다.

처음에 그 여자는 못 들은 척했다. 그리고 한마디 말도 없이 양동이를 뒤로 밀더니 젖은 걸레로 층계참을 닦기 시작했다. 그동안에도 그 여자의 두 눈은 곁을 지나가는 릴리에게서 떠날 줄을 몰랐다. 페니스턴 부인이 집 안에 저런 인간들을 들여놓다니 정말 참기 힘든 일이었다. 자기 방으로 들어간 릴리는 그날 저녁에 당장 저 여자를 해고하겠다고 결심했다.

하지만 공교롭게도 페니스턴 부인은 릴리의 불평을 들어줄 상황이 아니었다. 이른 아침부터 하녀와 함께 방에 틀어박혀서 자신의 모피들을 모두 점검하고 있었기 때문이다. 이 절차는 집 안 대청소라는 이 위대한 드라마의 절정을 이루는 대목이었다. 저녁에도 릴리는 혼자였다. 좀처럼 밖에서 저녁 식사를 하는 일이 없는 고모가 잠시 뉴욕에 들른 반 알스타인 집안의 한 사촌에게서 연락을 받아 나갔던 것이다. 비정상적일 정도로 청결하고 말끔하게 정리된 저택은 마치 무덤 속처럼 으스스했다. 하얀 천으로 덮어놓은 그릇장 사이에서 간단하게 식사를 마치고 돌아온 릴리는 새 집처럼 번쩍번쩍 빛나는 거실로 들어갔다. 숨 막힐 듯이 답답한 페니스턴 부인의 좁은 공간 속에 산 채로 파묻혀 버린 느낌이었다.

릴리는 대개 이 대청소 기간에는 어떻게든 집에 있지 않았다. 하지만 이번 가을에는 여러 가지 이유 때문에 도시에 계속 머무를 수밖에 없었는데, 그중에서도 가장 커다란 이유는 예전만큼 많은 초대를 받지 못했다는 것이다. 친구들이 모두 도시로 돌아오는 크리스마스 때까지 이 집 저 집 초대를 받으며 돌아다니는 생활에 꽤 오랫동안 익숙해져 있던 릴리는 이런 공백기를 겪게 되자 새삼 자신의 인기가 시들었음을 절감하게 되었다. 일전에 자신의 입으로 셀던에게 말했던 것처럼, 사람들은 이제 그녀에게 싫증이 난 것이다. 물론 새로운 신분을 가진 릴리라면 기꺼이 다시 환영하겠지만 바트 양으로서 그녀에 대해서는 이미 신물이 나도록 잘 알고 있었다. 릴리 역시 자기 자신이 지겨웠고, 그 닳고 닳은 이야기에 넌더리가 났다. 그러므로 때때로 뭔가 색다른 것을, 뭔가 낯설고 이국적이고 지겹지 않은 것을 맹목적으로 갈구하는 순간이 있었다. 하지만 그녀의 상상력을 아무리 최대한 펼쳐보아도 기껏해야 새로운 환경 속에서 평소와 같은 생활을 하고 있는 자신의 모습을 그려보는 것 이상을 뛰어넘지 못했다. 릴리는 꽃이 향기를 풍기듯 우아함이 넘쳐나는 거실 이외에 다른 어떤 곳에 있는 자기 자신을 상상할 수가 없었다.

10월이 다가오자, 릴리는 트레너 부부의 집으로 되돌아가느냐 아니면 고모님과 함께 도시에 남아 있느냐 하는 두 가지 선택에 직면했다. 비록 10월의 뉴욕은 황량하고 쓸쓸하기 짝이 없었고, 페니스턴 부인의 저택에서 풍기는 비누 냄새 역시 만

만치 않게 불쾌했지만 그래도 벨로몬트에서 그녀를 기다리고 있는 것보다는 나아 보였다. 결국 릴리는 희생적인 영웅이라도 된 듯이 비장하게 크리스마스 때까지 고모님 곁을 지키겠노라고 선포했다.

하지만 이런 종류의 희생은 가끔 그 희생을 유발시킨 감정만큼이나 복잡한 감정을 불러일으키는 법이다. 페니스턴 부인은 자신의 가장 믿음직한 하녀에게, 만약 집 안 대청소를 하는 이런 중대한 순간(비록 지난 40년 동안 부인은 자신이 커튼 다는 일에는 뛰어난 능력이 있다고 생각해 왔지만)에 가족 중 누구 한 명이 그녀 옆을 지킨다면 릴리 양보다 그레이스 양이 더 좋겠다고 속내를 털어놓았다. 그레이스 스테프니는 부인의 먼 친척이었는데, 태도가 매우 고분고분했으며 매사에 대리 만족을 느끼기를 좋아했기 때문에, 릴리가 자주 밖에서 저녁 식사를 할 때면 대신 페니스턴 부인과 함께 식탁에 앉곤 했다. 그레이스 양은 베지크 카드놀이를 함께했고, 바늘땀이 빠진 곳을 찾아내 주었으며, 《타임스》의 부고란을 읽어주었다. 그리고 거실의 새빨간 비단 커튼과 창가에 놓인 「죽어가는 검투사」 청동상, 그리고 절대 선을 넘는 법이 없는 페니스턴 부인의 일생에서 딱 한 번 있었던 예술적인 방종을 상징하는, 폭 9인치 너비 5인치 크기의 나이아가라 폭포 그림을 진심으로 열렬히 찬미했다.

하지만 대개 그런 봉사를 받는 사람들이 자기를 섬기는 사람들을 따분하게 여기는 것처럼, 페니스턴 부인 역시 보통 상황에서는 이 나무랄 데 없는 친척을 몹시 지겨워했다. 그리고 눈부시게 매력적이지만 전혀 의지가 안 되는 릴리를 훨씬 더 좋아했다. 하지만 릴리는 코바늘 끝이 이쪽인지 저쪽인지도 구별하지 못했고, 종종 거실을 '몽땅' 바꿔버려야 한다고 제안하여 부인의 감수성에 상처를 입히곤 했다. 그러므로 잃어버린 냅킨을 찾을 때라든가, 혹은 검은 계단에 다시 카펫을 깔아야 할지를 결정할 때는 릴리의 판단보다는 그레이스의 판단이 훨씬 더 믿음직했다. 사실 릴리는 갈색 비누와 밀랍 냄새에 투덜거리기나 하고, 마치 집이란 것이 외부의 도움 없이도 응당 저절로 깨끗해져야 하는 것처럼 굴었다.

페니스턴 부인은 '손님'이 없을 때는 절대 불을 켜지 않는 까닭에 생기 없이 번쩍거리기만 하는 거실 샹들리에 밑에 앉아 있다 보니, 릴리는 이렇게 계속 지루하고 무료한 시간을 보내다가 결국 그레이스 스테프니와 같은 중년의 부인이 되어버린 자신의 모습이 눈앞에 떠오르는 듯했다. 주디 트레너와 그녀의 친구들을 즐겁게 해주는 일을 그만두고 나면 이번에는 페니스턴 부인을 즐겁게 해줘야 한다는 의무가 그녀를 기다렸다. 어느 쪽을 바라보아도 보이는 것이라고는 오직 다른 사람들의 변덕스러운 기분에 맞춰 살아야 하는 운명뿐이었다. 자기 자신의 진정한 개성을 발휘할 수 있는 가능성이라곤 눈곱만큼도 없었다.

이때 현관 벨이 울렸다. 벨 소리는 텅 빈 집에 더욱 요란하게 울려퍼졌고, 극도의 지루함에 사로잡혀 있던 릴리는 갑자기 정신이 들었다. 마치 한없이 길게 느껴지는 이 공허한 저녁에 지난 몇 달 동안 쌓여 온 모든 지루함과 피곤이 정점에 도달한 것 같았다. 제발 저 벨 소리가 바깥세상의 호출이라면! 아직도 그녀를 기억하고 원하는 사람들이 있다는 징표라면!

잠시 후 하녀가 나타나더니, 문밖에 바트 양을 만나기를 원하는 사람이 있다고 알려 주었다. 그리고 누군지 좀 더 자세히 말해 보라는 릴리의 요청에 하녀는 이렇게 덧붙였다.

"하펜 부인이라고 합니다. 용건은 말하지 않았습니다."

릴리는 그 이름을 들어도 누군지 전혀 알 수 없었다. 이윽고 문을 열자, 낡아빠진 모자를 쓴 여인이 현관 등불 아래 뻣뻣하게 서 있었다. 먼지 하나 없는 가스등의 환한 불빛이 낯익은 여인의 곰보 자국이 난 얼굴과, 밀짚 색깔의 성긴 머리카락 사이로 드러난 불긋불긋한 머릿속을 비추고 있었다. 릴리는 깜짝 놀란 얼굴로 이 청소부를 바라보았다.

"무슨 용건으로 나를 보자는 거지?"

릴리가 물었다.

"아가씨께 드릴 말씀이 있습니다요."

여인의 말투는 딱히 공격적이지도, 그렇다고 부드럽지도 않았다. 말투만 들어서는 그 여자가 찾아온 이유를 전혀 짐작할 수 없었다. 그럼에도 조심성 많은 릴리의 본능은 근처에서 얼씬거리고 있는 하녀가 엿듣지 못하게 해야 한다고 경고하고 있었다.

릴리는 하펜 부인에게 거실로 따라오라고 손짓했다. 그리고 안으로 들어가자 문을 닫았다.

"도대체 바라는 게 뭐지?"

릴리가 물었다.

그런 신분의 여인네들이 대개 그렇듯이, 이 청소부는 숄을 단단히 두른 채 팔짱을 끼고 가만히 서 있었다. 이윽고 숄 안에서 더러운 신문지에 쌓인 작은 꾸러미를 내밀었다.

"아가씨가 보고 싶어 하실 만한 것을 가져왔습니다, 바트 양."

여자는 불쾌할 정도로 그녀의 이름을 특히 강조해서 말했다. 마치 그녀의 이름을 알고 있는 것이 여기에 찾아온 이유 중 하나인 듯 말이다. 릴리에게는 그런 말투가 마치 협박처럼 들렸다.

"어디서 내 물건이라도 찾았단 말인가?"

릴리가 손을 뻗으며 물었다.

그러자 하펜 부인이 얼른 뒤로 물러섰다.

"그러니까 그 점에 대해 말씀드린다면…… 이건 분명 제 물건입니다."

하펜 부인이 대답했다. 릴리는 어리둥절해서 여자를 빤히 쳐다보았다. 이제 여자의 태도로 미루어 보아 뭔가 협박을 하러 온 건 분명한 듯했다. 하지만 아무리 릴리가 어떤 방면에 대해서는 전문가라고 할지라도 이런 상황의 정확한 의미를 알아차릴 수 있을 만큼 다양한 경험을 한 적은 없었다. 어쨌든 릴리는 되도록 빨리 이야기를 끝내야겠다는 생각이 들었다.

"도통 이해할 수가 없군. 이 꾸러미가 내 것이 아니라면 어째서 나를 보자고 한 거지?"

여자는 이 질문에 조금도 당황하지 않았다. 뭔가 대답할 준비가 되어 있는 것이 분명했다. 하지만 그 계층의 사람들이 모두 그렇듯이, 이 여자 역시 본론에 들어가기 전에 길게 서두를 늘어놓아야만 직성이 풀렸다. 잠시 후 여자가 대답했다.

"제 남편은 베네딕 건물의 수위였지요. 이번 달 초까지만 해도 말입니다. 하지만 그 후로는 아무 일도 구하지 못했습니다."

릴리는 입을 다물고 있었고, 여자가 말을 이었다.

"저희는 아무 잘못도 없었습니다. 건물 관리인이 다른 사람을 그 자리에 앉히고 싶어 했던 거죠. 결국 저희는 가방과 보따리만 가지고 쫓겨났습니다. 단지 관리인 놈의 변덕 때문에 말이죠. 게다가 저는 지난겨울 내내 병을 앓았지요. 수술 한 번에 그동안 모아놓은 돈도 몽땅 날려 버렸습니다. 저희 남편이 이렇게 오랫동안 쉬다 보니, 저와 제 아이들은 정말이지 죽을 지경이랍니다."

그렇다면 결국 이 여자는 바트 양에게 단지 남편의 일자리를 구해 달라고 부탁하기 위해서 찾아온 모양이었다. 아니면 페니스턴 부인에게 중재를 해달라고 젊은 아가씨를 찾아온 것인지도 몰랐다. 릴리는 언제나 자신이 원하는 것이면 무엇이든 얻어내는 것 같은 분위기를 풍겼기 때문에, 중개자 노릇을 해달라는 부탁을 종종 받곤 했다. 이제 막연한 불안감에서 벗어난 릴리는 지극히 의례적인 말로 위로했다.

"그렇게 곤란한 처지에 있다니 정말 딱하군."

"오, 그렇습니다요, 아가씨. 하지만 이건 단지 시작일 뿐이지요. 혹시 저희 사정이 이렇지만 않았더라면……. 하지만 그 관리인이, 그놈이 저희를 이 지경으로 몰아넣었죠. 정말이지 저흰 아무 잘못도 없답니다. 그런데……."

이 정도에서 릴리의 인내심은 그만 한계에 도달했다.

"나에게 뭔가 할 말이 있거든 어서 이야기해 봐."

릴리가 여자의 말을 중간에서 자르며 끼어들었다. 면박을 당한 여자는 분개한 듯 질질 끌던 용건을 불쑥 꺼내놓았다.

"그러지요, 아가씨. 제가 찾아온 건 이것 때문입니다."

이렇게 말한 여자는 다시 입을 다물고 잠시 동안 릴리를 빤히 쳐다보았다. 그러더니 장황하게 사연을 늘어놓기 시작했다.

"저희가 베네딕에 있을 때 말입니다. 저는 신사 나리들의 방을 맡고 있었지요. 토요일이면 더러 방을 쓸어내곤 했습니다. 나리들 중에는 엄청나게 많은 편지를 받는 분들이 있었는데, 제 평생 그렇게 많은 편지는 본 적이 없답니다. 쓰레기통이 넘쳐 나서 편지가 바닥에 떨어질 정도였으니까요. 아마 그렇게 편지를 많이 받다 보니 나리들도 자연히 편지를 소홀히 하는 모양입니다. 그중 어떤 분은 그보다 훨씬 더 심하기도 하지요. 하지만 셀던 씨는, 그러니까 로렌스 셀던 씨는 항상 제일 조심성이 많은 나리였습니다. 겨울이면 편지들을 모두 태워버렸고, 여름이면 잘게 찢어버렸습죠. 하지만 그분도 때로는 편지가 너무 많다 보니 다른 나리들이 하듯이 그냥 한데 묶어서 반으로 찢어버리곤 한답니다. 바로 이것처럼 말이지요."

여자는 이렇게 말하면서, 손에 든 꾸러미의 끈을 풀었다. 그리고 편지 한 장을 꺼내어 두 사람 사이에 놓인 탁자 위에 내려놓았다. 여자의 말대로 과연 그 편지는 둘로 찢겨 있었다. 여자는 재빨리 찢어진 가장자리를 서로 붙이고 종이를 손으로 문질러 편편하게 폈다.

순간 격렬한 분노의 물결이 릴리를 덮쳤다. 릴리는 아직은 그저 모호한 짐작뿐이지만 뭔가 사악한 것이 자기 앞에 놓여 있음을 느꼈다. 떠도는 소문으로 듣기는 했지만 설마 자신의 인생에서 실제로 일어나리라고는 생각지도 못했던 그런 사악한 일이. 릴리는 몸서리를 치며 뒤로 물러났다. 하지만 갑자기 뭔가를 발견하고 동작을 멈추었다. 페니스턴 부인의 샹들리에 불빛 아래로 편지에 적힌 글씨체를 알아보았기 때문이다. 그것은 커다랗고 어지러운 글씨체였는데, 남성적인 장식 서체로 쓰기는 했지만 그 속에서 얼씬거리는 나약함은 숨기지 못하고 있었다. 옅은 색깔의 공책에 짙은 잉크로 휘갈겨 써놓은 그 말들은 마치 직접 소리를 듣는 것처럼 릴리의 귀를 강타했다.

처음에 릴리는 이 상황의 의미를 완전히 파악하지 못했다. 단지 자기 앞에 놓인 편지가 버사 도싯의 편지라는 사실만 알았을 뿐이었다. 그리고 그 편지의 수신자는 짐작컨대 로렌스 셀던이 분명했다. 편지에 날짜는 적혀 있지 않았지만 잉크 색이 검은 걸로 보아 비교적 최근에 보낸 것 같았다. 하펜 부인의 손에 든 꾸러미에는 이런 종류의 편지가 더 많이 들어 있을 것이다. 아마 저 정도 두께라면 열두어 장은 될 거라고 릴리는 추측했다. 그녀 앞에 놓인 편지는 짧았다. 하지만 그 몇 마디의 말들, 릴리가 미처 읽는다는 의식을 하기도 전에 그녀의 머릿속으로 먼저 뛰어들어 온 그 말들은 참으로 긴 이야기를 전하고 있었다. 지난 4년 동안 이 편지를 쓴 주인의 친구들이, 단지 인생이라는 희극 무대에서 벌어지는 수많은 '멋진 장면' 중 하나로 여기고 그저 어깨를 으쓱하며 웃어넘겼던 바로 그 이야기를. 이제 그 이야기의 또 다른 면이 릴리 앞에 드러난 것이다. 숱한 억측과 빈정거리는 말들이 미끄러져 버리기만 했던 그 표면 아래에서 들끓던 용암이 마침내 모습을 드러냈다. 그리고 그 첫 번째 균열이 내는 작은 속삭임은 날카로운 비명 소리로 변하려 하고 있었다. 사교계의 보호막을 어떻게 이용해야 할지 모르는 사람에게 보호를 제공하는 것만큼 사교계의 분노를 자아내는 일은 없다는 걸 릴리는 잘 알고 있었다. 죄를 발각당한 범법자에게 사교계 전체가 벌을 가하는 이유는 그자로 인해서 사교계의 묵인이 폭로되었기 때문이다. 그러므로 이 경우 결과는 뻔했다. 릴리가 속한 세계의 규범은 오직 여자의 남편만이 그녀의 행동을 심판할 수 있다고 선언하고 있었다. 남편의 용인 혹은 무관심이라는 피난처 안에 있기만 하면, 그 여자는 어쨌든 의혹의 대상이 아니었다. 하지만 조지 도싯 같은 성질을 지닌 남자라면 용서라는 것은 생각할 수도 없었다. 결국 그의 아내가 쓴 연애편지를 쥐고 있는 사람은 누구든 단박에 그녀의 모든 존재 기반을 무너뜨릴 수 있는 것이다. 그런데 버사 도싯의 비밀이 하필 누구의 손으로 흘러들어 왔단 말인가! 이 기막힌 우연을 생각하자, 잠깐 동안 릴리의 혐오감은 혼란스러운 승리감으로 바뀌었다. 하지만 끝내 혐오감이 승리를 거두었다. 그녀의 모든 본능적인 반감이, 그녀의 취향과 여태껏 받은 교육과 은연중에 물려받은 양심이 또 다른 감정을 눌러버렸다. 그중에서도 가장 강력한 감정은 인격적인 모욕감이었다.

릴리는 가능한 하펜 부인으로부터 멀리 떨어지려는 듯 저만큼 물러났다.

"나는 이 편지들에 대해서 전혀 모르겠는걸."

릴리가 말했다.

"도대체 이런 걸 왜 여기 가져왔는지 알 수가 없군."

하펜 부인이 그녀를 똑바로 마주 보았다.

"이유를 말씀드리지요, 아가씨. 전 저걸 아가씨께 팔려고 가져왔습니다. 달리 돈을 구할 데가 없어서 말이죠. 그리고 내일 밤까지 집세를 내지 못하면 저희는 쫓겨나야 합니다. 저도 지금까지 이런 짓은 한 번도 해본 적이 없습니다. 혹시 아가씨께서 셀던 씨나 혹은 로즈데일 씨에게 저희 남편을 다시 베네딕에 써달라고 부탁해 주신다면……. 아가씨께서 셀던 씨의 방에서 나오던 그날, 계단에서 로즈데일 씨와 이야기를 나누시는 걸 저도 보았답니다."

순간 릴리의 피가 거꾸로 치솟았다. 이제야 비로소 하펜 부인이 이 편지의 주인을 바로 그녀로 생각한다는 사실을 깨달았기 때문이다. 격분한 릴리는 처음에는 당장 벨을 울려서 이 여자를 내쫓을 작정이었다. 하지만 왠지 모를 충동이 그녀를 붙잡았다. 셀던의 이름이 언급되는 순간, 새로운 생각이 꼬리를 물고 떠오르기 시작했다. 버사 도싯의 편지 따위는 그녀에게 아무것도 아니었다. 그깟 편지야 우연이 이끄는 대로 어디든지 흘러가 버리라지! 하지만 그 편지의 운명에는 셀던이 깊이 연루되어 있었다. 물론 최악의 경우에도 남자들은 그런 폭로로 인해서 크게 고통받지 않았다. 게다가 편지의 내용을 통해서 릴리의 머릿속에 퍼뜩 떠오른 직감이지만, 이 경우에는 버사 도싯이 시간이 지나면서 소원해진 두 사람의 관계를 다시 회복하자며 애원하고 있는 것이 분명했다. 그것도 여러 번 되풀이 한 걸 보면 아무런 응답도 받지 못한 모양이었다. 그렇지만 이런 편지를 낯선 이의 손에 들어가도록 방치했다는 사실은 셀던의 부주의함을 입증하게 될 것이고, 이 세계에서 그것은 좀처럼 용서받기 힘든 문제였다. 게다가 도싯같이 성질 사나운 남자가 관련되어 있을 때는 더욱 위험했다.

설령 릴리가 이런 사항들을 모두 고려했다 하더라도 그것은 순전히 무의식적인 것이었다. 지금 릴리가 의식하는 것은 오직 셀던이라면 이 편지들이 안전하게 보관되기를 원할 것이라는 생각뿐이었다. 그러므로 그녀는 어떻게든 이 편지들을 손에 넣어야 했다. 그 외의 다른 생각은 그녀의 머릿속에 떠오르지 않았다. 솔직히 이 꾸러미를 버사 도싯에게 보내어 변상을 받아낼 기회로 삼을까 하는 생각이 잠깐 머리를 스치기는 했다. 하지만 이런 생각이 드러낸 무시무시한 심연을 보자, 릴리는 수치심에 몸을 움츠렸다.

한편 릴리의 망설임을 알아차린 하펜 부인은 벌써 꾸러미를 풀어헤치고, 그 내용물을 탁자 위에 늘어놓았다. 모든 편지의 조각들이 가느다란 종이로 이어 붙여져 있었다. 어떤 편지는 잘게 찢겨 있었고, 어떤 편지는 반만 찢겨 있었다. 편지의 양은 그리 많지는 않았지만, 그래도 펼쳐놓으니 탁자를 완전히 덮을 정도였다. 여기저기에 적힌 몇몇 글자가 릴리의 눈에 들어왔다. 다음 순간 릴리는 큰 소리로 물었다.

"얼마를 바라는 거지?"

하펜 부인의 얼굴이 만족감으로 빨갛게 달아올랐다. 이 젊은 아가씨가 완전히 겁을 먹은 게 분명했다. 그리고 그런 두려움을 불러일으킨 장본인이 바로 하펜 부인, 자신이었다. 예상했던 것보다 너무 쉽게 승리를 얻었다고 생각한 여자는 터무니없는 액수를 불렀다.

하지만 바트 양은 성급했던 처음 태도와는 달리 그렇게 호락호락한 먹잇감이 아님을 보여 주었다. 그녀는 상대방이 부른 액수를 거부하고, 잠시 망설이더니 그 금액의 절반을 불렀다.

하펜 부인의 표정이 순간 딱딱하게 굳었다. 그녀의 손이 펼쳐놓은 편지들 쪽으로 움직이더니 천천히 접기 시작했다. 그리고 다시 신문지로 싸버릴 듯한 태도를 취했다.

"이 편지들이 저보다는 아가씨에게 훨씬 더 가치 있을 거라고 생각합니다. 하지만 부자 나리들뿐 아니라 저희 가난한 것들도 먹고는 살아야 하지 않겠습니까?"

하펜 부인이 선언하듯이 말했다.

릴리는 두려움으로 가슴이 두근거렸지만 그 빈정거리는 말투에 반발심이 더 커졌다.

"뭔가 잘못 알고 있군."

릴리가 무관심한 어조로 말했다.

"내가 그 편지에 대해서 기꺼이 지불할 수 있는 금액은 그게 전부야. 하지만 그 편지를 손에 넣는 데는 다른 방법도 얼마든지 있지."

하펜 부인이 의심스럽게 눈을 치켜떴다. 세상 경험이 많은 그녀로서는 지금 하고 있는 이 거래가 보상이 큰 만큼이나 위험도 크다는 사실을 결코 모를 리 없었다. 그러므로 이 위엄 있는 젊은 아가씨의 말 한마디에 당장 작동하게 될 교묘한 응징의 수단들이 그녀의 눈앞에 아른거렸다.

하펜 부인은 숄의 한 자락을 들어 눈가에 댔다. 그리고 못사는 사람에게 너무 박하게 굴면 좋을 게 없다느니, 자기도 이런 일은 한 번도 해본 적이 없다느니, 기독교인의 명예를 걸고 맹세하건대 자기와 남편은 오직 이 편지들이 다른 사람 손에 들어가면 안 된다는 생각뿐이었다느니 하며 중얼중얼 넋두리를 늘어놓았다.

릴리는 낮은 소리로 말을 주고받을 수 있는 거리 내에서 청소부 여자와 최대한 멀리 떨어진 채 꼼짝도 하지 않고 서 있었다. 이런 편지를 두고 흥정한다는 생각만 해도 그녀는 몸서리가 쳐졌다. 하지만 조금이라도 약한 모습을 보이면 하펜 부인이 당장 원래대로 금액을 올릴 것이란 사실을 잘 알고 있었다.

릴리는 이 신경전이 얼마나 오랫동안 계속되었는지, 시계로 보면 불과 몇 분밖에 안 되지만 팔딱거리는 그녀의 심장이 느끼기에는 마치 몇 시간처럼 길기만 한 순간이 흐르고 마침내 어떤 결정적인 요인으로 그 편지가 그녀의 손에 들어왔는지, 전혀 기억나지 않았다. 오직 생각나는 것이라고는 드디어 거실 문이 닫히고, 손에 꾸러미를 든 자신만이 홀로 서 있다는 사실뿐이었다.

릴리는 그 편지를 읽어볼 생각이 전혀 없었다. 심지어 하펜 부인의 지저분한 신문지를 풀어보는 것조차 추접하게 느껴졌다. 도대체 그녀는 이걸 가지고 뭘 하려 했단 말인가? 이 편지를 받은 사람은 분명 이걸 없애 버리려고 했다. 그러니 원래 의

도대로 해주는 것이 릴리의 의무였다. 그녀는 이 편지들을 갖고 있을 권리가 없었다. 만약 그렇게 한다면, 애초에 이것들을 안전하게 지켜주려고 했던 선한 의도까지 훼손될 것이다. 하지만 이 편지들이 또다시 그런 사람들의 손에 들어가지 않도록 어떻게 효과적으로 없앨 수 있을까? 페니스턴 부인의 얼음처럼 차가운 거실 벽난로는 감히 사용할 엄두도 낼 수 없을 만큼 번쩍번쩍 광이 났다. 등잔과 마찬가지로 벽난로 또한 손님이 오지 않는 한 절대 켜는 법이 없었다.

바트 양이 편지 꾸러미를 들고 위층으로 올라가려는 순간, 현관문이 열리는 소리가 들렸다. 이윽고 그녀의 고모가 거실 안으로 들어왔다. 페니스턴 부인은 통통하고 키가 작았으며, 핏기 없는 얼굴에는 자글자글하게 주름이 잡혀 있었다. 부인의 회색 머리카락은 한 오라기도 흐트러짐 없이 말끔하게 정돈되어 있었고, 그녀의 옷은 지나칠 정도로 새것처럼 보였지만 약간 유행이 뒤떨어져 보였다. 부인은 항상 몸에 꼭 끼는 검은색 옷에 반짝거리는 작은 장신구를 달았다. 심지어 아침 식사 때도 새까만 옷을 입고 나왔다. 릴리는 반짝이는 까만 옷과 꼭 끼는 작은 부츠를 갑옷처럼 두르지 않은 고모의 모습을 단 한 번도 본 적이 없었다. 마치 당장이라도 짐을 싸서 어디론가 떠날 것 같은 분위기였지만, 물론 절대 떠나지는 않았다.

페니스턴 부인은 꼼꼼히 조사하는 표정으로 거실을 둘러보았다.

"마차를 타고 오다 보니, 어느 한 창문에서 블라인드 밑으로 빛이 새어 나오고 있더구나. 내가 지금껏 블라인드를 제대로 내리는 법조차 가르치지 못했다니 정말 놀라운 일이지 뭐냐."

비뚤어진 블라인드를 제대로 바로잡은 다음, 페니스턴 부인은 번쩍거리는 빨간색 안락의자에 앉았다. 부인은 언제나 의자 위에 살짝 걸터앉았을 뿐 몸을 푹 파묻는 법이 없었다. 이윽고 부인의 시선이 바트 양에게로 향했다.

"이런, 몹시 피곤해 보이는구나. 결혼식 때문에 너무 흥분해서 그런 모양이지. 코넬리아 반 알스타인도 온통 그 이야기뿐이었단다. 몰리도 그 자리에 있었고, 거티 패리시도 우리에게 결혼식 이야기를 해주려고 단박에 달려왔지. 내 생각에 콩소메[58]가 나오기 전에 멜론이 나온 건 좀 이상했던 것 같다. 결혼식 아침 식사는 항상 콩소메로 시작해야 하는 법인데 말이다. 몰리는 신부 들러리들의 드레스가 별로 마음에 들지 않았다고 하더라. 몰리가 줄리아 멜슨에게서 직접 들은 말로는 그 드레스 한 벌에 삼백 달러나 주고 셀레스트 옷가게[59]에서 맞췄다던데 그렇게 비싼 옷처럼 보이지 않았다더구나. 네가 들러리를 서지 않겠다고 한 건 참 잘했다. 새먼핑크 색은 너에게 전혀 어울리지 않았을 테니까."

페니스턴 부인은 직접 참석하지도 않은 각종 행사에 대해서 시시콜콜 따지고 평가하기를 좋아했다. 이 세상 무엇도 부인으로 하여금 반 오스버그 집안의 결혼식에 참석하는, 그런 피곤하고 힘든 일을 수행하도록 할 수는 없었지만 이 결혼식에 대한 관심만큼은 어찌나 지대했는지 이미 두 사람에게서 결혼식 이야기를 실컷 듣고 돌아온 후에도 또다시 릴리에게서 세 번째 이야기를 들으려고 잔뜩 벼르고 있었다. 하지만 유감스럽게도 릴리는 이 결혼식의 세세한 부분에 대해서는 아무런 주의도 기울이지 않았다. 그러므로 반 오스버그 부인의 옷이 무슨 색깔이었는지, 반 오스버그 가문의 오래된 세브르[60]가 신부의 식탁 위에 등장했는지 살펴보지 못했다. 한마디로 페니스턴 부인은 조카딸이 전혀 이야기꾼으로 쓸모가 없다는 사실을 발견했다.

"정말이지, 릴리. 나는 어째서 네가 굳이 힘들게 그 결혼식에 갔는지 이유를 모르겠구나. 거기서 무슨 일이 있었는지, 누굴 보았는지 이렇게 하나도 기억하지 못할 걸 말이다. 내가 젊었을 때는 한 번 참석한 저녁 만찬의 메뉴판은 전부 보관해 두곤 했다. 그리고 그 메뉴판 뒤에 참석한 사람들의 이름을 적어두었지. 심지어 무도회의 기념품까지 절대 버리지 않았어. 네 고모부가 돌아가시기 전까지는 말이다. 그이가 죽고 나니 왠지 그런 알록달록한 것들을 집 안에 두기가 민망하더군. 어쨌든 옷장 하나가 꽉 찰 정도였어. 지금도 어느 무도회에서 어떤 기념품을 받았는지 똑똑히 기억할 수 있지. 정말이지 몰리 반 알스타인을 보면 바로 그 나이 때 내 모습이 생각난단 말이야. 눈썰미가 얼마나 좋은지 몰라. 몰리가 자기 엄마에게 웨딩드레스의 모양을 어찌나 정확히 설명해 주던지, 등 쪽에 접힌 주름 이야기를 들었을 때, 우리 모두 당장 그 드레스가 파퀸[61]이라는 걸 알아차렸지 뭐냐."

페니스턴 부인이 갑자기 자리에서 벌떡 일어나더니 투구를 쓴 미네르바[62] 상이 꼭대기에 달린 오르물루 시계[63]를 향해 다가갔다. 그 시계는 양쪽에 공작석으로 만든 꽃병을 거느린 채 벽난로 선반 위를 당당히 차지하고 있었다. 부인은 투구와 면갑 사이를 레이스 손수건으로 슬쩍 문질렀다.

"내 이럴 줄 알았지. 하녀들이 여기 먼지는 절대 안 닦는단 말이야!"

페니스턴 부인은 의기양양하게 살짝 얼룩이 진 손수건을 내보이며 소리쳤다. 그러더니 다시 자리에 앉아서 이야기를 계속했다.

"몰리 생각에는 도싯 부인이 결혼식에 참석한 여자 중 가장 옷을 잘 입었다더군. 당연히 어느 누구보다도 그 여자 드레스가 제일 비싸기는 했을 거야. 하지만 난 그 생각에 별로 동의할 수 없어. 담비 모피와 포엥 드 밀랑[64]의 결합이라니! 도싯 부인은 파리에 있는 새 디자이너를 찾아간 모양이야. 그런데 그 디자이너는 손님이 자기 집에서 하루를 머물며 지내지 않으면 절대 주문을 받지 않는다지 뭐냐. 손님의 일상생활을 살펴봐야 한다나 뭐라나. 정말 별 희한한 절차를 다 봤다니까! 하지만 몰리가 도싯 부인의 입에서 나온 말을 직접 들었다는데, 그 사람 집에 멋진 물건들이 꽉 들어차 있어서 그 집을 떠나기가 싫을 정도였다더구나. 어쨌든 그보다 아름다운 도싯 부인의 모습은 보지 못했다고 몰리가 그러더라. 굉장히 신이 나서 자신이 에비 반 오스버그와 퍼시 그라이스를 맺어주었다고 자랑했다더군. 그 부인이 젊은이들에게 아주 좋은 영향을 미치고 있는 건 사실인 것 같다. 요즘은 그 멍청한 실버턴 꼬마에게 관심을 기울이고 있다는 소문이 있더구나. 캐리 피셔 때문에 머리가 돌아버린 그 녀석 말이다. 미친 듯이 도박을 하는 그놈. 어쨌든 에비가 정말로 약혼을 했더군. 도싯 부인이 에비와 퍼시 그라이스를 함께 지내게 하면서 모든 걸 뒤에서 조정했다던데. 지금 그레이스 반 오스버그는 천국에라도 간 것 같은 기분일 게다. 에비는 영영 시집을 못 보낼 거라고 거의 절망하고 있었거든."

페니스턴 부인이 다시 말을 끊었다. 하지만 이번에 부인의 날카로운 시선이 향한 곳은 가구가 아니라 조카딸이었다.

"그런데 코넬리아 반 알스타인이 몹시 놀라더구나. 자기는 네가 그라이스 청년과 결혼한다는 소문을 들었다는 거야.

너와 함께 벨로몬트에서 지냈던 위더럴 가족을 얼마 전에 만났는데, 앨리스 위더럴은 곧 약혼 발표가 있을 거라고 굳게 확신하고 있다고 하더라. 심지어 어느 날 아침 그라이스 씨가 갑자기 떠나 버려서 사람들은 모두 그 사람이 서둘러 약혼반지를 사려고 시내로 나가는 줄 알았다더군."

릴리는 그만 자리에서 일어나 문 쪽을 향해 걸어갔다.

"좀 피곤한 것 같아요. 그만 자야겠어요."

릴리가 말했다. 때마침 페니스턴 부인은 작고한 페니스턴 씨의 초상화를 받치고 있는 이젤이 그 앞에 놓인 소파와 정확하게 수평으로 놓여 있지 않은 것을 발견하고 완전히 거기에 정신이 팔린 나머지 멍하니 이마에 조카딸의 키스를 받았다.

자기 방으로 돌아온 릴리는 가스등을 켜고 벽난로를 바라보았다. 그것은 아래층의 벽난로만큼이나 반짝반짝 윤이 났다. 적어도 이 방에서는 고모의 꾸중을 들을 염려 없이 종이 몇 장 정도는 태울 수 있었다. 하지만 릴리는 당장 서둘러서 그 일을 시작하지 않고, 먼저 의자에 풀썩 주저앉았다. 그리고 지친 얼굴로 주위를 둘러보았다. 그녀의 방은 크고 안락한 가구들이 갖추어져 있었다. 셋집에 사는 불쌍한 그레이스 스테프니는 항상 이 방을 부러워하며 감탄을 금치 못했다. 하지만 릴리가 수많은 시간 동안 머물며 지내온 화사하고 호사스러운 손님방들에 비하면 이곳은 감옥처럼 황량해 보였다. 우람한 옷장과 검은 호두나무 침대 틀은 페니스턴 부인의 침실에서 옮겨 온 것이었고, 1860년대 초반에나 어울릴 법한 무늬의 짙은 분홍색 '털' 벽지[65] 위에는 우화 속 등장인물을 새긴 커다란 동판들[66]이 걸려 있었다. 릴리는 레이스 장식이 달린 화장대를 들여놓거나 색칠한 작은 탁자 위에 액자를 올려놓는 등 몇 가지 소소한 변화를 주어 어떻게든 이 멋대가리 없는 방 분위기를 바꿔 보려고 노력했으나 이 방을 볼 때마다 그런 노력이 전혀 부질 없음을 깨달을 뿐이었다. 릴리가 꿈꾸는 우아하고 섬세한 방의 모습과는 이 얼마나 딴판이란 말인가! 그녀가 꿈꾸는 방은 사치스럽고 복잡하기만 한 다른 친구들의 방을 완전히 능가할 정도로 완벽한 예술적 감각을 보여 줌으로써 그녀의 우월감을 충족시켜 줄 수 있어야 했다. 그리고 색깔 하나하나와 선 하나하나까지 조화를 이루어 모든 게 그녀의 아름다움을 더욱 돋보이게 해주고 그녀에게 편안한 휴식을 선사해 줘야 했다. 이번에도 그녀의 우울한 마음은 눈에 보이는 물질적인 추함에 대한 예민한 반응으로 표출되었다. 그리하여 보기 흉한 가구들 하나하나가 오늘따라 유난히 툭 튀어나온 것처럼 느껴졌다.

사실 릴리에게 고모님의 이야기는 전혀 새로울 것이 없었다. 하지만 그 이야기를 듣자, 득의만만해서 싱글싱글 미소 짓고 있는 버사 도싯의 모습이 새삼스럽게 눈앞에 떠올랐다. 그녀는 그들의 작은 집단에 속한 사람이면 누구나 알아들을 수 있는 교묘한 말로 빈정거리며 릴리를 조롱했다. 이 조롱이야말로 다른 어떤 고통보다도 지독한 것이었다. 릴리는 피 한 방울 흘리지 않고도 희생자를 완전히 쓰러뜨릴 수 있는 온갖 뼈아픈 말들을 알고 있었다. 이 생각을 하자, 릴리의 두 뺨이 빨갛게 달아올랐다. 그녀는 벌떡 일어나서 편지 꾸러미를 집어 들었다. 어서 빨리 그걸 없애야겠다는 생각은 사라져버렸다. 페니스턴 부인의 신랄한 말이 그런 마음을 녹여 버리고 말았다.

대신 릴리는 책상 앞으로 다가가서 작은 양초에 불을 붙였다. 그리고 편지 꾸러미를 잘 싼 다음 봉인했다. 그녀는 서랍장을 열고 편지 보관함을 꺼내더니 그 안에 꾸러미를 넣었다. 그 순간 이 편지들을 사기 위해서 거스 트레너에게 빚을 졌다는 생각이 머리를 스치면서 묘한 기분이 들었다.

10

가을은 단조롭고 지루하게 흘러갔다. 바트 양은 주디 트레너에게서 어째서 벨로몬트에 오지 않느냐고 책망하는 편지를 한두 번 받았다. 그리고 그때마다 고모님 곁을 떠날 수 없다는 핑계를 대며 교묘하게 답변을 회피했다. 하지만 실제로는 페니스턴 부인과 지내는 외로운 생활에 급속도로 진력이 나고 있었다. 오직 새로 손에 들어온 돈을 써버리는 짜릿한 즐거움만이 일상의 무료함을 덜어주고 있었다.

평생 동안 릴리에게 돈이란 응당 들어오기가 바쁘게 나가는 것이었다. 그리고 수입의 일정 부분을 저축해 두는 신중한 습관에 대해서 릴리가 어떤 이론을 갖고 있든 간에 그녀에게는 불행하게도 그와 반대의 상황이 벌어졌을 때 닥쳐올 위험을 대비할 만한 선견지명이 없었다. 적어도 지난 몇 달 동안, 릴리는 더 이상 친구들의 호의에 의존하지 않아도 된다는 사실에 커다란 만족감을 느꼈다. 혹시라도 예리한 눈썰미를 지닌 누군가가 자신의 복장에서 주디 트레너의 호사스러운 흔적을 알아채지나 않을까 전전긍긍할 필요 없이 마음껏 자신의 모습을 과시하고 다닐 수 있다는 사실도 너무나 좋았다. 일시적으로나마 그 돈 덕분에 모든 자질구레한 의무에서 해방되었다는 기쁨은 그 돈이 요구하는 더 커다란 의무에 대한 감각마저 둔하게 만들었다. 게다가 지금까지 이렇게 커다란 액수의 돈을 수중에 넣어

본 적이 한 번도 없었기 때문에 릴리는 유쾌하게 돈 쓰는 즐거움을 만끽했다.

그렇게 흥청망청 생활하는 도중에 한번은 이런 일도 있었다. 더할 나위 없이 정교하고 우아한 화장품 가방을 만지작거리며 한 시간을 고민하던 릴리가 가게를 나오다가 패리시 양과 우연히 마주쳤다. 패리시 양은 고장 난 시계를 고치겠다는 소박한 목적을 가지고 같은 상점 안으로 들어오는 길이었다. 한편 릴리는 평소와 달리 뭔가 착한 일을 한 것 같은 기분이었다. 다음 번 수표를 받을 때까지는 오페라 외투를 새로 맞추는 대신 화장품 가방의 구입은 미루어야겠다고 결정했기 때문이다. 그런 결정 덕분에 릴리는 처음 가게 안으로 들어갈 때보다 더 부자가 된 듯했다. 이렇게 자화자찬하는 기분에 잔뜩 젖어 있던 릴리는 좀 더 연민에 찬 시선으로 다른 사람들을 바라보게 되었고, 잔뜩 풀이 죽은 친구의 모습에 마음이 아팠다.

패리시 양은 요즘 한창 관심을 쏟고 있는 자선 운동 단체의 회합에 다녀오는 길이었다. 그 단체의 목적은 도시에 있는 젊은 여성 노동자들이 퇴근 후에 잠자리나 혹은 휴식처라도 가질 수 있도록 독서실과 다른 간단한 편의시설을 갖춘 안락한 숙소를 제공하려는 것이었다. 하지만 첫해의 재정 보고서가 너무 형편없는 실적을 보였기 때문에, 이 일의 긴박한 필요성을 굳게 믿고 있는 패리시 양은 사람들의 무관심에 몹시 낙심하고 있었다. 릴리는 타인을 배려하는 그런 감정은 한 번도 느껴본 적이 없었고 친구의 박애주의적 노력을 종종 따분하게 생각해 왔지만 오늘은 자신의 처지와 거티로 대변되는 그런 아가씨들의 처지가 너무 다르다는 생각에 그녀의 기민하고 극적인 상상력이 자극을 받았다. 그들 역시 그녀와 똑같은 젊은 아가씨였다. 그중 어떤 아가씨는 아마 예쁘기도 할 것이고, 그녀보다 섬세한 감수성을 갖고 있을지도 모른다. 릴리는 그들과 같은 삶을 살아가는 자신의 모습을 상상해 보았다. 그런 인생은 아무리 성공해 봤자 여전히 실패한 것만큼이나 비참할 것이다. 릴리는 갑작스러운 연민에 부르르 몸을 떨었다. 그녀의 호주머니 안에는 화장품 가방 값이 고스란히 남아 있었다. 릴리는 작은 금색 지갑을 꺼내 패리시 양의 손에 상당한 금액을 아낌없이 쥐여 주고 말았다.

이런 행동을 통해서 얻는 만족감은 가장 열렬한 도덕주의자가 바랄 수 있는 전부였다. 릴리는 자신에게도 자선을 베풀고 싶어 하는 본능이 있다는 사실에 새로운 흥미를 느꼈다. 지금까지 그토록 자주 부를 손에 넣는 꿈을 꿔왔지만 그것으로 뭔가 좋은 일을 하겠다는 생각은 단 한 번도 해본 적이 없었다. 하지만 이제 미래에 대한 그녀의 지평은 아낌없이 베푸는 박애주의자의 모습으로까지 넓어졌다. 게다가 어떤 논리적 과정에 의한 것인지는 확실하지 않았지만, 릴리는 이 순간적인 관대한 충동이 지난날의 모든 무절제한 행동을 정당화해 주는 것 같은 기분이 들었다. 그리고 이후 자신이 어떤 방종에 빠지더라도 용서받을 수 있을 것 같았다. 패리시 양의 놀라움과 감사는 이 생각을 더욱 뒷받침해 주었다. 릴리는 자부심에 가득 차서 패리시 양과 헤어졌으며 자연스럽게 이것이 선행의 열매라고 착각했다.

이 무렵 릴리는 애디론댁[67]의 한 캠프에서 추수감사절을 보내자는 초대를 받고 더욱 신이 났다. 사실 일 년 전만 해도 이런 초대를 받으면 썩 달가워하지 않았을 것이다. 피셔 부인이 주선하는 파티이기는 했지만 실질적으로는 출신이 모호하고 사회적 야심만 가득한 어느 부인이 여는 행사였기 때문이다. 그래서 릴리는 지금까지 그 여자와 친분 맺기를 피해 왔다. 하지만 이제는 파티를 여는 사람이 누구든 간에 파티만 멋지면 된다는 피셔 부인의 철학에 릴리도 슬슬 동조하게 되었다. 게다가 기왕 하려면 제대로 능력 있는 사람의 지도하에 끝내주게 잘해야 한다는 것이 웰링턴 브리 부인의 지론이었다. 그녀의 남편은 증권거래소와 스포츠계에서 '웰리' 브리란 이름으로 널리 알려진 인물이었다. 이 부인은 자신의 결심을 실현하기 위해서 벌써 남편 하나를 희생시키고 그 밖에 여러 가지 소소한 대가를 치렀다. 그리고 캐리 피셔를 손에 넣기 위해서는 자신을 전적으로 피셔 부인의 인도에 맡겨야 한다는 지혜를 터득할 만큼 약삭빠르기도 했다. 따라서 모든 것이 그야말로 완벽했다. 자기 호주머니에서 나오는 돈이 아닐 때 피셔 부인의 씀씀이는 한계가 없기 때문이었다. 또한 피셔 부인이 자신의 충실한 학생에게 설파한 바와 같이, 훌륭한 요리야말로 사교계로 들어가는 가장 좋은 초대장이었기 때문이다. 비록 '퀴진'[68]처럼 파티의 참석자들을 마음대로 고를 수는 없었지만, 웰리 브리 부부는 적어도 사교계 명부에 처음으로 한두 명의 유명한 인사와 나란히 이름을 올리는 영예를 누릴 수 있었다. 그리고 그 유명 인사 중 단연 눈에 띄는 인물은 당연히 바트 양이었다. 이 젊은 아가씨는 파티의 주최자들에게서 그에 상응할 만한 환대를 받았다. 한편 릴리는 상대가 누구든지 간에 그런 관심과 주목이 간절히 필요한 상태였다. 브리 부인의 찬미와 감탄은 흐릿해져 가던 릴리의 자긍심이 제 모습을 되찾는 거울이 되었다. 인간의 허영심이란 어떤 벌레도 고치를 매달지 못할 만큼 가느다란 실조차 매달리는 법이다. 하찮은 사람들 속에서 중요한 인물이 된 듯한 기분을 느낀 것만으로도 바트 양은 자신의 능력에 대한 자부심을 회복할 수 있었다. 만약 이 사람들이 그녀에게 경의를 표한다면, 그것은 그들이 동경하는 세계 내에서 그녀가 여전히 저명한 인물이란 사실을 입증해 주는 셈이었다. 릴리는 자신의 세련된 모습으로 그들의 눈을 황홀하게 하고, 계속해서 그들에게 자신의 우월성을 깨닫게 해주는 데서 즐거움을 만끽했다.

하지만 어쩌면 릴리 자신이 의식하는 것 이상으로, 이런 즐거움의 많은 부분이 야외 활동을 통한 육체적인 자극에서 비롯된 것인지도 몰랐다. 바삭 부서질 듯 차갑고 투명한 공기, 고된 운동, 그리고 겨울 숲의 영향을 받아 전신에 느껴지는 짜릿함은 그녀에게 생기를 불어넣었다. 그리하여 그녀가 다시 도시로 돌아왔을 때는 마치 다시 몇 년은 젊어진 듯 두 뺨은 발그레하게 빛나고 온몸이 새로운 탄력으로 넘쳐 나는 것을 스스로 느낄 수 있을 정도였다. 그녀의 얼굴은 앞날에 대한 막연한 기대로 한껏 피어나는 것 같았고, 이 들뜬 기분에 휩쓸려서 모든 근심 걱정도 사라져버렸다.

도시로 돌아온 지 며칠이 지났을 때, 릴리는 뜻밖에도 로즈데일 씨의 달갑지 않은 방문을 받았다. 그는 늦은 오후, 그러니까 혹시 가까운 친구가 찾아올까 기대하며 벽난로 앞에 티 테이블을 아직 치우지 않고 놓아두는, 그런 개인적인 시간에 찾아왔다. 게다가 그의 태도는 이 친근한 상황에 어울리게 행동할 만반의 준비가 되어 있음을 보여 주었다.

릴리는 자신이 최근 투자에서 거둔 행운과 이 남자가 모종의 관계가 있음을 어렴풋이 짐작하고 있었기에 가능하면 그가 기대하는 대로 환대를 베풀려고 노력했다. 하지만 로즈데일의 친절한 태도 속에는 왠지 그녀를 오싹하게 만드는 기분 나쁜 뭔가가 있었다. 릴리는 이 남자와 친분을 맺으면 맺을수록 매번 새로운 실수를 저지르고 있는 것 같은 느낌이 들었다.

로즈데일 씨는 아무런 거리낌 없이 옆에 있는 안락의자에 덥석 주저앉더니 맛을 품평하듯이 차를 홀짝거리면서 한마디 했다.

"진짜 좋은 차를 구하시려면 저희 쪽 사람들[69]에게 가야 하지요."

그는 도자기 뒤에 얼어붙은 듯 뻣뻣하게 서서 노골적으로 혐오감을 드러내고 있는 릴리의 태도를 전혀 알아채지 못하는 것 같았다. 어쩌면 이렇게 쌀쌀맞게 구는 그녀의 태도가 희귀하고 손에 넣기 힘든 물건을 갖고 싶어 하는 로즈데일의 수집가적 욕망을 더욱 자극하는지도 몰랐다. 어쨌든 그는 전혀 화가 난 기색을 보이지 않았고, 오히려 릴리가 불편해하면 할수록 자신은 더 편하게 대하기로 단단히 작정한 것 같았다.

그가 찾아온 목적은 오페라 개막식 날 밤에 자신이 예약해 놓은 관람석으로 그녀를 초대하기 위해서였다. 릴리가 망설이는 것을 보자, 로즈데일은 설득하듯 말했다.

"피셔 부인도 오기로 했답니다. 그리고 당신의 열렬한 추종자 중 한 사람을 더 확보해 놓았지요. 만약 당신이 이 초대를 받아들이지 않으신다면 그 사람은 절대 저를 용서하지 않을 겁니다."

이 암시적인 말에도 릴리가 여전히 침묵으로 응대하자, 로즈데일은 자신만만한 미소를 지으며 다시 덧붙였다.

"거스 트레너가 일부러 시내까지 나오겠다고 약속했답니다. 아마 그 사람이 오는 이유 중에는 당신을 보는 기쁨이 가장 크지 않을까 싶군요."

바트 양은 마음속에서 발끈 짜증이 치솟는 것을 느꼈다. 트레너와 그녀의 이름이 함께 언급되는 것만으로도 충분히 불쾌한데, 다름 아닌 로즈데일의 입에서 그런 말이 흘러나오는 걸 들으니 더욱 심사가 뒤틀렸다.

"트레너 부부는 저의 절친한 친구죠. 그러니 서로 얼굴을 보려고 먼 길을 마다하지 않는 것도 당연하답니다."

릴리는 새로 차를 준비하는 일에 전념하는 척하면서 대답했다.

그러자 그녀의 손님은 점점 더 노골적으로 친근한 미소를 짓기 시작했다.

"글쎄…… 제 생각에 그때 트레너 부인은 오실 것 같지 않군요. 당신도 아시겠지만, 거스가 항상 그러는 건 아니라고 하던데……."

그 순간 로즈데일은 자신의 발언이 부적절했다는 걸 어렴풋이 깨달은 듯 제 딴에는 재빨리 화제를 돌린답시고 한마디 덧붙였다.

"그건 그렇고, 월가에서는 계속 재미를 좀 보고 계시나요? 지난달에는 거스가 적지 않은 돈을 벌어드렸다고 들었습니다만."

릴리는 그만 찻주전자를 탁 내려놓고 말았다. 두 손이 덜덜 떨리는 것을 느낄 수 있었다. 릴리는 두 손을 움켜쥔 채 무릎 위에 올려놓고 진정시키려고 애썼다. 하지만 이번에는 입술이 파르르 떨렸다. 잠깐 동안 릴리는 자신의 목소리까지 떨리면 어떻게 하나 걱정했다. 하지만 막상 그녀가 입을 열었을 때, 그녀의 말투는 더할 나위 없이 가볍고 태연했다.

"네, 그랬어요. 제게 약간의 투자 자금이 있었거든요. 트레너 씨는 그런 문제에서 늘 저를 도와주셨는데, 주식에 돈을 넣으라고 충고해 주셨어요. 저희 고모님의 재산 관리인이 제게 권하는 융자 대신 말이죠. 그런데 이렇게 말하는 게 맞는지 모르겠지만 우연히도 꽤 괜찮은 '수익'을 거두었지요. 물론 로즈데일 씨야 그런 일이 굉장히 여러 번 있었겠지만 말이죠."

이제 릴리는 바짝 긴장한 태도를 풀고 로즈데일을 향해 환하게 미소 지어 보였다. 그리고 눈치챌 수 없을 정도로 서서히 눈빛과 자세를 바꿔가면서 그를 차츰차츰 친밀하게 대하기 시작했다. 자신을 방어하려는 본능은 언제나 그녀를 분발하게 하여 이런 위장술을 성공적으로 발휘하게 만들었다. 그녀가 듣기 불편한 화제로부터 상대방의 관심을 돌리기 위해 자신의 미모를 사용하는 것이 물론 처음은 아니었다.

결국 로즈데일 씨가 자리를 떠났을 때, 그는 초대에 대한 승낙뿐 아니라 자신의 목적에 한발 다가가기 위해서 계획한 대로 적절히 처신했다는 자신감까지 얻어가지고 갔다. 그는 언제나 자신이 여자들을 다루는 데 통달했으며 교묘한 솜씨가 있다고 굳게 믿었다. 결국 바트 양까지도 '끌려들어 오고 만', 그 고분고분한 태도는 까다로운 여자들을 능란하게 다룰 수 있는 자신의 능력에 대한 그의 믿음을 더욱 확고하게 해주었다. 로즈데일은 트레너와 거래한 것을 애써 둘러대려고 하는 릴리의 태도를 자신의 날카로운 통찰력이 얻어낸 성과로 보았다. 그리고 자신이 의심했던 바를 확신하게 되었다. 이 아가씨는 불안에 떨고 있는 것이 분명했다. 로즈데일은 만약 릴리와의 친분을 발전시킬 수 있는 방법을 달리 찾지 못한다면 서슴없이 그녀의 불안감을 이용할 작정이었다.

로즈데일은 릴리에게 참을 수 없는 혐오감과 두려움을 안겨주고 떠났다. 거스 트레너가 로즈데일에게 그녀에 관한 이야기를 함부로 떠들다니, 도저히 믿을 수 없는 일이었다. 결점이 많긴 하지만 트레너는 자기 계급의 전통에 따른 기준을 갖고 있었다. 그리고 그것은 너무나 본능적인 것이었기 때문에 쉽사리 그 선을 넘어설 것 같지 않았다. 하지만 릴리는 거스가 기분이 들뜨면 '함부로 말을 내뱉는' 경향이 있다고 주디가 자신에게 살짝 털어놓았던 기억을 뼈아프게 떠올렸다. 틀림없이 그의 입에서 이 치명적인 말이 흘러나온 것도 그런 들뜬 순간 중 하나였을 것이다. 그러나 일단 최초의 충격이 지나자, 릴리는 로즈데일에 대해서는 별로 걱정하지 않게 되었다. 그자가 어떤 대단한 결론을 낼 수 있을 거란 생각은 들지 않았기 때문이다. 비록 자신의 이익과 관계된 일에서는 기민하기 짝이 없는 릴리였지만 사교계의 관습이 본능처럼 몸에 밴 사람들이 대개 그렇듯이, 그녀 역시 사교계의 관습을 빨리 배우지 못하는 사람은 다른 모든 면에서도 아둔하다고 판단해 버리는 실수를 저지른 것이다. 청파리가 무턱대고 유리창에 몸을 부딪치는 것만 보고서 책상물림의 과학자들은 그 청파리가 자연적인 환경에서는 얼마나 정확하게 목표물과 거리를 측정하고 상황을 판단할 수 있는지 까맣게 잊어버린다. 단지 로즈데일 씨가 응접실 예절에 서툴다는 사실 때문에, 릴리는 그를 트레너나 그녀가 알고 있는 다른 아둔한 남자들과 같은 부류로 치부해 버렸다. 그리고 이따금 그의 호의를 받아주고 살짝 비위만 맞추면, 이 남자 역시 무기력하게 만들 수 있을 거라고 믿었다. 어쨌든 오페라 개막식 날 밤 이자의 관람석에 그녀가 모습을 드러내준다면 분명 어떤 이득이 있을 것이다. 게다가 작년 겨울에 주디 트레너가 그를 받아들이겠다고 약속했기 때문에 이 분야에서 첫 주자가 되는 이득을 거둘 수도 있었다.

로즈데일의 방문 이후 하루 이틀 동안은 트레너의 미심쩍은 발언에 대한 생각이 릴리의 머릿속을 줄곧 맴돌았다. 그녀는 어쩐지 트레너의 손아귀에 넘어간 듯한 기분이 들게 만든 이 거래의 정확한 성질에 대해서 좀 더 분명하게 알고 싶었다. 하지만 그녀의 사고는 어떤 익숙지 못한 일을 하는 걸 꺼렸다. 그리고 항상 숫자 앞에서는 어쩔 줄 모르고 당황했다. 더구나 반 오스버그 집안의 결혼식 이후 줄곧 트레너를 보지 못했기 때문에 로즈데일의 말이 남긴 여운은 곧 다른 여러 가지 일에 묻혀 버리고 말았다.

결국 오페라 개막식 날 밤이 찾아왔을 때, 릴리는 모든 근심을 까맣게 잊어버렸다. 그리하여 로즈데일 씨의 관람석 뒷자리에서 불그죽죽한 트레너의 얼굴을 발견하자, 릴리는 오히려 안도하며 기쁨에 가득 찼다. 이토록 많은 사람의 시선을 끄는 자리에서 버젓이 로즈데일의 손님 행세를 해야 한다는 사실이 여전히 불편했기 때문이다. 자신과 같은 집단에 속한 사람이 누구든 한 명이라도 함께 있다는 사실이 그녀에게는 커다란 위안이 되었다. 사실 피셔 부인의 사교계 행실은 너무 문란해서 부인의 존재만으로는 바트 양의 행동을 정당화하기 힘들었다.

언제나 자신의 미모를 대중들에게 보여 주리라는 기대에 마음이 설레는 릴리에게, 그리고 특히 오늘 밤에는 드레스가 한층 더 자신의 매력을 돋보이게 한다는 사실을 잘 알고 있는 릴리에게 트레너의 끈질긴 시선쯤은 그녀를 향해 쏟아지는 무수한 찬탄의 눈길 중 하나로 받아들여질 뿐이었다. 아, 젊고 눈부시게 아름답다는 것은 이 얼마나 좋은 일인가! 날씬하고 생기발랄하고 나긋나긋한 몸매, 그리고 완벽한 몸의 곡선과 희색이 만면한 낯빛으로 광채를 발하는 것, 그리고 마치 뛰어난 정신 세계를 지닌 천재들이 그렇듯이 감히 범접할 수 없는 우아함으로 저 높은 곳에 고고히 떠 있는 자신의 존재를 느낀다는 것은 그 얼마나 행복한 일인가!

그런 목적을 달성하기 위해서라면 어떤 수단과 방법도 정당화될 것 같았다. 아니, 차라리 바트 양에게는 너무나 익숙한 기술인 자기 좋을 대로 판단을 바꾸는 재주에 의해서 애초의 원인은 바늘구멍만큼 작아지고 화려한 결과의 광채에 묻혀 버렸다고 해야 할 것이다. 하지만 자신의 눈부신 미모에 살짝 눈이 먼, 젊고 아름다운 아가씨들은 그들의 빛에 가려진 평범한 다른 별들도 여전히 그들의 궤도를 돌고 있으며 나름대로 열을 발산하고 있음을 까맣게 잊어버리기가 쉬웠다. 그녀가 입고 있는 새 드레스와 오페라 망토가 사실 거스 트레너의 돈으로 구입한 것이나 다름없다는, 의식 밑바닥에 깔린 생각이 비록 그 순간 릴리가 느끼는 낭만적인 행복감을 손상시키지는 못했을지라도 거스 트레너는 이런 냉정한 현실을 못 보고 지나갈 만큼 낭만적인 기질을 지닌 사람이 결코 아니었다. 그는 다만 이보다 더 아름다운 릴리의 모습은 여태껏 단 한 번도 보지 못했으며, 이 건물 안에 그녀만큼 호화롭고 멋진 옷차림을 뽐내는 여자가 단 한 명도 없다는 사실만 알고 있을 뿐이었다. 또한 그녀가 이렇게 과시할 수 있도록 기회를 제공해 준 당사자인 자신은 정작 수백 명의 다른 사람과 똑같이 그녀를 넋 놓고 바라보는 것 이외에는 그 어떤 보상도 받지 못했다는 사실만 알고 있을 뿐이었다.

그러므로 막이 바뀌는 사이에 두 사람만 관람석 뒷자리에 남게 되었을 때, 트레너가 퉁명스러운 목소리로 다짜고짜 이렇게 말하는 것을 듣고 릴리는 놀랍고 불쾌하지 않을 수 없었다.

"이봐, 릴리. 도대체 어떻게 해야 당신을 만날 수 있는 거지? 난 일주일에 서너 번은 시내에 나오고, 당신도 클럽에 전화만 걸면 언제든 날 찾을 수 있다는 걸 알잖소. 그런데 요즘 당신은 내게서 돈을 얻어갈 때가 아니면 완전히 나란 존재를 잊어버리고 사는 것 같단 말이오."

그의 말투는 무례하기 짝이 없었지만 그렇다고 함부로 대답할 수는 없었다. 지금은 가냘픈 얼굴로 굳은 표정을 짓거나 깜짝 놀란 듯 눈썹을 치켜뜸으로써 다른 때처럼 감히 허물없이 대하려는 조짐을 초기에 눌러버릴 수 없음을 릴리는 너무나 잘 알고 있었기 때문이다. 그러므로 화를 내는 대신 짐짓 아무렇지도 않은 듯 가볍게 대응했다.

"저를 그토록 보고 싶어 하셨다니 정말이지 기쁘네요. 하지만 제 주소를 모르시는 것도 아닌데, 언제든 오후에 제 고모님 댁으로 오시면 절 쉽게 만나실 수 있잖아요. 사실 당신이 저를 찾아오시지 않을까 내심 기대하고 있었답니다."

만약 이 마지막 발언으로 트레너의 심기를 누그러뜨릴 수 있을 거라고 생각했다면, 그것은 릴리의 착각이었다. 트레너는 화가 날 때면 늘 그렇듯이 눈썹을 축 늘어뜨렸다. 그러자 그러지 않아도 아둔해 보이는 얼굴이 더 아둔하게 보였다. 그는 단지 이렇게 대답할 뿐이었다.

"빌어먹을, 나더러 당신 고모네 가서 또다시 수다 떠는 소리나 실컷 들으며 오후 시간을 낭비하란 말이오! 난 사람들 틈에 앉아서 주둥이나 놀리는 그런 부류의 남자가 아니라는 걸 당신도 알잖소. 그런 종류의 서커스가 벌어질 때면 난 항상 차라리 자리를 나와 버린단 말이오. 그러지 말고 우리 둘이 어디 조용한 곳으로 가서 재미있는 시간을 보내는 건 어째서 안 되는 거요? 벨로몬트에서 당신이 나를 역까지 마중 나왔던 그날처럼 마차를 몰고 오붓하게 잠깐 소풍이라도 나가면?"

트레너는 자신의 말뜻을 분명히 전달하기 위해서 불쾌할 정도로 몸을 바싹 기울였다. 릴리는 그의 이마에 축축하게 배어 나는 땀과 검붉은 얼굴을 너무나 분명하게 떠올리게 하는 불쾌한 체취가 자신을 덮치는 것 같았다.

하지만 자칫 성급하게 대답했다가는 어떤 불미스러운 반응을 불러일으킬지도 모른다는 생각에 릴리는 조심스럽게 자신의 혐오감을 감추었다. 그리고 까르르 웃으며 대답했다.

"이런 도시에서 어떻게 시골에서와 같은 소풍을 나갈 수 있을지 모르겠군요. 하지만 저라고 해서 항상 추종자들의 무리에 둘러싸여 있는 건 아니에요. 그러니 어느 날 오후에 오시는지 미리 알려만 주신다면, 우리 두 사람이 오붓하고 즐거운 대화를 나눌 수 있도록 제가 계획을 잡아볼게요."

"또 그 빌어먹을 대화! 당신은 항상 그 말뿐이지!"

트레너가 짧은 어휘력으로 욕설을 내뱉으며 투덜거렸다.

"당신은 반 오스버그 집안의 결혼식 때도 그런 말로 나를 따돌렸지. 하지만 당신의 그 말을 까놓고 이야기하자면, 결국 내게서 원하는 걸 다 얻었으니 이제는 딴 놈팡이를 구해 보겠다, 이런 뜻이잖소."

특히 마지막 말에서 트레너의 목소리가 날카롭게 올라갔다. 릴리는 곤혹스러움에 얼굴이 빨개졌다. 하지만 자제력을 잃지 않고 달래듯이 그의 팔에 손을 올려놓았다.

"거스, 어리석게 굴지 말아요. 당신이 저에게 그런 바보 같은 말을 하다니, 참을 수 없군요. 당신이 정말로 저를 만나고 싶다면 언제든 오후에 공원[70]으로 산책을 나가면 어때요? 당신 말대로 도시에서 시골의 정취를 즐기는 것도 재미있을 것 같아요. 당신만 좋다면 공원에서 만나도록 해요. 함께 산책도 하고 다람쥐에게 먹이도 주지요. 호수로 가서 증기선 곤돌라[71]를 태워주실 수도 있을 거예요."

릴리는 이렇게 말하며 한껏 미소를 지어 보였다. 그리고 상대의 분노를 잠재우고, 순식간에 그녀의 뜻에 따라 고분고분 움직이게 만드는 그런 눈빛으로 트레너를 빤히 쳐다보았다.

"그렇다면 좋소. 갑시다. 내일은 어떻소? 내일 3시에 센트럴 파크 몰[72]의 끝에서 만나면? 정확히 그 시간에 거기로 나갈 테니 꼭 기억하시오. 설마 날 바람맞히진 않겠지, 릴리?"

그 순간 릴리로서는 너무나 다행스럽게도 그 약속을 다짐하기 전에 관람석 문이 활짝 열리면서 조지 도싯이 들어왔다.

트레너는 부루퉁한 얼굴로 자리를 양보했고, 릴리는 눈부시게 환한 미소로 이 새로운 인물을 반갑게 맞이했다. 비록 벨로몬트를 방문한 이후 도싯과 말을 나눈 적은 없지만, 그의 표정이나 태도에서 릴리는 지난번 만남으로 두 사람 사이에 친근감이 생겼다는 것을 느낄 수 있었다. 도싯은 뭔가에 감탄한 표정을 쉽게 짓는 남자가 아니었다. 침울하고 핏기 없는 그의 얼굴과 의심에 가득 찬 그의 눈초리는 언제나 솔직한 감정 표현을 단단히 가로막았다. 하지만 릴리의 직관력은 자신의 영향력이 미치는 모든 곳에 언제나 실낱같은 촉수를 뻗고 있었다. 좁은 소파 위에 그가 앉을 자리를 내주는 순간, 릴리는 도싯이 그녀와 가까이 있을 수 있다는 사실에 흐뭇해하고 있다는 걸 느낄 수 있었다. 사실 도싯의 비위를 맞추려고 굳이 애쓰는 여자는 거의 없었다. 그런데 릴리는 벨로몬트에서도 그에게 상냥하게 굴었고, 지금도 친절이 가득 담긴 미소를 지어 보이고 있었다.
"이런, 결국 여기 왔군요. 또다시 6개월 동안 이 고양이 아우성을 들으려고 말이죠."
도싯이 불평을 늘어놓기 시작했다.
"여자들이 새 옷을 입었단 것만 빼고는 작년이나 올해나 달라진 점은 눈곱만큼도 없어요. 가수들 중에 새로운 목소리도 없고 말이죠. 아시다시피 우리 마누라는 음악 애호가랍니다. 그래서 매년 겨울 이맘때면 저를 억지로 여기다 밀어 넣지요. 그나마 이탈리아 주간[73]은 좀 나은 편입니다. 그때는 아내가 늦게 오니까 먹은 걸 소화할 시간은 있지요. 하지만 바그너를 상연할 때는 미친 듯이 저녁 식사를 끝내야 한답니다. 전 그 돈을 다 내고 말입니다. 게다가 통풍 시설이 엉망이라서 앞에 앉으면 질식할 것 같고 뒤에 앉으면 늑막염에 걸릴 지경이죠. 저런, 트레너가 커튼도 안 내리고 나가 버리는군요! 하긴 저런 두꺼운 가죽을 쓰고 있으면 바람이 들어오든 안 들어오든 아무 상관이 없겠죠. 혹시 트레너가 음식 먹는 걸 본 적이 있으신가요? 만약 그러셨다면, 저 인간이 어떻게 아직까지 살아 있나 신기해했을 겁니다. 아마 저자는 뱃속도 가죽으로 되어 있나 봅니다. 어쨌든 제가 여기 온 것은 우리 집사람이 다음 주 일요일에 당신을 우리 집으로 초대하고 싶어 한다는 말을 전하기 위해서입니다. 제발 부탁인데 꼭 오시겠다고 말씀해 주십시오. 요즘 우리 집사람은 아주 재미없는 인간들만 잔뜩 불러들이고 있거든요. 그러니까 소위 지식인이라고 하는 작자들 말이죠. 그 작자들이 요즘 마누라의 새로운 관심사랍니다. 그런데 제가 보기에는 그것도 음악보다 나을 게 하나 없더군요. 그중 어떤 녀석은 머리를 길게 기르지 않나, 수프를 앞에 놓고 툭하면 논쟁이나 벌이지 않나, 심지어 자기 손에 무슨 음식이 건네지고 있는지도 모른다니까요. 그래서 결국 음식은 다 식어빠지고 저는 배탈이 난답니다. 그 멍청하기 짝이 없는 실버턴 녀석이 그런 작자들을 저희 집으로 데려오지 뭡니까. 아시다시피 그놈은 시를 쓴답니다. 요즘 버사와 그 녀석은 아주 절친한 사이가 되었지요. 아마 우리 마누라야말로 마음만 먹으면 그 작자들보다 훨씬 더 훌륭한 시를 쓸 수 있을 겁니다. 사실 우리 마누라가 똑똑한 친구들과 어울리고 싶어 하는 걸 제가 탓하는 건 아닙니다. 그저 제가 하고 싶은 말은 이것뿐이죠. '제발 그자들이 식사하는 꼴을 나더러 보라고만 하지 마!'"

어쨌거나 이 괴상한 대화의 요지는 릴리에게 짜릿한 기쁨을 안겨 주었다. 보통 때 같으면 버사 도싯이 초대했다고 해서 놀라거나 할 이유는 전혀 없었다. 하지만 벨로몬트에서의 사건 이후로 두 사람 사이에는 은연중에 적대감이 흐르고 있었던 것이다. 이제 릴리는 놀랍게도 버사에게 앙갚음하고 싶은 마음이 사라져버렸음을 깨달았다. 말레이 속담에 '만약 네 원수를 용서하고 싶으면 먼저 그자에게 해를 입혀라.'라는 말이 있다. 릴리는 이 속담이 옳다는 걸 경험을 통해 확인했다. 만약 도싯 부인의 편지들을 태워버렸다면 그녀는 아직도 도싯 부인을 증오하고 있었을 것이다. 하지만 그 편지가 자신의 수중에 있다는 사실만으로 그녀의 복수심은 충족되었다.

릴리는 트레너의 집요한 요구로부터 도망칠 출구를 찾았다는 사실에 환호하며 환한 미소와 함께 초대를 받아들였다.

11

 어느덧 휴가철이 지나고, 새로운 계절이 시작되었다. 5번가는 밤마다 공원 주변의 사교계 명소로 몰려가는 마차들의 행렬로 붐비기 시작했다. 환하게 불이 밝혀진 창문과 활짝 펼쳐진 차양들은 늘 그렇듯 판에 박힌 환대의 표시를 드러내고 있었다. 한편 또 다른 마차의 행렬이 이 주요 흐름을 가로지르고 있었는데, 그것은 극장이나 식당 혹은 오페라 회관으로 사람들을 실어 나르는 행렬이었다. 페니스턴 부인은 이 층 창가의 외딴 감시탑에 혼자 앉아서 이 모든 상황을 세세히 파악하고 있었는데, 반 오스버그의 무도회로 가는 무리의 갑작스러운 출현으로 언제 일상적인 소음이 더 시끄러워지는지 혹은 마차들이 갑자기 늘어났을 때, 그것이 오페라가 끝났음을 의미하는지, 세리즈에서 성대한 만찬이 벌어진다는 걸 의미하는지 정확히 알아맞힐 수 있었다.

 페니스턴 부인은 사교계의 시즌이 시작되어 절정에 이르기까지 과정을 그 환락에 가장 적극적으로 동참하는 사람보다도 더 정확히 뒤쫓았다. 게다가 그 세계에 참여하는 사람들은 포기할 수밖에 없는, 서로 비교하고 일반화하는 기회를 외부의 관찰자로서 마음껏 누릴 수 있었다. 사교계의 변동에 대해서 부인보다 정확히 기억하는 사람은 아무도 없었고, 시즌마다 가장 눈에 띄는 특징이 무엇인지 부인보다 정확히 짚어낼 수 있는 사람 또한 아무도 없었다. 예컨대, 어느 시즌이 지루했고 어느 시즌이 지나치게 호들갑스러웠는지, 또 어느 시즌에는 무도회가 별로 열리지 않았고, 어느 시즌에는 유달리 이혼이 많았는지 모두 꿰뚫고 있었다. 부인은 '새로운 인물'의 영고성쇠에 대해서도 탁월한 기억력을 발휘해서, 매번 되돌아오는 시류를 타고 어느 누가 표면 위로 급부상했다가 가라앉고 말았는지 혹은 끝까지 성공을 거두어 시기심에 불타는 파괴자들의 손길이 미치지 못하는 안전한 곳에 안착했는지 낱낱이 알고 있었다. 게다가 그들 각자의 궁극적인 운명에 대해 놀랄 만큼 탁월한 사후 통찰력을 보이는 경향이 있어서 그들이 자신의 운명을 다 마칠 때면, 부인은 거의 언제나 그레이스 스테프니에게 자신은 그런 일이 일어날 줄 진작부터 알고 있었노라고 큰소리치곤 했다.

페니스턴 부인은 아마 이번 시즌에 대해서는 웰리 브리 부부와 사이먼 로즈데일 씨를 제외하고는 모든 사람이 '가난하다고 느낀' 시기였다고 그 특징을 요약했을 것이다. 월가는 힘든 가을을 보내야 했다. 주가가 독특한 법칙에 따라서 폭락했는데, 그 법칙은 전적으로 자치 정부의 이익에 따르도록 교육받은 수많은 존경할 만한 시민들보다도 철도 주식과 면화 가격이 더 예민하게 행정부의 권력 분배에 반응한다는 사실을 입증해 주었다. 심지어 시장과는 상관이 없는 것처럼 보이던 부자들도 은밀히 시장에 의존하고 있음이 드러나거나 혹은 시장 변동에 따른 영향으로 고통받았다. 사교계 사람들은 시무룩해서 시골 저택에 틀어박혀 있거나 소리 없이 시내를 드나들었고, 모든 여흥을 못마땅해했으며 약식 행사와 간단한 저녁 식사가 유행이 되었다.

하지만 한동안 이렇게 신데렐라 놀이를 즐기던 사교계는 곧 부엌데기 역할에 진력이 나버렸다. 그리고 어떤 식으로든 쭈그러든 호박을 다시 황금 마차로 바꿀 수 있는 마법의 힘을 지닌 요정 할머니를 환영하기 시작했다. 사람들 대부분이 투자에서 손해를 보고 있는 시기에 점점 더 부자가 되고 있다는 사실 하나만으로도 시샘 어린 시선을 끌기에 충분했다. 그리고 월가에 떠도는 소문에 따르면, 웰리 브리와 로즈데일은 이런 기적을 일으킬 수 있는 비법을 발견했다는 것이다.

특히 로즈데일 씨는 재산을 두 배로 늘렸다는 소문과 더불어 이번 주가 폭락의 희생자 중 한 사람이 얼마 전에 완성한 저택을 사들였다는 소문이 무성했다. 이 저택의 원래 주인은 불과 열두 달이라는 짧은 기간 동안 수백만 달러를 벌어들여 5번가에 대저택을 짓고 옛 거장들의 작품으로 화랑을 가득 채운 다음 모든 뉴욕 사람을 불러 연회를 베풀다가 결국에는 숙련된 간호사와 의사 한 명을 양쪽에 끼고 이 나라를 몰래 빠져나가는 처지가 되었다. 그러자 그의 채권자들은 옛 거장들의 작품 앞에 경비를 세웠고, 그의 초대를 받았던 손님들은 단지 그 그림을 보기 위해서 저녁 식사에 응했노라고 서로 해명하기에 바빴다. 하지만 로즈데일 씨는 그보다는 덜 극적으로 경력을 쌓아갈 작정이었다. 그는 서두르지 말고 천천히 나가야 한다는 것을 잘 알고 있었다. 게다가 유대인 특유의 본능은 아무리 퇴짜를 맞아도 꿋꿋이 견디고 어떤 지연도 참을 수 있게 했다. 하지만 전반적으로 활력이 없고 심심한 이번 시즌이야말로 그의 존재가 돋보일 수 있는 절호의 기회임을 그는 재빨리 알아차렸다. 그리하여 끈질긴 근면성으로, 점점 빛나는 그의 영예에 어울릴 만한 배경을 만드는 일에 착수했다. 이 시기에 피셔 부인은 그에게 말할 수 없이 커다란 도움이 되었다. 그녀가 어찌나 많은 새내기를 사교계의 무대로 내보냈는지, 마치 그녀 자신이 수많은 중요한 무대 장면 중 하나가 된 것 같았다. 경험 많은 관객이라면 그 한 장면만 보고도 앞으로 무슨 일이 벌어질지 정확히 판단할 수 있었다. 하지만 로즈데일 씨는 긴 안목으로 보아서 좀 더 개인적인 배경을 갖길 원했다.

바트 양은 로즈데일 씨가 단지 다양한 사교계 예법에 잘 적응하지 못한다는 이유 때문에 그에게 그런 인지력이 있을 거라고 절대 믿지 않았겠지만, 사실 그는 아주 미묘한 차이들까지 예민하게 감지했다. 그리고 자신의 사회적 지위를 확고히 하기 위해서 꼭 필요한 보완적 자질들을 바로 바트 양이 가지고 있다는 생각이 점점 더 분명하게 들었다.

하지만 이런 세세한 일들까지는 페니스턴 부인의 감시망에 걸리지 않았다. 파노라마식으로 쓱 한 번 훑어보기만 하는 많은 사람이 그렇듯이, 페니스턴 부인 역시 전경의 세세한 부분들은 그냥 지나쳐 버리는 경향이 있었다. 사실 부인은 자신의 조카딸에게 무슨 일이 벌어지고 있는지보다는 캐리 피셔가 웰리 브리 부부네 가정 요리사를 어디서 구해다 주었는지가 훨씬 더 궁금했다. 그렇다고 해서 부인의 이런 부족한 점을 언제든 채워줄 수 있는 정보원이 없는 것은 아니었다. 그레이스 스테프니의 머릿속은 마치 일종의 파리 잡는 끈끈이 같아서 사방에 떠도는 온갖 소문이 그 치명적인 유혹에 이끌려 들어왔다. 그러고는 무자비한 기억력의 고문에 시달리며 꼼짝없이 들러붙어 있어야 했다. 만약 릴리가 자신에 관한 자질구레한 사실들이 얼마나 많이 스테프니 양의 머릿속에 저장되어 있는지 안다면 깜짝 놀랄 것이다. 릴리는 자신이 보잘것없는 사람들에게 커다란 관심의 대상이란 사실을 잘 알고 있었다. 하지만 그저 그것도 추레한 짓거리 중 하나이며, 눈부시게 뛰어난 존재에 대해 감탄하는 것은 열등한 사람들의 자연적인 반응이라고 생각할 뿐이었다. 릴리는 거티 패리시가 자신을 맹목적으로 숭배

한다는 사실을 알고 있었기 때문에 그레이스 스테프니도 그와 비슷한 감정일 거라고 지레 짐작해 버렸다. 릴리가 보기에 그레이스는 거티 패리시와 마찬가지로 젊음이나 열정 같은 것은 흔적조차 찾아볼 수 없는 부류의 여자였다.

하지만 실제로 이 두 사람은 서로 바라보는 대상이 다른 만큼이나 성격도 전혀 달랐다. 패리시 양의 가슴이 따뜻한 환상의 샘이라면, 스테프니 양의 가슴은 사실들의 정확한 기록부였다. 그리고 거기에는 자신과 그 사실들의 관계가 명시되어 있었다. 스테프니 양은 예민한 감수성을 지니고 있었다. 물론 릴리는 속눈썹이 빨갛고 코에는 주근깨가 잔뜩 박혀 있으며 셋방에 살면서 페니스턴 부인의 거실을 찬탄해 마지않는 그런 인물에게 감수성이라니, 정말 웃기는 소리라고 생각할 것이다. 하지만 가엾은 그레이스를 구속하는 이런 제약들은 오히려 그녀의 감수성에 더욱 집중된 내적 생명력을 불어넣었다. 마치 척박한 토양에서 어떤 식물들은 영양분이 부족할수록 더욱 강렬한 꽃을 피우는 것처럼 말이다. 사실 스테프니 양이 딱히 못된 심성을 지닌 건 아니었다. 릴리가 눈부시게 아름답고 남들보다 뛰어나다고 해서 미워할 사람도 아니었다. 다만 그녀는 릴리가 자신을 싫어한다고 생각했기 때문에 릴리를 싫어했다. 자신이 무의미한 존재라고 생각하기보다는 차라리 인기가 없다고 믿는 편이 덜 굴욕적으로 느껴지는 법이다. 그러므로 허영심은 언제나 상대의 무관심을 적대감의 위장된 표현이라고 믿고 싶어 한다. 릴리가 로즈데일 씨에게 마지못해 베푸는, 그런 인색한 대접이라도 해주었다면 스테프니 양은 아마 평생 그녀의 친구가 되어주었을 것이다. 하지만 릴리가 무슨 수로 그런 친구도 만들어두는 게 좋다는 사실을 내다볼 수 있었겠는가? 하물며 단 한 번도 남들에게 무시를 당해 본 적이 없는 젊은 아가씨가 어떻게 그런 상처가 주는 뼈아픈 고통을 헤아릴 수 있었겠는가? 또한 언제나 넘쳐 나는 약속들에 치어서 선택의 갈등만 겪어온 릴리가 어떻게 어쩌다 열리는 페니스턴 부인의 만찬에 스테프니 양을 제외함으로써 그녀에게 치명적인 상처를 입혔다는 걸 짐작이나 할 수 있었겠는가?

  페니스턴 부인은 자기 집에서 저녁 만찬을 베푸는 걸 몹시 싫어했다. 하지만 가족에 대한 의무감만큼은 대단히 투철했기에 잭 스테프니가 신혼여행에서 돌아오자 거실 등에 불을 밝히고 금고 안에 고이 모셔둔 최고급 은 식기들을 꺼내는 것이 자신의 의무라고 느꼈다. 어쩌다 한 번 열리는 페니스턴 부인의 연회는 몇 날 며칠 동안, 손님들의 좌석 배치에서 식탁보의 무늬에 이르기까지 모든 사항을 낱낱이 따져보고 노심초사하는 과정부터 시작되었다. 이런 사전 준비 과정 중에 페니스턴 부인은 경솔하게도 사촌인 그레이스에게 이번 만찬은 가족 행사이니만큼 그녀도 참석할 수 있을 거라고 언질을 주었다. 한 주일 동안 만찬에 대한 기대감은 무미건조하기 짝이 없는 스테프니 양의 인생에 한 줄기 빛을 던져주었다. 그러나 얼마 후 그녀는 다른 날 오는 게 좋겠다는 통보를 듣게 되었다. 스테프니 양은 상황이 어떻게 된 것인지 정확히 알고 있었다. 가족 모임을 단지 끔찍하게 지겨운 행사로만 생각하는 릴리가 '멋진' 사람들만 모인 만찬이 훨씬 더 젊은 부부의 취향에 맞을 거라고 고모님을 설득했던 것이다. 사교적인 문제에서는 전적으로 조카딸에게 의지하는 페니스턴 부인은 결국 마음을 바꾸어 그레이스의 추방을 선언하기에 이르렀다. 어쨌든 그레이스는 다른 때 언제든 올 수 있지 않은가? 그런데 어째서 하루 이틀 늦게 오라고 했다고 마음이 상하겠는가?

하지만 무엇보다 다른 때는 언제든 올 수 있다는 바로 그 이유 때문에, 그리고 주위 친척들이 그녀가 참석하지 못하는 저녁 식사의 감추어진 의미를 알고 있다는 걸 잘 알기 때문에 스테프니 양의 눈에는 이 사건이 그토록 중대하게 비쳐졌다. 그녀는 이게 모두 릴리 탓이라는 걸 알아차렸다. 그리고 막연한 미움은 부글부글 끓어오르는 원한으로 바뀌었다.

만찬이 있고 나서 하루나 이틀 뒤에 스테프니 양이 찾아갔을 때, 5번가를 열심히 곁눈질하며 살피던 페니스턴 부인은 뜨개질감을 무릎에 내려놓더니 휙 고개를 돌렸다.

"거스 트레너? 릴리와 거스 트레너라고?"

페니스턴 부인의 안색이 어찌나 급작스럽게 창백해지던지 오히려 손님이 깜짝 놀랄 지경이었다.

"오, 줄리아 사촌…… 물론 제 말은 그게 아니라……."

"그게 아니라면 도대체 무슨 말을 하려는 건지 모르겠군."

페니스턴 부인이 말을 이었다. 나지막하고 성마른 그녀의 목소리는 겁이 난 듯 파르르 떨렸다.

"내 평생 그런 터무니없는 말은 처음 들어봐. 더구나 내 조카딸이! 내가 자네 말을 제대로 알아들은 건가? 그자와 릴리가 사랑에 빠졌다고 사람들이 떠들어댄단 말인가?"

페니스턴 부인은 진짜로 경악을 금치 못했다. 비록 사교계의 비화들에 대해서라면 자신을 따라올 사람이 없노라고 큰소리치기는 했지만 부인에게는 여전히 여학생 같은 순진한 면이 있었다. 그러므로 도덕 시간에 책에서나 읽던 그런 추잡한 일들이 바로 옆 골목에서 되풀이될 수 있다는 생각은 한 번도 하지 못했다. 페니스턴 부인은 거실의 가구들처럼 자신의 상상력 또한 하얀 천으로 감싸고 지냈다. 물론 사회가 '대단히 많이 변했다'는 것은 알고 있었다. 그녀의 어머니가 '별나다'고 생각했던 여자들이 이제는 초대 손님의 명단을 꼬치꼬치 따져보는 입장이 되었다. 교구 목사와 이혼의 위험성에 대해서 논의할 때마다 부인은 릴리가 아직 결혼하지 않은 걸 다행으로 여겼다. 하지만 젊은 아가씨의 이름이 추문에 오를 수 있다는 사실이, 더구나 유부남의 이름과 함께 거론될 수 있다는 사실이 부인에게는 너무나 뜻밖이었기 때문에 마치 여름 내내 카펫을 방치했다든가 혹은 집안 관리의 신성한 규칙 중 어느 하나를 어겼다는 비난을 받은 것만큼이나 기겁을 하고 놀랐다.

한편 스테프니 양은 일단 최초의 두려움이 사라지고 나자 좀 더 생각이 트인 사람들이 가지는 우월감을 느끼기 시작했다. 저토록 세상 물정을 모르다니, 페니스턴 부인은 정말 딱하기도 하지!

스테프니 양은 페니스턴 부인의 마지막 말에 웃고 말았다.

"사람들은 항상 안 좋은 말만 하잖아요. 어쨌든 두 사람이 부쩍 자주 만나는 건 분명해요. 며칠 전 오후에도 제 친구 중 한 명이 공원에서 두 사람을 만났다더군요. 그것도 꽤 늦은 시간에 말이죠. 이미 가로등에 불이 켜진 이후였으니까요. 릴리가 그렇게 사람들 눈에 띄는 짓을 하고 다니다니 안타까운 일이에요."

"눈에 띄는 짓이라고!"

페니스턴 부인은 기가 막혀 어쩔 줄 몰랐다. 그리고 몸을 앞으로 숙이더니, 자신의 두려움을 감추려고 애써 목소리를 낮추며 물었다.

"도대체 사람들이 무슨 말을 한다는 거지? 그자가 이혼하고 릴리랑 결혼이라도 할 작정이라던가?"

그레이스 스테프니는 대놓고 큰 소리로 웃어댔다.

"세상에, 그건 아니에요! 그 사람이 그럴 리가 없지요. 그러니까 이건 그냥…… 불장난이죠. 그 이상은 아무것도 아니라고요."

"불장난이라고? 내 조카딸이 유부남이랑? 릴리처럼 예쁘고 잘난 애가 세상에 무슨 할 일이 없어서 거의 자기 아버지뻘은 될 만큼 늙고 뚱뚱한 멍청이한테 시간을 낭비한단 말이냐?"

페니스턴 부인의 귀에도 자신의 반박이 아주 그럴듯하게 들렸기 때문에, 부인은 비로소 마음을 진정하고 뜨개질 감을 다시 집어 들었다. 그리고 그레이스 스테프니가 흩어진 전력을 다시 가다듬을 때까지 기다렸다.

하지만 스테프니 양은 즉각 공세를 펼쳤다.

"바로 그게 가장 큰 문제라니까요! 사람들은 릴리가 괜히 시간을 낭비할 리가 없다고 하더군요. 말씀하신 대로, 릴리는 사실 거스 트레너 같은 남자와 어울리기에는 너무 예쁘고 매력적이니까요……. 만약에……."

"만약이라니?"

페니스턴 부인이 되물었다.

스테프니 양은 초조하게 숨을 들이마셨다. 페니스턴 부인에게 충격을 주는 건 즐거운 일이었지만, 부인이 화를 낼 정도로 충격을 주는 건 곤란했다. 스테프니 양은 나쁜 소식을 전하는 사람들이 으레 어떤 대접을 받게 되는지 미리 예상할 수 있을 정도로 고전 드라마에 익숙하지 않았다. 하지만 잠깐 동안 어쩌면 자신의 사심 없는 행동이 불러일으킬지도 모르는, 금지된 저녁 식사와 텅 빈 옷장이 그녀의 눈앞을 스치고 지나갔다. 하지만 결국 릴리에 대한 미움이 사사로운 염려를 압도해 버렸다. 페니스턴 부인은 아주 적절치 못한 때를 골라서 조카딸의 미모를 자랑한 셈이었다.

"만약에……."

그레이스는 몸을 앞으로 수그리더니 낮고 또렷한 목소리로 말했다.

"만약에 릴리가 그자의 환심을 사서 물질적인 이득을 얻는 게 아니라면 말이죠."

그녀는 그 순간이 어마어마하게 느껴졌다. 그리고 갑자기 이 계절이 다 가고 나면 페니스턴 부인이 까만 술이 달린 검은 브로케이드[74]를 그녀에게 주기로 했다는 사실이 기억났다.

페니스턴 부인은 다시 뜨개질 감을 내려놓았다. 부인도 똑같은 생각을 하긴 했지만 또 다른 면을 떠올린 것 같았다. 자기가 물려준 낡은 옷을 입고 있는 가난한 친척에게서 이런 정신적 고문을 당하고 앉아 있는 건 그녀의 위엄을 떨어뜨리는 일이라는 생각이 든 것이다.

"만약 무슨 뜻인지 알아들을 수도 없는 교묘한 말로 나를 괴롭히려거든 좀 더 적당한 때를 골라서 하는 게 좋겠구나. 지금 나는 큰 만찬을 치르고 나서 그 피로가 채 가시지도 않았단 말이다."

하지만 만찬 이야기가 나오자, 스테프니 양에게 남아 있던 마지막 망설임조차 사라져버렸다.

"어째서 제가 릴리에 대한 이야기를 전하면서 좋아한다고 비난하시는지 모르겠군요. 이렇게 해도 고맙다는 인사조차 듣지 못할 거라는 걸 저도 알고 있었어요."

스테프니 양은 발끈해서 대꾸했다.

"하지만 제게는 아직 가족에 대한 애정이 남아 있거든요. 줄리아 사촌은 릴리에 대한 책임을 맡고 있는 유일한 분이니 릴리에 대해서 무슨 말이 떠돌고 있는지 반드시 아셔야 한다고 생각했어요."

"그런데 왜 아직도 그 소문이 무엇인지 나에게 말해 주지 않느냔 말이다. 지금 내가 탓하는 건 바로 그거다."

"그렇게 직설적으로 말씀드려야 할 줄은 몰랐죠. 사람들 말이 거스 트레너가 릴리에게 돈을 주고 있답니다."

"릴리에게 돈을 준다고? 돈을 준단 말이냐?"

페니스턴 부인이 큰 소리로 웃음을 터트렸다.

"도대체 어디서 그런 쓰레기 같은 소문을 주워들었는지 정말 어처구니가 없구나. 릴리에게는 자기 수입이 있어. 그런데다 나도 릴리에게 아주 많은 걸 마련해……."

"오, 그건 다들 알지요."

스테프니 양이 부인의 말을 잘랐다.

"하지만 릴리는 대단히 비싼 옷들을 수없이 입고 다니는 데다가……."

"나는 릴리가 옷을 잘 차려입고 다니는 게 좋다. 그건 당연한 일이야!"

"물론 그렇지요. 하지만 게다가 도박 빚까지 지고 있는걸요."

사실 스테프니 양이 처음 말을 꺼낼 때는 이런 이야기까지 할 생각은 추호도 없었다. 그러므로 누군가를 탓하려면 페니스턴 부인의 불신을 탓해야 할 것이다. 부인은 마치 성서에 나오는 목이 뻣뻣한 불신자들처럼 완전히 멸망을 당해야 비로소 믿는 사람이었다.

"도박 빚이라고? 릴리가?"

페니스턴 부인의 목소리는 분노와 당혹감으로 파르르 떨렸다.

"릴리에게 도박 빚이 있다니 그게 무슨 소리지?"

"간단히 말해서, 릴리와 어울리는 그런 사람들 틈에서 돈을 걸고 브리지 게임을 한다면 꽤 큰돈을 잃기 쉽다는 뜻이죠. 릴리라고 해서 항상 이기란 법은 없잖아요."

"내 조카딸이 돈을 걸고 카드를 친다고? 도대체 누가 그런 말을 하던?"

"오, 줄리아 사촌! 제발 그런 눈으로 저를 보지 마세요. 마치 지금 제가 사촌과 릴리를 이간질이라도 하고 있는 것 같잖아요! 릴리가 카드에 미쳤다는 건 세상이 다 아는 일이에요. 퍼시 그라이스가 놀라서 달아난 것도 릴리의 도박벽 때문이었다고 그라이스 부인이 저에게 직접 말씀하셨는걸요. 처음에는 그라이스 씨가 릴리에게 정말로 마음이 있었던 모양이에요. 물론 릴리의 친구들 사이에서는 젊은 아가씨가 돈을 걸고 카드를 치는 게 일종의 관습인 모양이더라고요. 사실 사람들은 릴리를 너그럽게 이해해 주려고 하는 편이에요. 아무래도 릴리는⋯⋯."

"뭐 때문에 릴리를 이해해 준단 말이냐?"

"힘들게 자랐잖아요. 그러다가 거스 트레너나 조지 도싯 같은 남자들에게 관심을 받으면⋯⋯."

페니스턴 부인이 또다시 버럭 소리쳤다.

"조지 도싯이라고? 남자가 또 있단 말이냐? 너만 괜찮다면, 제일 나쁜 소문이 뭔지 꼭 알고 싶구나."

"꼭 그런 식으로 생각하진 마세요, 줄리아 사촌. 최근에 릴리는 도싯 부부와 자주 어울려 지냈잖아요. 그래서 도싯 씨가 릴리를 무척 좋아하는 것 같아요. 사실 그거야 너무 당연한 일 아니겠어요. 사람들이 떠들고 다니는 그런 끔찍한 소문은 분명히 모두 거짓일 거예요. 하지만 올겨울에 유난히 릴리가 돈을 펑펑 쓰고 다닌 건 사실이지요. 일전에 에비 반 오스버그가 혼숫감을 주문하기 위해서 셀레스트 옷가게에 갔는데요. 그래요. 바로 다음 달에 결혼식이 있거든요. 어쨌든 셀레스트가 제일 값비싼 고급 물건들을 보여 주면서 곧 릴리에게 배달 보낼 거라고 했대요. 그리고 사람들 말로는 주디 트레너가 거스 때문에 릴리와 싸웠다고도 하더군요. 하지만 저도 이런 말을 전하게 돼서 정말 유감이에요. 비록 걱정스러운 마음에서 하는 말이기는 하지만 말이죠."

좀처럼 남의 말을 믿지 않는 성격 덕분에 페니스턴 부인은 끝까지 스테프니 양을 비웃으며 내쫓을 수 있었다. 동시에 검은 브로케이드를 물려받으리라는 스테프니 양의 희망에는 검은 그림자가 드리워졌다. 하지만 아무리 이성적인 조언이 침투할 수 없는 정신이라고 해도, 대개는 미세하게 갈라진 틈이 있어서 의심이 스며들게 마련이다. 부인의 손님이 남기고 간 말들은 페니스턴 부인이 기대한 것만큼 쉽사리 사라지지 않았다. 부인은 시끄러운 소동을 싫어했다. 어떻게든 번거로운 일을 피하겠다는 결심 때문에 여태껏 릴리의 생활에 간섭하지 않고 항상 거리를 유지해 왔던 것이다. 부인의 젊은 시절에는 여자아이들은 그렇게 엄격하게 감독할 필요가 없다고 여겼다. 대개는 구애와 결혼이라는 합법적인 과정을 밟아가게 마련이라고 생각했기 때문이다. 그들의 보호자들이 이런 일에 간섭하는 것은 관객이 갑자기 경기에 뛰어드는 것만큼이나 부적절한 일이었다. 물론 페니스턴 부인의 젊은 시절에도 '방탕한' 여자애들이 있었다. 하지만 그들의 방탕함은 기껏해야 그저 동물적인 본능이 너무 강한 정도로만 이해되었고 '숙녀답지 못하다'는 말보다 더 심한 비난은 하지 않았다. 그러나 요즘에 방탕하단 말은 부도덕하다는 말과 동의어로 쓰이는 듯했다. 그리고 페니스턴 부인에게 '부도덕'이란 거실에서 풍기는 음식 냄새처럼 생각만 해도 치가 떨리는 것이었다. 그녀가 인정하기를 거부하는 생각 중에는 이런 생각도 들어 있었다.

부인은 자신이 들은 이야기를 당장 릴리에게 다시 전하고 싶은 생각은 없었다. 그렇다고 완곡한 질문으로 진위를 확인해 보고 싶은 마음도 없었다. 그렇게 하다가는 소란이 벌어질 수도 있었다. 그리고 소란이야말로 지난번 만찬의 여파가 채 가시지 않은 부인의 불안정한 정신 상태나 새로운 자극을 받아 아직까지 덜덜 떨리는 마음 상태에서 마땅히 피해야 하는 위험 요소였다. 하지만 부인의 머릿속에는 조카딸에 대한 미움이 앙금처럼 남았고, 어떤 설명이나 대화로 깨끗이 지울 수도 없었으므로 그 미움은 날로 깊어갔다. 젊은 아가씨가 남의 입에 오르내리도록 함부로 처신하다니, 참으로 끔찍한 일이었다. 아무리 릴리에 대한 험담이 근거 없는 것이라 하더라도, 그런 소문이 나도록 했다는 것만으로도 비난받아 마땅했다. 페니스턴 부인은 마치 집 안에 전염병자라도 들여놓은 느낌이었다. 그런데 자신은 오염된 가구들 틈에서 벌벌 떨며 꼼짝없이 앉아 있을 수밖에 없는 처지였다.

12

사실 바트 양은 번번이 잘못된 길로 빗나가곤 했다. 그녀를 비난하는 사람들 중 어느 누구도 그녀 자신만큼 그 사실을 뼈 아프게 절감하는 사람은 없을 것이다. 하지만 그녀는 잘못된 길에서 나와서 또 다른 잘못된 길로 빠져버리는 치명적인 감각을 갖고 있었다. 돌이키기에는 너무 늦을 때까지 무엇이 올바른 길인지 알아채지도 못했다.

자신은 사람들의 편협한 편견으로부터 벗어나 있다고 믿고 있던 릴리는 거스 트레너를 통해 돈을 좀 벌었다는 사실이 그녀의 명예에 그토록 커다란 상처를 입힐 것이라고는 상상조차 하지 못했다. 그리고 아직도 여전히 그 사실 자체는 별로 해가 없어 보였다.

단지 골치 아픈 말썽거리의 끊임없는 근원이 된다는 게 문제였다. 돈 쓰는 재미마저 시들해지자, 이런 문제들이 더욱 무겁게 다가왔다. 자신이 겪는 불행의 원인을 다른 사람들에게 돌리는 데 탁월한 능력을 지닌 릴리는 모든 문제가 바로 버사 도싯의 악의적인 심술에서 비롯되었다고 생각했다. 하지만 이런 적대감은 오히려 두 여인 사이의 우정을 새롭게 불붙여 주었다. 릴리가 도싯 부부의 집을 방문한 결과, 두 사람 모두 서로에게 쓸모가 있다는 사실을 깨달았던 것이다. 그리고 순화된 본능은 자신의 적수를 저주하기보다는 이용해 먹는 데서 오히려 미묘한 쾌감을 얻었다. 사실 요즘 도싯 부인은 새로운 감정 실험에 몰두하고 있었는데, 한때 피서 부인의 노리개였던 네드 실버턴이 그 핑크 빛 희생자였다. 그리고 그런 시기에는 주디 트레너가 언젠가 말했듯이 남편의 주의를 어딘가 다른 곳으로 돌려야 할 절박한 필요성을 느꼈다. 도싯은 야만인만큼이나 즐겁게 해주기가 어려운 남자였다. 하지만 그가 아무리 자기밖에 모르는 사람이라고 해도 릴리의 솜씨를 당할 수는 없었다. 더 정확히 말하자면, 까다로운 이기주의자들을 다루는 데 릴리는 특별히 탁월한 솜씨를 갖고 있었다. 더구나 앞서 퍼시 그라이스를 다루어본 경험은 도싯의 비위를 맞추는 일에 큰 도움이 되었다. 비록 그를 기쁘게 해야 할 강력한 동기가 있는 것은 아니었지만 현재의 어려운 상황은 릴리에게 아무리 사소한 기회라도 소중히 여겨야 한다는 쓰디쓴 교훈을 주었다.

하지만 도싯 부부와의 친분이 릴리의 물질적인 어려움을 조금이라도 덜어줄 것 같지는 않았다. 도싯 부인은 주디 트레너처럼 활수하게 베푸는 경우가 절대 없었다. 또한 도싯이 아무리 릴리를 좋아해도 재정적인 '조언'으로 애정을 표현할 리는 없었다. 설사 릴리가 그쪽 방면으로 자신의 경험을 되살려 보고자 애를 쓴다고 해도 말이다. 결국 도싯 부부와의 우정에서 릴리가 얻는 것은 단지 사교적인 인정뿐이었다. 릴리는 사람들이 자신에 대해 수군거리기 시작했다는 걸 알고 있었다. 하지만 페니스턴 부인만큼 그 사실에 놀라지 않았다. 그녀가 속한 세계에서는 그런 소문이야 늘 있는 것이었다. 그리고 유부남과 불장난을 치는 아리따운 아가씨는 그저 자신의 능력이 어디까지인지 극단적인 시험을 해보는 것으로 여겨질 뿐이었다. 정작 릴리가 두려워하는 사람은 바로 트레너였다. 지난번 공원에서의 산책은 성공적이지 못했다. 트레너는 젊은 나이에 결혼했고, 결혼 이후로는 여자들과 감상적인 대화나 주고받는 식의 관계는 한 번도 맺은 적이 없었다. 그런 관계는 마치 미로처럼 결국 출발점으로 되돌아오곤 했다. 처음에 트레너는 영문을 몰라 어리둥절했고, 그다음에는 언제나 똑같은 자리에 서 있는 자신을 발견하고 짜증을 냈다. 릴리는 점차 이 상황에 대한 통제력을 잃어가고 있는 느낌이 들었다. 실제로 트레너는 다루기 힘든 상태였다. 로즈데일과 친분이 있음에도, 트레너는 주식시장의 폭락으로 상당한 '영향'을 받고 있었다. 게다가 막대한 생활비가 그를 짓눌렀다. 한마디로 지금까지 늘 따르던 행운 대신에 온 사방에서 불운이 그를 에워싸고 있는 듯했다.

트레너 부인은 여전히 벨로몬트에 머물면서 시내에 있는 집도 계속 열어두고 가끔 세상 구경을 하고 싶을 때면 그곳으로 내려오곤 했다. 하지만 지루한 계절의 구속보다는 주말마다 되풀이되는 파티의 흥분을 더 좋아했다. 트레너 부인이 릴리에게 벨로몬트로 돌아오라고 재촉하지 않은 지 몇 주일이 지나고, 처음으로 두 사람이 시내에서 만났을 때, 릴리는 왠지 그녀의 태도에 냉랭한 기운이 감돈다고 느꼈다. 단지 바트 양의 소홀함에 대한 불편한 심사를 표현한 것일까? 아니면 시끄러운 소문이 그녀의 귀에까지 흘러들어 간 것일까? 그럴 가능성은 거의 없어 보였지만 릴리는 그래도 마음이 불안했다. 만약 늘 떠돌아다니는 그녀의 마음이 어딘가 한곳에 뿌리를 내린다면, 그곳은 바로 주디 트레너와의 우정이었다. 비록 때로는 이기적인 면을 드러내기도 했지만 어쨌든 릴리는 친구의 진실한 애정을 굳게 믿었고, 조금이라도 그 애정에 찬물을 끼얹을 위험성이 있는 일이라면 극구 피했다. 게다가 주디와 소원해지면 그녀에게 어떤 영향이 미칠지 날카롭게 의식하고 있었다. 릴리가 거스 트레너를 그토록 혐오하고, 그가 그녀에게 강요하는 의무에 대해 그토록 분개하는 가장 커다란 이유는 그가 바로 주디의 남편이기 때문이었다.

바트 양은 찜찜한 마음을 정리하기 위해서 새해가 지나자마자 자진해서 벨로몬트에서 주말을 보내겠다고 제안했다. 물론 성대한 파티가 열릴 예정이기 때문에 트레너의 지나친 접근을 피할 수 있을 것이라는 사실을 미리 알고 난 후였다. 그러자 그의 부인은 즉시 '무슨 일이 있어도 꼭 오라'는 전보를 보냈고, 평소와 다름없이 릴리를 환영하는 것 같았다.

과연 주디는 다정하게 그녀를 맞이했다. 성대한 파티에 대한 안주인으로서의 책임감은 언제나 개인적인 감정보다 앞서는 법이다. 릴리는 안주인의 태도에서 어떤 변화도 느낄 수 없었다. 그렇지만 얼마 지나지 않아 이 실험적인 방문이 결국 성공하지 못할 운명임을 깨달았다. 이번 파티에는 트레너 부인이 소위 '촌뜨기'라고 부르는 그런 손님들이 주를 이루었다. 브리지 게임을 하지 않는 사람들을 지칭하는 그녀만의 은어였다. 카드놀이의 방해자들은 모두 같은 부류로 취급해 버리는 게 부인의 버릇이어서 이 사람들의 각기 다른 개성은 전혀 고려하지 않은 채 대개는 그냥 한꺼번에 초대해 버리곤 했던 것이다. 따라서 브리지 게임을 싫어한다는 한 가지 점 이외에는 다른 어떤 공통점도 없는 사람들이 뒤죽박죽 섞여 있는 셈이었다. 서로 소통할 수 있는 공통된 관심사가 없는 이들 사이에서는 자연히 불만이 싹텄다. 이 불만은 나쁜 날씨와 더불어 지루한 기색을 숨기지 못하는 주인과 안주인의 태도 때문에 더욱 악화되었다. 이런 비상 상황이 닥치면, 주디는 으레 릴리를 불러서 이 불협화음을 조절해 달라고 요청하곤 했다. 따라서 바트 양은 이번에도 당연히 자신에게 그런 의무가 주어졌다고 판단하고 평소와 같은 열성으로 그 일에 뛰어들었다. 하지만 처음부터 릴리는 미묘한 저항감을 감지했다. 그녀를 대하는 트레너 부인의 태도에는 변화가 없을지 몰라도 다른 부인들의 태도에는 분명 쌀쌀맞은 분위기가 감돌았다. "당신의 친구 웰링턴 브리 부부."라든가 혹은 "그레이너 저택을 구입한 그 땅딸막한 유대인 말이죠. 누가 그러는데 당신이 그자를 잘 안다면서요, 바트양."과 같이 이따금 툭툭 던지는 뼈 있는 말들이 이 사교계 무리에서 릴리가 환영받지 못하고 있음을 분명히 보여 주었다. 이들은 비록 여흥 자체에는 아무런 공헌도 하지 못하지만 어떤 방식의 여흥을 즐길 것인지 결정할 권리는 갖고 있다고 생각하는 게 분명했다. 사실 일 년 전의 릴리라면, 이 정도 미약한 징후쯤은 그저 미소로 받아넘기고 자신의 눈부신 매력으로 그 어떤 편견도 이겨낼 수 있다고 자신했을 것이다. 하지만 지금은 그녀도 다른 사람들의 비판에 점점 더 예민해졌고, 그것을 무마시킬 수 있는 자신의 능력에 대한 자신감도 줄어들었다. 더구나 벨로몬트에 초대받은 부인들이 릴리 앞에서 대놓고 그녀의 친구들을 헐뜯을 수 있다면, 그녀의 등 뒤에서는 그녀 자신에 대해서도 똑같은 말을 떠들고 다닐 게 뻔하다는 걸 릴리는 알고 있었다. 그러므로 혹시라도 트레너의 태도에서 사람들의 비방을 정당화해 줄 만한 어떤 낌새가 드러날지도 모른다는 불안감 때문에, 릴리는 어떻게든 그를 피해 다닐 구실을 찾기에 급급했다. 결국 애초에 이곳에 오려던 목적이 모두 실패로 돌아갔음을 통감하며 벨로몬트를 떠나야 했다.

도시로 돌아온 릴리는 다시 여러 가지 즐거운 관심사에 빠져들었고, 그 덕분에 골치 아픈 생각을 잠시 잊을 수 있었다. 마침내 웰링턴 브리 부부가 새로 사귄 친구들과 수많은 의논과 신중한 조언을 나눈 끝에 대대적인 연회를 베풀겠다는 대담한 결정을 내렸기 때문이다. 사교계에 접근할 수 있는 수단이 몇몇 지인으로 극히 한정되어 있는 사람이 대대적으로 사교계를 공략한다는 건 마치 얼마 안 되는 척후병을 데리고 낯선 땅을 침공하는 것과 마찬가지였다. 하지만 때로는 그런 무모한 전술이 혁혁한 승리를 가져오기도 하는 법이다. 브리 부부는 그들의 운명을 시험해 보기로 결심했다. 한편 그들에게서 모든 행사의 전권을 위임받은 피셔 부인은 가장 탐나는 사냥감을 유인하기 위한 두 가지 먹음직스러운 미끼로 '타블로 비방'[75]과 값비싼 음악을 선택했다. 그리고 오랜 협상과 피셔 부인의 특기라고 알려진 교묘한 조종술로 열두 명의 가장 멋진 여자를 설득하는 데 성공했다. 이 여자들은 몇몇 유명한 그림을 무대 위에서 재현하기로 했는데, 저명한 초상화 전문 화가인 폴 모페스[76] 씨까지도 기적과 같은 설득에 못 이겨 이 무대의 총지휘를 맡기로 했다.

이런 일이야말로 릴리의 적성에 딱 맞았다. 지금까지 기껏해야 의상이나 장신구 같은 하찮은 영양분밖에는 섭취하지 못했던 릴리의 탁월한 미적 감각은 모페스 씨의 지도하에 활짝 피어났고, 휘장의 배치라든가 자세 연구, 빛과 어둠의 조절 등 모든 면에서 실력을 발휘했다. 주제를 선정하는 일은 그녀의 연극적인 본능을 일깨웠고, 고혹적인 옛날 의상의 재현은 오직 시각적인 표현만이 도달할 수 있는 그녀의 상상력을 한껏 자극했다. 하지만 그중에서도 가장 강렬했던 것은 자신의 아름다움의 새로운 면을 과시할 수 있다는 희열이었다. 또한 자신의 아름다움이 단지 고정된 미가 아니라 모든 희로애락을 가장 우아한 형태로 새롭게 표현해 낼 수 있는 자질임을 보여 주는 기쁨이었다.

피셔 부인의 전략은 제대로 먹혀들어 갔다. 사교계는 갑자기 지루함에서 깨어나서 브리 부인이 베푸는 연회의 유혹에 끌려들고 말았다. 사소한 불평들은 체면을 내던지고 몰려드는 사람들의 기세에 묻혀 버렸다. 그리하여 파티의 공연만큼이나 파티에 참석한 관객들의 면모도 휘황찬란하기 짝이 없었다. 이 유혹에 굴복한 사람 중에는 로렌스 셀던도 있었다. 일찍이 그가 남자는 원하는 대로 어디든 갈 수 있다는 사교계의 묵계에 따라 행동하지 않았던 것은 오래전부터 자신과 비슷한 취향을 가진 소수의 모임 내에서만 즐거움을 찾을 수 있다는 사실을 알고 있었기 때문이다. 하지만 그 역시 굉장한 구경거리를 보는 걸 좋아했으며, 돈을 쏟아부어 만든 성과물에 무관심하지도 않았다. 단지 그가 요구했던 바는 부자라면 시시한 데 돈을 쓰지 말고 마땅히 무대 연출가로서 그들의 소명에 부합하는 삶을 살아야 한다는 것이었다. 그런 점에서 브리 부부는 분명 비난할 여지가 없었다. 그들이 최근에 지은 저택은 비록 가정적인 안락함이라고는 전혀 없었지만, 이탈리아 건축가들이 공작의 환대를 더욱 돋보이게 하기 위해서 급조한 쾌락의 궁전만큼이나 연회에 모인 회중들이 마음껏 자태를 뽐낼 수 있도록 훌륭하게 설계되어 있었다. 좀 지나치게 급히 완성한 티가 나는 건 사실이었다. 전체적인 미장센[77]이 어찌나 최근에 서둘러 만든 것 같은 분위기가 나던지 사람들은 대리석 기둥이 혹시 마분지로 만든 것은 아닌지 확인하기 위해 손으로 만져보거나 다마스크 천과 황금 실로 만든 안락의자가 혹시 벽에 그려놓은 그림은 아닌지 확인하기 위해 직접 앉아보지 않을 수 없었다.

  셀던 역시 이렇게 시험 삼아 안락의자에 앉아본 사람들 중 하나였는데, 어느덧 무도회장의 한쪽 구석에 앉아 눈앞에 펼쳐진 화려한 광경에 홀딱 빠져 있었다. 무도회에 참석한 손님들은 하나같이 멋진 장소에는 최대한 멋진 옷을 입고 나가고 싶어 하는 인간의 본능에 순응하여 브리 부인 자신보다 브리 부인의 호화로운 저택에 눈높이를 맞춰 옷을 차려입은 듯했다.

거대한 무도회장을 수많은 사람이 꽉 채우긴 했지만 별로 붐빈다는 느낌은 들지 않았다. 의자에 앉은 사람들은 저마다 값비싼 천을 몸에 휘두르고 있었고, 보석을 걸친 어깨들은 화려한 꽃 장식과 황금빛 벽 그리고 베네치아풍의 휘황찬란한 천장과 완벽한 조화를 이루었다. 무도회장의 맨 끝에는 무대 하나가 설치되어 있었는데, 그 앞에는 오래된 다마스크 천으로 커튼을 드리운 둥근 아치가 세워져 있었다. 하지만 그 커튼 앞에 잠깐 멈춰 서서 이 뒤에 뭐가 있을까 궁금해하는 사람은 거의 없었다. 브리 부인의 초대를 받아들인 여자들은 저마다 자기 친구들 중 몇 명이나 자기처럼 이 연회에 왔는지 살펴보느라 바빴기 때문이다.

한편 거티 패리시는 셀던의 옆에 앉아서 무분별하고 무조건적인 탄성을 내지르느라 정신이 없었다. 훨씬 더 세련된 안목을 가진 바트 양이라면 틀림없이 짜증을 냈을 것이다. 아마 패리시 양이 이렇게까지 행복해하는 데는 셀던과 가까이 있다는 것도 한 가지 이유가 되었을 것이다. 하지만 이런 광경을 보며 즐거워하면서, 정작 자신도 그 즐거운 광경에 한 역할을 하고 있다는 생각을 거의 해본 적이 없는 패리시 양은 더 깊은 만족감을 느낄 뿐이었다.

"나까지 초대해 주다니 릴리는 정말이지 너무 친절하지 않나요? 캐리 피셔가 내 이름을 손님 명단에 올려야겠단 생각을 했을 리가 없잖아요. 이런 멋진 광경을 보지 못하고 놓쳤더라면 안타까워서 어쩔 뻔했어요? 특히 릴리의 모습을 못 봤더라면 너무 아쉬웠을 거예요. 누가 그러는데 저 천장은 베로네세[78]가 그린 거래요. 물론 로렌스, 당신은 이미 알고 있었겠지만 말이죠. 정말 아름답긴 하네요. 하지만 그 사람이 그린 여자들은 끔찍하게 뚱뚱하군요. 여신들이라고요? 그렇다면 제가 할 수 있는 말은 이것뿐이네요. 만약 저 여자들이 인간이었다면 코르셋을 입는 게 좋을 거라고 말이죠. 제가 보기엔 우리나라 여자들이 훨씬 더 아름다운 것 같아요. 저렇게 훌륭한 보석들을 본 적이 있나요? 조지 도싯 부인의 진주 좀 보세요. 아마 저 중 제일 작은 알 하나만으로도 우리 여성 모임의 일 년 치 방세를 낼 수 있을 거예요. 하지만 다들 무척 친절하게 대해 주시니, 사실 제가 뭐라고 불평하면 안 되겠죠. 릴리가 우리 모임에 삼백 달러나 기부했다는 말을 제가 했던가요? 릴리는 정말 멋지지 않나요? 그 후에도 자기 친구들을 통해서 엄청나게 많은 돈을 모금해 주었어요. 브리 부인이 오백 달러, 로즈데일 씨가 천 달러를 보내주셨다니까요. 사실 저는 릴리가 로즈데일 씨에게 너무 친절히 굴지 않았으면 좋겠어요. 하지만 릴리 말이 그 사람에게 무례하게 굴어봤자 아무런 소용이 없다고 하더군요. 그 사람은 잘해 주든 못해 주든 그 차이를 모른다나요? 정말이지 릴리는 다른 사람의 감정을 다치게 하는 걸 절대 못 견디는 성격이에요. 그래서 릴리가 차갑고 거만하다고 하는 말을 들으면 몹시 화가 난다니까요! 우리 모임의 아가씨들은 절대 릴리에 관해 그런 말을 하지 않아요. 글쎄, 릴리가 저와 함께 두 번이나 우리 모임에 나왔던 걸 아세요? 그렇다니까요, 릴리가요! 그 아가씨들의 눈빛을 당신도 한번 봤어야 하는데! 그중 한 명은 릴리를 보면 소풍날처럼 즐겁다는 말까지 하더군요. 릴리는 나란히 앉아서 아가씨들과 즐겁게 웃고 떠들었어요. 자신이 자선을 베푸는 척하는 태도는 눈곱만큼도 안 보이고, 마치 아가씨들과 똑같이 그 자리가 무척 즐거운 것처럼 말이죠. 그 후로 아가씨들은 릴리가 또 언제 오느냐고 계속 묻는다니까요. 릴리는

기쁨의 집 269

저에게 약속했지요······. 오!"

패리시 양의 귓속말은 커튼이 열리고 첫 번째 타블로가 등장하면서 즉시 중단되었다. 한 무리의 님프가 보티첼리의「봄」에 나오는 자세를 취한 채 꽃이 흩뿌려진 풀밭 위에서 춤을 추고 있었다. 타블로 비방의 효과는 단지 적절한 빛의 노출과 겹겹이 드리운 얇은 천의 눈속임에만 전적으로 의존하는 것이 아니라 그것을 보는 사람의 적절한 정신적 감상 능력에도 달려 있었다. 그러므로 모든 예술적인 기교에도 불구하고 제대로 소양을 갖추지 못한 사람의 눈에는 단지 아주 잘 만든 밀랍 인형 정도로 보일 뿐이었다. 하지만 감수성이 풍부한 상상력을 지닌 사람의 눈에는 현실과 환상 사이의 경계를 슬쩍 들여다볼 수 있게 해주는 마술과 같은 것이었다. 물론 셀던은 이런 차원에 속한 사람이었다. 그는 마치 어린아이가 옛날이야기의 마력에 빠지듯이 이 몽환적인 힘에 완전히 사로잡혔다. 더구나 브리 부인의 타블로는 그런 환상을 불러일으키기에 필요한 모든 자질을 빠짐없이 갖추고 있었다. 모페스의 조직적인 연출 아래 각각의 그림들은 율동적인 행진을 하며 잇따라 등장하여 눈부시게 멋진 행렬을 만들어냈다. 또한 살아서 계속 변하는 몸의 곡선과 이리저리 움직이는 젊은 여인들의 빛나는 눈동자는 살아 있는 인간의 매력을 잃지 않으면서도 조형예술과 조화를 이루었다.

무대에 오른 장면들은 모두 고전 명화를 모방한 것이었다. 참가자들은 제각기 개성에 따라서 자신에게 딱 맞는 인물을 완벽하게 구현했다. 예를 들어, 작고 가무잡잡한 얼굴과 지나칠 정도로 반짝거리는 눈빛, 그리고 너무나 가식적이고 도발적인 미소를 지닌 캐리 피셔보다 더 전형적으로 고야[79]의 인물을 재현할 수 있는 사람은 아무도 없을 것이다. 또한 브루클린 출신의 고혹적인 스메든 양은 화려한 브로케이드를 걸치고 곱슬곱슬한 금발 머리 위에 포도송이가 잔뜩 담긴 황금 쟁반을 든 채, 티치안[80]의 작품 「딸」에 그려진 풍만한 곡선을 완벽하게 보여 주었다. 젊은 반 알스타인 부인은 부서질 듯 연약한 네덜란드 여인의 초상을 재현했는데, 파랗게 핏줄이 선 이마와 옅은 색의 눈동자 그리고 속눈썹은 커튼이 드리워진 아치를 배경으로 검은 비단 옷을 입은 반다이크[81] 인물의 특징을 그대로 살려냈다. 그다음으로는 사랑의 제단에 꽃을 바치고 있는 카우프만[82]의 요정들이 등장했고, 계속해서 번쩍거리는 옷을 입고 머리를 진주로 장식한 인물들이 대리석 건축물을 배경으로 베로나의 저녁 식사 장면을 재현했다. 그리고 햇살이 비치는 숲속의 빈 터에서 샘물가를 어슬렁거리며 피리를 불고 있는 와토[83]의 익살꾼들이 나타났다.

한 장면이 나타났다가 덧없이 사라질 때마다 한껏 자극을 받은 셀던의 상상력은 그를 아득히 먼 환상의 나라로 데려가 주었다. "오, 룰루 멜슨은 정말이지 너무 사랑스러워요!"라든가 혹은 "저 사람은 케이트 코비가 분명해요. 저기 오른쪽에 자주색 옷을 입은 여자 말이에요." 하며 옆에서 끊임없이 질러대는 거티 패리시의 탄성조차도 이 환상의 마법을 깨뜨릴 수는 없었다. 배우들의 개성이 어찌나 완벽하게 각 장면들 속으로 녹아 들어가던지, 가장 상상력이 메마른 관객조차 갑자기 커튼이 갈라지면서 아무 장식도 하지 않은 바트 양의 단순한 초상이 나타났을 때, 그 극적으로 상반된 효과에 전율을 느끼지 않을 수 없었다.

릴리의 그 압도적인 매력은 너무나 분명했다. 모든 관중에게서 저절로 터져 나온 "오!"라는 탄성은 레이놀즈[84]의 그림인 「로이드 부인」을 향한 것이 아니라 따뜻한 살과 피를 가진 아름다운 릴리 바트 양에게 바치는 찬사였다. 릴리는 탁월한 예술적 안목을 발휘하여 본래 자신의 모습을 가리지 않고도 그림 속 인물을 그대로 재현할 수 있을 만큼 자신과 너무나 꼭 닮은 인물을 선택한 것이다. 그것은 마치 레이놀즈의 그림 속 인물이 걸어 나온 것이 아니라 릴리 자신이 그 그림 속으로 걸어 들어간 것 같았다. 그리하여 그녀의 살아 있는 아름다움의 광채로 인하여 그림 속에 있던 죽어버린 아름다움의 유령이 내쫓긴 것 같았다. 사실 한동안 릴리는 티에폴로[85]의 「클레오파트라」를 재현할까 생각했다. 하지만 좀 더 휘황찬란한 무대 위에서 자신의 모습을 과시하고 싶었던 한때의 충동은 자신의 순수한 아름다움을 믿는 근원적인 본능에 굴복하고 말았다. 그리하여 릴리는 의도적으로 아무 장식이나 배경도 없는 그림을 선택했던 것이다. 겹겹이 늘어진 얇은 천과 푸른 이파리 모양의 배경은 우아하게 포즈를 취한 그녀의 발끝부터 높이 들어 올린 손끝까지 매끄럽게 이어지는 요정 같은 몸의 곡선을 더욱 돋보이게 해줄 뿐이었다. 그 고고한 자태와 날아갈 듯이 우아한 모습은 셀던이 항상 그녀의 아름다움을 보며 느껴왔던 시적인 분위기를 숨김없이 드러내고 있었다. 하지만 그녀가 눈앞에 없으면 셀던은 곧 그 느낌을 잊어버리곤 했는데, 지금은 그 분위기가 어찌나 생생하게 표현되었는지 이제야 처음으로 진정한 릴리 바트의 모습을 보고 있다는 생각이 들 정도였다. 그것은 마치 그녀가 속한 그 작은 세계의 소소한 굴레들을 모두 벗어나서 잠깐 동안이나마 그녀의 아름다움이 속해 있는 영원한 조화의 선율을 듣고 있는 것 같았다.

"감히 저런 모습으로 나타나다니 참으로 뻔뻔스럽구먼. 하지만 아이고, 저 몸의 곡선 좀 보라지. 어디 하나 흠잡을 데가 없잖아. 우리에게 그런 자기 모습을 꽤나 알리고 싶었던 모양이군!"

경험 많은 심미가인 네드 반 알스타인이 중얼거렸다. 이 노인네는 무대의 커튼이 갈라지고 여인의 몸매를 감상할 수 있는 특별한 기회가 생길 때마다 그 냄새 나는 하얀 콧수염을 셀던의 어깨에 문지르면서 예상치 못한 발언으로 주위 사람들을 괴롭히고 있었다. 셀던이 릴리의 미모에 대한 경박한 농담을 듣는 일이 이번이 처음은 아니었다. 지금까지는 그런 농담들이 알게 모르게 릴리에 대한 그의 견해에 영향을 미쳐온 것도 사실이었다. 하지만 이 순간에는 오직 경멸에 가득 찬 분노만이 치솟을 뿐이었다. 이것이 바로 그녀가 살고 있는 세상이었다. 그녀는 이런 기준에 의해 평가받을 수밖에 없는 운명인 것이다! 하지만 어느 누가 미란다를 평가하기 위해 칼리반을 찾아간단 말인가?[86]

커튼이 내려지기 전까지 몇 분 동안, 셀던은 릴리의 인생의 모든 비극을 충분히 숙고할 만한 시간을 가졌다. 마치 릴리의 아름다움이 그것을 천박하고 세속적인 것으로 만들려고 하는 모든 세력에게서 멀리 벗어나서 그를 향해 애원하는 손길을 내밀고 있는 것 같았다. 셀던은 한때 그와 그녀가 잠깐 동안 만났던 그 세계에 또다시 그녀와 함께 있고 싶다는 간절한 욕망에 휩싸였다.

셀던은 잔뜩 흥분한 손가락이 그를 쿡쿡 찌르는 바람에 이런 상념에서 깨어났다.

"정말 너무 아름답지 않나요, 로렌스? 저렇게 단순한 옷을 입고 가장 멋진 모습을 보여 준 릴리를 싫어하진 않겠죠? 저 모습이야말로 진짜 릴리를 보여 주고 있는 것 같아요. 내가 아는 릴리를 말이죠."

셀던은 눈물을 글썽이고 있는 거티 패리시를 똑바로 바라보았다. 그리고 그녀의 말을 정정했다.

" '우리'가 알고 있는 릴리죠."

그의 말뜻을 금방 알아들은 그의 사촌은 기쁨에 찬 탄성을 질렀다.

"릴리에게 그 말을 꼭 전하겠어요! 릴리는 항상 당신이 자신을 좋아하지 않는다고 말하거든요."

모든 공연이 끝났다. 셀던이 맨 처음 느낀 충동은 당장 바트 양을 찾아가는 것이었다. 타블로 이후에 이어진 음악 연주회 동안 배우들은 관중석 여기저기에 자리를 잡고 앉았는데, 회화적으로 다양하게 분장한 의상 때문에 그들의 모습은 평상시와 아주 달라 보였다. 하지만 그중에 릴리는 없었다. 그녀의 모습이 보이지 않는다는 사실에 셀던의 감정은 한층 더 오래 지속될 수 있었다. 그토록 행복하게 릴리가 벗어났던 이 세속적인 환경 속에서 너무 금방 그녀의 모습을 발견하게 된다면, 이 마법이 깨질 것만 같았다. 반 오스버그 집안의 결혼식 날 이후로 두 사람은 한 번도 만나지 못했다. 셀던이 의도적으로 그녀를 피해 다녔기 때문이다. 하지만 오늘 밤은 자신이 조만간 릴리의 옆에 서게 되리라는 사실을 알고 있었다. 비록 지금은 그녀를 찾으려는 아무런 노력도 하지 않은 채 뿔뿔이 흩어지는 군중 틈에 이리저리 떠밀려 다니고 있지만, 이렇게 꾸물거리는 이유는 조금이라도 망설임이 있어서가 아니라 오히려 이 완전한 항복의 순간을 조금 더 만끽하고 싶은 마음 때문이었다.

한편 릴리는 자신이 등장하는 순간 터져 나온 사람들의 환호성에 담긴 의미를 조금도 의심하지 않았다. 다른 어떤 타블로도 이렇게 분명한 찬사를 불러일으키지는 못했다. 그런 반응을 불러일으킨 것은 그녀가 재현한 그림이 아니라 바로 그녀 자신이었음이 분명했다. 마지막 순간에 릴리는 좀 더 화려한 배경의 도움을 전혀 받지 않는 게 너무 무모한 일은 아닐까 하는 걱정이 들었지만 완벽한 승리를 거두고 나자, 다시 영향력을 되찾았다는 도취감에 빠졌다. 그리고 자신이 불러일으킨 그 흥분을 섣불리 깨뜨리고 싶지 않은 마음에 사람들이 저녁 식사를 하기 위해 자리를 옮길 때까지 멀찌감치 떨어져 있었다. 이윽고 사람들이 텅 빈 응접실로 천천히 몰려 들어왔을 때, 그곳에 미리 서 있던 릴리는 또 한 번 자신의 우아한 모습을 과시할 수 있는 기회를 가질 수 있었다.

순식간에 릴리는 사람들에게 둘러싸였는데, 그 수가 점점 더 불어나고 자꾸 새로운 사람들로 교체되는 바람에 마치 모든 사람이 그 흐름에 동참하고 있는 것 같았다. 그리고 그들이 한마디씩 던지는 칭찬은 그녀의 성공에 대한 집단적인 박수갈채의 행복한 연장인 듯싶었다. 이런 순간에는 릴리도 까다로운 천성을 잠시 잊어버리고 칭찬의 질보다 그 양에 더 많은 관심을 기울였다. 개개인의 차이는 열렬한 찬양의 분위기 속에 묻혀 버렸고, 그 안에서 릴리의 아름다움은 햇빛을 받은 꽃처럼 활짝 피어났다. 만약 셀던이 1, 2분만 빨리 다가왔더라면 자신이 보게 될 것이라고 꿈꾸던 바로 그 표정을 지으며 네드 반 알스타인과 조지 도싯을 상대하고 있는 릴리를 발견했을 것이다.

하지만 운명의 여신은 셀던이 그 방에 들어서기 직전에 피셔 부인(요즘 네드 반 알스타인은 그녀의 참모 노릇을 하고 있었다.)을 황급히 등장시켜서 릴리를 둘러싼 무리를 흩어놓게 만들었다. 이제 무리 중 일부는 저녁 식사의 파트너를 찾아서 돌아다니기 시작했고, 또 다른 일부는 셀던이 다가오는 것을 알아채고 무도회장에서 암묵적으로 통용되는 우호적인 이해에 따라서 그에게 자리를 비켜주었다. 그리하여 셀던이 가까이 왔을 때, 릴리는 홀로 그 자리에 서 있었다. 그리고 그녀의 눈에서 한껏 기대에 찬 눈빛을 발견한 그는 자신이 그런 감정을 불러일으켰다고 생각하고 더할 나위 없는 만족감을 느꼈다. 솔직히 그를 보고서 릴리의 표정이 더욱 깊어진 것은 사실이었다. 아무리 자아도취에 흠뻑 빠져 있는 순간이라도 셀던이 가까이 다가올 때면 언제나 자신의 심장 박동이 더 빨라진다는 걸 릴리는 알고 있었다. 또한 자신을 마주 보는 그의 시선에서 자신의 성공에 대한 달콤한 확증을 읽어낼 수 있었다. 잠깐 동안 릴리는 왠지 자신이 아름답게 보이려고 노력했던 것이 모두 셀던 한 사람을 위한 일이었다는 생각이 들었다.

    셀던은 아무 말 없이 그녀에게 팔을 내밀었다. 릴리 역시 조용히 그 팔을 잡았다. 두 사람은 만찬장이 아니라 사람들과 반대 방향으로 걸어갔다. 사람들의 얼굴이 마치 꿈결처럼 그녀의 곁을 스치고 지나갔다. 릴리는 셀던이 자신을 어디로 이끌고 있는지조차 알지 못했다. 마침내 잇달아 늘어선 방의 맨 끝에 있는 유리문을 통과한 두 사람은 문득 향기로운 꽃들로 가득 찬 정원에 들어서게 되었다. 그들의 발밑에는 자갈이 깔려 있었고, 주위에는 한여름밤의 투명한 어둠이 드리워져 있었다. 나뭇가지에 매달린 등잔들은 무성한 이파리 속에서 에메랄드 빛 동굴을 만들어내고 있었고, 백합들 사이로 떨어지는 분수의 물줄기를 하얗게 빛나게 했다. 이 마법의 장소는 텅 비어 있었다. 들리는 소리라고는 백합 꽃잎 위로 떨어지는 물방울 소리와 잠자는 듯한 호수 위를 가로질러 들려오는 아득한 음악 소리뿐이었다.

셀던과 릴리는 꿈을 꾸는 것 같은 그들의 기분과 꼭 들어맞는 이 신비한 광경을 바라보며 한동안 가만히 서 있었다. 여름의 산들바람이 그들의 얼굴을 스쳐도, 별이 총총히 박힌 밤하늘 아래로 나뭇가지 사이에서 한결 빛나 보이는 불빛들을 보아도 전혀 놀랍지 않았다. 그들을 둘러싼 이 낯선 고독은 오직 두 사람만이 함께 있다는 이 달콤한 느낌에 비하면 아무것도 아니었다.

마침내 릴리가 손을 빼고서 계단을 내려가기 시작했다. 어두컴컴한 나뭇가지들을 배경으로 하얀 옷을 입은 그녀의 날씬한 몸매가 더욱 선명하게 드러났다. 셀던이 그 뒤를 쫓아갔다. 하지만 분수 옆의 벤치에 앉기 전까지 두 사람 다 말이 없었다.

갑자기 릴리가 간절히 애원하는 어린아이와 같은 눈빛으로 그를 올려다보았다.

"당신은 한마디도 하지 않는군요. 저에 대해 나쁜 생각을 하는 게 틀림없어요."

릴리가 중얼거렸다.

"하느님께 맹세코, 전 항상 당신을 생각합니다!"

셀던이 대답했다.

"그런데 어째서 우리는 한 번도 만나지 못하는 거죠? 어째서 우리는 친구가 될 수 없나요? 당신은 언젠가 저를 도와주겠다고 약속하셨잖아요."

릴리는 마치 무심결에 말이 쏟아져 나오듯이 계속해서 속삭였다.

"제가 당신을 도울 수 있는 유일한 길은 당신을 사랑하는 것뿐입니다."

셀던이 낮은 목소리로 말했다.

릴리는 아무 대답도 하지 않았다. 하지만 그녀의 얼굴은 마치 꽃이 피어나듯 부드럽게 그를 향했다. 셀던의 얼굴도 천천히 움직였다. 그리고 마침내 두 사람의 입술이 맞닿았다.

릴리가 몸을 뒤로 빼더니 자리에서 일어났다. 셀던 역시 일어섰다. 이제 두 사람은 서로 얼굴을 마주 보며 서 있었다. 그때 갑자기 릴리가 그의 손을 붙잡더니 자신의 뺨에 갖다 댔다.

"아, 저를 사랑해 주세요. 제발 사랑해 주세요. 하지만 저에게 그런 말은 하지 마세요!"

릴리는 그의 눈동자를 깊숙이 들여다보며 한숨을 쉬었다. 그리고 셀던이 미처 뭐라고 대답하기도 전에 재빨리 돌아서서 덩굴로 뒤덮인 아치 속으로 들어가 버렸다. 이윽고 그녀의 모습은 저 너머 방의 불빛 속으로 사라졌다.

셀던은 그녀가 떠난 자리에 우두커니 서 있었다. 그녀를 쫓아 들어가기에는 이 달콤한 순간의 덧없음을 너무나 잘 알고 있었다. 하지만 잠시 후 그는 집 안으로 다시 들어가서 아무도 없는 방들을 차례로 지나갔다. 대리석으로 지은 현관 객실에는 호화로운 망토를 걸친 부인들이 벌써 모여 있었다. 셀던은 휴게실에서 반 알스타인과 거스 트레너를 발견했다.

셀던이 다가갔을 때, 반 알스타인은 문가에 접대용으로 늘어놓은 은제 담배 상자에서 시가 하나를 조심스럽게 고르고 있었다.

"어이, 셀던, 자네도 가려고? 자네 역시 나 같은 에피쿠로스파[87]인 모양이군. 이 아름다운 여신들께서 고깃덩어리를 꿀꺽 꿀꺽 삼키는 꼴을 보고 싶지 않은 게지? 세상에, 여긴 정말 미녀들의 전시장 같지 않은가! 하지만 그 여자들을 다 합쳐 놓는다 해도 우리 사촌에 비하면 발끝도 못 따라가겠는걸? 다들 보석이 어쩌고저쩌고 하지만 자기 자신이 멋진 보석이라면 뭐 때문에 여자가 보석 따위를 걸치려고 하겠나? 여자들이 장신구를 걸친다 어쩐다 하며 난리법석을 떠는 건 죄다 자기 외모의 부족한 점을 가리기 위해 그러는 거라고. 어쨌든 난 릴리가 그런 끝내주는 몸매를 가졌다는 걸 오늘 밤 처음 알았네."

"세상에 아직도 그걸 모르는 사람이 있다고 해도 그 여자 탓은 아니지."

트레너가 털이 달린 코트에 억지로 팔을 끼워 넣느라 시뻘게진 얼굴로 퉁명스럽게 말했다.

"이거 정말 취향도 고약하군. 아니, 난 그 시가가 필요 없네. 이런 새 저택에서는 자신이 지금 무슨 담배를 피우고 있는지도 알 수가 없단 말이지. 누가 알겠나? 어쩌면 이 집 주방장이 시가를 샀을지. 남아서 저녁을 먹겠느냐고? 도대체 누가 그런 정신 나간 짓을 한단 말인가! 한마디 이야기를 나누고 싶은 사람이 있어도 근처에도 못 갈 정도로 방 안이 저렇게 붐비는데! 차라리 출퇴근 시간에 고가도로 위에서 저녁을 먹는 편이 낫겠네. 그냥 집에 있겠다던 우리 마누라 생각이 정말 옳았어. 새로운 사람을 사귀느라 시간을 보내기에는 인생이 너무 짧다고 마누라가 그러더군!"

13

 행복한 꿈에서 깨어난 릴리는 침대 머리맡에 쪽지 두 개가 놓여 있는 것을 발견했다.
 하나는 트레너 부인이 보낸 것이었는데, 그날 오후에 갑자기 약속이 생겨서 시내로 나올 예정이라면서 함께 저녁 식사를 하고 싶다는 내용이었다. 또 하나는 셀던이 보낸 것이었다. 거기에는 중요한 사건 때문에 급히 알바니로 가게 되었으며, 저녁 때까지 돌아올 수 없으니 다음 날 몇 시에 만날 수 있는지 부디 알려 달라는 내용이 적혀 있었다.
 릴리는 베개에 비스듬히 몸을 기댄 채 그의 편지를 가만히 바라보았다. 브리 씨 저택의 온실에서 벌어졌던 일들이 꼭 꿈만 같았다. 잠에서 깨어나 이렇게 그것이 현실이었다는 증거를 보게 되리라고는 생각조차 하지 못했다. 처음 릴리가 느낀 감정은 짜증이었다. 셀던의 예기치 못한 행동으로 그녀의 인생에 또 다른 복잡한 관계가 끼어들었다는 사실이 성가시기만 했다. 이런 비이성적인 충동에 몸을 맡기다니, 이 얼마나 그답지 못한 행동인가! 그녀는 이미 한 번 그런 희망이 불가능하다는 걸 그에게 보여 주었고, 그 후로 계속된 그의 행동은 오히려 릴리의 허영심이 상처를 입을 정도로 그가 너무나 이성적으로 이 상황을 받아들이고 있음을 증명하는 것 같았다. 그러므로 그의 이성적 행동이 단지 그녀를 보지 않을 때에만 겨우 유지될 뿐이라는 사실을 알게 된 것은 몹시 흐뭇한 일이었다. 하지만 아무리 셀던에 대한 자신의 영향력을 확인하는 것만큼 달콤한 일은 없다고 해도 전날 밤의 사건을 계속 이어가는 것은 위험한 짓이었다. 릴리는 셀던과 결혼할 수 없었다. 그러므로 그녀를 만나고 싶다는 그의 요청을 부드럽게 거절하는 편지를 쓰는 편이 그녀를 위해서뿐 아니라 셀던을 위해서도 더 친절한 일인 것 같았다. 셀던은 숨은 말뜻을 못 알아듣거나 할 남자가 아니었기에 다음번에 두 사람이 만날 때면 다시 평소처럼 허물없는 친구 사이가 될 것이다.

릴리는 침대를 박차고 나와서 곧장 책상 앞으로 갔다. 아직 자신의 결정에 대한 확신이 남아 있을 때 당장 답장을 쓰고 싶었다. 하지만 지난 저녁의 들뜬 흥분과 부족한 잠 때문에 여전히 몸이 나른했다. 게다가 셀던의 편지를 보자, 어젯밤 가장 짜릿했던 승리의 순간이 다시 떠올랐다. 바로 셀던의 눈에서 어떤 인생 철학도 그녀의 매력 앞에서는 무너질 수밖에 없다는 사실을 읽어냈을 때였다. 그런 느낌을 다시 한 번 갖는 것도 즐거운 일이었다……. 이 세상 어느 누구도 셀던만큼 커다란 충족감을 줄 수는 없었다. 릴리는 명확한 거절을 통보함으로써 지금의 이 사치스러운 기분을 망치고 싶지 않았다. 결국 그녀는 재빨리 펜을 집어 들고 썼다. "내일 4시에." 릴리는 그 쪽지를 봉투 안으로 집어넣으면서 혼자 중얼거렸다.

"내일 만나면, 간단하게 그를 거절해 버릴 수 있을 거야."

한편 주디 트레너의 초대는 릴리에게 무척 반가운 소식이었다. 지난번 릴리가 벨로몬트를 방문한 이후로 직접 연락을 받기는 처음이었다. 릴리는 아직도 자신이 주디의 비위를 상하게 한 것은 아닌가 하는 걱정에 사로잡히곤 했다. 하지만 이렇게 그녀를 부른 걸 보니, 두 사람의 관계가 옛날처럼 회복된 것 같았다. 릴리는 아마도 주디가 브리 부부의 연회에 대한 이야기를 듣기 위해서 그녀를 불렀을 거라고 생각하며 빙그레 미소를 지었다. 트레너 부인은 이 연회에 참석하지 않았는데, 어쩌면 그녀의 남편이 너무나 솔직하게 털어놓았던 바로 그 이유 때문일 수도 있었고, 어쩌면 피셔 부인이 약간 다른 식으로 표현한 것처럼 '자신이 직접 발굴하지 않은 새로운 인물이 등장하는 꼴을 두고 볼 수 없었기' 때문인지도 몰랐다. 어쨌든 비록 주디가 도도하게 벨로몬트에 머물러 있기는 했지만, 속으로는 자신이 무엇을 놓쳤는지 그리고 웰링턴 브리 부인이 어떤 방법으로 다른 모든 이전의 경쟁자들을 누르고 사회적 인정을 얻어냈는지 알고 싶어서 안달이 났을 것이다. 릴리는 기꺼이 이 호기심을 충족시켜 줄 마음이 있었지만, 공교롭게도 밖에서 저녁 식사를 하기로 되어 있었다. 그렇지만 잠깐이라도 트레너 부인을 만나야겠다고 결심한 릴리는 종을 울려서 하녀를 불렀다. 그리고 그날 저녁 10시에 만나러 가겠다는 내용의 전보를 서둘러 보냈다.

릴리는 피셔 부인과 저녁 약속이 있었다. 피셔 부인이 어제 저녁 공연에 참여했던 몇몇 사람을 따로 불러 모아 격식 없는 작은 연회를 연 것이다. 저녁 식사 후에는 스튜디오에서 흑인 영가 공연이 있을 예정이었다. 공화당에 대해 절망한 이후, 요즘은 조각에 한창 열을 올리고 있는 피셔 부인은 비좁고 복작거리는 자신의 집에 넓은 별채를 따로 지어놓고, 예술적 영감이 떠오를 때마다 어찌 사용하는지는 모르겠지만, 어쨌든 대개는 지칠 줄 모르고 계속되는 손님 접대를 위해 활용하고 있었다. 릴리는 그 자리를 떠나기가 싫었다. 저녁 식사 분위기도 아주 유쾌했을 뿐 아니라 노래를 들으며 한가로이 담배나 즐기고 싶은 마음이 굴뚝같았다. 하지만 주디와 한 약속을 차마 깨뜨릴 수 없었기 때문에, 열 시가 지나자마자 릴리는 집주인에게 마차를 불러달라고 요청했다. 그리고 트레너 씨 댁을 향해서 5번가를 달려갔다.

릴리는 주디가 여기 와 있으면서 어째서 당장 그녀를 집 안으로 맞아들이지 않는지 의아할 정도로 오랫동안 현관 계단 위에 서서 기다려야 했다. 그리고 황급히 외투를 껴입으며 달려 나오리라 생각했던 하인 대신 평상복을 입은 추레한 관리인이 하얀 먼지 덮개로 싸인 거실로 그녀를 인도하자, 그녀의 놀라움은 점점 더 커졌다. 하지만 곧 트레너가 거실 문 앞에 나타났다. 그리고 평소와 다름없이 수다스러운 인사말로 그녀를 환영하며 외투를 벗게 하더니 방 안쪽으로 그녀를 이끌었다.

"저기 안쪽으로 들어갑시다. 이 집에서 그나마 유일하게 편안한 곳이라오. 이 방은 어째 당장이라도 무너지기만 기다리고 있는 것 같지 않소? 도대체 뭐 때문에 주디는 이 끔찍하게 미끄럽고 하얀 천으로 집 안을 온통 덮어놓는지 알 수가 없단 말이야. 추운 날에는 이 집 안을 그저 걷기만 해도 폐렴이 걸릴 지경이라니까. 그런데 당신도 좀 추워 보이는구려. 오늘 밤은 바깥 날씨가 꽤 쌀쌀하긴 하더군. 나도 아까 클럽에서부터 걸어오는데 그걸 알았소. 어서 와요. 브랜디를 한 잔 줄 테니까. 당신은 불 가에 앉아서 술이나 한잔하면서 새로 들어온 이집트산 담배를 맛보도록 해요. 대사관에 있는 터키 놈에게서 얻었는데, 당신에게 한번 피워 보라고 권하고 싶었소. 당신 취향에 맞는다면 내가 많이 구해다 주리다. 아직 여기에 들어오지는 않았지만 내가 구해 줄 수 있소."

트레너는 이 집의 가장 안쪽에 있는 커다란 방으로 릴리를 데리고 갔다. 그곳은 트레너 부인이 항상 앉아 있곤 하던 자리여서 지금은 그녀가 없는데도 꼭 거기에 있는 것만 같았다. 평소와 다름없이 그 방에는 꽃과 신문, 편지 들이 흩어져 있는 탁자, 그리고 낯익은 램프가 놓여 있었기에, 벽난로 가에 있는 안락의자에서 활기차게 일어나는 주디의 모습이 보이지 않는다는 사실이 더욱 이상하게 느껴졌다.

하지만 여태껏 문제의 그 자리를 차지하고 있었던 사람은 트레너가 분명했다. 왜냐하면 짙은 담배 연기가 아직도 주위를 떠돌고 있었고, 영국의 한 재주 많은 발명꾼이 담배와 영혼의 빠른 순환을 돕기 위해 고안한, 복잡한 접이식 책상 하나가 근처에 놓여 있었기 때문이다. 릴리가 속한 이 사교계 사람들 사이에서는 거실에서 그런 풍경을 보는 일이 전혀 낯설지 않았다. 그들은 때와 장소에 구애받지 않고 담배와 술을 즐겼다. 그러므로 릴리가 한 첫 번째 행동도 트레너가 권하는 담배 한 개비를 집어 드는 것이었다. 그러고는 트레너의 수다를 가로막으며 약간 놀란 눈빛으로 물었다.

"주디는 어디 있죠?"

트레너는 평소와 달리 줄줄 말을 쏟아내느라 약간 열이 올랐는지, 아니면 너무 오래 술병을 가까이 해서 열이 올랐는지 모르지만 어쨌든 벌건 얼굴로 술병 가까이 몸을 기울이더니 병에 붙은 은색 딱지를 읽기 시작했다.

"자, 릴리. 여기 탄산수에 꼬냑을 몇 방울 섞은 게 있구려. 당신 모습이 몹시 추워 보이오. 코끝까지 빨개졌소. 나도 한 잔 더 따라서 당신의 술친구가 되어주리다. 주디 말이오? 아, 주디는 지독한 두통에 걸려서 말이오. 완전히 드러눕고 말았소. 불쌍한 마누라 같으니. 나더러 대신 당신에게 설명 좀 해달라고 부탁하더군. 자, 어서 불 가로 와요. 정말이지 몹시 지쳐 보이는구려. 부디 내가 당신을 편안하게 해줄 수 있도록 해주시오.

그래야 착한 아가씨지."

트레너는 이렇게 말하며 거의 희롱하듯이 그녀의 손을 덥석 잡았다. 그리고 벽난로 옆의 낮은 의자로 끌어당겼다. 하지만 릴리는 조용히 손을 뿌리치며 그 자리에 우뚝 섰다.

"주디가 저를 만나지도 못할 만큼 아프단 말인가요? 제가 위층으로 올라오는 게 싫다고 하던가요?"

트레너가 자기 잔에 가득 부은 술을 단숨에 들이켰다. 그리고 대답을 하기 전에 먼저 잔을 내려놓았다.

"아니, 그건 아니오. 사실은 하루 종일 아무도 만나지 않고 있다오. 갑자기 두통이 찾아와서 말이오. 당신에게는 정말 미안하다는 말을 꼭 전해 달라고 부탁했소. 당신이 어디서 저녁 식사를 했는지 알았다면 미리 전갈을 보냈을 텐데 말이오."

"주디는 제가 어디서 저녁 식사를 하는지 알고 있었어요. 제가 전보에 분명히 적어 보냈거든요. 하지만 물론 그건 중요하지 않아요. 주디가 그렇게 아프다면, 내일 아침에도 벨로몬트로 돌아가지 못하겠군요. 그렇다면 제가 내일 다시 와서 주디를 만나도록 하지요."

"그래, 바로 그거요! 그거 참 훌륭하군. 내가 주디에게 당신이 낼 아침에 짠 하고 나타날 거라고 말해 주겠소. 우선 잠깐 앉기나 하구려. 우리 둘이 오붓하게 재미있는 이야기나 나눕시다. 그런데 정말 한 모금도 안 마시겠소? 그냥 분위기를 위해서라도? 그럼 그 담배가 어떤지 말해 보시오. 이런, 당신 입맛에 안 맞는 거요? 어째서 담배를 옆으로 던져버리는 거요?"

"그만 가봐야 해서요. 그러니 저를 위해 마차를 불러주시면 정말 고맙겠어요."

릴리가 미소를 지으며 대답했다. 그녀는 평소와 다르게 잔뜩

기쁨의 집

들떠서 뻔한 말을 늘어놓는 트레너가 마음에 들지 않았다. 게다가 친구가 위층에 있는데, 텅 빈 커다란 집의 가장 안쪽 방에 이 남자와 단둘이 있다는 사실도 불편했다. 그러므로 두 사람만의 오붓한 시간을 더 이상 지체하고 싶은 마음이 손톱만큼도 없었다.

하지만 트레너는 릴리가 미처 빠져나갈 틈도 없이 잽싸게 그녀와 문 사이를 가로막고 섰다.

"어째서 당신이 꼭 가야 하는지 그 이유를 알고 싶은데? 만약 주디가 여기 있었다면, 당신은 분명 몇 시간이고 수다를 떨며 앉아 있었을 거 아니오. 그런데 나에게는 단 5분도 시간을 못 내준단 말이오? 항상 이런 식이지. 지난밤에도 나는 당신 근처에도 다가갈 수 없었소. 오직 당신을 보기 위해서 그런 천박하기 짝이 없는 파티에 갔었는데 말이오! 다들 당신 이야기만 하더군. 그리고 저렇게 기막히게 멋진 여자를 본 적이 있느냐고 내게 묻더군. 하지만 내가 당신에게 다가가서 한마디라도 건네려고 하면, 당신은 나를 본척만척하면서 얼간이들과 웃고 떠들기만 했소! 그저 나중에 당신 이야기가 나오면 자기도 다 아는 척하면서 자랑이나 하고 싶어 하는 그런 놈들이랑 말이오!"

트레너는 자신의 거센 비난에 격해져서 말을 멈추었다. 그리고 온갖 감정이 가득 담긴 표정으로 그녀를 뚫어져라 노려보았다. 그중에서 그나마 분노가 가장 덜 혐오스러운 감정이었다. 릴리는 애써 마음을 가라앉히며 방 한가운데에 태연히 서 있었다. 그녀의 입가에 살짝 떠오른 미소는 그녀와 트레너 사이를 점점 더 멀어지게 하고 있는 것 같았다.

마침내 릴리가 입을 열었다.

"이상한 소리 좀 하지 마세요, 거스. 벌써 열한 시가 지났어요. 진심으로 부탁드리는데, 어서 마차 좀 불러주세요."

거스는 여전히 미동도 하지 않고 이마를 찌푸린 채 가만히 서 있었다. 그 꼴을 보자, 릴리는 점점 더 혐오감만 들었다.

"만약 내가 마차를 불러주지 못하겠다면, 그땐 어쩔 거요?"

"정 이러신다면 위층으로 올라가서 주디를 괴롭힐 수밖에 없어요."

트레너가 한 발자국 앞으로 다가오더니 그녀의 팔을 붙잡았다.

"이봐요, 릴리. 그러지 말고 나에게 딱 5분만 시간을 내주면 안 되겠소?"

"오늘 밤은 안 돼요, 거스. 당신은……."

"그렇다면 좋소. 내 마음대로 하겠소. 그것도 내가 원했던 것보다 더 오래 붙잡고 있을 거요."

트레너는 호주머니에 두 손을 깊이 찔러 넣은 채 문지방 위에 떡하니 버티고 섰다. 그러고는 벽난로 가의 의자를 향해 고갯짓을 했다.

"어서 가서 앉으시오. 당신에게 할 말이 있소."

순간 릴리의 짜증스러운 마음이 두려움을 압도하고 말았다. 그녀는 머리를 꼿꼿이 세운 채 문을 향해 걸어갔다.

"저에게 하실 말씀이 있다면 다음번에 하도록 하세요. 당신이 당장 마차를 불러주지 않으니, 전 주디를 보러 올라가겠어요."

트레너가 껄껄 웃음을 터트렸다.

"어서 올라가 보시오. 기꺼이 보내드리지. 하지만 주디를 만나지는 못할 거요. 지금 거기 없으니까 말이오.'

릴리는 깜짝 놀란 얼굴로 그를 바라보았다.

기쁨의 집 287

"그렇다면 지금 주디가 이 집에 없단 말인가요? 시내에 오지 않았다고요?"

릴리가 소리쳤다.

"바로 맞혔소."

트레너가 대답했다. 분노로 격해 있던 그의 표정이 점점 통명스러워졌다.

"말도 안 돼요. 당신 말은 못 믿겠어요. 위층으로 올라가겠어요."

릴리가 발끈해서 소리쳤다. 그러자 뜻밖에도 트레너는 그녀가 방해받지 않고 지나갈 수 있도록 옆으로 물러섰다.

"얼마든지 올라가 보시오. 하지만 우리 집사람은 벨로몬트에 있소."

하지만 릴리는 새로운 확신이 들었다.

"만약 주디가 오지 않았다면, 틀림없이 저에게 전갈을 보냈을 거예요."

"전갈을 보냈소. 오늘 오후에 내게 전화를 걸어서 당신에게 알려 달라고 했소."

"하지만 난 아무런 전갈도 못 받았어요."

"내가 안 보냈소."

두 사람은 한동안 서로의 기미를 살피며 서 있었다. 하지만 릴리는 여전히 상대를 깔보는 마음으로 바라보았기 때문에 모든 상황을 제대로 판단할 수 없었다.

"당신이 내게 이런 한심한 속임수를 쓸 줄은 꿈에도 몰랐어요. 이제 이 괴상망측한 장난을 충분히 즐기셨으면, 제발 부탁인데 그만 마차를 불러주세요."

하지만 이런 말을 하는 건 실수였다. 입을 여는 순간, 릴리도 그 사실을 깨달았다. 반드시 비꼬는 말을 제대로 이해해야만 그 말에 감정이 상하는 건 아니었다. 과연 이런 실질적인 공격을 당하자 트레너의 얼굴에 떠오른 분노의 빛이 더욱 강렬해지는 것 같았다.

"이거 봐, 릴리. 그렇게 거만하고 도도한 말투로 내게 말하지 마."

트레너가 또다시 문 쪽으로 다가섰다. 그러자 본능적으로 그를 피해서 몸을 움츠리는 바람에 릴리는 다시 그에게 출구를 빼앗기고 말았다.

"그래, 내가 당신을 속였어. 솔직히 인정하지. 그렇다고 내가 부끄럽게 여길 거라고 생각한다면 그건 오해야. 내가 그동안 얼마나 참고 또 참았는지는 하느님도 아시니까. 당신 주위를 맴돌면서 멍청이처럼 굴었지. 그동안 줄곧 당신은 숱한 놈팡이들이 당신을 쫓아다니도록 유혹하고 말이야……. 날 천하의 조롱거리로 만들면서……. 그래, 난 별로 똑똑하지 않아. 그래서 내 친구들을 조롱거리로 만들 줄도 모르지. 당신이 하듯이 말이야……. 하지만 적어도 언제 나에게 그런 짓을 하는지는 눈치챌 수 있어……. 날 언제 바보로 만드는지 금방 알아차릴 수 있다고!"

"이런, 난 절대로 그런 생각을 한 적이 없어요!"

릴리가 피식 웃으며 말했다. 하지만 그녀의 웃음은 트레너의 표정을 보자, 곧 사라지고 말았다.

"안 했겠지. 아마 당신은 생각조차 안 했을 거야. 하지만 이제는 분명히 알게 될 거야. 그래서 오늘 밤 당신이 이 자리에 있는 거라고. 나는 이런 얘기를 하기 위해 조용한 시간이 오기만 기다렸어. 그리고 드디어 그 기회를 잡았으니, 당신은 반드시 내 얘기를 듣고 가야 해!"

처음에 닥치는 대로 분노를 쏟아내기만 했던 트레너는 이제 침착하고 집요한 말투로 바뀌었다. 릴리는 앞서 흥분했던 모습보다 지금이 더 당황스러웠다. 잠깐 동안 릴리는 냉정을 잃고 흔들렸다. 지금까지 기민하고 재치 있는 응수로 위기를 모면해야 했던 상황을 한두 번 겪은 게 아니었다. 하지만 겁에 질려 두근거리는 그녀의 심장은 이제 그런 재치도 아무 소용없다고 말하고 있었다.

어쨌든 시간을 벌기 위해서 릴리는 다시 한 번 말했다.

"난 당신이 뭘 원하는지 모르겠어요."

트레너가 그녀와 문 사이에 의자를 끌어다 놓았다. 그리고 그 위에 털썩 주저앉더니 몸을 뒤로 기대고 그녀를 올려다보았다.

"내가 원하는 게 뭔지 말해 주지. 난 당신과 나의 관계가 어떤 것인지 정확히 알고 싶소. 저녁 식사 값을 지불하는 사람은 대개 그 자리에 앉을 수 있도록 해주는 게 상식이 아니던가?"

릴리의 마음은 분노와 모욕감으로 활활 타올랐다. 게다가 콧대를 납작하게 꺾어놓고 싶어 죽을 지경인 상대를 어떻게든 달래야 한다는 사실에 속이 뒤집힐 것만 같았다.

"그래도 당신이 무슨 말을 하는지 알아들을 수가 없군요. 하지만 거스, 내가 이 시간에 여기서 당신이랑 이야기를 나누고 있을 수는 없어요. 그건 아셔야죠."

"제기랄, 당신은 훤한 대낮에도 사내놈들 집에 잘만 드나들더구먼. 당신이 항상 남들 시선을 끔찍하게 신경 쓰는 건 아니라는 사실을 알고 나도 놀랐지."

이 거칠고 노골적인 말에 릴리는 마치 주먹으로 한 대 얻어맞은 것처럼 눈앞이 어지러웠다. 로즈데일이 떠들고 다닌 것이다. 남자들이 그녀에 대해서 이런 식으로 말하고 있는 게 분명했다. 릴리는 갑자기 기운이 쭉 빠지면서 힘을 잃고 말았다. 울컥하고 서러운 감정이 목구멍으로 치솟았다. 하지만 이런 상황에서도 그녀의 또 다른 자아는 말 한마디, 행동 하나도 신중해야 한다고 무섭게 경고하면서 그녀의 정신을 더욱 날카롭게 일깨워 주고 있었다.

"만약 날 모욕하기 위해서 여기까지 오게 한 거라면……."

릴리가 입을 열었다.

그러자 트레너가 웃음을 터트렸다.

"시시한 소리는 집어치워. 난 당신을 모욕하려는 게 아니야. 하지만 남자에게도 감정이 있다고. 그런데 당신은 너무 오랫동안 내 감정을 가지고 장난을 쳐왔어. 나도 애초에 이럴 마음은 없었어. 옆으로 조용히 물러나 있으려고, 다른 사내 녀석을 위해서 깨끗이 길을 비켜주려고 했지. 적어도 당신이 나를 홀딱 벗겨 먹고 조롱거리로 만들기 전까지는 말이야. 당신에게는 아주 식은 죽 먹기였겠지. 바로 그게 문제였어. 당신에게 너무 쉽다는 거 말이야. 당신은 그만 경솔해졌고, 얼마든지 내 속을 뒤집어 놓고 텅 빈 지갑처럼 나를 내던져 버릴 수 있을 줄 알았지. 하지만 그건 공평한 거래가 아니지. 그건 거래의 규칙을 어기는 일이야. 물론 이제 난 당신이 내게서 뭘 원했는지 알고 있어. 당신이 쫓은 건 내 아름다운 눈이 아니었지. 하지만 릴리 양, 분명히 말하는데 당신은 그 대가를 반드시 치르게 될 거야. 나를 그렇게……."

트레너는 자리에서 벌떡 일어나더니 덤벼들 듯이 어깨를 쫙 펴고서 시뻘게진 얼굴로 그녀를 향해 다가왔다. 릴리는 뒤로 도망치고 싶은 마음이 간절했지만 그 자리에 딱 버티고 서 있었다.

"대가를 치른다고요?"

릴리의 목소리가 파르르 떨렸다.

"내가 당신에게 빚이라도 졌단 말인가요?"

트레너가 다시 웃음을 터트렸다.

"오, 난 그런 식의 보답을 요구하는 게 아니야. 하지만 세상에는 공평한 거래라는 게 있지. 그리고 돈에는 이자가 붙게 마련이고. 하지만 난 당신에게서 다정한 눈길조차도 받아보지 못했어. 그게 아니라면 내가 죽일 놈이지."

"당신의 돈이라고요? 당신의 돈과 내가 무슨 상관이죠? 당신은 단지 제 돈을 어떻게 투자하라고 조언만 해준 것 아닌가요? 내가 사업에 대해서는 아무것도 모른다는 걸 당신은 분명히 알고 있었을 텐데……. 아무 문제 없다고 당신 입으로 분명히 말했잖아요!"

"아무 문제 없었지. 지금도 아무 문제 없어, 릴리. 당신에게 그 정도쯤은 기꺼이 해줄 수 있지. 아니, 열 배도 더 해줄 수 있어. 난 다만 당신에게서 고맙다는 말 한마디가 듣고 싶을 뿐이오."

트레너는 한 손을 점점 더 위협적으로 내밀며 가까이 다가왔다. 겁에 질린 릴리의 자아가 또 다른 자아를 무너뜨리려고 하고 있었다.

"난 이미 감사 인사를 했어요. 고맙다는 표시를 충분히 했다고요. 도대체 여느 친구들이 해줄 수 있는 것보다 당신이 뭘 더 해줬다는 거죠? 누구든 친구한테서 그 정도 도움은 받을 수 있는 거 아닌가요?"

트레너가 차갑게 비웃는 얼굴로 그녀를 올려다보았다.

"그랬겠지. 당연히 당신은 예전에도 그 정도야 얼마든지 받았겠지. 그러고는 날 내동댕이치듯이 다른 놈팡이들도 내던져 버렸겠지. 당신이 그 작자들에게 어떤 식으로 빚을 갚았는지는 내가 알 바 아니야. 그놈들은 멋지게 속여 먹었을지 몰라도, 나는 반드시 그 이상의 보상을 받고야 말 테니까. 그런 눈으로 노려보지 마. 내가 지금 하는 말이 점잖은 신사가 아가씨에게 할 수 있는 말이 아니라는 것쯤은 나도 알고 있으니까. 하지만 제기랄, 당신이 원한다면 언제든 내 입을 막을 수 있잖아? 내가 당신에게 완전히 미쳤다는 건 당신도 이미 알고 있을 텐데……. 빌어먹을 돈……. 돈이라면 얼마든지 있어……. 만약 당신이 돈 때문에 이러는 거라면……. 릴리, 릴리, 내가 너무 무례했소! 제발 날 한 번만 쳐다봐 주시오!"

견딜 수 없는 모욕감이 세찬 파도처럼 계속해서 릴리를 덮쳤다. 너무나 쉴새없이 충격이 밀려들었기 때문에 정신적인 수치감이 육체적 공포로 다가왔다. 그녀의 높은 자긍심이 스스로 상처 입지 않도록 보호해 주었다면, 손상된 명예는 한순간에 그녀를 무기력한 외톨이로 전락시켜 버린 것 같았다.

순간 트레너의 손길이 가물가물 꺼져가던 그녀의 의식을 일깨웠다. 릴리는 최대한 경멸하는 태도를 보이려고 애쓰면서 그의 손길을 피해 얼른 물러났다.

"이미 말씀드린 대로, 도대체 전 영문을 모르겠어요. 하지만 만약 제가 당신에게 돈을 빚진 거라면 반드시 갚겠어요."

순간 트레너의 얼굴이 분노로 거의 새까맣게 변했다. 지독한 혐오감에 몸서리치는 릴리의 모습이 잠재되어 있는 야만인을 불러낸 것이다.

"아하, 셀던이나 로즈데일에게 돈을 빌리겠다 이 말이군! 그러고는 기회를 봐서 날 엿 먹인 것처럼 그 작자들도 엿 먹이겠다 이거지! 아니, 어쩌면 벌써 다른 놈들 빚은 죄다 갚았을지 모르지. 그럼 나 혼자만 찬밥 신세가 된 거로군!"

릴리는 그 자리에 얼어붙은 듯 꼼짝하지 않고 서 있었다. 그 말, 그 말들은 몸을 만지는 것보다도 더 끔찍했다! 그녀의 심장이 온몸에서 격렬하게 고동치고 있었다. 그녀의 목구멍과 팔다리와 무기력하고 쓸모없는 두 손에서까지. 절망적으로 방 안을 둘러보던 그녀의 두 눈이 종에 가서 머물렀다. 순간 저 종을 울려서 도움을 청할까 하는 생각이 머리를 스쳤다. 그래, 하지만 그렇게 하면 온갖 추잡한 소문이……. 그건 신랄한 헛바닥들을 불러모으는 것과 마찬가지 행위였다. 아니, 그녀는 반드시 혼자서 싸워 나가야 했다. 그녀가 트레너와 단둘이 이 집 안에 있었다는 사실을 하인들이 아는 것만으로도 이미 충분했다. 이곳을 떠날 때는 절대 눈곱만한 의혹이라도 불러일으킬 만한 태도를 보여서는 안 되었다.

릴리는 머리를 꼿꼿이 치켜들었다. 그리고 트레너를 똑바로 쳐다보았다.

"지금 여기에는 당신과 나밖에 없어요."

릴리가 말했다.

"그래, 더 이상 할 말이 있나요?"

놀랍게도 트레너는 말문이 막힌 표정으로 그녀를 바라보고만 있었다. 마지막으로 쏟아낸 난폭한 말과 함께 거세게 타올랐던 열정의 불길도 꺼져버린 것이다. 이제는 풀이 죽어 초라해진 모습만 남아 있을 뿐이었다. 차가운 바람에 그의 술기운마저 날아가 버린 것 같았다. 그러자 타고 남은 잿더미처럼 추악하고 수치스러운 현실이 그의 앞에 불현듯 모습을 나타냈다. 오랜 관습과 규약, 대대로 물려받은 도덕률의 손길이 당황하고 있는 그의 정신을 뒤로 낚아챘고, 그 순간 열정은 궤도에서 굴러 떨어지고 말았다. 트레너의 두 눈은 마치 아슬아슬한 벼랑 끝에서 문득 정신을 차린 몽유병자의 넋 나간 표정처럼 초점을 잃었다.

"어서 가버려! 당장 여기서 꺼지라고!"

트레너가 말을 더듬으며 소리치더니, 휙 돌아서서 벽난로 앞으로 걸어가 버렸다.

순식간에 두려움에서 벗어난 릴리는 곧 정신을 차렸다. 트레너의 의지가 꺾이자, 릴리는 통제력을 되찾았다. 트레너에게 당장 종을 울려 하인을 부르라고 명령하는 자신의 목소리가 마치 다른 사람의 목소리인 양 아득하게 들렸다. 릴리는 계속해서 트레너에게 마차 한 대를 부르라고 명령한 다음, 마차가 오자 자신을 마차에 태워 보낼 것까지 지시했다. 도대체 어디서 그런 용기가 났는지, 그녀 자신도 알 수 없었다. 하지만 어떤 목소리가 반드시 당당한 모습으로 그 집을 떠나야 한다고 그녀에게 끊임없이 경고하고 있었다. 또한 관리인이 기웃거리는 현관 복도에 서서, 트레너와 가벼운 인사말을 주고받은 다음 주디에게 안부를 전해 달라는 당부까지 결코 빼먹어서는 안 된다고 자꾸 그녀의 기운을 북돋아 주었다. 하지만 그동안에도 줄곧 마음속으로는 견딜 수 없는 혐오감이 부르르 떨고 있었다. 마침내 현관 계단 위에 서서 거리를 바라보자, 해방감에 심장이 터져 나갈 것 같았다. 릴리는 마치 자유의 공기를 처음 들이마신 죄수처럼 그 기분에 한껏 도취되었다. 하지만 여전히 맑은 정신을 잃지 않고, 그녀는 정적에 휩싸인 5번가를 보면서 시간이 많이 늦었다는 걸 짐작했다. 어쩐지 낯익은 듯한 누군가의 모습이 언뜻 보이는 듯했지만, 릴리가 마차에 올라타는 순간 그 그림자는 맞은편 모퉁이를 돌아서 어두운 골목길로 사라져버렸다.

이윽고 마차 바퀴가 돌아가는 소리와 함께 비로소 모든 감정이 되살아났다. 릴리는 숨통을 죄어오는 어둠 속에서 전율했다.

"아무 생각도 할 수 없어. 아무 생각도 할 수가 없어."

릴리는 덜컹거리는 마차 벽에 머리를 기댄 채 흐느꼈다. 자기 자신이 너무나 낯설게 느껴졌다. 혹은 자기 안에 두 명의 릴리가 있어서 하나는 그녀가 늘 알아오던 그 릴리이고, 또 하나는 사슬에 꽁꽁 묶여 있고 너무나 추악한 새로운 릴리인 것 같았다. 언젠가 그녀는 잠시 머물렀던 어느 집에서 「에우메니데스」[88] 번역본을 우연히 집어 든 적이 있었다. 그때 릴리는 신탁의 동굴에 들어간 오레스테스가 무자비한 복수의 여신들이 잠든 것을 발견하고 한 시간 정도 잠깐 휴식을 취하는 장면을 읽으며 엄청난 공포감에 사로잡혔다. 그렇다. 복수의 여신들은 때로 잠이 들기도 하지만 언제나 저기 저 어두운 구석에 숨어 있었다. 그리고 지금 그들은 잠에서 깨어났고, 그녀의 머릿속에서는 차가운 강철처럼 쨍그랑거리는 그들의 날갯짓 소리가 들렸……. 릴리는 눈을 뜨고 스쳐 지나가는 거리를 바라보았다. 낯익으면서도 한없이 멀게 느껴지는 거리였다. 눈에 보이는 모든 것이 어제와 똑같았지만, 그러나 완전히 달라졌다. 오늘과 어제 사이에는 뛰어넘을 수 없는 틈이 생겼다. 예전에는 모든 것이 단순하고 자연스럽고 빛으로 가득 찬 것처럼 보였다. 그러나 지금 그녀는 더럽고 어두운 곳에 홀로 남겨졌다. 홀로! 세상 무엇보다 두려운 것이 바로 외로움이었다. 문득 거리

모퉁이에 불을 밝히고 서 있는 시계탑이 그녀의 눈에 들어왔다. 열한 시 반이었다. 이제 겨우 열한 시 반이란 말인가! 그렇다면 앞으로도 몇 시간 동안의 기나긴 밤이 남아 있었다. 그리고 그녀는 자신의 침대에서 홀로 몸을 떨며 뜬눈으로 긴 밤을 지새워야 했다. 이 냉혹한 시련 앞에서 유약한 릴리의 천성이 그만 바싹 움츠러들고 말았다. 어떤 자극도 그녀를 그 속으로 몰아넣을 수는 없었다. 오, 그녀의 머리 위로 천천히 똑똑 떨어지는 시간의 차가운 물방울이여! 릴리는 시커먼 호두나무 침대에 홀로 누워 있는 자신의 모습을 그려보았다. 어둠은 그녀를 무섭게 짓누를 것이다. 설사 방에 불을 밝혀 놓는다고 해도 방 안의 황량한 풍경들이 그녀의 뇌리에 영원한 낙인을 찍을 것이다. 릴리는 페니스턴 부인 댁의 자기 방을 언제나 지긋지긋해 했다. 너무나 보기 흉하고 몰개성적이었으며, 그 안에 진정 그녀의 것이라고 할 만한 물건은 단 한 가지도 없었다. 누군가 옆에 있는 것이 불편할 정도로 마음이 상한 사람에게 방이란 두 팔을 활짝 벌리고 자신을 맞아줄 수 있는 장소다. 그러므로 이런 시간에 그런 방을 갖지 못한 사람은 어디를 가든 추방자일 수밖에 없었다.

릴리에게는 마음 놓고 기댈 수 있는 친구가 없었다. 고모님과의 관계는 계단에서 서로 스치고 지나가는 하숙인의 관계만큼이나 피상적이었다. 설령 두 사람이 가까운 사이였다고 해도 페니스턴 부인이 릴리처럼 불쌍한 처지에 놓인 사람을 이해해 주거나 쉴 곳을 제공해 줄 것이라고는 도저히 생각조차 할 수 없었다. 누군가에게 털어놓을 수만 있다면 고통은 반으로 줄어들지만 유감스럽게도 꼬치꼬치 캐묻는 질문은 전혀 위안이 되지 못하는 법이다. 지금 릴리가 간절히 원하는 것은 단지 누군가의 품에 안겨 있는 어둠이었고, 외롭지 않은 침묵이었으며, 가만히 숨죽이고 바라봐 주는 연민이었다.

릴리는 다시 고개를 들고 스쳐 지나가는 거리를 내다보았다. 거티! 거티가 사는 모퉁이가 바로 이 근처 어디였다. 만약 이 고통스러운 고뇌가 가슴속에서 터져 나와 입 밖으로 흘러나오기 전에 그곳에 도착할 수만 있다면! 그녀를 엄습하고 있는 이 무시무시한 공포에 온몸을 떨고 있을 때, 자신을 감싸주는 거티의 두 팔을 느낄 수만 있다면! 릴리는 마차의 천장 문을 열고서 마부에게 새로운 주소를 알려 주었다. 아직 그렇게 늦지 않았다. 거티는 여전히 깨어 있을 것이다. 설사 잠들었다고 해도 현관 벨 소리는 그녀의 작은 아파트 전체에 울려 퍼져서 마침내 잠든 그녀를 깨워 줄 것이다.

14

웰링턴 브리 부부의 연회가 열린 다음 날 아침 거티 패리시는 릴리만큼이나 행복한 꿈에서 깨어났다. 물론 훨씬 밋밋한 그녀의 개성과 경험에 걸맞게 릴리의 꿈보다는 덜 생생한 빛깔이었을지는 몰라도, 바로 그 이유 때문에 거티의 상상력에는 더욱 적합한 꿈이었다. 릴리가 경험하는 그런 눈부신 기쁨은 패리시 양의 눈을 멀게 할 수도 있었다. 그녀는 이렇게 행복을 누리는데도 틈새로 가느다랗게 흘러나오는 다른 사람들의 인생의 빛을 쬐는 데 더 익숙해 있었다.

하지만 지금은 그녀도 자기만의 작은 광채에 휩싸여 있었다. 그것은 비록 희미하긴 해도 틀림없는 빛이었다. 그리고 그 빛은 그녀에게 날로 더 친절하게 구는 로렌스 셀던과, 그가 릴리 바트에게 애정을 갖고 있다는 사실을 발견한 데서 비롯된 것이었다. 여성 심리를 연구하는 사람에게는 그 두 가지 사실이 절대 양립할 수 없는 요소처럼 보이겠지만 거티가 항상 정신적인 면에서는 일종의 기생충처럼 살아왔다는 점을 기억해야 할 것이다. 그녀는 여태껏 다른 사람들의 만찬에서 떨어진 부스러기를 먹고, 친구들을 위해 마련된 연회를 창문 너머로 바라보는 것에 만족하며 살아왔다. 비록 지금은 자신만을 위한 작은 연회를 즐기고 있지만, 그렇다고 친구를 위해 접시 하나도 내놓으려고 하지 않는다면 그녀의 눈에는 터무니없이 이기적인 행동처럼 비칠 것이다. 게다가 패리시 양이 만약 함께 기쁨을 나누고 싶은 친구가 있다면, 그건 다름 아닌 바트 양이었다.

근래에 셀던이 더욱 아낌없이 베푸는 친절의 본질에 대해서 패리시 양은 더 이상 정확히 규명하고 싶어 하지 않았다. 나비의 날개에 붙은 고운 가루를 털어서 그 아름다운 색깔의 비밀을 파헤치려고 하지 않듯이. 경이로운 것을 움켜쥐려고 하다가는 괜히 그 꽃만 상하게 하는 법이다. 그러다가 어쩌면 시들고 뻣뻣해진 꽃봉오리만 손안에 남게 될 수도 있었다. 차라리 손에 잡히지 않아 더욱 감질나는 아름다움을 그냥 감상하는 편이 더 나았다. 그러므로 패리시 양은 숨을 죽인 채 눈부시게 빛나는 그것을 가만히 지켜보았다. 하지만 브리 씨 저택에서 보여준 셀던의 태도는 그 팔랑거리는 나비의 날갯짓을 어찌나 가깝게 느끼게 해주었는지, 바로 그녀의 심장 안에서 파닥거리고 있다는 생각이 들 정도였다. 패리시 양은 그토록 또렷하고, 그토록 예민하며, 그토록 그녀의 말에 열심히 귀 기울이고 있는 셀던의 모습을 한 번도 본 적이 없었다. 평소 셀던은 친절하긴 하지만 약간 정신이 딴 데 팔린 듯 그저 무덤덤했다. 패리시 양은 자신이 옆에 있을 때 셀던이 느낄 수 있는 가장 생생한 감정이 그 정도뿐인가 보다 생각하고 그나마 감사하게 받아들였다. 하지만 그녀는 셀던의 변화를 재빨리 감지할 수 있었고, 한순간이나마 자신이 그에게서 받는 것만큼 그에게 기쁨을 줄 수 있었다는 사실을 깨달았다.

릴리 바트에 대한 공통된 관심을 통하여 두 사람이 더 높은 차원의 공감대에 도달할 수 있다니, 그 얼마나 기쁜 일이란 말인가! 친구에 대한 거티의 애정, 빈약한 식사만으로도 생명을 유지할 수 있는 법을 터득한 이 감정은 왕성한 호기심에 이끌린 릴리가 그녀의 봉사 활동에 참여하기 시작한 이후 열광적인 숭배로 발전했다. 단 한 번의 충동적인 기부 행위가 릴리 안에 잠재되어 있던 자선에 대한 취향을 일깨웠던 것이다. 여성 노동자 클럽을 방문한 릴리는 생애 처음으로 극명하게 상반된 삶의 이면을 접할 수 있었다. 그녀는 수많은 익명의 사람들이 자신과 같은 그런 존재들을 밑에서 떠받쳐 주고 있다는 사실을 언제나 냉정하게 받아들여 왔다. 마치 열대의 꽃이 만발한 온실 밖에 진눈깨비가 내리는 질퍽한 겨울밤이 펼쳐지듯이, 인생이 도달할 수 있는 최고 정점을 보여 주는 이 빛나는 작은 원 주위로는 추레하고 비참한 림보가 사방을 둘러싸고 있었다. 이 모든 것이 세상의 자연스러운 질서였다. 인위적인 환경 안에서 자라는 난초만이 온실 유리창에 낀 성에의 공격을 받지 않고 고고한 꽃봉오리를 피워 낼 수 있는 법이었다.

하지만 가난에 대해서 막연한 생각을 가지고 맘 편히 사는 것과 실제로 가난하게 사는 사람들을 접촉하는 것은 전혀 다른 문제였다. 지금껏 릴리는 이 가엾은 운명의 희생자들을 그저

한 무리의 집단으로밖에는 생각해 보지 못했다. 이 무리가 그녀와 똑같이 간절하게 쾌락을 추구하고 필사적으로 고통을 두려워하는, 헤아릴 수 없이 많은 독자적인 감정을 지닌 개개의 인간들로 이루어졌다는 사실을 깨달았을 때, 릴리는 가끔 누군가의 인생을 완전히 뒤바꿔 놓기도 하는 그런 갑작스러운 충격을 받았다. 심지어 다양한 감정의 집합체인 이들 중 어떤 이는 그녀와 별로 다를 바 없는 외형을 지니고 있어서 능히 기쁨을 누릴 만한 눈과 사랑받기에 마땅한 젊고 아름다운 입술을 갖고 있었다. 하지만 릴리는 천성적으로 이런 식의 개과천선을 할 사람이 아니었다. 그녀는 오직 자신의 필요를 통해서만 다른 사람들의 필요를 느낄 수 있었으며, 당장 어떤 압박이 없는 한 어떤 고통도 오래 지속되지 않았다. 그러나 어쨌든 자신의 세계와는 너무나 다른 세계와 직접적인 연관을 맺어보고 싶다는 호기심에 릴리는 잠깐 동안이나마 이기심에서 벗어날 수 있었다. 그리하여 첫 번째 기부에 뒤이어 패리시 양이 가장 시급하다고 생각하는 한두 가지 일에 개인적인 지원을 해주었던 것이다. 한편 자신의 빛나는 존재가 피곤에 찌든 젊은 여성 노동자들 사이에서 열광과 관심을 불러일으킨다는 사실이 항상 남의 호감을 사고 싶어 하는 그녀의 끝없는 욕망을 새로운 방식으로 만족시켜 주었다.

거티 패리시는 릴리의 박애주의를 탄생시킨 이 복잡한 요소들을 모두 분석해 낼 수 있을 만큼 치밀한 해석자가 아니었다. 그녀는 이 아름다운 친구가 자신과 똑같은 동기, 예를 들어 모든 인류의 고통이 너무나 긴박하고 절실하게 느껴져서 인생의 다른 면이 별로 눈에 들어오지 않는, 예민한 윤리 의식을 바탕으로 행동하고 있다고 믿었다. 그리고 그토록 단순한 기준을 가지고 인생을 살았기 때문에 친구의 상태를 두고 감정적 '개심(改心)'이라고 판단하는 데 전혀 주저함이 없었다. 패리시 양은 가난한 사람들과 어울리면서 그런 변화를 너무나 익숙하게 보아왔기 때문이다. 그녀는 자신이 이 개과천선의 미천한 도구가 되었다고 생각하고 무척 기뻐했다. 그리고 이제는 릴리의 행동을 이러쿵저러쿵 비난하는 세상 사람들에 맞서서 당당하게 대답할 말이 있었다. 전에도 말했듯이 그녀는 릴리의 '진정한 모습'을 알고 있다는 것이었다. 더구나 셀던이 자신과 똑같은 생각을 갖고 있다는 사실을 알게 되자, 조용히 인생에 순응하며 살아온 패리시 양은 갑자기 눈앞이 아찔할 정도로 무한한 가능성을 엿보게 되었다. 그러다가 오후가 되어 셀던에게서 그날 저녁에 함께 식사를 하고 싶다는 요청이 담긴 전보를 받았을 때, 그 가능성은 더욱 절정에 달했다.

이 통보를 받은 거티가 그녀의 작은 방을 서둘러 치우느라 한바탕 행복한 소동을 벌이고 있을 때, 셀던은 그녀와 마찬가지로 릴리 바트에 대한 생각에 푹 빠져 있었다. 알바니에서 업무는 모든 주의를 기울여야 할 만큼 그렇게 복잡한 일이 아니었다. 게다가 셀던은 전문 직업인답게, 완전히 몰두할 필요가 없는 경우에는 머리 한 부분을 비워놓고 언제든 자유롭게 쓸 줄 알았다. 그리고 지금 이 부분은 어제 저녁의 흥분으로 넘칠 듯이 가득 차 있었다. 물론 때로는 머릿속을 온통 차지할 것 같은 위험한 순간도 있었다. 셀던은 이것이 무슨 징후인지 이해했다. 지난날 자발적으로 소외된 삶을 살아온 대가를 이제 한꺼번에 치르고 있는 것이다. 마치 언제든 한 번은 대가를 치러야 했던 일인 양. 여태껏 그는 그녀와 지속적인 관계에 얽매이는 걸 애써 피해 왔다. 그의 감정이 메말랐기 때문이 아니라 릴리와는 또 다른 의미에서 그 역시 환경의 희생자였기 때문이다. 자신은 절대 '멋진' 아가씨와 결혼하지 않겠노라고 거티 패리시에게 단언했던 그의 말은 어느 면에서 진심이었다. 그의 사촌에게 그 형용사는 지나치게 과도한 매력을 배제한, 어떤 실용적인 자질들을 의미했다. 그런데 셀던이야말로 멋진 어머니 밑에서 태어나는 운명이었던 것이다. 캐시미어 숄을 걸치고 한껏 미소를 짓고 있는 어머니의 우아한 초상화는 아직도 뭐라고 형언할 수 없는 매력을 희미하게 발산하고 있었다. 그의 아버지는 매력적인 여자를 즐기는, 그런 부류의 남자였다. 그는 여자의 가치를 따지고 여자를 자극하며 여자의 매력을 영원히 유지하게 하는 남자였다. 부인이나 남편 모두 돈에는 별로 관심이 없었지만, 돈에 대한 그들의 무관심은 언제나 형편보다 약간 더 과한 돈을 써버리는 방식으로 표현되었다. 그들의 집은 비록 초라했지만 세심하게 잘 관리되었다. 책장에 훌륭한 책들이 꽂혀 있듯이 식탁에도 훌륭한 음식들이 차려졌다. 셀던의 아버지는 그림에 뛰어난 안목을 갖고 있었고, 그의 어머니는 옛날 레이스에 조예가 깊었다. 그리고 두 사람 모두 물건을 사는 데 절제와 분별을 매우 중시했기 때문에 청구서가 날로 쌓여 간다는 게 뭔지 결코 알지 못했다.

비록 셀던의 많은 친구들은 그의 부모님을 두고 가난하다고 말했겠지만, 셀던은 제한된 수입이 단지 무분별한 낭비를 막아주는 장치로밖에 느껴지지 않는 환경에서 성장했다. 집에 있는 가구나 물건 들은 얼마 안 되었지만, 모두 어찌나 훌륭한지 그 희소성 때문에 오히려 그 가치가 더욱 돋보일 정도였다. 오래된 벨벳 드레스를 마치 새것처럼 멋지게 갖춰 입을 수 있는 셀던 부인의 재능이 보여 주듯이, 그 집안에서 절제는 언제나 우아함을 동반했다. 남자는 일찍부터 집안의 가치관으로부터 벗어날 수 있는 이점이 있다. 셀던은 대학을 마치기 전에 이미 돈을 쓰는 방법만큼이나 돈 없이 살아가는 방법도 수없이 많다는 사실을 터득했다. 하지만 불행하게도 그의 부모님이 그랬던 것만큼 마음에 드는 방식을 찾을 수가 없었다. 특히 여성에 대한 그의 견해는 그에게 '가치'의 의미를 알려 주었던 한 여성에 대한 기억으로 짙게 물들어 있었다. 인생의 검소한 면에 초연한 그의 태도는 바로 그녀에게서 물려받은 것이었다. 그것은 물질적인 것에 대한 쾌락주의자적인 기쁨이 결합된, 금욕주의자의 무관심이었다. 그중 어느 쪽 감정이든 하나라도 배제해 버린 인생이란 그에게 너무 답답해 보였다. 그리고 아름다운 여성의 성품이야말로 이 두 가지 요소의 적절한 배합을 가장 절실하게 필요로 했다.

셀던이 보기에는 감정적인 모험 이외에도 우리가 경험을 통해 얻을 수 있는 것은 언제나 아주 많았다. 물론 그 역시 날로 더 커지고 깊어지다가 마침내 삶의 중심이 되어버리는, 그런 사랑을 떠올릴 수 있었다. 다만 그가 받아들일 수 없었던 것은 그보다 못한 임시방편적인 관계였다. 그런 관계는 그의 천성의 어떤 부분을 결코 만족시켜 줄 수 없을뿐더러 다른 사람들에게 부당한 긴장감을 불러일으켰다. 다시 말해서 셀던은 연민을 자극하기는 하지만 마음이 통하지 않는 애정은 절대 용납하지 않았던 것이다. 그에게 연민이란 잠깐의 눈속임에 지나지 않았고, 애처로운 여인의 우아한 모습도 그저 동그스름한 뺨의 곡선과 다를 바 없었다.

하지만 이제 그의 모든 다짐은 깨끗이 잊혀져 버렸다. 이 순간에는 그의 논리적인 저항보다도 릴리가 언제 그의 쪽지를 받게 될 것인가 하는 문제가 훨씬 더 중요했다! 셀던은 과연 릴리의 답장이 몇 시에 올 것인지 또 어떤 말로 답장이 시작될 것인지, 그런 시시콜콜한 문제를 두고 안달하는 재미에 푹 빠져버렸다. 하지만 답장의 내용에 대해서는 전혀 걱정하지 않았다. 릴리 역시 자신처럼 완전히 이 감정에 굴복해 버렸을 거라고 확신했기 때문이다. 그러므로 셀던은 마치 부지런히 일한 노동자가 휴일 아침에 평화롭게 누워서 방 안으로 비스듬히 비쳐 들어오는 햇살을 지켜보듯이, 모든 지나간 순간을 하나하나 되새기며 느긋한 시간을 보냈다. 하지만 이 새로운 빛이 아무리 눈부시다고 해도 그의 눈까지 멀게 할 수는 없었다. 그는 여전히 사실들을 분명하게 판별할 수 있었다. 다만 그 사실들과 그의 관계가 달라졌을 뿐이었다. 지금이라고 해서 릴리 바트에 대해 떠도는 숱한 소문을 까맣게 잊어버린 것은 전혀 아니었다. 하지만 릴리에 대한 세속적인 평가와 자신이 알고 있는 릴리를 확실하게 구별 지을 수 있었다. 그의 마음은 거티 패리시의 견해에 동조했다. 순수한 사람들의 통찰력에 비하면, 세상의 지혜라는 것은 얼마나 불완전한가! "마음이 순결한 자는 복이 있나니, 그들이 하느님을 볼 것이오."[89] 그들은 바로 이웃의 가슴속에 숨겨진 신을 볼 수 있는 것이다! 셀던은 처음 사랑에 빠진 사람들이 대개 그렇듯이 격정적인 자기도취 상태에 있었다. 그리고 누구든 자신의 이런 감정을 정당화해 줄 수 있는 견해를 가진 사람과 이야기를 나누고 싶다는 갈망에 사로잡혔다. 그 사람은 신중한 통찰력을 발휘해 그의 직관이 옳다는 것을 확증해 줄 수 있어야 했다. 셀던은 도저히 정오의 휴식 시간까지 기다릴 수가 없었다. 그러므로 잠시 법정이 휴정한 틈을 타서 황급히 거티 패리시에게 전보를 날렸던 것이다.

시내에 들어오자마자, 셀던은 곧장 클럽으로 향했다. 어쩌면 바트 양의 답장이 그를 기다리고 있을지 모른다는 기대감 때문이었다. 하지만 그의 우편함에는 단지 기뻐서 어쩔 줄 모르는 거티의 답장만이 들어 있을 뿐이었다. 몹시 실망한 셀던이 돌아서서 나가려고 할 때, 흡연실에서 누군가 그를 불러세웠다.

"어이, 로렌스! 이쪽으로 와서 식사나 하지 않겠나? 나랑 같이 좀 먹지그래. 오리 요리를 시켜놓았다네."

셀던이 돌아보니, 평상복을 입은 트레너가 커다란 술잔을 옆에 놓은 채 스포츠 신문을 손에 들고 앉아 있었다.

셀던은 고맙지만 약속이 있다고 대답했다.

"제기랄, 어째 이 도시의 사람들은 죄다 오늘 밤에 약속이 있구먼. 나만 여기 클럽에서 혼자 지내게 생겼군. 올겨울 내내 내가 어떻게 지냈는지 자네도 알 걸세. 텅 빈 집에서 혼자 뒹굴뒹굴했지. 오늘도 우리 마누라는 시내에 나오겠다고 하더니, 또다시 약속을 취소해 버렸다네. 온 사방에 거울이 걸려 있는 방에서 어떻게 남자 혼자 식사를 할 수 있겠나? 게다가 찬장에는 하비 소스 한 병밖에 없는데? 그러니 로렌스, 부탁인데 자네 약속을 잠깐 미루면 안 되겠나? 우울하게 혼자 식사를 해야 하는 나를 불쌍히 여겨주겠나. 지금 이 클럽에 있는 사람이라고는 저 거들먹거리는 멍청이, 위더럴밖에 없으니 말일세."

"죄송합니다, 거스. 그럴 수가 없군요."

그리고 돌아서는 순간, 셀던은 트레너의 얼굴이 확 붉어지면서 하얗게 질린 그의 이마에 불쾌한 땀방울이 맺히는 것을 보았다. 그는 보석 반지를 몇 개나 낀, 퉁퉁하고 붉은 손을 불끈 쥐고 있었다. 바로 그 짐승, 술잔 바닥에 도사리고 있는 그 짐승이 그를 지배하고 있는 게 분명했다. 저런 남자의 이름이 릴리의 이름과 함께 사람들의 입에 오르내리다니! 이런 생각을 하자, 셀던은 속이 뒤집힐 것 같았다. 집으로 돌아오는 동안 살이 접히도록 통통한 트레너의 손가락들이 눈앞을 떠나지 않았다.

그의 탁자 위에는 쪽지가 하나 놓여 있었다. 릴리가 직접 그의 방으로 답장을 보낸 것이다. 셀던은 봉인을 뜯기도 전에 벌써 그 안에 담긴 내용을 알고 있었다. 회색 봉인에는 하늘을 날아가는 배를 배경으로 '저 너머!'라는 글씨가 새겨져 있었다. 아, 그 역시 그녀를 데리고 저 너머로 날아가고 싶었다. 순결한 영혼을 갉아먹는 이 추악하고 비열한 세상 너머로!

셀던이 들어갔을 때, 거티의 작은 응접실은 손님을 맞는 기쁨으로 광채를 발하고 있었다. 에나멜 칠과 절묘한 솜씨가 결합해 만들어낸 그 방의 소박한 '분위기'는 셀던의 귀에 세상에서 가장 달콤한 말을 속삭여 주는 듯했다. 영혼의 지붕이 갑자기 높아질 때면 비좁은 방이나 낮은 천장 따위는 놀랄 정도로 아무 문제도 안 되는 법이다. 거티 역시 광채를 발했다. 아니, 적어도 자기 나름대로는 환한 빛을 발하고 있었다. 여태껏 셀던은 그녀에게도 어떤 '특징'이 있다는 사실을 한 번도 알아채지 못했다. 정말이지 착한 남자가 더 나쁠 때도 있는 것이다……. 소박한 저녁 식사(이것 역시 너무나 훌륭했다.)를 하면서 셀던은 거티에게 어서 결혼을 해야 한다고 열변을 토했다. 사실 지금 그는 세상 사람들을 모두 짝지어 주고 싶은 기분이었다. 거티는 캐러멜 커스터드를 손수 만들기까지 했는데, 이런 아까운 재능을 혼자 썩히는 것은 죄악이었다. 이 말을 하며 셀던은 릴리가 자기 모자를 직접 수선할 수 있다는 사실을 자랑스럽게 떠올렸다. 벨로몬트에서 두 사람이 산책했던 바로 그 날 릴리가 말해 주었던 것이다.

저녁 식사가 다 끝날 때까지 셀던은 릴리에 대해서는 한마디도 꺼내지 않았다. 간단한 식사를 하는 동안 그는 줄곧 이 집의 주인에 대해서만 이야기했고, 처음으로 관심의 대상이 되어 기쁨에 한껏 들뜬 거티는 이 저녁을 위해 손수 만든 양초만큼이나 장밋빛으로 타올랐다. 셀던은 그녀의 집안 살림에 대해서 비상한 관심을 드러냈다. 그리고 이 작은 방을 빈 구석 하나 없이 완벽하게 활용하고 있는 그녀의 놀라운 솜씨에 대해 찬사를 늘어놓았다. 또한 그녀의 하인이 오후 시간을 집 밖에서 어떻게 보내는지 묻기도 하고, 풍로 달린 식탁 냄비만 가지고 얼마나 맛있는 음식을 만들 수 있는지 배우기도 하고, 커다란 집을 관리하는 부담에 대해서 사려 깊은 의견을 말하기도 했다.

다시 응접실로 돌아온 두 사람은 마치 퍼즐 조각처럼 서로 마음이 딱 맞은 기분이었다. 이윽고 거티가 커피를 끓여서 그녀의 할머니가 물려주신 달걀 껍데기 모양의 컵에 따라 부었다. 한편 비스듬히 소파에 몸을 기댄 채 따뜻한 커피 향기에 푹 젖어 있던 셀던은 우연히 바트 양의 최근 사진을 보고 눈이 반짝 빛났다. 결국 자연스럽게 그가 원했던 대로 화제를 바꿀 수 있었다. 그 사진도 충분히 아름다웠지만, 그러나 어젯밤 그녀의 모습을 찍을 수 있었다면! 거티도 그의 말에 동의했다. 그토록 눈부시게 빛나는 릴리의 모습은 결코 본 적이 없었다. 하지만 과연 사진이 그 광채를 담을 수 있을까? 그녀의 얼굴에는 전혀 새로운 표정이 떠올라 있었다. 뭔가 다른 것이. 그렇다. 셀던도 뭔가 다른 분위기가 있었다고 맞장구를 쳤다. 커피 맛이 어찌나 훌륭하던지, 셀던은 한 잔 더 달라고 요청했다. 클럽에서 먹는 물 탄 커피와는 완전히 질이 달랐다! 아, 날마다 똑같은 식당 음식이나 만찬 파티의 식상한 요리밖에 못 먹는 불쌍한 총각 신세여! 하숙집에 사는 남자는 인생의 가장 행복한 부분을 놓치고 있는 것이다. 이 대목에서 셀던은 쓸쓸하게 맛대가리 없는 식사를 하던 트레너의 모습이 떠올랐다. 그리고 잠깐 동안 그 남자에게 동정심을 느꼈다……. 하지만 다시 릴리에 대한 화제로 돌아가자……. 셀던은 몇 번이나 또다시 릴리에 대한 이야기로 되돌아갔다. 그리고 자꾸만 거티에게 질문을 던지고 속을 떠보면서 그녀의 마음속에 들어 있던 친구에 대한 다정한 생각들을 하나도 남김없이 캐내려고 했다.

처음에 거티는 별다른 생각 없이 자신의 속내를 술술 털어놓았다. 두 사람의 마음이 이렇게 완벽하게 통한다는 사실에 그저 행복할 따름이었다. 릴리에 대한 셀던의 깊은 이해심은 친구에 대한 거티의 믿음을 더욱 북돋아 주었다. 두 사람은 릴리에게 여태껏 기회가 없었다는 사실을 두고 오랫동안 서로 의견을 나누었다. 거티는 릴리의 두드러진 충동들, 가만히 있지 못하고 늘 불만스러워하는 점을 예로 들었다. 릴리가 자신의 인생에 대해서 한 번도 만족하지 못했다는 사실은 그녀가 더 고귀한 것을 위해 태어난 사람임을 입증해 준다. 그녀는 이미 여러 차례 결혼할 수 있는 기회가 있었다. 그녀의 인생에서 단 하나의 궁극적인 목표라고 배워온 부자와의 관습적인 결혼을. 하지만 그런 기회가 올 때마다 그녀는 항상 꽁무니를 빼고 달아났다. 예를 들어, 퍼시 그라이스만 해도 그녀에게 푹 빠져 있었다. 벨로몬트에 있는 사람들은 모두 두 사람이 약혼할 거라고 추측했다. 그러므로 어째서 그녀가 그를 거절했는지 의아하게 생각했다는 것이다. 그라이스 사건에 대한 거티의 이런 견해 역시 셀던의 기분과 너무 잘 들어맞았다. 비록 한때는 너무나 명백한 해답처럼 보였던 소문들을 재빨리 떠올리며 마음속으로 비웃느라 조금 늦게 동의하기는 했지만 말이다. 만약 누군가 퇴짜를 놓았다면, 그 비밀의 열쇠를 쥐고 있는 사람은 다름아닌 자신이었다!(어째서 자신이 그 사실을 의심했는지 이제는 그저 놀라울 따름이었다.) 벨로몬트의 그 언덕은 저무는 태양이 아니라 떠오르는 햇살로 빛나고 있었던 것이다. 절호의 기회를 앞에 두고 머뭇거리며 의심했던 사람은 오히려 자신이었다. 만약 처음 기회가 찾아왔을 때 붙잡았더라면, 지금 그의 가슴을 뜨겁게 달구고 있는 이 기쁨은 이미 친숙한 동반자가 되어 있었을 것이다.

아마 바로 이 순간이었을 것이다. 거티의 가슴속에서 막 날개를 펴려고 했던 기쁨이 곧장 지상으로 곤두박질하며 떨어진 것은. 이제 거티는 셀던을 바라보고 앉아서 그저 기계적으로 "아니요. 그녀는 한 번도 이해받지 못했어요."라는 말만 되풀이할 뿐이었다. 그동안에도 내내 그녀 자신은 마치 엄청난 이해심의 한가운데 앉아 있는 것처럼 보였다. 하지만 방금 전까지만 해도 두 사람의 생각이 마치 그들이 마주 앉은 의자처럼 딱 맞닿아 있었던 그 작고 오붓한 방은 순식간에 황량한 벌판으로 변해 버렸다. 이제 그녀와 셀던 사이에는 그녀가 방금 깨달은 새로운 미래가 드넓게 가로놓였다. 그리고 끝없이 펼쳐진 그 미래 위를 고독한 하나의 점처럼 그녀 혼자 터벅터벅 걸어가고 있었다.

"릴리에게는 진정한 친구가 몇 명 없어요. 그리고 당신이야말로 그 소중한 친구 중 하나입니다."

거티는 셀던이 하는 말을 멍하니 듣고 있었다. 셀던이 다시 말을 이었다.

"그녀에게 잘해 줄 거죠, 거티? 그녀는 무엇이든 자기가 믿는 대로 될 수 있는 재능을 갖고 있어요. 그리고 당신은 릴리의 가장 좋은 면을 믿고 그녀를 도와주겠죠?"

이 말들은 마치 멀리서 들으면 귀에 익은데, 정작 가까이 다가오면 알아들을 수 없는 그런 말소리처럼 거티의 머리를 강타했다. 결국 셀던은 릴리에 대한 이야기를 하기 위해서 그녀를 찾아온 것이었다. 단지 그뿐이었다. 그녀가 그를 위해서 애써 마련한 이 연회에는 세 번째 손님이 줄곧 함께하고 있었고, 그 세 번째 손님이 그녀의 자리를 차지하고 있었던 것이다. 거티는 셀던이 하고 있는 말을 어떻게든 따라잡으며 이 대화에서 자신의 자리를 놓치지 않으려고 기를 썼다. 하지만 물에 빠진 사람의 머리 위에서 찰랑거리는 파도처럼 그 모든 노력이 너무나 무의미했다. 그녀는 물 밑으로 가라앉고 있는 사람이 그렇듯이 계속 위로 떠오르려고 발버둥치는 고통 이외에는 아무것도 느끼지 못했다.

마침내 셀던이 자리에서 일어났다. 그리고 거티는 이제 곧 자비로운 물살에 몸을 맡길 수 있다고 생각하며 깊이 숨을 들이켰다.

"피셔 부인 댁이라고요? 그녀가 거기서 저녁 식사를 하고 있단 말인가요? 식사가 끝난 후에는 음악회가 있을 겁니다. 생각해 보니 나도 피셔 부인에게서 초대장을 받았던 것 같군요."

셀던은 멍청하게 얼굴을 붉히고 있는 시계를 힐끗 쳐다보았다. 시계는 이 끔찍한 시간을 요란하게 알리고 있었다.

"열 시 십오 분인가요? 지금 잠깐 들러봐야겠군요. 피셔 부인의 저녁 모임은 꽤 유쾌하지요. 어쨌든 당신을 너무 늦게까지 붙잡고 있었어요. 거티, 무척 피곤해 보이는군요. 제가 괜히 쓸데없이 떠들면서 당신을 괴롭혔군요."

느닷없이 격렬한 감정이 북받친 셀던은 사촌의 뺨 위에 살짝 입맞춤했다.

피셔 부인의 집에 도착하자, 뽀얀 담배 연기가 가득한 스튜디오 안에서 셀던을 반갑게 맞이하는 사람들의 목소리가 여기저기서 흘러나왔다. 노래는 아직도 계속되고 있었다. 스튜디오 안으로 들어간 셀던은 여주인의 옆자리에 앉았다. 그리고 바트 양을 찾아서 사방을 두리번거렸다. 하지만 그녀는 그곳에 없었다. 그 사실을 깨닫자, 가슴 한구석이 찌르르하며 아파왔지만 그렇게 심한 정도는 아니었다. 그의 가슴속에 품고 있는 쪽지가 내일 4시가 되면 두 사람이 만나게 될 거라는 보장을 해주고 있었기 때문이다. 하지만 초조함에 애가 타는 그에게 그 시간은 헤아릴 수 없을 만큼 길게 느껴졌다. 결국 음악이 끝났을 때, 셀던은 수치심을 무릅쓰고 피셔 부인 쪽으로 살짝 고개를 기울이며 물었다.

"바트 양이 여기서 저녁 식사를 하지 않았나요?"

"릴리 말인가요? 방금 전에 떠났어요. 서둘러 가야 한다던데, 어디로 간다고 했는지는 잊어버렸네요. 어젯밤 릴리는 정말 너무 멋지지 않았나요?"

"누구 말인가요? 릴리요?"

옆자리에 푹 파묻혀 있던 잭 스테프니가 갑자기 몸을 일으키며 물었다.

"다들 알다시피, 내가 괜히 점잔을 떨거나 하는 사람은 아니지요. 그렇지만 마치 경매에 붙은 사람처럼 젊은 아가씨가 그런 자리에 함부로 선다는 건 좀……. 사실 나는 줄리아 사촌에게 귀띔을 해줄까 하는 생각까지 심각하게 했답니다."

"잭이 언제부터 우리 사교계의 검열관이 되었는지 당신은 알고 있었나요?"

피셔 부인이 셀던에게 이렇게 말하며 웃음을 터트렸다. 방 안에 있는 사람들이 모두 킬킬거리자, 스테프니는 볼멘소리로 투덜거렸다.

"제기랄, 하지만 릴리는 내 사촌이란 말입니다. 게다가 남자가 결혼을 하면……. 오늘 아침《타운 토크》[90]는 온통 릴리에 대한 이야기로 도배를 했더군요."

"맞아, 그거 참 생생하게 써놓았더군."

네드 반 알스타인 씨가 입가에 떠오르는 미소를 감추기 위해 수염을 만지작거리며 말했다.

"그런 추잡한 신문을 사서 본다고요? 물론 그건 아니죠. 누군가 그 기사를 내게 보여 주었어요. 하지만 그전에도 벌써 그 이야기는 들어서 알고 있었습니다. 릴리처럼 예쁜 아가씨는 하루라도 빨리 결혼하는 게 좋아요. 그러면 어떤 질문도 받지 않게 되니까요. 하지만 우리의 불완전한 조직 사회에서는 아직까지 결혼의 의무를 다하지 않고 그 특권만 주장하는 젊은 아가씨가 설 자리가 없단 말입니다."

"글쎄, 내가 알기론 릴리가 그 자리를 로즈데일 씨에게서 찾을 것 같던데?"

피셔 부인이 깔깔 웃으며 말했다.

"로즈데일이라고? 하느님 맙소사!"

반 알스타인이 외알 안경을 떨어뜨리며 외쳤다.

"스테프니, 그런 짐승이 우리 사이에 끼어들게 된 건 모두 자네 탓이야."

"이런 빌어먹을. 우리 집안은 절대 로즈데일과 결혼하지 않을 겁니다."

스테프니가 심드렁하게 반박했다. 하지만 숨이 막힐 듯이 답답한 신부 옷을 입고 맞은편에 앉아 있던 그의 아내는 마치 판사처럼 단 한마디로 그를 납작하게 눌러버렸다.

"릴리와 같은 처지에서 너무 눈이 높으면, 그거야말로 커다란 실수죠."

"나는 심지어 최근에 로즈데일이 그런 소문을 듣고 겁을 먹었다는 이야기까지 들었죠."

피셔 부인이 말했다.

"하지만 어젯밤 그녀의 모습에 로즈데일은 완전히 머리가 돌아버렸더군요. 릴리의 '타블로'가 끝난 후에 그 사람이 내게 뭐라고 말했는지 아세요? '이런 세상에, 피셔 부인. 만약 릴리의 저런 모습을 그린 폴 모페스 작품을 살 수만 있다면, 그 그림은 십 년 안에 백 퍼센트쯤 값이 오를 겁니다.'"

"맙소사, 설마 릴리가 그 근처에 있었던 건 아니겠지?"

반 알스타인이 불안한 표정으로 안경을 고쳐 쓰며 한탄했다.

"없었어요. 우리 모두 아래층에서 펀치를 섞고 있는 동안 릴리는 달아나 버렸으니까요. 그런데 어디에 갔던 걸까요? 오늘 밤에는 또 무슨 일이죠? 난 아무 이야기도 못 들었는데."

"제 생각에 분명 파티는 아니에요."

뒤늦게 도착한, 패리시 집안의 한 순진한 젊은이가 끼어들었다.

"제가 여기로 들어올 때, 바트 양을 마차에 태워주었거든요. 그런데 마부에게 트레너 씨 댁 주소를 말하더군요."

"트레너 씨 댁이라고?"

잭 스테프니 부인이 소리쳤다.

"이런, 그 집은 지금 닫혀 있는데. 오늘 저녁에 주디가 벨로몬트에서 제게 전화했거든요."

"그랬어요? 그거 이상하군요. 분명히 잘못 들은 건 아니었는데. 어쨌든 지금 트레너 씨는 그 집에 있잖아요. 아, 그러니까, 사실 전 숫자를 외우는 데는 통 소질이……."

그는 나란히 앉은 누군가가 발로 툭 치는 걸 깨닫고 얼른 입을 다물었다. 하지만 그 방에 빙 둘러앉은 사람들 얼굴에는 이미 다 알았다는 미소가 떠올랐다.

그는 이 불쾌한 상황을 견디지 못하고 자리에서 일어났다. 그리고 여주인과 악수를 나누었다. 이 방의 분위기에 숨이 막혔다. 셀던은 어째서 여기에 이렇게 오래 머물러 있었을까 후회했다.

셀던은 현관 계단 위에 가만히 서서, 릴리가 예전에 했던 말을 떠올렸다.

"제가 보기에는 당신이야말로 당신이 비난하는 그 대기 속에서 상당히 많은 시간을 보내고 있는 것 같은데요."

릴리, 그녀를 찾기 위해서가 아니라면 그가 무엇 때문에 여기까지 왔겠는가? 이곳은 그녀가 숨 쉬는 대기였지, 그의 대기는 아니었다. 하지만 그는 이 대기 밖으로 그녀를 끌어내고 저 너머로 데려갈 것이다! 그녀의 편지 위에 찍혀 있던 '저 너머!'라는 글자는 마치 구해 달라는 외침 같았다. 셀던은 안드로메다의 사슬을 풀어준다고 해서 그걸로 페르세우스[91]의 임무가 모두 끝나지 않는다는 걸 잘 알고 있었다. 오랜 결박으로 인해서 사지가 마비된 그녀는 일어서지도 제대로 걷지도 못한 채

축 늘어진 팔로 그에게 매달릴 수밖에 없을 것이다. 하지만 그는 이 무거운 짐을 짊어지기 위해 용감히 맞설 것이다. 그에게는 그 두 가지 일을 능히 해낼 만한 힘이 있었다. 그녀의 허약함은 오히려 그에게 힘을 불어넣어 주었다. 아, 물론 두 사람이 함께 헤쳐 나가야 할 앞길에는 맑고 깨끗한 파도가 아니라 오랜 관습과 편견의 끈적끈적한 늪이 기다리고 있었다. 지금 이 순간에도 그 늪지의 독한 악취가 그의 목구멍에서 느껴졌다. 하지만 릴리만 곁에 있다면 그는 더 분명하게 보고 더 자유롭게 숨 쉬게 될 것이다. 그녀는 그의 가슴을 짓누르는 무거운 짐이자 두 사람을 안전한 곳으로 실어다 주는 돛이었다. 셀던은 방금 전에 겪은 불쾌한 기분을 떨쳐 버리기 위해서 자신이 자꾸만 만들어내고 있는 이 은유의 소용돌이에 빙그레 미소를 지었다. 사회적 판단은 결국 온갖 불순한 동기에 좌우되게 마련이란 사실을 누구보다 잘 알고 있는 자신이 아직도 그런 것에 흔들리다니 참으로 한심한 일이었다. 다른 사람들의 생각 때문에 정작 릴리에 대한 그의 견해가 달라진다면, 어떻게 그가 릴리를 좀 더 자유로운 삶으로 이끌 수 있단 말인가?

정신적인 압박은 신선한 공기를 마시고 싶다는 육체적인 욕망을 불러일으켰다. 셀던은 쨍 소리가 날 듯이 차가운 밤공기를 한껏 들이마시며 성큼성큼 걷기 시작했다. 5번가의 모퉁이에 이르렀을 때, 반 알스타인이 함께 걷자면서 그에게 다가왔다.

"산책 중인가? 머릿속에 스며든 담배 연기를 빼내는 데는 제일 좋은 방법이지. 요즘은 여자들이 저렇게 담배를 피워대니, 완전히 니코틴의 홍수 속에 빠져 사는 셈이지 뭔가? 담배가 성관계에 미치는 영향을 연구하면 꽤나 흥미로울 거야. 담배는 이혼만큼이나 대단한 용해제라니까. 둘 다 도덕적인 문제들을 모호하게 만드는 경향이 있으니 말이지."

반 알스타인이 늘어놓는 식후 훈계만큼 지금 셀던의 기분과 어울리지 않는 것은 없었다. 하지만 그가 그나마 일반적인 이야기만 늘어놓는 한 그럭저럭 참고 들어줄 수는 있었다. 다행히도 반 알스타인은 사회적 현상을 파악하는 자신의 능력에 대해서 자부심을 갖고 있었다. 그리고 셀던은 청중으로서 그의 의견에 기꺼이 동의를 표시해 줄 마음이 있었다. 피셔 부인은 공원 근처 이스트사이드가에서 살았다. 두 사람이 5번가를 따라 내려가자, 번화한 거리에 새로 지은 건축물들이 반 알스타인의 비평을 끊임없이 유도했다.

"저 그레이너 저택은 사회적 신분 상승을 보여 주는 전형적인 단계지! 이 건물을 지은 작자는 원래 한 테이블 위에 집 안의 접시를 죄다 올려놓고 사는 형편이었단 말일세. 어쨌든 이 건물의 정면은 완벽한 건축의 묘미를 보여 주고 있지. 하긴 설사 그자가 어떤 건축 양식을 보여 주지 못했다 하더라도, 그의 친구들은 돈이 그걸 대신한다고 생각했을 거야. 어쨌든 로즈데일이 구매하기에는 별로 손색이 없는 건물이지. 적어도 사람들의 이목을 끌거나 서부에서 구경 온 촌사람들의 경탄을 자아내기에는 충분하니까 말일세. 그런데 로즈데일 그 작자도 요즘에는 점차 그 단계에서 벗어나서 일반 대중은 무심코 지나가지만 소수 전문가들은 발길을 멈추고 바라볼 만한, 뭐 그런 특별한 걸 원하는 모양이더군. 만약 그자가 내 똑똑한 사촌과 결혼을 한다면……."

셀던은 황급히 질문을 던져서 그의 말을 가로막았다.

"그럼 웰링턴 브리 씨네 저택은 어떤가요? 나름대로 꽤 잘 지었죠, 안 그런가요?"

두 사람은 이제 막 그 넓고 하얀 건물 앞을 지나가고 있었다. 풍부하면서도 절제된 선은 지나치게 과도한 장식에 대한 현명한 절제를 보여 주고 있었다.

"저것이 바로 다음 단계지. 자신이 유럽에서 지낸 적이 있으며, 어떤 기준을 가지고 있음을 보여 주고 싶은 욕망이야. 브리 부인은 분명히 자신의 저택이 트리아농[92]을 모방했다고 생각할 걸세. 미국에서는 그저 대리석 저택에 금박을 입힌 가구들만 들여놓으면 죄다 트리아농을 모방한 줄 아니까 말일세. 그러니 건축가라는 작자들이 얼마나 영리한 건가! 손님들의 요구를 교묘하게 이용하고 있지 않는가! 이 건축가만 해도 자신의 컴포지트 오더[93]를 위해서 브리 부인의 모든 것을 이용했지. 이제 트레너 씨네 저택이로군. 이 건축가는 코린트 양식[94]을 선택했다는 걸 잘 기억하게나. 화려하긴 하지만 가장 훌륭한 선례를 바탕으로 세운 건축물이지. 트레너의 저택이야말로 그자가 가진 것 중 가장 훌륭한 것이라네. 적어도 안팎이 뒤바뀐 연회장처럼 보이지는 않아. 소문에 듣자 하니, 트레너 부인은 새로 무도회장을 짓고 싶어 했는데 거스가 반대하는 바람에, 부인이 벨로몬트에서 나오지 않는다고 하더군. 아마 브리 씨 저택의 무도회장이 어마어마하게 크다는 소문을 듣고 배가 좀 아팠을 거야. 지금쯤 틀림없이 트레너 부인은 어젯밤에 그 무도회장을 샅샅이 살피고 다닌 사람만큼이나 그곳이 어떤지 훤히 알고 있을걸? 그런데 부인이 시내에 있다고 누가 그랬지? 패리시 집안의 그 애송이였던가? 내가 알기로는 절대 그렇지 않아. 스테프니 부인 말이 맞았어. 보라고, 집 안이 깜깜하지 않나. 거스는 아마 집 안 안쪽에 있는 모양이군."

그는 트레너 저택이 서 있는 모퉁이의 맞은편에서 걸음을 멈추었다. 셀던도 어쩔 수 없이 그 자리에 서야 했다. 저택은 어둠에 휩싸여 있었고 아무도 없는 것 같았다. 오직 현관문 위를 비추는 비스듬한 불빛만이 누군가 집에 있음을 알려 주고 있었다.

"트레너 부부는 뒤에 있는 저 집까지 사들였다네. 그래서 골목길 쪽으로 백오십 피트 정도의 땅이 더 생겼지. 아마 거기다 무도회장을 지을 예정이었나 보더군. 그것과 연결해서 갤러리와 당구장, 뭐 그런 것들까지 말일세. 나는 건물 입구의 모양을 바꾸고, 5번가 전체가 내려다보이도록 거실을 개조하라고 조언했지. 자네가 보다시피 저 현관문은 창문과 어울리도록……."

그 순간 현관문이 활짝 열렸다. 동시에 열심히 건물을 설명하던 반 알스타인이 지팡이를 툭 떨어뜨리면서 "이런!" 하고 탄식을 내뱉었다. 현관에서 흘러나온 불빛 속에 두 사람의 모습이 드러났다. 하지만 순식간에 마차 한 대가 달려와 그 앞에 멈춰 섰다. 두 사람 중 한 명이 안개처럼 하늘하늘한 이브닝드레스 자락을 날리며 사뿐히 마차에 올라탔다. 시커멓고 뚱뚱한 또 한 명은 불빛을 등에 진 채 한동안 그 자리에 서 있었다.

몇 분이나 지났을까, 그 짧은 시간 동안 두 명의 목격자는 숨소리조차 내지 못했다. 이윽고 현관문이 닫히고 마차가 떠났다. 그리고 마치 환등기가 돌아가듯 그 모든 장면이 눈앞에서 사라져버렸다.

반 알스타인이 나지막이 휘파람을 불며 외알 안경을 떨어뜨렸다.

"흠, 그러니까……. 이건 아무 일도 아닐 걸세. 안 그런가, 셀던? 그리고 한 집안사람으로서 말하는 건데, 난 자네를 믿겠네.

눈은 가끔 사람을 속이는 법이지. 게다가 5번가는 워낙 불빛이 흐려서 말이야……."

"안녕히 가십시오."

셀던은 상대방이 내민 손은 쳐다보지도 않고 휙 돌아서서 그대로 걸어가 버렸다.

한편 사촌의 입맞춤과 더불어 혼자 남겨진 거티는 골똘히 생각에 잠겨 있었다. 셀던은 전에도 그녀에게 입맞춤을 한 적이 있었다. 하지만 그의 입술에 다른 여자가 함께 있다는 느낌을 준 적은 없었다. 만약 그녀가 혼자 조용히 물에 빠지도록 셀던이 그냥 내버려 두었다면, 그녀는 머리 위로 밀려드는 시커먼 강물을 기꺼이 받아들였을 것이다. 하지만 이제 시커먼 강물 속으로 한 줄기 눈부신 햇살이 스며들었다. 캄캄한 어둠 속에서보다 밝은 해가 떠오르는 새벽에 빠져 죽기란 더 힘든 법이다. 거티는 그 빛을 피해 얼굴을 가렸다. 하지만 빛은 그녀의 영혼의 틈새를 뚫고 들어왔다. 여태껏 거티는 지극히 만족하며 살아왔다. 그녀에게 인생은 단순하고 충만한 것 같았다. 그런데 왜 그 사람이 불쑥 나타나 새로운 희망으로 그녀를 괴롭히고 있단 말인가? 그리고 릴리, 그녀의 가장 소중한 친구인 릴리! 여자답게 거티도 어쩔 수 없이 그녀를 원망했다. 릴리만 아니었더라면, 어쩌면 그녀의 소중한 꿈이 실현되었을지도 모른다. 셀던은 언제나 그녀를 좋아했다. 그녀의 소박하고 독립적인 삶을 이해하고 공감해 주었다. 날카로운 지각으로 모든 것을 냉정하게 판단한다는 평판을 듣는 그였지만 그녀에 대해서만큼은 항상 우호적이고 진솔했다. 그의 명석함은 절대 그녀를 위압하는 법이 없었고, 그녀는 그의 품에서 편안함을 느꼈다.

그런데 이제 그녀는 릴리의 손에 의해 굳게 닫힌 문밖으로 내쫓기고 만 것이다! 릴리, 그녀 자신이 그토록 좋아하던 친구인 릴리가! 이 끔찍한 아이러니로 인해서 지금의 상황이 더욱 분명하게 보였다. 거티는 셀던을 잘 알았다. 그러므로 릴리에 대한 자신의 믿음이 셀던의 망설임을 없애 주는 데 얼마나 커다란 도움이 되었을지도 알았다. 또한 릴리가 셀던에 대해 뭐라고 말했는지도 기억났다. 거티는 천진난만하게 두 사람을 만나게 하고 서로 이해할 수 있도록 도와주고 있는 자신의 모습을 볼 수 있었다. 물론 셀던의 입장에서는 고의로 상처를 입힌 것은 아니었다. 셀던은 그녀의 어리석은 비밀을 상상조차 하지 못했다. 하지만 릴리는, 릴리는 틀림없이 알고 있었을 것이다! 그런 문제에 언제 여자의 직감이 틀린 적이 있단 말인가? 만약 릴리가 그걸 알고 있었다면, 그녀는 고의로 친구를 파멸시킨 것이다. 그것도 단지 자신의 매력을 증명하고 싶은 변덕스러운 충동 때문에! 갑작스러운 질투심에 불타는 거티의 눈에도 릴리가 셀던의 아내가 된다는 것은 도저히 믿을 수 없는 일처럼 여겨졌다. 릴리는 오직 돈만 보고 결혼할 여자는 아니었지만, 그렇다고 돈 없이 살 수 있는 여자도 아니었다. 그러므로 이 궁색한 집안 살림 경제를 그토록 열심히 조사하는 셀던이 자신만큼이나 어리석다는 생각이 드는 것이다.

거티는 거실에 오랫동안 앉아 있었다. 마침내 불에 탄 장작은 차가운 재가 되어 무너져 내리고, 화려한 갓 밑의 등잔불도 흐릿해졌다. 그 등잔 바로 아래에는 릴리 바트의 사진이 놓여 있었는데, 사진 속 그녀는 겉만 번지르르한 싸구려 물건과 가구 들이 꽉 들어찬 비좁은 방을 오만하게 내려다보고 있었다. 어떻게 셀던은 이런 집에서 사는 릴리를 상상할 수 있단 말인가? 거티는 궁핍하고 보잘것없는 자신의 처지를 새삼 뼈저리게 느꼈다. 자신의 삶이 릴리의 눈에 어떻게 비쳐졌을지 훤히 보이는 듯했다. 문득 남을 평가할 때 냉혹하기 짝이 없던 릴리에 대한 기억이 떠올랐다. 그리고 그동안 자신의 우상에게 스스로 만들어낸 허상을 덧입혀 왔음을 깨달았다. 언제 릴리가 진정으로 뭔가를 느끼거나 이해하거나 불쌍히 여긴 적이 있었던가? 그녀가 원하는 것은 단지 새로운 경험을 맛보는 것뿐이었다. 마치 실험실에서 온갖 실험에 열중하는 잔인한 인간처럼.

분홍색 얼굴의 시계가 또다시 시간을 알렸다. 거티는 깜짝 놀라 자리에서 일어났다. 내일 아침 일찍 이스트사이드에서 지역 방문객과 약속이 있었기 때문이다. 거티는 등잔불을 끄고 벽난로를 덮은 다음, 침실로 가서 옷을 갈아입었다. 화장대 위에 놓여 있는 작은 거울 속에 어두운 방을 배경으로 서 있는 그녀의 얼굴이 비쳤다. 그리고 금방 눈물이 앞을 가렸다. 그녀에게 과연 아름다운 꿈을 꿀 자격이나 있단 말인가? 보잘것없는 외모를 지닌 여자는 보잘것없는 운명을 맞이하게 마련이다. 거티는 옷을 벗으며 소리 없이 울었다. 하지만 그런 상황에서도 오랜 습관에 따라서 반듯하게 옷을 개어놓고 내일을 위한 준비까지 모두 끝냈다. 내일이면 마치 아무 일도 없었던 것처럼 예전과 같은 생활이 계속될 것이다. 그녀의 하인은 아침 8시가 되어야 오기 때문에 거티는 미리 차 쟁반을 준비해서 침대 옆에 갖다 놓았다. 그런 다음 문을 걸어 잠그고 불을 모두 끄고는 침대에 누웠다. 하지만 좀처럼 잠이 오지 않았다. 거티는 자리에 누운 채 자신이 릴리 바트를 증오한다는 사실을 직시했다. 그 사실은 마치 맹목적으로 붙잡은 어떤 무정형의 악처럼 어둠 속에서 그녀를 덮쳤다. 이성과 판단력, 자제력 같은 모든 건전한

낮의 세력들은 자신을 보존하려는 이 사악한 힘의 거센 투쟁에 내쫓기고 말았다. 거티는 행복을 원했다. 릴리만큼이나 간절하고 치열하게 행복을 원했다. 하지만 그녀에게는 릴리처럼 행복을 손에 넣을 능력이 없었다.

별안간 현관 벨이 울리는 소리에 거티는 팔딱 일어났다. 다시 불을 켠 그녀는 바싹 긴장한 채 귀를 기울이며 서 있었다. 잠깐 동안 그녀의 심장이 세차게 고동쳤다. 그러나 곧 냉정한 현실 감각이 돌아왔고, 자선 활동을 하는 그녀에게 이런 느닷없는 방문이 결코 드문 일은 아니라는 걸 기억했다. 거티는 재빨리 가운을 걸치면서 곧 나가겠다고 소리쳤다. 그리고 현관문을 열자, 불빛을 받아 빛나는 릴리 바트의 모습이 나타났다.

거티의 첫 번째 반응은 극도의 혐오감이었다. 마치 눈부신 릴리의 존재가 갑작스럽게 그녀의 초라한 삶을 환히 비추기라도 하는 듯, 거티는 흠칫하고 뒤로 물러섰다. 하지만 흐느끼며 자신의 이름을 외치는 소리가 들려왔다. 거티가 깜짝 놀라 친구의 얼굴을 힐끗 쳐다보는 순간, 상대방은 그녀를 덥석 끌어안으며 매달렸다.

"릴리, 무슨 일이야?"

거티가 놀라서 소리쳤다. 바트 양은 그만 그녀를 놓아주었다. 그리고 마치 오랜 도망 끝에 피신처를 찾은 사람처럼 숨을 헐떡이며 서 있었다.

"난 너무 추웠어. 하지만 집으로 돌아갈 수가 없었어. 혹시 불 좀 쬘 수 있을까?"

천성적으로 동정심이 많은 데다가 자선 활동이 습관처럼 몸에 밴 거티는 단박에 릴리에 대한 모든 혐오감을 잊어버렸다.

지금 릴리는 단지 도움이 필요한 한 사람에 불과했다. 무엇 때문인지는 몰라도 망설이거나 이것저것 따져볼 시간이 없었다. 연민은 거티의 입안에서 맴도는 수많은 질문을 저지했다. 그리고 아무 말 없이 친구를 거실로 데려가서 불 꺼진 벽난로 옆에 앉히도록 했다.

"여기 장작이 있으니까 금방 불을 피울게."

거티는 벽난로 옆에 무릎을 꿇고 앉았다. 그녀의 날랜 손놀림에 곧 불길이 타오르기 시작했다. 불빛은 아직도 릴리의 눈가에 맺혀 있는 눈물방울에 반사되어 이상하게 반짝거렸다. 그리고 초췌해진 릴리의 하얀 얼굴을 환하게 비추었다. 두 여자는 서로 말없이 바라보았다. 이윽고 릴리가 또다시 중얼거렸다.

"집으로 돌아갈 수가 없었어."

"그래, 그래서 여기로 왔잖아, 릴리! 몹시 춥고 피곤해 보여. 여기 가만히 앉아 있어. 내가 차를 준비해 올게."

거티는 자신도 모르게 남을 위로하는 평소 직업 근성이 발동했다. 모든 개인적인 감정은 봉사심 앞에 사라져버렸다. 오랜 경험을 통해서 거티는 상처를 살피기 전에 출혈부터 멈추는 게 우선이란 사실을 알고 있었다.

릴리는 벽난로에 몸을 기댄 채 조용히 앉아 있었다. 마치 무거운 정적에 잠 못 이루던 어린아이가 익숙한 소음에 오히려 잠이 들듯이 등 뒤에서 찻잔이 달그락거리는 소리는 그녀의 마음을 달래주었다. 하지만 정작 거티가 차를 가지고 옆으로 오자, 릴리는 찻잔을 밀쳐 버렸다. 그리고 낯선 눈빛으로 낯익은 방을 둘러보았다.

"혼자 있는 걸 견딜 수가 없어서 여기로 왔어."

릴리가 중얼거렸다. 거티는 찻잔을 내려놓고 그녀 옆에 무릎을 꿇고 앉았다.

"릴리! 무슨 일이 있었는지 내게 말해 줄 수 없니?"

"도저히 아침까지 맨정신으로 내 방에 혼자 누워 있을 수가 없었어! 줄리아 고모님 댁의 내 방은 너무 끔찍해. 그래서 여기로 찾아왔어."

갑자기 무감각한 상태에서 깨어난 릴리는 몸을 움찔하더니, 새삼 두려움이 밀려드는 듯 거티를 와락 껴안았다.

"오, 거티, 복수의 여신들이……. 너도 그들의 날갯짓 소리를 알지? 어두운 밤에 홀로 있으면 들려오는 그 소리 말이야. 아니, 넌 모를 거야. 넌 어둠을 무서워해야 할 이유가 전혀 없으니까……."

거티에게는 이 말이 지난 몇 시간 동안 자신이 겪은 일에 비추어 보았을 때, 약간 빈정거리는 소리처럼 들렸다. 하지만 릴리는 자신의 불행에 너무 급급해서 다른 것에 대해서는 완전히 눈이 멀어 있었다.

"나 좀 여기 있다 가도 되지? 언제 날이 밝을지 모르겠어. 시간이 많이 늦었니? 밤이 거의 다 지나갔을까? 밤새 잠을 못 자면 무척 끔찍할 거야. 침대 주위에 서 있는 모든 것이 나를 노려보고……."

패리시 양은 안절부절못하는 릴리의 손을 붙잡았다.

"릴리, 나 좀 봐! 도대체 무슨 일이 있었던 거야? 사고라도 났어? 굉장히 겁에 질린 것 같은데, 왜 그래? 뭐라고 말 좀 해 봐. 한두 마디라도. 그래야 내가 너를 도와줄 수 있지."

릴리는 세차게 고개를 흔들었다.

"난 겁에 질린 게 아니야. 그 정도가 아니야. 혹시 어느 날 아침에 문득 거울을 보았는데, 완전히 변해 버린 자기 모습을 발견하는 걸 상상할 수 있겠어? 잠을 자는 사이에 아주 끔찍하게 변해 버린 네 모습을? 지금 나 자신을 보는 내 기분이 그래. 내 생각 속에 비친 내 모습을 차마 눈뜨고 볼 수가 없어. 내가 얼마나 추한 걸 싫어하는지 너도 알지? 난 언제나 추한 걸 피해 다녔는데. 아, 도저히 뭐라고 설명할 수가 없어. 넌 이해할 수 없을 거야."

릴리가 번쩍 고개를 들었다. 그녀의 시선이 시계 위에 머물렀다.

"밤은 왜 이렇게 긴지! 내일도 틀림없이 나는 뜬눈으로 밤을 지새우게 될 거야. 돌아가신 우리 아버지도 밤마다 잠을 못 자고 온갖 끔찍한 생각에 시달렸다고 하던데. 우리 아버지는 나쁜 분이 아니었어. 단지 운이 나빴을 뿐이지. 이제야 그분이 얼마나 괴로워했을지 확실히 알겠어. 밤새 혼자 누워서 걱정과 싸워야 했다니! 하지만 난 정말 나쁜 딸이야. 아주 나쁜 아가씨지. 내가 하는 생각들은 모두 나빠. 내 주위에는 온통 나쁜 사람들뿐이고. 하지만 이게 무슨 변명 거리나 될까? 난 내가 내 인생을 잘 꾸려 나갈 수 있을 거라고 생각했어. 너무 교만했던 거야. 너무 교만했어! 하지만 이제 난 그들과 같은 수준에······."

갑작스러운 설움이 그녀를 덮쳤다. 릴리는 마치 메마른 폭풍에 나무가 꺾이듯 설움에 굴복했다.

거티는 그녀 옆에 무릎을 꿇고 앉은 채 오랜 경험에서 얻은 인내심을 가지고 이 설움의 폭풍이 지나가고 다시 말문이 열릴 때까지 기다렸다. 거티는 처음에 어떤 육체적인 충격을 상상했다. 릴리가 캐리 피셔의 집에서 나와 돌아가는 중인 줄 알았기 때문에 사람들이 붐비는 길거리에서 무슨 위험한 일을 당했을 거라고 생각했던 것이다. 하지만 이제 보니 타격을 받은 것은 육체가 아닌, 또 다른 신경중추였음을 깨닫고, 너무 두려운 나머지 더 이상 어떤 추측도 할 수 없었다.

마침내 릴리가 울음을 멈추고 고개를 들었다.

"네가 활동하는 빈민가에는 나쁜 아가씨들이 있잖아. 제발 내게 말해 줘. 그런 아가씨들이 다시 재기하기도 하니? 모든 걸 잊어버리고 다시 예전과 같은 기분을 느끼기도 할까?"

"릴리! 그런 말을 해서는 안 돼. 넌 지금 꿈을 꾸는 거야."

"그런 아가씨들이 항상 더 나쁜 길로 빠지는 건 아니지? 이제 돌아가는 길은 없어. 옛날의 너는 지금의 너를 거부하고 내쫓아 버렸는걸."

릴리는 벌떡 일어서더니 지칠 대로 지친 듯이 두 팔을 쭉 뻗었다.

"어서 자리에 눕도록 해! 넌 힘들게 일하고 내일 아침 일찍 일어나야 하잖아. 난 여기 불 가에 앉아서 보고만 있을게. 하지만 등불은 끄지 말고 네 방문도 열어놓아 줘. 난 단지 네가 내 곁에 있다는 걸 느낄 수만 있으면 돼."

릴리는 거티의 어깨 위에 두 손을 얹으며 말했다. 그리고 희미하게 미소를 지었는데, 그것은 마치 부서진 배의 파편이 떠 있는 바다 위로 태양이 떠오르는 것 같았다.

"릴리, 널 두고 갈 수는 없어. 이리 와서 내 침대에 눕도록 해. 네 손이 얼음처럼 차구나. 우선 옷을 갈아입고 몸을 따뜻하게 해야겠어."

갑자기 무슨 생각이 난 듯 거티가 동작을 멈추었다.

"이런, 페니스턴 부인은 어떻게 하지? 벌써 자정이 지났는데! 부인이 어떻게 생각하실까?"

"고모님은 이미 잠자리에 드셨을 거야. 나에게 현관 열쇠가 있거든. 그러니까 그건 걱정하지 마. 지금 난 도저히 집으로 돌아갈 수가 없어."

"그럴 필요는 없어. 여기서 자고 가. 하지만 네가 어디에 갔다 왔는지는 반드시 말해 줘. 내 말 좀 들어 봐, 릴리. 모든 걸 털어놓으면 너에게 도움이 될 거야!"

거티가 바트 양의 손을 다시 잡더니 가슴에 꼭 품었다.

"어떻게든 내게 말 좀 해봐. 네 가엾은 머릿속에 든 생각을 깨끗이 비워 버려. 릴리, 넌 캐리 피셔 집에서 저녁 식사를 했잖아."

거티는 잠시 말을 멈추었다가 영웅적인 희생심을 발휘하여 한마디 덧붙였다.

"로렌스 셀던이 여기 있다가 너를 찾으러 갔어."

이 말에 돌처럼 단단하게 굳어 있던 릴리의 얼굴이 풀어지면서 어린아이처럼 애처로운 표정을 드러냈다. 그녀의 입술은 파르르 떨리고, 휘둥그레진 두 눈에는 눈물이 고였다.

"나를 찾으러 갔다고? 그런데 나는 그를 못 만났어! 오, 거티, 그 사람은 나를 도와주려고 했어. 아주 오래전에 이미 그는 내게 경고했지. 내가 언젠가는 내 자신을 증오하게 될 거라고 예언했는데!"

그의 이름이 나오자, 릴리의 메마른 가슴에서는 안타까운 자기 연민의 샘물이 넘쳐흐르기 시작했다. 거티는 심장이 꼭 조이는 것 같은 통증을 느끼며 이 모습을 지켜보았다. 릴리는 고뇌에 찬 눈물을 펑펑 쏟아냈다. 그녀는 불과 얼마 전에 셀던이 머리를 기댔던 바로 그 자리에 자신의 머리를 파묻은 채 거티의 커다란 안락의자에 비스듬하게 쓰러져 있었다. 비탄에 빠진 그 아름다운 모습을 보고, 거티는 자신의 패배가 너무나 당연한 것임을 가슴 아프게 깨달았다. 아, 애당초 릴리는 그녀의 꿈을 빼앗으려는 의도 따위를 가질 필요도 없었던 것이다! 저기 엎드려 있는 아름다운 모습을 보기만 해도 그 안에 간직되어 있는 자연스러운 힘을 느낄 수 있었다. 사랑과 매력은 릴리와 같은 그런 여자에게 속한 것임을, 그리고 체념과 섬김은 그런 여자들에게 짓밟힘을 당하는 수많은 여자의 운명임을 깨달았다. 하지만 비록 셀던이 릴리에게 열중하는 것이 너무나 당연한 일처럼 보일지라도 그의 이름이 불러일으킨 효과를 막상 두 눈으로 확인하자, 꿋꿋한 거티의 마음도 최후의 일격을 받고 크게 흔들렸다. 인간은 이런 초인간적인 사랑을 겪고도 결국 살아남는다. 이 고통은 단지 인간적인 기쁨을 향하는 마음을 꺾기 위한 시련인 것이다. 이것이 단지 남을 치유하는 봉사였다면 거티가 얼마나 기쁜 마음으로 환영했겠는가! 기꺼이 병자를 위로하고 다시 삶을 견딜 수 있도록 도와주었을 것이다. 하지만 릴리의 감정 표출은 거티에게 마지막 남은 희망마저 빼앗아 가버렸다. 해안가를 서성이는 평범한 인간 처녀로서는 먹잇감을 사랑하는 세이렌과 도저히 맞서 싸울 방도가 없었다. 그리고 모험을 끝낸 세이렌의 희생자들은 싸늘한 송장이 되어 파도에 실려 왔다.

릴리는 벌떡 일어나더니 거티의 손을 꽉 붙잡았다.

"거티, 넌 그 사람을 잘 알지. 넌 그를 이해하잖아. 제발 나에게 말해 줘. 만약 내가 그를 찾아간다면, 그리고 모든 걸 그에게 고백한다면, '나는 정말 철저하게 못된 여자예요. 난 칭찬받고 싶어 하고 짜릿한 흥분을 원하고 돈을 원해요.' 라고 그에게 말한다면, 그래, 돈 말이야! 그게 바로 나의 부끄러운 약점이지. 거티, 그건 다들 알고 있는 일이야. 다들 나에 대해 그렇게 말하고 그렇게 생각하지. 어쨌든 만약 내가 그에게 이런 모든 걸 다 털어놓는다면, 모든 이야기를 숨김없이 솔직하게 말한다면, '나는 더 내려갈 데도 없을 만큼 낮은 곳까지 내려갔어요. 왜냐하면 그들이 가진 걸 나도 가졌으면서 그들이 지불하듯이 대가를 지불하지 않았기 때문이죠.' 라고 말한다면 말이야. 오, 거티, 넌 그를 잘 아니까 그를 대신해서 대답해 줄 수 있을 거야. 만약 내가 그에게 모든 걸 고백한다면 그가 나를 혐오하게 될까? 아니면 나를 동정하고 이해해 주고 이 혐오스러운 나 자신으로부터 나를 구원해 줄까?"

거티는 냉정하고 무감각하게 서 있었다. 그녀는 자신에게 닥친 혹독한 시련의 시간이 지나갔음을 알고 있었다. 그녀의 가엾은 심장은 정해진 운명을 거부하며 미친 듯이 팔딱거리고 있었다. 반짝이는 수면 아래로 검은 물살이 흘러가듯이, 거티는 반짝이는 유혹 아래로 행복의 기회가 흘러가고 있음을 보았다. 무엇 때문에 그녀는 '셀던 역시 다른 남자들과 다를 바 없어.'라고 대답하지 못한단 말인가? 어쨌거나 그녀 역시 셀던을 그토록 확신할 수는 없지 않는가! 하지만 그렇게 하는 것은 그에 대한 그녀의 숭고한 사랑을 모독하는 행위와 같았다. 거티는 어떤 경우에도 셀던을 가장 고귀한 모습으로 떠올릴 수밖에 없었다. 그러므로 자신의 모든 열정을 다해서 그를 신뢰해야 했다.

"그럼, 난 그를 잘 알아. 그 사람은 너를 도와줄 거야."

거티가 대답했다. 그 순간 감격에 겨운 릴리는 거티의 가슴에 얼굴을 묻고 울음을 터트렸다.

그 작은 아파트에 침대라고는 단 하나밖에 없었다. 거티는 릴리의 옷을 벗기고 그녀를 겨우 달래서 따뜻한 차를 몇 모금

마시도록 했다. 그런 다음 두 사람은 나란히 침대에 누웠다. 불이 꺼지고 그들은 어둠 속에 조용히 누워 있었다. 거티는 어떻게든 친구의 몸에 닿지 않으려고 좁은 침대의 가장자리로 한껏 몸을 움츠렸다. 릴리가 함부로 몸을 만지는 걸 싫어한다는 사실을 알고 있었기 때문에, 거티는 오래전부터 친구에 대한 애정을 겉으로 표현하는 걸 애써 자제해 왔다. 하지만 오늘 밤에는 온몸의 세포 하나하나가 저절로 릴리의 접근을 피하려고 잔뜩 오그라들었다. 그녀의 숨소리를 듣는 것, 이불 밑에서 그녀의 몸이 뒤척이는 걸 느끼는 것 자체가 지독한 고문이었다. 릴리가 좀 더 편안한 자세를 취하기 위해 몸을 돌리자, 그녀의 머리카락이 향긋한 냄새와 함께 거티의 뺨을 스쳤다. 릴리에 관한 것은 무엇이든 따뜻하고 부드럽고 향기로웠다. 심지어 슬픔의 얼룩조차도 그녀의 경우에는 마치 장미 꽃잎에 맺힌 빗방울처럼 보였다. 거티가 길쭉한 인형처럼 두 팔을 옆구리에 딱 붙인 채 꼼짝달싹하지 않고 누워 있었을 때, 바로 옆에서 따뜻한 숨결과 더불어 흐느끼는 것이 느껴졌다. 곧이어 릴리가 손을 쑥 뻗더니 친구의 손을 꼭 붙잡았다.

"거티, 꼭 잡아줘. 내 손을 꼭 잡아줘. 안 그러면 자꾸 생각이 날 것 같아."

릴리가 중얼거렸다. 거티는 말없이 릴리의 머리 밑으로 팔을 집어넣었다. 그리고 마치 어머니가 칭얼거리는 아이를 품에 안아주듯이 릴리에게 팔베개를 해주었다. 릴리는 이 따뜻한 품 안에 조용히 누웠고 그녀의 숨소리는 점점 낮고 규칙적으로 변했다. 하지만 그녀의 손은 마치 무서운 꿈을 막으려는 듯이 거티의 손을 여전히 꼭 쥐고 있었다. 마침내 그녀의 손가락이 느슨해져서 힘이 빠지고 그녀의 머리가 더욱 무거워지자, 거티는 릴리가 완전히 잠들었다는 걸 알았다.

15

릴리가 잠에서 깨어났을 때, 침대에는 그녀 혼자뿐이었다. 창백한 겨울 햇살이 방 안을 비추고 있었다.

몸을 일으킨 릴리는 낯선 풍경에 잠시 어리둥절했다. 이윽고 어젯밤 기억이 떠올랐다. 릴리는 부르르 몸을 떨며 주위를 둘러보았다. 옆 건물의 뒷벽에 반사되어 비스듬히 스며들어 오는 차가운 빛 속에서 그녀의 이브닝드레스와 오페라 망토가 의자 위에 아무렇게나 쌓여 있는 것이 보였다. 벗어놓은 화려한 옷가지들은 연회에서 남은 음식처럼 후줄근해 보였다. 문득 그녀의 집에서라면 부지런한 하녀가 절대 저런 불쾌한 꼴이 그녀의 눈에 띄도록 내버려 두지 않았을 거란 생각이 들었다. 좁은 거티의 침대에서 바싹 몸을 웅크리고 잠을 잔 데다가 엄청난 피로 탓에 온몸이 쿡쿡 쑤셨다. 밤새도록 잠을 제대로 이루지 못하면서도 릴리는 자리가 좁다는 생각에 함부로 몸을 뒤척일 수도 없었다. 너무 오랜 시간 몸을 움직이지 않으려고 애를 썼더니 밤새 흔들리는 기차 안에서 지새우고 난 듯한 느낌이었다.

이렇듯 육체적인 불쾌감이 제일 먼저 고개를 들었고, 뒤이어 그에 상응하는 정신적 피로가 밀려들었다. 무기력한 공포감은 앞서 찾아온 불쾌감보다 훨씬 더 견디기 힘들었다. 매일 아침마다 이렇게 가슴에 돌덩이를 얹은 듯한 기분으로 잠에서 깨어나야 한다는 생각이 들자, 지쳐서 축 늘어졌던 그녀의 정신이 번쩍 깨어났다. 어떻게든 그녀가 빠진 이 수렁에서 빠져나갈 방법을 찾아야 했다. 지난날에 대한 자책감도 이 아침에 대한 두려움만큼 그녀에게 절대적인 행동의 필요성을 일깨워 주지는 못했다. 하지만 릴리는 형용할 수 없을 만큼 피곤했다. 너무 지쳐서 제대로 생각할 수 없을 정도였다. 그녀는 다시 침대에 누워서 기울어진 초라한 천장을 올려다보았다. 또다시 눈에 보이는 것에 대한 혐오감이 되살아났다. 높은 건물들 사이에 갇힌 바깥 공기는 전혀 신선한 바람을 전해 주지 못하고 있었고, 스팀 난방기는 싸구려 피리처럼 삑삑거리며 노래하기 시작했다. 그리고 헐렁한 문틈 사이로는 음식 냄새가 마구 스며들고 있었다.

그때 문이 열렸다. 옷을 갈아입고 모자를 쓴 거티가 찻잔을 가지고 들어왔다. 황량한 겨울 햇빛 아래 드러난 그녀의 얼굴은 누리끼리하고 퉁퉁 부은 것 같았다. 그녀의 생기 없는 머리카락은 그녀의 칙칙한 낯빛을 살짝 더 어둡게 만들고 있었다.

거티는 릴리를 수줍게 바라보았다. 그리고 쭈뼛거리며 기분이 어떠냐고 물었다. 릴리도 똑같이 거북한 기분을 느끼며 대답했다. 그리고 자리에서 일어나 차를 마셨다.

"어젯밤에 내가 너무 피곤했었나 봐. 마차 안에서 잠깐 신경쇠약에 걸렸던 것 같아."

릴리가 말했다. 따뜻한 차를 마시니 머리가 다시 맑아졌다.

"몸이 많이 안 좋아 보였어. 네가 나를 찾아와 줘서 얼마나 기쁜지 몰라."

거티가 대답했다.

"그런데 집에는 어떻게 돌아가지? 줄리아 고모님께서……."

"이미 알고 계셔. 아침 일찍 내가 전화를 드렸거든. 조금 있으면 하녀가 네 물건을 챙겨서 가지고 올 거야. 우선 뭐 좀 먹지 않을래? 내가 계란 요리를 했어."

하지만 릴리는 한 입도 먹을 수가 없었다. 차를 마시고 약간 기운을 차린 그녀는 하녀의 캐묻는 듯한 시선을 받으며 옷을 갈아입었다. 거티가 서둘러 나갈 수밖에 없다는 사실이 릴리에게는 오히려 다행스럽게 느껴졌다. 두 여인은 말없이 작별의 키스를 나누었다. 하지만 어젯밤과 같은 따뜻한 감정은 더 이상 흔적조차 남아 있지 않았다.

페니스턴 부인은 거의 쓰러지기 일보 직전이었다. 당장 그레이스 스테프니를 보내 강심제를 사오게 할 정도였다. 릴리는 최선을 다해서 폭풍처럼 몰아치는 질문들을 꿋꿋이 견디었다. 그리고 캐리 피셔의 집에서 돌아오는 길에 갑자기 현기증이 일어났으며, 도저히 집까지 무사히 갈 수 없을 것 같아서 대신 패리시 양의 집으로 갔다고 설명했다. 하지만 하룻밤 조용히 쉬고 났더니 다시 멀쩡해졌고, 의사는 부를 필요 없다고 말했다.

이제 자신의 병세에만 온전히 정신을 쏟을 수 있게 된 페니스턴 부인은 비로소 크게 한시름 놓았다. 그리고 릴리에게는 그만 방으로 가서 쉬라고 충고했다. 부인에게는 그것이 육체적인 것이든 정신적인 것이든 모든 질병에 대한 만병통치약이었다. 마침내 자신의 방에 혼자 있게 된 릴리는 다시 현실에 대한 고민 속으로 빠져들었다. 어쨌든 환한 대낮에 바라본 현실은 어두운 밤에 보았던 현실과는 확연히 달랐다. 날개를 펄럭거리던 분노는 차를 마시며 서로 한마디씩 흘리는 한낱 소문 거리가 되었다. 하지만 어둠의 베일이 걷히자, 그녀의 두려움은 더욱 추한 모습을 드러냈다. 게다가 지금은 분노하며 소리칠 때가 아니라 행동해야 할 때였다. 처음으로 릴리는 트레너에게 진 빚이 얼마인지 정확히 계산해 보았다. 치 떨리는 계산 끝에 나온 결과는 그동안 트레너에게서 받은 돈이 모두 합해서 9천 달러라는 사실이었다. 지난날 이런 돈을 주고받으면서 내세웠던 얄팍한 구실들은 활활 타오르는 그녀의 수치심 앞에서 초라하게 사라져버렸다. 그 돈은 동전 한 푼까지도 그녀의 것이 아니란 사실을, 그리고 잃어버린 자존심을 되찾기 위해서는 당장 전액을 변제해야 한다는 사실을 릴리는 알고 있었다. 하지만 자신의 격한 분노를 달랠 수 있는 능력이 없기에 자신이 너무나 하찮고 무기력하게 느껴졌다. 릴리는 난생처음 멋진 외모를 유지하는 것보다 여자의 명예를 유지하는 데 훨씬 더 많은 비용이 필요할 수 있다는 사실을 깨달았다. 심지어 도덕성을 유지하는 데조차 반드시 돈이 필요하다는 사실을 깨닫고 나자, 자신이 생각했던 것보다 세상은 훨씬 더 험난한 곳처럼 보였다.

점심 식사 후에 의심스러운 눈초리로 요모조모 뜯어보던 그레이스 스테프니가 사라지자, 릴리는 고모님께 잠깐 이야기를 나누고 싶다고 요청했다. 두 사람은 위층으로 올라가 거실로 들어갔다. 페니스턴 부인은 노란 단추 장식이 달려 있는 검은 비단 안락의자에 자리를 잡았다. 그 옆에는 구슬로 장식한 탁자가 서 있었는데, 납으로 만든 베아트리체 상시[95]의 모형이 담긴 청동 상자가 그 위에 놓여 있었다. 릴리는 이 장식품들에 대해서 마치 죄수가 법정을 보고 느꼈을 것과 똑같은 혐오감을 느꼈다. 이곳에서 고모는 아주 드물게 그녀의 솔직한 고백을 듣곤 했다. 터번을 쓰고 눈이 충혈된 베아트리체의 부자연스러운 미소가 릴리에게는 페니스턴 부인의 입가에서 점점 사라지고 있는 엷은 미소처럼 느껴졌다. 이 세상에서 시끄러운 소동을 가장 무서워하는 부인은 그 점에서는 어떤 강한 성품의 소유자보다도 무정하고 냉혹했다. 왜냐하면 그것은 옳고 그름의 문제가 아니었기 때문이다. 이 사실을 잘 아는 릴리는 좀처럼 부인의 심기를 어지럽히는 모험을 하지 않았다. 게다가 지금은 더욱더 그런 시도를 하고 싶은 기분이 아니었다. 하지만 이 참을 수 없는 상황에서 도망칠 수 있는 방법을 모두 찾아보았지만 이미 실패했던 것이다.

페니스턴 부인은 힐난하는 눈길로 릴리를 살펴보더니 한마디 했다.

"안색이 아주 안 좋구나, 릴리. 그렇게 하루도 안 빠지고 연회를 즐기더니, 드디어 그 여파가 나타나는 모양이다."

바트 양은 말을 꺼낼 구실을 찾았다.

"그것 때문이 아니에요, 줄리아 고모. 사실은 고민이 있어요."

릴리가 대답했다.

"아, 그래?"

페니스턴 부인은 마치 거지 앞에서 지갑을 탁 닫아버리듯 입을 꾹 다물어버렸다.

"이런 일로 고모님을 괴롭혀 드려서 죄송해요."

릴리가 말을 이었다.

"하지만 어젯밤 제가 잠시 정신을 잃었던 것도 부분적으로는 걱정에 시달리다가……."

"그건 분명 캐리 피셔의 요리 때문일 게다. 1891년 봄에 우리는 엑상프로방스[96]로 여행을 갔었지. 바로 그해에 그 여자가 마리아 멜슨이란 요리사를 고용한 적이 있는데, 우리는 배를 타기 이틀 전에 그 집에서 저녁을 먹었어. 그때 구리 냄비가 제대로 닦이지 않았다는 느낌이 들었던 걸 지금도 똑똑히 기억하고 있단다."

"하지만 전 별로 많이 먹지도 않았는걸요. 요즘 전 잘 먹지도, 자지도 못해요."

릴리가 잠시 말을 멈추었다가 불쑥 말을 내뱉고 말았다.

"줄리아 고모님, 사실은 제가 빚을 좀 졌어요."

페니스턴 부인의 안색이 눈에 띄게 어두워졌다. 하지만 릴리가 예상했던 것처럼 썩 놀라는 것 같지는 않았다. 부인은 묵묵부답이었다. 릴리는 계속 말을 이어나갈 수밖에 없었다.

"제가 어리석었어요……."

"그건 두말할 나위도 없다. 뭐라 말할 수 없이 어리석지."

페니스턴 부인이 말을 잘랐다.

"도대체 이해할 수 없구나. 너처럼 자기 수입도 있고, 달리 돈 쓸데도 없는 애가 어쩌다가……. 게다가 내가 항상 너에게 주는 선물도 있고……."

"아, 줄리아 고모님, 고모님은 언제나 너그러우셨지요. 고모님의 친절을 제가 어떻게 잊을 수 있겠어요? 하지만 고모님은 잘 모르시겠지만, 요즘 아가씨들은 이것저것 쓸데가 너무 많아서……."

"도대체 옷값과 기찻삯 이외에 네가 돈 쓸 일이 또 뭐가 있다는 건지, 난 통 모르겠구나. 네가 옷을 잘 차려입고 다니는 건 나도 원하는 바다. 그래서 지난 10월에 셀레스트 가게에 가서 네 옷값을 대신 갚아주지 않았느냐?"

릴리는 잠시 망설였다. 정말이지 지금처럼 고모님의 완벽한 기억력이 원망스러웠던 적이 없었다.

"물론 고모님은 더할 나위 없이 친절하시지요. 하지만 그 뒤로도 몇 가지 물건을 더 샀는데……."

"무슨 물건들 말이냐? 옷이냐? 그래서 돈을 얼마나 썼다는 거지? 당장 그 청구서를 보여 다오. 틀림없이 그 여자가 네게 바가지를 씌웠을 게다."

"오, 아니에요. 그렇지 않아요. 옷값이 무서울 정도로 올랐는걸요. 게다가 상황에 따라서 필요한 옷이 너무 많아요. 야외로 나갈 때, 골프를 칠 때, 스케이트를 탈 때, 그리고 아이켄[97]에서 입을 옷과 턱시도에서 입을 옷이 전부 달라서……."

"어쨌든 내게 청구서를 보여 다오."

페니스턴 부인은 똑같은 말만 되풀이했다.

릴리는 다시 망설였다. 우선은 셀레스트 부인이 아직 청구서를 보내오지 않았기 때문이다. 두 번째 이유는 설사 보냈다 하더라도, 그 금액은 필요한 금액의 절반도 안 되었기 때문이다.

"제 겨울옷에 대한 청구서는 아직 오지 않았어요. 하지만 금액이 상당하다는 걸 전 알고 있어요. 그 외에도 한두 가지 빚이 더 있고요. 제가 너무 부주의하고 신중하지 못해서 그만……. 제가 진 빚을 생각하면 너무 무서워요……."

릴리는 근심이 가득한 사랑스러운 얼굴로 페니스턴 부인을 올려다보았다. 혹시 남자들에게는 너무나 감동적인 그 모습이 부인에게도 어떤 영향을 미치지 않을까 기대했지만 헛된 바람이었다. 오히려 페니스턴 부인으로 하여금 두려운 의심이 생겨서 소스라치며 뒤로 물러나게 만드는 결과만 낳았다.

"릴리, 이제 너는 네 일을 스스로 처리할 수 있을 만한 나이가 되었다. 게다가 어젯밤 너의 경솔한 행동으로 내가 거의 죽을 만큼 놀랐는데, 또다시 이런 문제로 나를 괴롭히려면 최소한 좀 더 적절한 때를 골랐어야 하지 않겠느냐."

페니스턴 부인은 시계를 힐끗 보더니 강심제를 삼켰다.

"설사 네가 셀레스트에게 천 달러의 빚을 졌다고 해도, 일단 나한테 청구서를 보내라고 해라."

부인은 어떤 대가를 치르고서라도 이 대화를 서둘러 끝내고 싶은 듯 이렇게 말했다.

"죄송해요, 줄리아 고모님. 저도 이런 때에 고모님을 괴롭혀 드리는 게 너무 싫어요. 하지만 정말로 어쩔 수가 없어요. 좀 더 일찍 말씀드렸어야 했는데……. 사실 제 빚은 천 달러보다 훨씬 더 많아요."

"훨씬 더 많다고? 그럼 이천 달러를 빚졌단 말이냐? 그 여자가 완전히 널 벗겨 먹을 심사로구나!"

"셀레스트만이 아니라고 말씀드렸잖아요. 사실은…… 또 다른 빚도 있어요……. 좀 더 급한 빚이라서…… 당장 갚아야 해요."

"대체 너는 뭘 그렇게 사들였단 말이냐? 보석이냐? 완전히 정신이 나간 모양이구나."

부인이 사납게 추궁했다.

"네가 빚을 졌으니 당연히 그 고통도 네가 감내해야 한다. 네 빚을 다 갚을 때까지 매달 들어오는 수입을 따로 저축하도록 해라. 지금처럼 여기저기 쏘다니는 대신 내년 봄까지 얌전히 집에서만 지낸다면 더 이상 돈을 쓰지 않아도 될 게다. 옷값은 내가 당장 갚아주마. 그럼 나머지 빚은 서너 달 안에 충분히 갚을 수 있겠지."

릴리는 또다시 할 말을 잃었다. 셀레스트의 청구서를 갚아야 한다는 핑계만으로는 페니스턴 부인에게서 천 달러 이상 얻어낼 희망이 없다는 게 너무나 분명했다. 게다가 부인은 옷값 청구서를 직접 확인해 볼 작정이었기 때문에, 릴리가 아니라 셀레스트에게 직접 수표를 건네줄 것이 뻔했다. 하지만 해가 지기 전에 어떻게든 그 돈을 얻어내야 했다!

"제가 말씀드린 빚은…… 다른 거예요……. 장사꾼들의 외상값 같은 게 아니라……."

릴리는 두서없이 말을 꺼냈다. 하지만 페니스턴 부인의 표정을 보자, 계속 말을 잇기가 두려울 지경이었다. 고모님이 뭔가 의심을 하고 계신 건 아닐까? 이런 생각이 들자, 릴리는 다급하게 말을 쏟아냈다.

"사실은 그동안 제가 카드놀이를 좀 했어요. 브리지 게임 말이에요. 여자들은 모두 그 게임을 하거든요. 물론 아가씨들도 해요. 으레 당연한 일로 여겨지는걸요. 가끔은 제가 이겨서 돈을 많이 따기도 했지만…… 요즘은 계속 운이 나빴어요……. 게다가 그런 빚은 천천히 나눠 갚을 수도 없는 거라서……."

릴리가 그만 입을 다물었다. 이 말을 들은 페니스턴 부인의 얼굴이 화석처럼 딱딱하게 굳어졌기 때문이다.

"카드라고? 네가 돈을 걸고 노름을 했단 말이냐? 그렇다면 그 말이 사실이었구나. 내가 그 이야기를 들었을 때, 난 절대 믿지 않았는데 말이다. 그렇다면 내가 들은 또 다른 끔찍한 이야기도 모두 사실인지는 묻지 않겠다. 지금 내 신경 상태로는 여태껏 들은 이야기만으로도 충분하니까. 나는 네가 이 집안에 있으면서 배운 게 있을 거라고 생각했다! 하지만 아무래도 네가 외국에서 자란 탓인가 보다. 게다가 네 에미가 어떤 친구들을 사귀었을지 누가 알겠느냐. 내가 알기로, 네 에미는 주일에도 창피한 짓을 했다더라."

페니스턴 부인이 갑자기 몸을 획 돌렸다.

"주일날에도 카드놀이를 했느냐?"

릴리는 벨로몬트나 도싯 부부네 집에 머물 때, 비 오는 일요일마다 벌인 행적을 떠올리며 얼굴을 붉혔다.

"줄리아 고모님, 말씀이 좀 심하세요. 전 결코 진짜로 좋아서 카드놀이를 한 적은 없어요. 하지만 젊은 아가씨가 쩨쩨하고 잘난 척한다는 소리를 들을 수는 없잖아요. 누구나 다른 사람들이 행동하는 대로 따라가게 마련 아닌가요? 어쨌든 전 커다란 교훈을 얻었어요. 이번만 저를 도와주신다면, 앞으로는 절대······."

페니스턴 부인이 경고하듯이 손을 들어올렸다.

"어떤 약속도 할 필요 없다. 소용없는 짓이니까. 내가 너에게 거처를 제공해 주긴 했지만 너의 노름빚을 갚아줄 책임까지 떠맡지는 않았다."

"줄리아 고모님! 설마 절 안 도와주실 생각은 아니시겠죠?"

"내가 너의 행동을 지지하고 있는 듯한 인상을 줄 수 있는 일은 절대로 하지 않을 게다. 만약 네가 정말로 의상실에 외상을 졌다면 그건 내가 갚아주겠다. 하지만 그 이외의 다른 빚에 대해서는 내가 갚아줄 의무가 전혀 없다고 생각한다."

릴리는 벌떡 일어섰다. 그리고 파리하게 질린 얼굴로 온몸을 부들부들 떨며 고모 앞에 우뚝 서 있었다. 그녀의 마음속에서는 상처 입은 자존심이 폭풍처럼 날뛰고 있었지만, 수치심은 그녀의 입에서 애원하는 소리가 흘러나오도록 만들었다.

"줄리아 고모님, 전 그럼 망신을 당하게 될 거예요. 저, 저는······."

릴리는 더 이상 말을 이을 수가 없었다. 노름빚을 졌다는 거짓 핑계에 대해서도 이토록 냉담하게 돌아서는데, 만약 그 끔찍한 진실을 듣게 되면 고모님은 어떤 반응을 보이시겠는가?

"넌 이미 망신을 당한 것 같구나, 릴리. 그 결과보다도 네가 한 행동으로 훨씬 더 망신을 당했어. 넌 네 친구들이 너에게 함께 카드를 하자고 권유했다고 하는데, 그럼 좋다. 그 친구들 역시 이번에 교훈을 얻으라고 해라. 그 사람들이야 돈을 좀 잃는다고 해도 아무 문제 없을 게다. 어쨌든 나는 그 작자들에게 내 돈을 쓸데없이 낭비할 생각이 눈곱만큼도 없다. 그만 물러가거라. 지금까지 충분히 괴롭고 힘들었으니, 이제 나는 그만 내 건강이나 돌봐야겠다. 저 블라인드를 좀 내려다오. 그리고 제닝스에게 오늘 오후에는 그레이스 스테프니 이외에 다른 사람은 일절 만나지 않겠다고 전해라."

릴리는 자기 방으로 올라가서 방문을 걸어 잠갔다. 분노와 두려움으로 온몸이 부들부들 떨렸다. 그녀의 귓가에서는 분노가 세차게 날개를 퍼덕거리고 있었다. 릴리는 맹목적으로 방 안을 왔다 갔다 서성였다. 마지막 탈출구마저 닫혀 버렸다. 릴리는 수치심과 함께 감옥에 갇힌 느낌이었다.

갑자기 릴리는 벽난로 위에 놓여 있는 시계 앞으로 황급히 걸어갔다. 시계는 3시 반을 가리키고 있었다. 오늘 4시에 셀던이 찾아오기로 했다는 생각이 문득 떠오른 것이다. 원래 릴리는 한마디로 그를 쫓아 보낼 작정이었다. 하지만 지금은 그를 만날 생각을 하자, 그녀의 가슴이 팔딱팔딱 뛰었다. 셀던의 사랑에서 어떤 구원의 희망을 발견하지 않을까? 어젯밤 거티의 옆에 누워 있을 때, 릴리는 셀던이 찾아오면 그의 가슴에 얼굴을 묻고 자신의 설움을 한껏 토해 내리라는 달콤한 생각에 젖어 있었다. 물론 그를 만나기 전에 모든 문제를 혼자서 깨끗이 정리해 놓을 작정이었다. 그때는 페니스턴 부인이 도움을 거절하리라고는 꿈에도 생각하지 못했기 때문이다. 게다가 아무리 심각한 곤경에 빠져 있을 때라도 셀던의 사랑은 그녀의 궁극적인 피난처가 될 수 없다고, 그저 그에게서 잠깐 동안 쉴 곳을 찾는 것만으로도 행복하다고 생각했기 때문이다. 그러면 다시 앞으로 나갈 수 있는 새로운 힘을 얻을 수 있으리라고, 릴리는 그렇게 믿었다.

하지만 지금은 셀던의 사랑만이 그녀의 유일한 희망이었다. 비참한 심정으로 홀로 앉아 있는 그녀에게 셀던을 믿고 모든 걸 털어놓겠다는 생각은 마치 자살하려는 사람의 눈에 비친 강물만큼이나 유혹적이었다. 첫 번째 물살은 두렵고 끔찍할 것이다. 하지만 그 후로는 얼마나 커다란 축복이 찾아올 것인가! 릴리는 거티의 말을 떠올렸다.

"난 그를 잘 알아. 그는 반드시 널 도와줄 거야."

병자가 성자의 유골에 매달리듯, 릴리는 이 말에 전적으로 매달렸다. 오, 만약 그가 진심으로 이해해 준다면! 산산조각 나 버린 그녀의 삶을 되찾을 수 있도록 도와준다면! 그리고 과거의 흔적은 전혀 찾아볼 수 없게 그 조각들을 새로 이어 붙여 준다면! 셀던은 언제나 릴리로 하여금 자신이 더 나은 인생을 누릴 만한 가치가 있는 존재라는 기분을 느끼게 해주었다. 지금보다 더 그런 위로가 간절히 필요했던 적은 없었다. 이따금 자신의 고백을 듣고 셀던의 사랑이 식어버릴지도 모른다는 생각을 하면 릴리의 마음은 오그라들었다. 사랑이야말로 지금 릴리에게 가장 필요한 것이었기 때문이다. 산산이 부서진 그녀의 자긍심을 다시 붙이려면 무엇보다 뜨거운 열정이 필요했다. 릴리는 거티의 말을 거듭 떠올리며 그 말을 가슴에 품었다. 거티야말로 그녀에 대한 셀던의 진실한 감정을 가장 잘 알고 있다고 확신했다. 두려움으로 눈이 먼 릴리는 셀던에 대한 거티의 견해가 실은 릴리 자신의 감정보다도 훨씬 더 열정적인 감정에 영향을 받은 것임을 꿈에도 짐작하지 못했다.

4시가 되자, 릴리는 거실로 갔다. 셀던이 반드시 제시간에 올 거라고 확신했기 때문이다. 하지만 어느덧 4시가 지났다. 초조하게 두근거리는 릴리의 심장 박동에 맞추어 시간은 미친 듯이 흘러갔다. 그동안 릴리는 다시금 자신의 비참한 처지를 돌아보게 되었다. 그리고 셀던에게 모든 사실을 털어놓고 싶은 충동과 어쩌면 그의 환상이 깨질지도 모른다는 두려움 사이에서 또다시 갈등했다. 시간이 흐를수록 셀던의 넓은 이해심에 자신을 완전히 맡겨 버리고 싶다는 욕구가 점점 더 강해졌다. 자기 혼자서는 이 불행의 무게를 감당할 수 없을 것만 같았다. 어쩌면 두 사람 사이에 위기가 찾아올 수도 있다. 하지만 그녀의 아름다움이 그 위기를 넘어가는 다리 역할을 해주지 않을까? 그리고 셀던의 헌신적인 사랑이라는 피난처에 그녀를 안전하게 내려놓아 주지 않을까?

시간은 자꾸만 흘러갔고 셀던은 여전히 오지 않았다. 무슨 일 때문에 늦어지는 것이 틀림없었다. 아니면 급하게 휘갈겨 쓴 그녀의 글씨를 잘못 읽고 4시를 5시로 착각한 것일까? 5시가 조금 지났을 때 현관에서 들려온 벨 소리는 이런 추측을 뒷받침해 주는 것 같았다. 릴리는 앞으로는 좀 더 반듯하게 글씨를 쓰겠다고 굳게 다짐했다. 현관 복도에서 들리는 발소리, 손님을 맞이하는 집사의 목소리는 그녀의 혈관에 새로운 기운을 불어넣었다. 릴리는 또다시 바짝 긴장하며 비상사태 체계로 돌입하고 있는 자신을 발견했다. 하지만 셀던을 완전히 사로잡았던 자신의 매력을 떠올리자, 갑자기 자신감이 솟아났다. 그 순간 응접실 문이 열렸고 방 안으로 들어온 사람은 다름 아닌 로즈데일이었다.

그를 보는 순간, 릴리는 가슴이 찢어지는 것 같은 아픔을 느꼈다. 하지만 이 기막힌 운명의 장난에 분노하며 셀던 이외에는 아무도 집 안에 들이지 말라고 미리 지시하지 못한 자신의 부주의를 한탄하는 것도 잠깐, 릴리는 곧 정신을 차리고 상냥하게 로즈데일을 맞았다. 셀던이 찾아왔을 때, 하필이면 이 남자가 손님으로 와 있는 것을 본다면 썩 달가운 일은 아닐 것이다. 하지만 릴리는 성가신 손님을 내쫓는 데 탁월한 기술을 가진 안주인이었다. 게다가 지금 같은 상태에서는 로즈데일 따위가 그녀의 눈에 들어올 리 만무했다.

　그런데 로즈데일은 잠시 대화를 나누자마자, 이 상황에 대한 자신의 견해를 릴리에게 무조건 쏟아내었다. 처음에 릴리는 그저 보편적이고 무난한 화젯거리로 브리 집안의 연회 이야기를 꺼냈다. 단지 셀던이 나타날 때까지 시간을 때우기 위한 방편이었다. 하지만 손을 호주머니 속에 깊숙이 찔러 넣고 두 다리를 너무 자유롭게 쭉 뻗은 채, 티 테이블 옆에 완강히 달라붙어 있던 로즈데일은 단숨에 그 화제를 지극히 개인적인 이야기로 돌려 버렸다.

　"꽤 성공적인 연회였죠. 네, 그렇고말고요. 이제 웰리 브리는 든든한 참모를 얻었고 앞으로도 사교계의 요령을 완전히 터득하기 전까지는 절대 그녀를 놓아주지 않을 겁니다. 물론 이런저런 미흡한 점도 있었죠. 피셔 부인도 그런 것까지 일일이 살필 수는 없었을 테니까요. 가령 샴페인이 별로 차지 않았다든가 코트 보관실에 있던 코트가 모두 뒤섞여 버렸다든가 하는 일들 말입니다. 저 같으면 음악에 좀 더 많은 돈을 썼을 겁니다. 그게 바로 제 성격이죠. 마음에 드는 게 있으면 돈을 전혀 아끼지 않는 것 말입니다. 저는 계산대 앞에 서서 과연 그 물건이 그만한 값어치가 있을까 고민하는 짓은 결코 안 합니다. 웰리 브리네 같은 연회에 만족하고 싶지도 않고요. 전 오히려 좀 더 편안하고 자연스러워 보이는 연회를 열고 싶습니다. 제가 더 능숙하게 대처하는 것처럼 보일 수 있는 그런 연회 말이죠. 그렇게 하려면 두 가지가 필요하지요. 돈과 그리고 그 돈을 제대로 쓸 수 있는 여인입니다."

로즈데일은 잠시 말을 멈추었다. 그리고 찻잔을 다시 배열하는 척하고 있는 릴리를 주의 깊게 살펴보았다.

"제게 돈은 얼마든지 있습니다."

로즈데일은 목청을 가다듬으며 말을 이었다.

"따라서 이제 제가 원하는 건 여자입니다. 그리고 반드시 그것도 손에 넣을 작정이지요."

로즈데일은 두 손을 지팡이 위에 올려놓은 채 몸을 약간 앞으로 기울였다. 네드 반 알스타인 같은 유형의 남자들이 응접실까지 지팡이와 모자를 가지고 들어오는 것을 보고서 왠지 그 모습이 친근하면서도 멋스러워 보인다고 생각한 것이다.

릴리는 희미하게 미소를 지으며 아무 말도 하지 않았다. 그녀의 두 눈은 멍하니 그의 얼굴을 바라보고 있었다. 하지만 머릿속으로는 이런 고백을 하려면 시간이 좀 걸릴 테고, 잘못하다가는 자신이 제대로 거절할 시간을 갖기도 전에 틀림없이 셀던이 나타날 것이라는 생각을 하고 있었다. 한편 로즈데일의 눈에는 완전히 외면하는 것이 아니라 그저 잠시 몸을 사리는 듯이 뭔가 생각에 잠긴 릴리의 표정이 대단히 희망적으로 보였다.

"저는 반드시 여자도 손에 넣을 작정입니다."

로즈데일이 껄껄 웃으며 다시 한 번 말했다. 그 웃음에는 자신의 확신을 더욱 강하게 드러내려는 의도가 담겨 있었다.

"저는 여태껏 살면서 원하는 것은 대개 무엇이든 손에 넣었습니다, 바트 양. 저는 돈을 원했고, 결국 예상했던 것보다 훨씬 더 많은 돈을 벌었습니다. 그리고 이제는 딱 적합한 여인을 위해서 그 돈을 쓸 수 없다면 아무짝에도 소용없다는 생각이 듭니다. 그게 바로 제가 그 돈으로 하고 싶은 일입니다. 저는 이 세상 모든 여자를 초라하게 만들어버릴 수 있는, 그런 아내를 원합니다. 그 일을 위해서라면 단 한 푼도 아끼지 않고 써버릴 용의가 있습니다. 하지만 아무리 많은 돈을 쏟아붓는다고 해도 아무 여자나 그런 일을 할 수 있는 것은 아니지요. 어떤 역사에 보면 황금 방패를 원했던 젊은 아가씨[98]가 있었다지요. 결국 사람들이 그녀에게 황금 방패를 던졌고, 그 아가씨는 방패에 깔려 버렸답니다. 그들이 그 여자를 죽인 겁니다. 참으로 그럴듯한 이야기입니다. 어떤 여자들은 마치 자신의 보석에 완전히 파묻혀 버린 것처럼 보이기도 하니까요. 제가 원하는 여자는 제가 그녀의 머리에 더 많은 다이아몬드를 달아줄수록 더욱 꼿꼿하게 고개를 쳐들 수 있는, 그런 여자입니다. 그 전날 밤에 브리 씨 댁에서 수수한 흰옷만 걸쳤는데도 마치 머리에 왕관을 쓰고 있는 듯 보이는 당신의 모습을 보았을 때, 저는 혼자 중얼거렸습니다. '세상에, 저 여자가 만약 왕관을 쓰고 있었다면 마치 그 머리에서 저절로 자라난 것처럼 보였을 거야.'"

여전히 릴리는 아무 말도 하지 않았다. 하지만 자신의 말에 한껏 도취된 로즈데일은 계속해서 말을 이었다.

"하지만 제 말을 들어보십시오. 그런 여자야말로 세상의 모든 여자를 합쳐 놓은 것보다 더 많은 비용이 들게 마련이란 말입니다. 만약 여자가 자신의 진주에 대해 초연해지려면, 어느 누구의 진주보다 훌륭한 진주를 갖고 있어야 하는 법이니까요.

그 밖에 다른 모든 것도 마찬가지죠. 당신은 제 말이 무슨 뜻인지 아실 겁니다. 요란하게 허식을 부리는 건 단지 싸구려란 말입니다. 전 제 아내가 세상을 갖고 싶다면 아주 당연하게 세상을 가질 수 있기를 원합니다. 돈에 관해서 딱 한 가지 천박한 일이 있다면 그것은 바로 돈에 대해 생각하는 것이라는 걸, 저는 잘 알고 있습니다. 제 아내는 그런 식으로 자신의 품위를 떨어뜨릴 일은 절대 없을 겁니다."

로즈데일은 잠시 말을 멈췄다. 그러더니 다시 조금 전과 같은 태도로 돌아가서 이렇게 덧붙였다.

"이제 제가 어떤 여자를 원하는지 당신도 아셨을 거라고 짐작됩니다, 바트 양."

릴리는 꼿꼿이 머리를 들어 올렸다. 이런 도전을 받자, 그녀의 아름다움이 더욱 빛을 발하는 것 같았다. 온갖 우울한 생각들이 어지럽게 난무하는 상황에서도 로즈데일의 수백만 달러가 쨍그랑거리는 소리는 귀에 솔깃하게 들렸다. 아, 그 돈이라면 그녀의 그 끔찍한 빚을 전부 갚고도 남을 것이다. 하지만 곧 셀던이 올 거라고 생각하니, 그 돈 뒤에 버티고 서 있는 이 남자의 모습이 점점 더 혐오스럽게 느껴졌다. 그 대조적인 모습이 너무나 기괴하게 느껴졌기 때문에 릴리는 입가에 떠오르는 미소를 감출 수가 없었다. 그리고 지금은 솔직한 대답이 가장 좋다는 결론에 도달했다.

"로즈데일 씨, 당신이 말하는 그 여자가 저를 뜻하시는 거라면 저로서는 정말 감사할 따름입니다. 대단히 영광스러운 일이기도 하고요. 하지만 제가 도대체 당신에게 그런 생각이 들도록 할 만한 어떤 행동을 했는지 모르겠……"

"오, 만약 당신이 조금도 저를 사랑하지 않는다는 말을 하시는 거라면 저도 그 정도는 충분히 짐작하고 남을 만한 지각이 있는 사람입니다. 저는 그런 뜻에서 당신에게 말씀드리고 있는 게 아닙니다. 물론 이런 상황에서 대개는 어떤 말을 해야 하는지 저도 알고 있습니다. 전 터무니없을 정도로 당신에게 홀딱 빠졌습니다. 제 감정의 크기에 대해서 말하자면 그렇습니다. 하지만 지금 저는 당신에게 그것이 가져올 결과들에 대해서 순수하게 사업적인 발언을 하고 있는 것입니다. 당신은 저를 몹시 좋아하지는 않습니다. 아직은 말이죠. 하지만 당신은 사치스러운 것을 좋아하고 멋과 즐거움, 그리고 돈에 대해 걱정하지 않는 삶을 좋아합니다. 당신은 즐거운 시간을 갖고도 그것에 대해 대가를 치르지 않아도 되기를 바랍니다. 제가 하고자 하는 일이 바로 당신에게 즐거운 시간을 제공하고 그 비용을 전부 내는 것입니다."

로즈데일이 다시 말을 멈추었다. 그러자 릴리는 싸늘한 미소로 응답했다.

"한 가지 당신이 잘못 알고 있는 게 있습니다, 로즈데일 씨. 제가 어떤 일을 즐기든지 간에 저는 기꺼이 그 대가를 치를 준비가 되어 있답니다."

릴리가 이렇게 말한 것은 만약 그의 말이 그녀의 사적인 생활에 대한 은근한 암시였다면, 자신이 거기에 맞서 얼마든지 반박할 준비가 되어 있음을 그에게 똑똑히 알려 주기 위해서였다. 하지만 설사 이 남자가 그녀의 말뜻을 알아들었다 하더라도 겸연쩍어하거나 하는 일은 절대 없었다. 그는 변함없는 어조로 말을 이었다.

"당신의 감정을 건드리거나 할 생각은 전혀 없었습니다. 제가 너무 솔직하게 말했다면, 용서해 주십시오. 하지만 당신도 저에게 솔직히 말씀하시면 왜 안 되는 겁니까? 어째서 그 따위 허세를 계속 부리는 겁니까? 당신도 가끔 시달릴 때가 있다는 걸 잘 압니다. 지독하게 시달릴 때가 말입니다. 게다가 젊은 여자도 나이를 먹어가면서 모든 게 변해 가게 마련입니다. 자칫하면 미처 깨닫기도 전에 그녀가 원했던 것들은 모두 스쳐 지나가 버리고 두 번 다시 돌아오지 않기도 합니다. 물론 당신이 벌써 그런 지경에 조금이라도 가까이 갔다는 말은 결코 아닙니다. 하지만 당신같이 멋진 아가씨라면 절대 알지도 말아야 할 그런 괴로움들을 당신은 이미 맛보지 않았습니까? 제가 당신에게 제공하려는 것은 바로 그런 모든 괴로움에서 단번에 벗어날 수 있는 기회입니다."

로즈데일이 말을 마쳤을 때, 릴리의 얼굴은 빨갛게 달아올랐다. 그가 하고자 하는 말뜻은 분명했다. 이런 말들을 그저 가만히 듣고 앉아 있다는 건 자신의 치명적인 약점을 고백한 것이나 마찬가지였다. 그렇지만 드러내놓고 화를 냈다가는 이 위태로운 순간에 그의 비위를 건드릴 위험이 있었다. 그녀의 입술은 분노로 바들바들 떨렸다. 하지만 절대 이 남자와 싸워서는 안 된다는 은밀한 목소리가 그 분노를 잠재웠다. 이 남자는 그녀에 대해서 지나치게 많은 것을 알고 있었다. 심지어 그녀에게 최대한 멋진 모습을 보이려고 애써야 할 순간에도 자신이 얼마나 많은 사실을 알고 있는지 드러내는 걸 조금도 주저하지 않았다. 그러니 만약 그녀가 노골적으로 경멸하는 기색을 드러내어 그의 마지막 자제심까지 무너뜨린다면, 그때는 그 힘으로 무슨 짓인들 못하겠는가? 어쩌면 이 남자에게 어떻게 대답하느냐 하는 것에 그녀의 모든 미래가 달려 있을 수도 있었다. 그러니 다른 온갖 걱정에 시달리면서도 잠시 멈춰 서서 생각을 해야 한다. 마치 숨 가쁘게 쫓기는 도망자가 십자로에서 걸음을 멈추고 어느 길로 갈지 냉철하게 결정해야 하는 것처럼.

"당신 말씀이 전적으로 맞습니다, 로즈데일 씨. 제게는 걱정거리들이 있지요. 당신이 제 걱정을 덜어주고 싶어 하신다니, 정말 고맙습니다. 가난한 사람이 부자들 틈에 끼어 살면서 남에게 의존하지 않고 자존심을 지키기란 늘 쉬운 일만은 아니지요. 저는 돈에 대해서 부주의하고, 청구서 때문에 시달리기도 합니다. 하지만 단지 그런 이유 때문에 당신이 제안하는 그 모든 걸 받아들인다면, 전 정말이지 너무 이기적이고 파렴치한 사람입니다. 제 근심 걱정으로부터 벗어나겠다는 욕심 이외에 더 이상 보답할 게 없다면 말이죠. 그러니 제게 시간을 주세요. 당신의 친절한 제안에 대해서 생각할 시간을 말이죠. 당신의 친절에 대해서 과연 제가 어떤 보답을 해드릴 수 있을지 생각해 보겠어요."

릴리는 이 거절이 혹독한 보복을 피해 갈 수 있을 만큼 충분히 매력적인 태도로 손을 내밀었다. 어쩌면 우호적인 결정이 있을지도 모른다는 이 암시적인 태도에 뜻밖의 성과를 거두었다고 생각한 로즈데일은 살짝 얼굴을 붉히며 그만 순순히 자리에서 일어났다. 그리고 그의 핏속에 흐르는 전통에 따라서 패배를 시인하고 더 이상 그녀를 부당하게 재촉하지 않았다. 하지만 로즈데일이 당장 그녀의 말에 따르는 것을 보자, 릴리는 왠지 겁이 났다. 그 뒤에 가장 강력한 의지마저도 굴복시킬 수 있는 엄청난 인내심이 도사리고 있음을 감지했던 것이다. 어쨌든 두 사람은 우호적인 분위기 속에서 헤어졌다. 그리고 로즈데일은 셀던과 마주치지 않고 무사히 집을 떠났다. 셀던, 아직까지 그가 오지 않았다는 사실이 새삼스럽게 그녀를 깜짝 놀라게 했다. 로즈데일은 거의 한 시간이 넘도록 있다가 갔다. 이제 셀던을 기대하기에는 너무 늦었다는 걸 릴리는 깨달았다. 물론 셀던은 가지 못한다는 편지를 썼을 것이다. 마지막 우편배달부가 그의 편지를 전해 줄 것이다. 하지만 그녀의 고백은 그만큼 늦어질 수밖에 없었다. 좀 더 기다려야 한다는 실망감이 기진맥진한 그녀의 영혼을 무겁게 짓눌렀다.

마지막 우편배달부가 종을 울렸지만 그녀에게 아무 편지도 전해 주지 않자, 그 압박은 더욱 커졌다. 릴리는 위층으로 올라가 외로운 밤을 지새우는 수밖에 없었다. 거티를 찾아갔던 그날 밤만큼이나 무섭고 잠 못 이루는 밤이었다. 릴리는 지금까지의 혼란스럽고 비참했던 불면의 밤들이 대수롭지 않게 여겨질 정도로 괴롭고 쓸쓸한 이런 시간에 자꾸만 떠오르는 상념들을 참고 견디면서 그것과 용감하게 대면하는 법을 한 번도 배우지 못했다.

마침내 햇살이 어둠의 유령들을 쫓아내자, 오전에는 반드시 셀던에게서 연락이 올 거라는 분명한 확신이 들었다. 하지만 하루가 다 지나도록 셀던은 찾아오지도, 편지를 보내지도 않았다. 릴리는 줄곧 집에 머무르며 고모님과 단둘이 점심을 먹고 저녁을 먹었다. 고모님은 자꾸만 심장이 벌렁거린다고 투덜거리면서 얼음처럼 차가운 태도로 일상적인 화제만 입에 올렸다. 그러고는 일찍 잠자리에 들었다. 페니스턴 부인이 가버리자, 릴리는 책상 앞에 앉아서 셀던에게 편지를 썼다. 그리고 편지를 전달해 줄 하인을 부르기 위해 막 종을 울리려고 할 때, 팔 밑에 놓여 있던 석간신문의 기사 한 줄이 그녀의 눈에 들어왔다.

'오늘 오후에 하바나·서인도제도행 윈드워드 정기선 앤틸리스[99]를 타고 떠난 승객들 중에는 로렌스 셀던 씨가 있었다.'

릴리는 신문을 내려놓고 멍하니 자신의 편지를 내려다보며 한동안 꼼짝도 하지 못했다. 셀던이 영영 찾아오지 않으리라는 사실을 이제야 깨달았다. 그는 이곳에 오는 게 두려웠기 때문에 멀리 떠나 버린 것이다. 릴리는 부스스 자리에서 일어나 복도를 가로질러 걸어갔다. 그리고 벽난로 위에 놓여 있는 빛나는 거울 앞에 망연히 서서 오랫동안 자신의 얼굴을 들여다보았다. 얼굴에 주름살이 끔찍하게 두드러져 보였다. 하루아침에 폭삭 늙은 것 같았다. 내 눈에도 이렇게 늙어 보이는데, 남들 눈에는 도대체 어떤 몰골로 비치겠는가? 릴리는 얼른 거울 앞을 비켜났다. 그리고 아무런 목적 없이 방 안을 서성이기 시작했다. 릴리의 발은 페니스턴 부인의 액스민스터[100]에 새겨진 흉측한 장미 문양 사이를 기계적으로 정확하게 왔다 갔다 하고 있었다. 문득 셀던에게 편지를 쓰려고 준비했던 펜이 여전히 뚜껑이 열린 잉크병 옆에 놓여 있는 것을 보았다. 릴리는 다시 책상 앞에 앉아서 봉투 하나를 꺼냈다. 그리고 재빨리 로즈데일의 주소를 썼다. 그런 다음 종이 한 장을 앞에 펼쳐놓고 한동안 펜을 손에 쥔 채 내려다보고 앉아 있었다. 일단 날짜를 쓰고 '친애하는 로즈데일 씨께'까지 쓰는 것은 별로 어렵지 않았다. 하지만 그다음 순간 손에서 기운이 쭉 빠졌다. 릴리는 그에게 당장 찾아와 달라고 쓸 작정이었지만, 그 말이 글씨가 되어 씌어지기를 완강히 거부하고 있었다. 마침내 릴리는 첫 문장을 쓰기 시작했다. '저는 오랫동안 생각한 끝에······.' 릴리는 그만 여기서 펜을 내려놓고 말았다. 그리고 책상에 팔꿈치를 고인 채 두 손에 얼굴을 묻었다.

갑자기 현관 벨이 울리는 소리에 릴리는 깜짝 놀라 고개를 들었다. 아직 그렇게 늦은 시간은 아니었다. 열 시가 겨우 넘었을까? 이제라도 셀던이 편지를 보냈을지 모른다. 아니면 쪽지라도. 아니, 어쩌면 직접 찾아왔을 수도 있다. 바로 저 문 앞에! 그가 배를 타고 떠났다는 신문 기사가 착오였을지도 모른다. 다른 로렌스 셀던이 하바나로 떠난 것일 수도! 수많은 가능성이 빠르게 그녀의 머릿속을 스치고 지나갔다. 그리고 결국은 반드시 셀던을 만나거나 그로부터 소식을 듣게 될 거라는 확신을 그녀에게 심어주었다. 그때 응접실 문이 열리고 하인이 전보를 가지고 들어왔다.

릴리는 덜덜 떨리는 손으로 봉투를 찢었다. 그리고 제일 아래 줄에 버사 도싯의 이름이 적혀 있는 것을 보았다.

"내일 갑작스레 항해를 떠나게 되었어. 우리와 함께 지중해로 크루즈 여행을 떠나지 않겠니?"

(2권으로 이어집니다.)

주

서문

1) 피터 스튜이베산트 총독: 17세기 네덜란드의 미국 식민지 행정관. (옮긴이 주)
2) 워싱턴 어빙: 미국의 소설가. 절묘한 풍자와 해학으로 유명하며 소설 『립 밴 윙클』이 대표작이다. (옮긴이 주)
3) 피츠 그린 할렉: 니커보커 그룹의 대표적인 시인. 풍자시와 낭만시로 유명하다. (옮긴이 주)
4) 윌리엄 데이나: 『나의 서재 벽』 등 자서전과 소설이 있다. (옮긴이 주)
5) 반 렌셀라: 미국의 정치가이며 육군 소장을 지냈다. (옮긴이 주)
6) 조셉 드레이크: 뉴욕에서 활동하던 미국의 낭만주의 시인. 그의 시집 『죄인 요정 외』는 사후에 출간되었다. (옮긴이 주)
7) 비처 스토 부인: 『톰 아저씨의 오두막집』으로 명성을 날린 미국의 여성 작가. (옮긴이 주)

1부

1장

1) 그랜드 센트럴 역: 이스트 42번가와 파크 애비뉴 그리고 렉싱턴과 반더빌트

애비뉴 사이에 위치하고 있다. 릴리 바트의 이야기가 시작되는 시점인 1903년에 이 역은 아직 건설 중이었다.
2) 뉴포트 시즌: 부자들은 1년 중에 극히 짧은 기간 동안만 도시의 저택에서 지낸다는 사실을 기억해야 한다. 이들은 주로 11월부터 초봄까지 잠시 도심에 머문 다음, 여름을 보내기 위해 유럽으로 떠나가나 아니면 시골이나 가장 인기 있는 해변 휴양지로 달아나 버린다. 뉴포트는 동부 해안가에 있는 가장 부유한 여름 휴양지 중 하나로, 내러겐셋 만에 면해 있는 로드 섬의 동서쪽 끝 반도에 위치하고 있다.
3) 코티용: 빠른 박자의 활발한 춤. (옮긴이 주)
4) 턱시도 파크, N. Y.: 남자들을 위한 정식 만찬 예복의 명칭이 여기서 유래되었다.
5) 벨로몬트: 「베니스의 상인」에 등장하는 포셔의 저택 이름을 따온 듯하다. 이 희곡에서 포셔의 구혼자들은 시험을 거치게 되는데, 은 상자와 금 상자를 고른 남자들은 그녀와 결혼할 자격이 없다고 퇴짜를 맞는다.
6) 라인벡: 뉴욕 남동쪽 허드슨 강가에 있는 한 동네. 식민지 시대에 형성된 이 동네는 전통 있는 옛날 갑부들의 본거지다.
7) 셰리즈: 베데커가 쓴 『미합중국 여행안내서(Guide to the United States)』 (1899년, 2판)에 최고 상류층 고객들을 위한 별 하나짜리 레스토랑으로 이름이 올라 있다. 이 식당은 5번가와 44번 거리의 남서쪽 모퉁이에 위치하고 있다.
8) 베네딕: 아파트 건물의 이름으로, '확고한 독신주의자'란 뜻을 지녔다. 「헛소동(Much Ado About Nothing)」에 나오는 인물 베네딕의 이름을 따왔을 것이다.
9) 지고 소매: 양 다리 모양의 소매로, 어깨 쪽에서는 폭이 크고 넓다가 손목으로 갈수록 급격하게 좁아지거나 뾰족하게 끝나는 소매 모양.
10) 북 모슬린: 섬세한 면직물.
11) 모로코 가죽: 무두질한 염소 가죽. (옮긴이 주)
12) 아메리카나: 역사적인 유물, 민담 혹은 미국이나 미국인과 관련한 모든 자료.
13) 제퍼슨 그라이스 집안의 소장품: 아마도 금융업자이자 사업가인 J. P. 모건의 거대한 개인 서가를 빗댄 말일 것이다. 이 서가에는 상당수의 중요한 아메리카나 수집품이 포함되어 있다.
14) 장 드 라브뤼예르(1645~1696): 프랑스의 모럴리스트. 기원전 3세기 아리스

토텔레스의 제자 테오프라스투스의 방식으로 쓴 심리적 스케치 『성격론(Caractères)』의 저자이기도 하다.
15) 리치필드 스프링스: 뉴욕 주 중앙에 자리 잡고 있으며 유황 온천이 있는 휴양지로, 카나다라고 호수의 북쪽 끝에 있다.
16) 베지크: 64장의 카드 한 벌을 가지고 하는 카드놀이. 피노클과 비슷하다.
17) 조지 왕조풍의 현관: 영국 역사상 하노버 가문이 지배했던 시대(1714~1820)의 이름을 딴 건축 양식. 이 시기에는 17세기의 바로크 풍조가 수그러들고 아카데믹한 순수성이 그 자리를 대신한다. 이런 경향은 초반에는 낭만적 성향을 띠기도 했지만, 시간이 흐를수록 점점 더 엄격해져서 마침내 직설적인 고전주의에 도달한다.
18) 이륜마차: 승객의 좌석 뒤에 마부석이 높게 있는 두 바퀴의 마차.

2장

19) 크러시: 수많은 사람이 모이는 대중 연회.
20) 우블리에트(oubliette): 천장 뚜껑을 통해서만 드나들 수 있게 만든 지하 감옥.
21) 당시의 책들은 독자가 호주머니 칼로 붙어 있는 종잇장을 직접 뜯어가며 읽도록 되어 있다.
22) 용커스: 허드슨 강 근처의 교외 지역. (옮긴이 주)
23) 카라반 차: 카라반들이 동양에서 가져오는 최고급 차. (옮긴이 주)
24) 사룸 전례서(Sarum Rule): 좀 더 정확한 영어 명칭은 Sarum Use다. 11세기부터 16세기 종교개혁 때까지 솔즈베리 교구의 주교 관구에서 사용하던 성스러운 예식의 전례서 혹은 전례식.
25) 브로드 거리: 월가를 막 벗어난 지점에 있는 번화가. 옛날 증권거래소 건물이 자리 잡고 있다.

3장

26) 브리지: 네 명이 함께하는 카드놀이. 릴리 바트가 속한 그룹 내에서는 중요한 사회 활동이다.
27) 아르카디아인: 이상적인 목가적 풍경의 분위기를 풍기는 사람.
28) 3백 달러: 거의 80년 이상 동안의 물가 인상을 고려해서 계산해 본다면, 1905년에 3백 달러는 어마어마한 돈으로 노동자 한 사람이 일 년 동안 벌어

들일 수 있는 총수입보다 훨씬 많은 금액이다.
29) 네모난 봉투: 당시 사교계의 관습에 따르면, 네모난 봉투는 반드시 초대장을 보낼 때만 사용했다.
30) 길쭉한 봉투: 이 봉투는 주로 청구서를 보낼 때 사용했다.
31) 사우샘프턴: 롱아일랜드에 있는 부자들을 위한 여름 휴양 마을.
32) 토머스 콜(1801~1848): 풍경화와 초상화, 종교적 주제의 그림으로 널리 알려진 미국의 주요한 낭만주의 화가. 허드슨 리버 유파의 선구자이며 내셔널 아카데미의 창립자이기도 하다. 「인생 역정(The Voyage of Life)」을 포함해 야심적인 우화 시리즈가 특히 유명하다.
33) 쇼프루아: 차갑게 식혀 모양을 만들고 젤리 상태의 흰색 혹은 갈색 아스픽 소스로 장식한 고기나 생선 요리.
34) 마롱 글라세: 밤 맛이 나는 셔벗.
35) 아메리칸 뷰티: 붉은 장미의 한 변종. 워튼이 『기쁨의 집』을 쓰는 동안 가제가 '장미의 해'였다는 사실은 흥미롭다.
36) 당시 미국이나 영국에서는 경제적으로 몹시 어려워졌을 때, 환율의 차이를 이용하여 유럽 대륙으로 이주하곤 했다. (옮긴이 주)
37) 다른 미녀들의 일생: 아마 세기말에 있었던 말보로 공작과 콘수엘로 반더빌트의 결혼을 암시하는 듯하다.
38) 광대한 영지를 가진 영국 귀족: 릴리는 헨리 제임스의 『여인의 초상』을 읽고 워버튼 경을 생각했는지도 모른다.
39) 퀴리날리스: 로마의 일곱 언덕 중 하나로 이탈리아 궁전이 있다. (옮긴이 주)
40) 모베즈 옹트(mauvaise honte): 잘못된 수치심.

4장
41) 엥가딘: 스위스 동부 그리슨 캔턴에 있는 계곡. 멋진 산악 풍경과 휴양 리조트 그리고 겨울 스포츠로 유명하다.
42) 메르시 뒤 콩플리망(merci du compliment): 칭찬해 주니 고맙다는 뜻.
43) 크레프드신: 여자들의 드레스나 블라우스에 사용하는 비단 크레이프 천(잔주름이 진 직물).
44) 크리스천 사이언스 운동: 정식 명칭은 '그리스도, 과학자의 교회'다. 메리 베커 에디가 주창한 이 운동의 신봉자들은 영적 수단을 통해 병을 고친다고

믿으며, 모든 과학적 실체의 저변에는 순수한 신의 섭리가 깔려 있다고 주장한다.
45) 최고천(empyrean): 천상의 가장 높은 단계를 지칭하는 말이다. 고대인들은 이곳이 순수한 불의 영역이라고 믿었다.

5장

46) 손님 접대 시간: 하루 중에 안주인이나 주인이 약속된 손님을 맞이하거나 방문을 허용하는 시간을 말한다.
47) 리버티 실크: 당시에 윌리엄 모리스와 전기 라파엘파의 영감을 받아 옷을 디자인하던 영국 옷가게의 옷을 말한다. (옮긴이 주)

6장

48) 오마르 카얌의 「루베이야」: 에드워드 피츠제럴드가 영어로 번역한 오마르 카얌이란 페르시아 시인의 4행시. 최초의 영역본은 1859년에 출간되었다. 이 시에는 존재의 신비에 관한 시인의 명상과 사색이 담겨 있으며, 살아 있는 동안 마음껏 마시고 즐기라는 충고도 들어 있다.
49) 자동차: 1905년에 미국의 첫 번째 자동차 제조회사(듀리에 컴퍼니)는 사업을 시작한 지 겨우 10년밖에 되지 않았다. 따라서 자가용은 여전히 대단한 사치품이었고, 약간의 실용성을 지닌 부자들의 장난감이었다.
50) 영혼의 공화국: 플라톤의 『국가(Republic)』를 암시하는 듯하다.
51) 마태복음 19장 24절을 볼 것. "약대가 바늘귀로 들어가는 것이 부자가 하느님의 나라에 들어가는 것보다 쉬우니라."

7장

52) 1905년에 법적으로 결혼을 취소하는 것은 대단히 어려운 문제였을 뿐 아니라 이혼한 사람들에게는 사회적으로 낙인이 찍혔다. 로마 가톨릭 교회는 말할 것도 없고, 대다수 프로테스탄트 교회에서도 목사가 한 번 이혼한 경력이 있는 사람들의 주례를 서는 것을 금지했다. U. S. 인구조사 통계 사무소에 따르면, 1900년에 공식적인 이혼은 전국에서 5만 3천 건에 불과했다.
53) 원문에는 '금지된 죄' 란 뜻의 라틴어 malum prohibitum이 씌어 있다.
54) 프랑스의 유명한 패션 디자이너 자크 두세가 만든 드레스.

8장

55) 무스: 고기나 생선 혹은 조개의 퓌레를 굳혀서 만든 요리. 닭이나 생선을 끓여 낸 걸쭉한 국물을 차갑게 식혀서 젤라틴 상태로 만든 것.
56) 티파니: 뉴욕에서 가장 유명한 보석 상점. 미국의 보석상 찰스 루이스 티파티(1812~1902)가 티파니 & 컴퍼니를 창립했다.

9장

57) 「죽어가는 검투사」: 파리 루브르 박물관(미로의 비너스 상이 있는 방과 연결된 복도)에 있는 그리스 조각상을 흉내 낸 로마 조각상의 복제품.
58) 콩소메: 고기나 야채 끓인 물로 만든 맑은 수프.
59) 셀레스트 옷가게: 직접 제작한 우아한 비단과 레이스 제품을 파는 값비싼 속옷 상점.
60) 세브르: 프랑스 세브르에서 만든 고급 도자기.
61) 파퀸: 프랑스의 유명한 최고급 여성복 디자이너가 제작한 옷. (옮긴이 주)
62) 미네르바: 로마 신화에 등장하는 지혜의 여신. 그리스의 아테네 여신에 해당한다.
63) 오르몰루 시계: 마치 금처럼 보이는 주석 합금으로 만든 시계.
64) 포엥 드 밀랑: 대단히 섬세한 수제 레이스.
65) '털' 벽지: 안개처럼 얇게 부풀려 편 양모나 펠트 천을 종이에 붙여서 무늬를 낸 벽지.
66) 동판화: 영국의 종교 시인 프랜시스 퀄스가 1635년 출간한 『상징화집』의 교훈적 이야기들을 새긴 것으로 보인다.

10장

67) 애디론댁: 뉴욕 북동쪽에 있는 애팔래치아 산맥의 한 지역으로, 고급 휴양지가 많다.
68) 퀴진: 요리를 뜻하는 프랑스 어. (옮긴이 주)
69) 여기서는 유대인을 의미한다. (옮긴이 주)
70) 여기서는 센트럴 파크를 뜻한다. (옮긴이 주)
71) 증기선 곤돌라: 증기 엔진이 달린 소형 유람선.
72) 센트럴 파크 몰: 뉴욕 시에 위치한 센트럴 파크 공원은 1858년 칼버트 복스

와 프레드릭 로 옴스테드가 설계했다. 5번가 근처에 자리 잡고 있던 센트럴 파크 몰은 이 지역 사람들의 주요 산책로로 이용되었다. (옮긴이 주)
73) 이탈리아 주간: 뉴욕의 오페라 애호가들은 이탈리아 오페라나 바그너로 대표되는 독일 오페라를 선호하는 두 부류로 나뉘었다. 이탈리아 오페라는 좀 더 짧고 멜로디가 있기 때문에 조금 쉽게 여겨졌고, 바그너의 음악은 상대적으로 어렵게 여겨졌다. (옮긴이 주)

11장
74) 아름다운 무늬를 넣어 짠 천. (옮긴이 주)

12장
75) 타블로 비방: 분장한 배우들이 무대에 나와 꼼짝하지 않고 말없이 서서 어떤 장면을 연출하는 것. 이 책에서는 유명한 그림들을 재현하려는 시도를 하고 있다.
76) 모페스: 아마 워튼은 당대에 가장 인기 있는 미국 화가였던 존 싱어 사전트(1856~1925)를 암시한 듯하다. 주로 초상화로 널리 알려진 사전트는 뉴욕과 보스턴의 최고 재벌 집안에서 수많은 작품 의뢰를 받았다. 그는 풍부한 표면적 아름다움을 표현하는 데 독보적인 솜씨를 발휘했으며, 특히 여성을 잘 그렸다.
77) 미장센: 무대 장치.
78) 파올로 베로네세(1528~1588): 베니치아파의 이탈리아 화가이자 건축가.
79) 프란시스코 호세 드 고야(1746~1828): 스페인 화가. 낭만주의의 발전에 중요한 역할을 했다.
80) 티치안: 베네치아의 위대한 예술가 티치아노 베셀리(1477~1576)를 흔히 부르던 이름. 그는 특히 초상화 화가로 명성을 떨쳤으며 신화적인 소재의 그림을 많이 그렸다. 선명하고 풍부한 색깔을 주로 사용했으며, 특히 황금빛이 감도는 붉은색을 많이 사용한 것으로 유명하다.
81) 안토니 반다이크 경(1599~1641): 바로크 시대 플랑드르의 초상화가이며, 영국 왕 찰스 1세의 궁정 화가였다.
82) 카우프만: 아마도 독일 예술가 휴고 빌헬름 카우프만을 지칭하는 듯하다. 20세기 초반 뉴욕과 유럽에서 활동했다.

83) 장 앙투안 와토(1684~1721): 프랑스의 장르 화가. 그의 그림 속에서 야회 축제를 벌이고 있는 남녀 목동들은 18세기 초반의 가장 유행하던 의상을 입고 있다.
84) 조슈아 레이놀즈 경(1723~1792): 위대한 초상화가. 왕실 예술 아카데미의 초대 의장이며 존슨 박사와 에드먼드 버크, 올리버 골드스미스의 친구이자 1769년부터 1790년까지 예술의 원리에 관하여 왕실 아카데미 학생들에게 강연한 내용을 담은 「담화」의 저자이기도 하다. 이 소설에 인용된 초상화의 모델은 와이트 섬, 노스 코트의 존 레이의 딸인 요안나 로이드 부인으로 1775년 메릴랜드의 R. B. 로이드와 결혼했다. 런던의 《모닝 포스트》에서 한 평론가는 1776년 전시회에 나온 이 초상화를 이렇게 묘사했다. "두 부인의 전신을 그린 멋진 그림이다. …… 구성이 마음에 드는데, 특히 왼편에 있는 로이드 부인의 초상은 느슨하게 늘어진 화사한 겉옷을 걸친 아름다운 여인이 나무에 남편의 이름을 새기고 있다. 이런 착상은 『뜻대로 하세요(As You Like It)』에서 가져온 것이다." 19세기 후반에 이 그림은 로스차일드 경의 소유가 되었다. 아마도 워튼은 이 사실을 알고서, 자신의 엄청난 재력을 이용하여 사회적 지위를 사려고 애쓰는 로즈데일을 조롱하는 듯하다.
85) 조반니 바티스타 티에폴로(1696~1770): 이탈리아 로코코 시대 화가이자 그래픽 디자이너.
86) 셰익스피어의 희곡 「폭풍」에 등장하는 두 인물. 칼리반은 마녀 시코락스의 아들로 사악한 천성을 지닌 괴물이고, 미란다는 프로스페로의 딸이다.
87) 에피쿠로스파: 그리스 철학자 에피쿠로스(342?~270 B.C.)의 추종자. 그는 내세를 부인하고 고통과 감정적 혼란으로부터의 자유를 추구했다. 이 용어는 쾌락주의자란 뜻으로도 쓰인다.

13장

88) 「에우메니데스(복수의 여신들)」: 아이스킬로스의 오레스테이아 삼부작 중 세 번째 비극. 연극이 시작되면, 오레스테스가 델피에 있는 아폴로의 신전에서 잠자는 복수의 여신들(이 여신들의 그리스 이름, 즉 '에우메니데스'가 바로 이 희곡의 제목이다.)의 코러스에게 둘러싸여 있다. 원시적 존재인 이 신들은 종종 날개 달린 여인의 모습으로 재현되는데, 범죄를 응징하며 특히 (자신의 어머니 클리템네스트라를 죽인 오레스테스의 범죄 같은) 혈족에 대

한 범죄를 보복한다.

14장

89) 마태복음 5장 4~10절 「산상수훈」.
90) 《타운 토크》: 뉴저지 주의 주도인 트렌턴에서 발행하는 신문. 사교계의 소문과 가십을 전문적으로 다룬다.
91) 페르세우스: 그리스 신화에 등장하는 영웅. 메두사의 머리를 베기도 하고 에티오피아의 왕인 케페우스의 딸 안드로메다를 구출하는 등 많은 모험을 한다. 한편 안드로메다는 자신의 미모를 자랑하다 네레이드의 미움을 사서 바위에 쇠사슬로 묶이는 벌을 받고 있었다.
92) 트리아농: 베르사유 궁전에 있는 정원과 작은 궁전 두 개를 이르는 명칭.
93) 컴포지트 오더: 코린트식과 이오니아식을 절충한 건축 양식이며 주두가 특징이다. (옮긴이 주)
94) 코린트 양식: 세 가지 고전 건축 양식(도리아식 · 이오니아식 · 코린트식) 중에 가장 장식적인 양식. 아칸서스 잎 문양으로 장식한 종 모양의 받침대와 가늘고 세로로 홈이 팬 기둥이 특징이다.

15장

95) 베아트리체 상시: 셸리의 비극 「상시(Cenci)」(1819)의 여주인공. 16세기에 자신을 강간한, 무자비하고 난폭한 아버지를 살해한 실제 인물이기도 하다.
96) 엑상프로방스: 남부 프랑스에 위치한 아름답고 역사적인 작은 마을. 오늘날까지도 예술가와 여행자 들의 천국으로 인기가 높다.
97) 아이켄: 남부 캐롤라이나의 호화로운 휴양지. (옮긴이 주)
98) 신화적 인물인 타페이아를 말한다. 타페이아는 황금을 받는 대가로 로마를 배신하고 사빈의 전사들 편에 섰다가 그들이 던진 황금 방패에 깔려 죽었다. (옮긴이 주)
99) 앤틸리스: 서인도제도의 또 다른 명칭.
100) 액스민스터: 영국에서 대량생산한 러그. 대개 미적 감각이 없는 집에서 이 러그를 깔았다. (옮긴이 주)